Rob Alef

Das magische Jahr

Kriminalroman

Unionsverlag

Die Originalausgabe erschien 2008
im Rotbuch Verlag, Berlin.

Im Internet
Aktuelle Informationen,
Dokumente, Materialien
www.unionsverlag.com

Unionsverlag Taschenbuch 581
Mit freundlicher Genehmigung des Rotbuch Verlags, Berlin

Rieterstrasse 18, CH-8027 Zürich
Telefon 0041-44-283 20 00, Fax 0041-44-283 20 01
mail@unionsverlag.ch

Reihengestaltung: Heinz Unternährer
Umschlaggestaltung: Martina Heuer, Zürich
Umschlagfoto: Eric Isselée und serazetdinov
Druck und Bindung: CPI – Clausen & Bosse, Leck
ISBN 978-3-293-20581-9

»Music from Liverpool can save your life.«
Anonymus

ON Kapitel 1

Trotz der rot-weißen Warnungstafel mündet bei Spandau die Spree in die Havel. Würde sie in die Gegenrichtung fließen, hießen zwei der Bezirke, die sie passiert, Ettim und Grebzuerk. In dieser Nacht hatte alles seine Ordnung, und kurz vor dem Stromkilometer einundzwanzig stand wie eh und je die Oberbaumbrücke mit ihren Bleistiftstummeltürmen in rotem Backstein. Weiter stadtauswärts, knapp jenseits der alten Zollgrenze, die die Oberbaumbrücke markierte, hatte früher der Osthafen mit seinen langen Lagerhäusern gelegen. Häuser standen da heute noch, Lager wurde nur in den am Ufer gelegenen Kneipen, Vergnügungsbooten, Badebutzen und Wasserblickrestaurants ausgeschenkt. Aus den Speichern waren Lofts in Bestlage geworden, in denen das Arbeiten leicht von der Hand ging. Dort hausten nicht mehr Vogelspinnen zwischen Bananenstauden und Ratten hinter Kaffeesäcken, sondern Kreative und Spindoktoren, die auf Rattansofas vögelten, um ihre Morgenlatte loszuwerden, und dabei den Panoramablick genossen. So änderten sich die Zeiten. Der Bessere war der Feind des Guten, das Heute war der Tod des Alten. Die neue Gentry verbarrikadierte sich hinter Schildern: *No Entry.* Trotzdem näherte sich die nicht zugefrorene Spree aus der Richtung des zugefrorenen Müggelsees mit neun Zentimetern pro Sekunde dem Stadtzentrum, floss unbeeindruckt und unaufhaltsam unter der Oberbaumbrücke hindurch.

Umtanzt von Schneeflocken lagen das ehemalige Eierkühlhaus und die anderen Gebäude im Dunkeln. Auf der Oberbaumbrücke stand ein Mann und blickte stadteinwärts. Er rauchte. Das kleine rote Auge der Glut bewegte sich zwischen den Lippen und der schmiedeeisernen Balustrade der Brücke hin und her. Sein Gesicht war tief in einer Kapuze verborgen.

Er betrachtete ein Hausboot, eine schwimmende Disko. Die unsichtbare Meute tobte hinter beschlagenen Scheiben zur Musik, von der nur die Bässe über den Fluss dröhnten. Ein Mann und eine Frau standen im Freien auf dem schmalen Deck und umarmten sich an den Hüften. Wie ein Scherenschnitt hoben sie sich von der Decksbeleuchtung ab. *Sie liebt dich, ja ja ja. Du solltest dich freuen.* Er warf den Zigarettenstummel ins Wasser. Am Grunde der Moldau wandern die Steine, und hier treiben die Kippen zwischen den Eisschollen. Sie quellen auf und manche Möwe ist schon krepiert daran. Kleine Menschen standen da drüben auf dem Boot, und bestimmt hatten sie große Pläne. Alles eine Frage der Perspektive.

Im fünften Stock des ersten Lagerhauses, bei dem man den Quadratmeterpreis dafür bezahlte, dass man die Nummernschilder der Autos lesen konnte, die auf der Brücke jeden Tag im Stau standen, leuchtete das Licht aus großen Panoramafenstern hinaus in die Dunkelheit. Ein Mann vor einem großen Flachbildschirm hackte mit flinken und fleischigen Fingern auf die Tasten. Am rechten Mittelfinger trug er einen Siegelring, der wie eine vergoldete Warze unablässig auf und ab hüpfte. Der Cursor glitt von links nach rechts über den Bildschirm. Auf der Tischplatte lag in einem Plastikbeutel ein Tütchen, halb so groß wie eine Postkarte. Auf der Tüte befand sich ein Foto von einem kleinen Vulkan aus quietschgelbem Speckstein. Über den kleinen Vulkan ohne Rauch zogen sich von oben nach unten gleichmäßige Furchen, der dicke Kraterrand war gewellt. Der Mann strich sich die grau melierten Haare zurück, sodass seine Geheimratsecken deutlich hervortraten, und hob die grauen Augenbrauen, als er die kleine Tüte betrachtete. Dann schrieb er: *Nr. 65 731 Puddingpulverpäckchen, Geschmacksrichtung Vanille. Original beschlagnahmte Ware aus Polizeibeständen mit Zertifizierung. Dieses seltene Stück wurde nach dem Puddingat-*

tentat auf Hubert Humphrey beschlagnahmt. Es konnte durch langwierige Verhandlungen vor der Zerstörung bewahrt und für die Nachwelt gesichert werden. Das grazile Objekt besticht durch seine klare Form und kräftige Farbgebung. An den Ecken leicht abgerieben, sonst sehr guter Zustand. Inhalt ist nicht mehr zum Verzehr geeignet. Preis: 800 Euro.

Der Katalog für das zweite Halbjahr war fast fertig. Nächste Woche ging er in den Druck.

Es klopfte leise. Der Mann vor dem Bildschirm legte die Stirn in Falten und streckte den Kopf in Richtung der Wohnungstür, bis die Sehnen unter dem faltigen Hals hervortraten. Er brauchte ein Hörgerät, es war unausweichlich. Es klopfte. Eindeutig. Er wandte sich von der Arbeitsplatte ab und erhob sich. Auf den Beinen war er nicht mehr so flink wie an der Tastatur. Bis er die Tür erreichte, hatte es ein drittes Mal geklopft. Bestimmt war es ein Trödler, der dachte, er könnte das Geschäft seines Lebens machen. Strandgutsammler des Lebens tauchten hier auf, in der Hoffnung, das eine, seltene Stück zu präsentieren. Es waren interessante Sachen dabei, aber das meiste war Müll. Fälschungen gab es auch. Ihre Zahl hatte zugenommen.

Er drehte den Türknauf nach links und entriegelte so das Schloss.

Seine Augen mussten sich nach dem stundenlangen Starren auf die Mattscheibe erst an das Halbdunkel im Treppenhaus gewöhnen. Er betrachtete den Schatten, der ihm gegenüberstand. So groß wie er, kräftige Schultern unter einem alten Parka. Durchtrainiert. Wenn der mich überfallen will. Misstrauisch wich er einen Schritt zurück, dann sah er das goldene Brillengestell, das vom Licht aus seinem Loft gestreift wurde. Eine Erinnerung blitzte auf, kroch in ihm empor, dann explodierte sie in seinem Hirn. »Du! Was machst du denn hier? Ich wusste gar nicht, dass …«

»Dass ich noch lebe, wolltest du sagen. Das ist eine Überraschung, nicht wahr? Ich staune selbst über mich. Was ist, darf ich nicht reinkommen, Genosse?«

Die beiden Männer umarmten sich. Einen Augenblick war es ganz still, dann machte der Grauhaarige mit dem Siegelring eine halbkreisförmige Bewegung in Richtung des Raums. Er schwankte leicht und wäre fast über die Türschwelle gestolpert. Etwas geht zu Ende, dachte er. Etwas fängt an. Der Besucher trat über die Schwelle.

»Wie geht's dir? Es ist ...«, fragte der Hausherr.

»Es ist lange her. Blendend. Es ging mir lange nicht mehr so gut wie heute.«

»Willst du ein Bier?«

»Klar, gern.«

Der Grauhaarige ging zu einem Kühlschrank, holte zwei Flaschen Bier und reichte seinem Besucher eine davon. Sie sahen sich kurz an, dann schlugen sie an der Kante der Arbeitsplatte die Kronkorken von den Hälsen. Die Flaschen klirrten, ihre Adamsäpfel bewegten sich. Sie tranken.

Der Hausherr stellte seine Flasche auf den Tisch, zog einen Stuhl heran und setzte sich. »Wir haben neulich von dir gesprochen.«

»Wir? Deine Familie?«

»Nein, ich bin allein geblieben.«

Sein Besucher krauste die Nase, als würde er gleich niesen, ließ es dann und knetete sie nur kurz. »Nein, als ich bei JoJo war, vor einem Monat haben wir uns das letzte Mal gesehen.«

»Ich verstehe. Und die anderen? Seht ihr euch oft?«

»Nein, JoJo achtet auf mein Gewicht und meinen Blutdruck, sonst macht jeder seins.«

»Du bist dick geworden.«

»Und reich.«

»'ne Kapitalistensau.« Sie lachten, stießen an, tranken. Der Besucher sah sich um.

»Hübsch, hast du's hier. Das hat bestimmt eine Stange Geld gekostet.«

»Hat es, Alter, hat es. Als ich es gekauft habe. Heute ist es unbezahlbar. Und unverkäuflich.«

»Und wer kriegt es, wenn du mal nicht mehr bist?«

»Abwarten. Zuletzt finde ich auf meine alten Tage noch eine, die mich ein wenig verwöhnt. Junge Frau steht auf Grau.« Er hob die rechte Hand kurz zum Ohr, als wollte er eine Mücke verscheuchen. Sein Besucher sah, dass er den Sitz seines Haares korrigierte.

»Warst schon immer ein Schürzenjäger, Promi.«

»Schürzenjäger, Höschenjäger, Häschenjäger. Du und Julia, ihr wusstet aber auch, wo das Bett steht.« Er fuhr sich über den Schritt seiner Jeans, aus der ein mächtiger Bauch quoll. »Und der Küchentisch.« Er grinste und sah dabei den Boden an.

»Immer fickrig.« Der Besucher boxte den Grauhaarigen sanft auf den Brustkorb.

»Es gibt so viele, mein Lieber, so viele, und alle sind sie anders. Solange die Wünschelrute noch ausschlägt … Ich hab nur dieses eine Leben.«

»Stimmt, Promi, ich auch. Und ich möchte kein anderes haben.«

»Das freut mich für dich. Nicht jeder kann das in unserem Alter von sich sagen. Sag mal, wo hast du all die Jahre gesteckt?«»Überall und nirgends. Im Gefängnis, auf der Südhalbkugel, sehr tief unten, sehr beschäftigt.«

»Das hört sich abenteuerlich an. Und anstrengend. Geht es dir gut? Ich meine, steckst du in Schwierigkeiten? Kann ich dir helfen? Ich bin keine ganz kleine Nummer hier in der Stadt, weißt du?«

»Ich weiß, Promi. Und eine große Leuchte warst du auch nie. Was ist das für ein Ring?«

Promi zog die Lippen zusammen. »Eine Auszeichnung von einem Businessclub. Ich war mal Unternehmer des Jahres.«

»Und das trägst du?«

»Ich bin der Vorsitzende.« Er rülpste. »Seit fünf Jahren.« Dann stellte er die Bierflasche auf den Tisch und stand auf. »Ich nehm noch eins. Wie sieht's bei dir aus?«

Der Besucher schwieg.

Promi legte seine Hand auf die Schulter des anderen. »Mein Freund, wenn es irgendetwas gibt, was ich für dich tun kann …?« Kein Wort der Erwiderung. Promi machte einen Schritt in Richtung Kühlschrank.

»Du hast diesen Satz schon einmal zu mir gesagt«, sagte der Mann mit den breiten Schultern schließlich. Auch er war aufgestanden. Die beiden Männer waren gleich groß, aber der Besucher hatte keinen Bauchansatz.

Promi drehte sich langsam um. Er betrachtete seinen Überraschungsgast langsam von unten bis oben, als sähe er ihn zum ersten Mal. Dann nickte er.

»Es war am Tag von Richards Beerdigung. Danach warst du weg.«

»Ich hatte dich um etwas gebeten.«

Promi nickte. »Und ich habe mein Wort gehalten.«

Die beiden Männer sahen sich an.

Der Blick hinter der Brille des Besuchers bohrte sich in die Augen des Grauhaarigen.

»Weißt du, Promi, diese Gabe habe ich an dir eine Zeit lang bewundert. Du gibst einem Mann mit der einen Hand ein Bier aus, und wenn er den ersten Schluck aus der Flasche nimmt, schneidest du ihm mit der anderen die Kehle durch.«

Promi lachte, es klang nur halb froh. »Du hast dein Wort gebrochen, Arschloch«, sagte der Besucher. »Du bist damit hausieren gegangen.«

»Das hat sich bis zu dir in den Knast herumgesprochen? Bis auf die Südhalbkugel? Du bist wohl immer noch paranoid? An die CIA hab ich's verkauft.«

»Du hast dein eitles Maul nicht halten können. Du hast geschwätzt und rumposaunt. So laut und so lange, bis es sich zu mir herumgesprochen hat. Du hast gegen die Abmachung verstoßen. Promi, altes Haus, du bist mir untreu geworden. Was für ein Jammer.«

Nach einer Weile nickte Promi. »Also schön, du hast recht. Es tut mir leid. Ich dachte, du bist tot.«

»Wir hatten etwas anderes vereinbart. Bis du von meinem Tod erfährst«, er hob die Stimme, »oder an meinem 90. Geburtstag. Du weißt doch, wann ich Geburtstag habe, oder?«

»Ich weiß es.«

Der Besucher trat mit einem schnellen Schritt an ein Regal und nahm etwas in die Hand. »Ist das von mir?«

»Ist es. Hab es aufgehoben, als du weg warst.«

»Das hättest du nicht tun müssen, es gehört dir.«

»Es hat mich an dich erinnert, all die Jahre.«

»Du hättest es verkaufen können. Du lebst doch davon, dass du diesen Kram verkaufst.«

»Aber nicht für zwofuffzich. Und niemand hätte mehr dafür bezahlt. Mir hat es etwas bedeutet. Du warst … du warst nicht bekannt genug.«

»Ich weiß, und das wäre auch so geblieben, wenn du nicht … Gib mir das, was mir gehört. Gib es mir zurück.«

Der Besucher legte den Gegenstand zurück ins Regal und trat dicht an Promi heran. »Gib es mir, dann siehst du mich nicht mehr wieder.«

Beide schwitzten.

»Das geht leider nicht, mein Freund. Ich brauche es selbst.«

»Du? Wozu brauchst du es denn? Das hat doch mit dir gar nichts zu tun.«

»Doch, ich …« Er hob beide Hände über den Kopf. »Ich will das ganze Haus hier kaufen. Es soll ein Museum unten eingerichtet werden, Café, kleiner Laden. Dafür werde ich es brauchen. Du bekommst ein Duplikat.«

Leise sagte der Besucher: »Es gehört mir.«

»Und ich, was ist mit mir? Ich hab das Risiko getragen, all die Jahre, hab die anderen hintergangen. Aus meinem Herzen eine Mördergrube gemacht. In gewisser Weise gehört es allen. Der Allgemeinheit. Die Leute haben ein Recht zu erfahren, wie es gewesen ist.«

»Hättste mal lieber versucht, aus deiner Mördergrube ein Herz zu machen. Hast du jemand davon erzählt?«

Promi ging zum Kühlschrank. »Ich verweigere die Aussage und möchte sofort meinen Anwalt sprechen. Oder meine Anwältin. Ich trink jetzt noch ein Bier. Und wenn du willst, machen wir dann mit Wodka weiter. Und dann können wir überlegen, was für dich rausspringt, wenn das Museum fertig ist.«

Der Besucher legte die Hand auf Promis Schulter und drehte ihn langsam um. »Für mich muss gar nichts rausspringen. Ich brauche nichts. Nur das, nur dieses eine Erinnerungsstück. Ich weiß, dass du es hast. Bitte Promi, bitte. Danach trinken wir ein Bier, und du siehst mich nie mehr wieder. Es ist mir eh zu kalt hier.«

»Du wirst altersmilde. In deinem Leben hast du doch noch nicht einmal ›Bitte‹ gesagt. Es ist besser, wenn du jetzt gehst. Das Bier trinken wir, wenn du wieder gute Laune hast. Ich muss noch ein paar Dinge erledigen.«

»Nein, Promi, ich habe hier etwas zu erledigen.« Er griff in seinen Parka. Ein Ding flog nach oben, es hatte ein abgewinkeltes Ende und einen kurzen Griff und glänzte silbrig. Es schwebte über den Köpfen der beiden Männer. Sie standen einander gegenüber, wie eingefroren, ungläubig über diesen Moment. Dann zog die Hand den stumpfen Gegenstand aus Metall in einer unerbittlich schnellen Bewegung nach unten. Der Antiquitätenhändler sackte lautlos in sich zusammen. Er machte eine Vierteldrehung, und sein alter Freund fing ihn ohne sichtbare Anstrengung auf.

Er legte den Bewusstlosen auf den Boden. Vielleicht brauchte er den guten alten Promi noch. Er knöpfte langsam seinen Mantel auf, legte ihn auf einen der Tische am Fenster, seine Waffe obendrauf, und zog ein paar Gummihandschuhe an. Er spülte die beiden Bierflaschen, trocknete sie ab und stellte sie in eine Bierkiste zu anderen leeren Flaschen. Er wischte das Ding aus dem Regal sauber, trat kurz vor die Tür und wischte den Lichtschalter im Flur ab. Er kam zurück und schloss die Tür. Dann begann er mit der Suche.

Als Prometheus Praumann wieder zu sich kam, wollte er sich aufsetzen, aber er lag wie festgenagelt. Er spähte durch seine Augenschlitze. Er befand sich nicht da, wo er zusammengebrochen war. Irgendwo hörte er gleichmäßiges Gemurmel, methodisch, wie ein Schauspieler, der seine Rolle lernte, und dieses Geräusch erzeugte bei ihm mehr Angst als jedes Gebrüll, jede Drohung. Das Gemurmel kam näher. »... Wenn nicht so, dann eben anders. Es ist mein gutes Recht, nichts weiter als mein gutes Recht.« Ein dröhnender Schlag erfüllte seinen Hinterkopf. Jetzt merkte er, dass er mit dem Kopf an der Hängeregistratur lehnte. Ein weiterer harter Schlag auf das Metall, er sah dieses Ding in der Hand des anderen.

»Es ist nicht hier, Promi, nicht da, wo es sein sollte. Kannst du mir helfen?« Wieder dröhnte ein Schlag auf das Metall.

»Wo ist es? Sag's mir.« Das Gesicht des Besuchers näherte sich dem blutverschmierten Gesicht von Prometheus Praumann. Ein Augenpaar musterte ihn kühl. Dann setzte es den nächsten Hieb, diesmal in sein Gesicht. Das Nasenbein knackte. Er hatte immer diese furchtbare Kraft besessen, und er hatte sie sich aufgespart, durch die Jahrzehnte hinübergerettet. Es war noch so viel davon übrig.

»Wo?« Ein weiterer fester Schlag, frisches Blut fing an zu laufen, aus der Kehle kam es, hochgepumpt von seinem heißen Herzen. Praumann musste husten.

»Wo ist es?« Der dritte Schlag war so fest, dass Praumanns Schädelfront zerbrach. Er hob den Arm, mit dem er seinen Mörder hereingebeten hatte, die Finger zitterten. »Shaef«, flüsterte er, »Shaef.« Blut quoll aus seinem Mund und nahm zwei herausgebrochene Zähne mit wie ein Lavastrom Geröllbrocken. Dann hatte er es hinter sich. Der Besucher schenkte Praumanns Leiche einen kurzen Blick, dann ging er hinüber zum Safe. Er befühlte ihn. Die Kombination war da, wo sie früher auch gewesen war, unter einer Tischplatte, festgeklebt mit Malerband. Einem toten Hund kann man keine neuen Tricks beibringen.

ST Kapitel 2

Ich muss zum Friseur. Hauptkommissar Pachulke stand vor dem Spiegel in seinem Badezimmer und befühlte die ausgefransten Enden seiner Haarpracht, die schon weit über die Ohren reichte. Er sah aus wie ein räudiger Hippie. Sein heutiges Rendezvous würde darüber hinwegsehen, aber er musste zum Friseur. Er ging ins Zimmer und begann mit den dreißig Liegestützen. Seit Kollegin Zabriskie ihn mit der Bemerkung in den Bauch gepiekt hatte, »Wenn der so weiterwächst, wirst du dir eine größere Wohnung suchen müssen«, kämpfte er verbissen um ein niedrigeres Körpergewicht. Einsam war dieser Kampf nicht, denn Zabriskie beobachtete seine Essgewohnheiten mit Argusaugen und sparte nicht mit Anekdoten über Menschen, die bei ihrem Tod 340 kg wogen und in kein Kühlfach in der Leichenhalle passten.

Es knackte in den Zehen. Er atmete ein und aus, stand auf und rieb sich die Knie und trat ans Fenster. Im großen, entkernten Hof standen die Kastanien. Wieder heulte eine Bö ums Haus, von den Ästen stob der Neuschnee auf. Der Niederschlag hatte nachgelassen, aber wie an jedem Tag war das Fensterbrett draußen bereits einige Zentimeter hoch mit Schnee bedeckt. Es war eine akkurate Messeinrichtung, heute war es deutlich weniger als gestern. Alle Busse, alle Bahnen fuhren die Nacht über durch. Dieser Freitagabend gehörte ihm.

Das Badezimmer ging direkt vom Schlafzimmer ab, ein kleiner Luxus, den Pachulke genoss. Es war ein wenig wie im Hotel. Nach der Rasur stieg er unter die Dusche. Unter dem heißen und kalten Strahl des Wassers dachte er an Engine Plink, die ihn heute Abend begleiten würde. Er hatte lange gezögert, ob er mit ihr in die Oper gehen sollte. Erstens war sie eine Kollegin, zweitens war sie eine Frau. Zwei Personengruppen, deren Angehörige er nur nach reiflicher Überlegung in sein Privatleben ließ. Aber mit Engine Plink waren die Abende immer sehr vergnüglich. Sie fragte ihm ein Loch in den Bauch, er konnte glänzen. Sie war trinkfest, charmant, in keiner Weise aufdringlich und bezaubernd schön. »Dies Bildnis ist bezaubernd schön«, setzte Pachulke in einem leidlichen Tenor an, bekam eine Handvoll Wasser in den Mund, und die Arie des Tamino endete in einem Hustenanfall.

Abfrottiert und geföhnt patschte er sich Aftershave ins Gesicht, trat vor den Kleiderschrank und zog sich an. Auf dem Tischchen in der Diele lagen die Karten für Mozarts Zauberflöte. Die Treppen ging er zu Fuß, um ein paar sinnlos angehamsterte Kalorien zu verbrennen. Die Kirche am Lietzensee zeigte ihr charakteristisches Portal, ein schräges Trapez. Der Bürgersteig war bereits geräumt worden. Links und rechts ragten die weißen Haufen auf. Wer zu seinem Auto wollte, musste entweder zu einer Straßenecke und dann auf der Fahrbahn zurücklaufen oder schob sich durch den kniehohen Schnee. An der Ecke Suarezstraße und Steifensandstraße standen zwei Infos. Ihre blauen Lippen und dunklen Augen waren das Einzige, was die Skimütze von ihrem Gesicht freigab. Als Pachulke auf sie zukam, stellten sie sich in Positur, um den Straßennamen anzusagen, aber er winkte nur ab und huschte schnell hinüber zum Eingang der U-Bahn. An der zweiten Station stieg er aus und überquerte die Bismarckstraße. Er passierte Gruppen demonstrierender Studenten, die ihre Transparente unverdrossen vor der Oper hin und her trugen. Dunkle Limousinen und Taxis stauten sich vor dem Eingang. Pachulke sah teure Ohrgehänge, hektische Blicke auf kleine Uhren und natürlich telefonierte jeder Zweite mit dem Handy. Ein älteres Paar stieg aus, die Frau hob ihr Abendkleid mit einer routinierten Bewegung, und beide gingen gemessenen Schrittes zur Eingangstür.

Engine Plink stand bereits da, er war immer pünktlich, sie immer etwas pünktlicher. Ihre roten Locken lugten unter einer gestrickten schwarzen Mütze hervor, auf der eine zierliche Bommel saß. Die Schneeflocken hockten sich zwischen die groben Maschen. Mit der Andeutung einer Verbeugung überreichte Pachulke ihre Eintrittskarte. *Deutsche Oper, Freitag, der 2. Juni, 19 Uhr.*

Später am Abend saßen Pachulke und Plink noch bei einer Flasche Bordeaux zusammen. Ein Besuch im *Sans Soucis* gleich um die Ecke in der Krummen Straße gehörte zu einem gelungenen Abend. Pachulke erzählte Trivia aus Mozarts Leben und konnte die Augen nicht von den Händen seiner Begleitung lassen, die ein Eigenleben zu führen schienen. Wie das Gesicht jede seiner Bemerkungen mit einem Stirnrunzeln oder einem Nicken untermalte, waren ihre Hände wortlose, aber ausdrucksstarke Teilnehmer des Gesprächs. Es waren lange, schlanke Finger, die Nägel kurz geschnitten und nicht lackiert, was für eine Leiterin der Spurensicherung wohl angemessen war.

Während Pachulke redete, an den richtigen Stellen lachte und Wein trank, überlegte er, warum er Frau Plink bis zum heutigen Tage noch nichts von seiner früheren Leidenschaft für eine Sopranistin in der Komischen Oper erzählt hatte. Pachulke hatte Madrigal Cuauhtemoc zwei Jahre lang stumm angehimmelt, manchmal nach der Vorstellung bis nach Hause beschattet. »Das Schmachten« nannte er diesen Zustand jetzt. Eines Abends hatte er sie tatsächlich angesprochen, und zu seiner Verwirrung hatte sie seine Einladung angenommen. Heute Abend dachte Pachulke ernüchtert daran zurück. Sie hatten kaum geredet. Jeder Versuch, über Musik zu sprechen, war von ihr abgeblockt worden. Irgendwann war sie, höflich lächelnd, in stummes Brüten verfallen, hatte mit ihrem Proseccoglas gespielt. Beide waren froh gewesen, als ihr Chauffeur sie um halb zehn abgeholt hatte. Seitdem war Pachulke von romantischen Anwandlungen geheilt und man begegnete sich unter Erwachsenen. Sie war eine Frau mit einer überdurchschnittlichen Begabung für Koloraturgesang, er ein Mann mit einem Abonnement, Parkett 4. Reihe. Das genügte für viele schöne Abende.

Pachulke schlug mit dem Fingernagel gegen den Stiel seines Weinglases, ehe er den nächsten Schluck nahm. Er machte seiner Begleitung ein Kompliment. Bei den Violinen im zweiten Satz war ihr eine Kleinigkeit aufgefallen. Zugleich dachte er angestrengt über Engine Plink nach. Über Plink und ihn. Ihn und Plink. Ihn ohne Plink. Er genoss diese vierteljährlich anberaumten Abende sehr, aber auf ihnen lag eine gezwungene Heiterkeit. Öfter schon hatte einer von beiden das Thema gewechselt, als es nicht mehr über Arien und Vorspeisen, sondern um Plink und Pachulke gegangen war. Als Sätze gewechselt wurden, die man als Eingangstür in eine neue Ebene ihrer Bekanntschaft hätte nutzen können. Aber was, wenn sie feststellen würden, sich in der Tür geirrt zu haben? Pachulke überlegte, wie Plink diese Angelegenheit wohl sah. Er verteilte die letzten drei Fingerbreit wohltemperierten Rotweins in die Gläser und sagte: »Ich bin immer wieder erstaunt, wie schnell die Zeit in Ihrem Beisein vergeht. Unsere Begegnungen sind für mich schwerelos.«

Plink hielt den Kopf ruhig und betrachtete den Inhalt ihres Weinglases so durchdringend, als wolle sie gleich eine Pipette aus der Tasche ziehen.

Pachulke fuhr fort: »Ich habe mich dabei ertappt, dass ich im Kopf bestimmte Partien mit Ihnen bespreche, wenn ich sie zu Hause anhöre.«

»Das geht mir auch so«, erwiderte Plink. »Fast jedenfalls. Ich stehe vor dem CD-Regal und fange an, Sie um Ihre Meinung zu bitten.« Beide tranken einen Schluck.

Pachulke sagte: »In der Torstraße gibt es ein neues Musikgeschäft. Da habe ich mir vergangene Woche die *Carmen*-Aufnahme von Carlos Kleiber geholt.«

»Oh, spannend. Wo ist das Geschäft?«

»Am Rosenthaler Platz.«

»Ein Katzensprung von meiner Wohnung.«

»Eben, das dachte ich auch.«

»Der Wein ist hervorragend.«

»Macht keinen Kopf.«

»Leicht wie Bizet.«

Um halb zwölf verabschiedeten sie sich vor dem Restaurant. Pachulke sah den wenigen Passanten zu, die sich einzeln oder paarweise auf den Straßen bewegten, während er nach Hause spazierte. Er hatte sich damit arrangiert, unberührbar durch dieses Leben zu gehen. Es war nicht das schlechteste. Es sparte ungeheuer viel Zeit, allein zu leben. Er sah sich schon zufrieden in die Kissen sinken, unumarmt und ungeküsst, da brummte sein Handy. Einen lautlosen Fluch auf den Lippen, wühlte er seine elektronische Fußfessel de luxe aus seinem Jackett. Es konnte nur etwas Unangenehmes und Wichtiges sein.

»Wunderschönen guten Abend, Herr Hauptkommissar.«

Mist, das war Löffelholz, Plinks Stellvertreter bei der Spurensicherung. Jeder Tag, den er als wunderschön ausrief, barg eine Leiche.

»Hallo, was gibt's?«

»Leiche, männlich, in der Mediencity.«

Auch das noch. Bitte lass es keinen Schauspieler sein, der vom Balkon gesprungen ist. »Irgendjemand, der für die Kollegen von der schreibenden Zunft eine warme Mahlzeit abwerfen könnte?«

»Vermutlich sogar ein Drei-Gänge-Menü. Prometheus Praumann ist erschlagen worden.« Pachulkes nächsten Fluch hätte auch das Paar auf dem Bürgersteig gegenüber buchstabieren können.

Kein Mensch, dem das Gesicht zertrümmert worden ist, vermag es, den Betrachter vorbehaltlos für sich einzunehmen. Aber dieser Tote stieß Pachulke ab. Er stand vor der Leiche von Prometheus Praumann. Er hätte diesen Mann nicht gemocht. Er wirkte verlebt und grob. Gier hatte sich über Jahre in diesem Gesicht angelagert, mehr als die Altersflecken, die hängenden Wangen und die getrimmten grauen Augenbrauen gab sie dem Gesicht etwas Charakteristisches. Soweit es unter dem verkrusteten Blut zu sehen war.

In dem großen hell und gleichmäßig ausgeleuchteten Loft standen einfache Metallregale, jedes mehr als einen Meter tief, grau mattiert, die Böden wurden mit schweren Bogenschellen an ihrem Platz gehalten. Sie reichten bis zur Decke und waren angefüllt mit Dingen. Zwischen den Regalen verliefen schmale Gänge, und an jedem der Gestelle befand sich eine steil angelehnte Leiter, die unten auf Gummireifen, am oberen Ende leicht und schnell über eine Leiste lief. Auf einem Tisch stand zwischen riesigen Sechskantmuttern – vermutlich aus dem Schiffsbau – eine Reihe von Nachschlagewerken und Katalogen, in denen andere Dinge zu finden waren, die Leute kauften. Pachulke warf einen Blick über die Schulter zu Löffelholz, der gerade mit einem Kollegen diskutierte. Er fing Pachulkes Blick auf und nickte. Der Tisch mit den Katalogen war zur Begutachtung freigegeben. Pachulke nahm einen in die Hand: *Prometheus Praumann, Katalog Nr. 36. Trouvaillen und Schätze.* Der Band war in diesem Jahr erschienen. Pachulke schlug ihn auf. *Voltaire Flugschriften. Die Tschechoslowakei von 1945–1968. Zwischen Kapitalismus und Revolution. Guter Zustand, Besitzervermerk auf dem Innentitel, 250 Euro.* Er hob das Papier ans Gesicht. Frisch gebadete Babys und neue Bücher rochen immer rosig und sauber. Er mochte das.

Neben einem anderen Tisch standen links und rechts ein Scheinwerfer und ein mit Gaze bespannter Rahmen. Hier wurden die Dinge schlagschattenfrei fotografiert, damit man sie sich später im Katalog anschauen konnte. Auf dem dritten Tisch befanden sich ein Mikroskop, Lupen, Bürsten, Pinsel, fusselfreie Tücher, ein Fön, Pipetten, ein Bunsenbrenner, Hobel, Schleifpapier, ein selbst gebautes Gestell aus Holz für viele verschiedene Klebebandrollen. Man machte die Dinge sauber und schön, jedoch niemals alt, denn alt waren sie bereits. Deshalb wurden sie in Katalogen aufgelistet, die sich Leute nach Hause schicken ließen, die gern alte Dinge um sich hatten.

Dann kam eine große Kiste mit Kunststoffflocken, die aussahen wie verfaulte Kartoffelchips und bestimmt noch schlechter schmeckten. Unter dem Tisch türmte sich ein Berg großer und kleiner Kartons. Auf dem Tisch lagen Bögen hellbraunen Papiers, noch dünner als Zeitungen. Es ließ sich gut knüllen und stopfen. Zusammen mit den Kartons und den gelblichen Chips sorgte das Papier dafür, dass die Dinge in einwandfreiem Zustand zu den Leuten gelangten, die sie in den Katalogen ausgesucht hatten.

Dann kam der Schreibtisch. Pachulke sah eine Tastatur und einen Bildschirm. Er betrachtete das Foto auf dem Display. 800 Euro für vergammeltes Puddingpulver. Er traute seinen Augen nicht. Ein Schreibfehler, vermutlich 80 Euro, aber 80 Euro waren genauso absurd. 80 Cent. Er ging zurück zu dem Katalog und blätterte darin herum. Sein Blick fiel auf ein Foto, das ein Trinkglas zeigte. *»Nr. 64 326 Wasserglas, Mensa Freie Universität. Herstellungsjahr unbekannt, vor 1967. Aus diesem Glas trank Herbert Marcuse während seines Vortrags ›Das Problem der Gewalt in der Opposition‹ am 11. Juli 1967 im Audimax (HenryFordBau) der Freien Universität. Ein Hausmeister konnte dieses Glas nach dem Ende der Veranstaltung beim Aufräumen sichern. Es ist durch mehrere Augenzeugen eindeutig identifiziert. Dieses besondere Unikat verleiht jedem Wohnzimmer kritischen Glanz und sollte nur in Liebhaberhände geraten. Preis: 28.000 Euro.«*

Pachulke schlug den Katalog zu und winkte Löffelholz heran. »Haben Sie schon einmal einen Blick in die Kataloge geworfen?«

Löffelholz fuhr sich mit der Hand durch sein schütteres hellblondes Haar. »Nur vom Feinsten. Der hatte einfach ein Händchen für diese Dinge.« Er räusperte sich. »Hab meinen Eltern zum Hochzeitstag eine alte Kinokarte aus der Filmbühne am Steinplatz von *Viva Maria* geschenkt. Der Film war damals in bestimmten Kreisen sehr populär.«

Pachulke zuckte zusammen. »Sie haben hier eingekauft?«

»Nur eine Kleinigkeit, und nur per Katalog. Ich kannte Praumann«, er sah kurz zur Leiche hinüber, »nicht persönlich. Die wirklich interessanten Sachen sind unbezahlbar. Hier, kommen Sie mal mit.« Er führte Pachulke an eines der großen Regale und zeigte auf einen merkwürdig gekrümmten schwarzen Stein. »Der allererste Spülschwamm der Kommune 1. Der Fön von Rainer Langhans. Das Mundspray von Klaus Rainer Röhl. Und ein abgeschnittener Zehennagel vom Revolutionsführer persönlich. Aus seinem Badezimmer heimlich entwendet. Natürlich von der großen Zehe.« Löffelholz schüttelte eine verkorkte Ampulle, und der Zehennagel darin bewegte sich leise.

»Fehlt etwas?«, fragte Pachulke, und jetzt war es Löffelholz, der zusammenzuckte.

»Woher soll ich das wissen? Praumann war der größte Luxusantiquitätenhändler der Stadt, und das hier ist sein Depot. Woher soll ich wissen, ob der Mörder den Zahnstocher von Ulrike Meinhof gestohlen hat.«

»Ulrike Meinhof hat Zahnstocher benutzt?«, wollte Pachulke wissen.

»Nein, was weiß ich. Das war nur ein fiktives Beispiel«, sagte Löffelholz. Er ließ die Schultern hängen. Pachulke tat sein Sarkasmus leid. Löffelholz war ein guter Mann, Ende zwanzig, aber mit einer frühen Neigung zur Glatze geschlagen, sah er aus wie Ende vierzig und war ebenso bewandert wie Kollegen in diesem Alter.

»Entschuldigung, mich hat diese Ansammlung von Prachtstücken«, er blickte noch einmal kurz auf die Ampulle mit dem Zehennagel hinüber, »aus der Fassung gebracht. Ich interessiere mich auch für alte Sachen, alte Opernaufnahmen zum Beispiel. Aber das Erste, was ich hier gesehen habe, war ein Päckchen mit Puddingpulver.«

»Das Puddingattentat.«

»Ein Attentat mit Pudding?«

»Die wollten einen Rosinenbomber kapern und eine Tonne Vanillepudding über dem Amerikahaus abwerfen, diese rücksichtslosen Aktivisten. Aber eine aufmerksame Kassiererin hat gemerkt, dass das Puddingpulver immer ausverkauft war, so konnte der Plan vereitelt werden.«

Pachulke schüttelte den Kopf.

»Der Safe ist offen«, sagte Löffelholz.

»Aufgebrochen?«

»Nein, der Schlüssel steckt.«

»Das heißt, Praumann hat seinen Mörder gekannt.«

»Kann sein«, sagte Löffelholz. »Oder der Mörder war mit den Räumlichkeiten vertraut.«

Pachulke nickte.

Der Safe war in die Wand eingelassen und leer. Er war klein, dreißig mal dreißig mal dreißig Zentimeter. Eine Galionsfigur hätte dort nicht hineingepasst, aber das war eine andere Epoche. Und wer wollte schon ein Schiffswrack bergen, wenn er untergegangene Schätze bei jeder zweiten Wohnungsauflösung finden konnte.

Wenn das, was der Mörder gesucht hatte, falls er etwas gesucht hatte und nicht einfach nur Praumanns Preisgestaltung für überkandidelt hielt, aber selbst fanatische Verbraucherschützer ziehen nicht mordend durch die Straßen, – wenn also das Zielobjekt in diesem Safe verborgen gewesen war, dann gab es viele Möglichkeiten. Ein Schmuckstück, ein Buch, ein Brief, eine Briefmarke, eine Schallplatte, die gab es damals noch in rauen Mengen. Aber wieso von damals? Geld war ein sehr starkes Mordmotiv. Hatte Praumann jemand erpresst? Oder es war ein Datenträger, ein USB-Stick von der Größe eines Tampons mit Fotos von zwanzigtausend Galionsfiguren. Und eine barg ein tödliches Geheimnis, weil sie gefälscht war. War Praumann Gutachter für diesen Krimskrams gewesen? Pachulkes Blick wanderte über die verschiedenen Regalböden und ihn befiel ein leichter Schwindel. Sie mussten das alles, jeden Strohhalm, jede Zahnbürste, jeden Mensaspeiseplan einsammeln und mit der Festplatte, den Katalogen und den Rechnungen abgleichen. Und falls der Herr Praumann schon ein wenig verkalkt gewesen war und unvollständig inventarisiert hatte, dann konnten sie falsche Spuren verfolgen bis an ihr Lebensende. Der Schwindel ging vorüber. Pachulke hatte gelernt, sich an die überschaubaren Tatsachen zu halten.

Er ging zurück zur Leiche und begutachtete den Schädel. Vier, fünf Schläge. Mit dem ersten hatte er Praumann bewusstlos geschlagen, das war die brombeerfarbene Beule rechts vorne. Danach hatte der Täter drei oder vier Schläge mitten ins Gesicht gesetzt. Der letzte und nur der letzte musste tödlich gewesen sein, das hatte ihm Tenbrink kurz gesagt. Tenbrink war der Gerichtsmediziner und stand draußen im Gang und wartete auf die Leichenträger. Pachulke hörte ein scharfes Sirren und Sausen, es fauchte in seinem Ohr. Er hielt sich die Nase zu und presste Luft in den Gehörkanal, und das Fauchen verschwand.

Seit einiger Zeit schrammte er immer knapp am Tinnitus entlang. Solche Warnsignale darf man nicht ignorieren. Er war schon lange nicht mehr beim Arzt gewesen. Aber war das gut oder schlecht in seinem Alter?

Ein ökonomisch agierender Mörder. Fünf Schläge, fünf Wirkungen. Kein Handgriff zu viel, keine Spur von Raserei. Pachulke untersuchte den Metallschrank, an dem die Leiche lehnte. Auf der obersten Schublade entdeckte er eine winzige Delle. Also doch Wut. Er schlug vorsichtig mit der flachen Hand gegen die zweite Schublade von oben. Die Vorderfront des Schranks vibrierte leise. Dann schlug er mit der flachen Hand zu, so fest er konnte. Es gab einen gewaltigen Schlag und die Kollegen, die fotografierten und bereits Sachen aus dem Loft schleppten, blickten kurz auf. Pachulke hob beide Hände als Entschuldigung für diesen Zwischenfall. Das war keine Wut, das war genaues Kalkül wie alles andere. Angst hatte der Mörder Praumann machen wollen, Angst durch infernalisches Dröhnen.

Zwei Sanitäter steckten den Kopf durch die Tür. Tenbrink hatte sie mit seinen Instruktionen zur Leiche durchgewunken. Pachulke trat beiseite. Der Reißverschluss des Leichensacks schnurrte, gleich darauf war Prometheus Praumann auf dem Weg in die Anatomie. Tenbrink kam herein und nickte.

»Was denkst du, Robert?«, fragte Pachulke.

»Ein fauler Mörder«, sagte der Arzt.

»Ein sparsamer Mörder.«

»Er teilt sich die Kräfte ein, weil er noch mehr vorhat?«

Pachulke seufzte und rieb sich die Schläfen. »Könnte sein. Aber über die hier gehorteten Dinge finden wir ihn nicht.«

»Abwarten, Dinge werden so gesprächig wie Leichen, wenn man ihnen die richtigen Fragen stellt.«

»Wer hat Praumann gefunden?«

»Ein Trödler. Sitzt unten und zittert. Sagt, Praumann hätte öfter was von ihm gekauft, einen Kleiderbügel von einer Frau Obermüller oder so ähnlich. Und Puddingrezepte. Der Mann ist völlig durcheinander.«

»Den werden wir uns mal vornehmen. Freundlich, aber bestimmt.«

Bevor Pachulke die Wohnung verließ, ging er noch einmal zur Hängeregistratur. Er zog die zweite Schublade von oben auf. Sie war angefüllt mit braunen Hängemappen, nicht zum Abheften, sondern zum Ablegen, Hängetaschen. Darin steckten Fotos in transparenten Umschlägen. Er zog eines heraus. Es zeigte einen schlanken Mann, der mit einem Seesack über der Schulter die Gangway eines Schiffs herunterspaziert kam. Er trug die Uniform der US Army und ein strahlendes, leicht schiefes Lächeln. Elvis Presley war in Bremerhaven gelandet. Pachulke hielt den Umschlag gegen das Licht und sah darin einen schmalen Streifen, das Negativ. Er steckte den Umschlag zurück in die Mappe und las auf dem Reiter. Dort war ein Datum vermerkt, vermutlich das der Ankunft von Elvis. Er winkte Löffelholz zu sich heran und zeigte ihm die Delle. Löffelholz wollte einen der Spurensicherer heranholen, aber Pachulke hielt ihn zurück. »Das machen Sie. Der Mörder ist klug. Aber wir haben einen, der klüger ist.« Er nickte kurz und Löffelholz richtete sich kerzengerade auf, als er das hörte.

Die Begegnung mit dem Trödler war unergiebig. Er hatte niemand das Gebäude verlassen sehen, war niemand im Gebäude begegnet. Niemand war über die Straße gerannt, kein Reifen hatte gequietscht. Sein Verhältnis zu Praumann? Rein geschäftlich und immer wieder unerfreulich. Praumann konnte laut werden, kurz angebunden sein, war eitel und unerbittlich bei den Verhandlungen um den Preis. Aber er zahlte besser als alle anderen, wenn ihm ein Objekt wichtig war.

»Wissen Sie«, sagte der Trödler, dessen hagere Figur in dem dicken Mantel fast verschwand, »ich habe ihm nicht irgendwelchen Müll angeboten. Aber er hat die Leute gekannt, die bereit waren, wirklich Geld für diese Sachen zu bezahlen. Er war einer von ihnen.«

»Was haben Sie denn diesmal dabeigehabt?«, wollte Pachulke wissen.

Der Trödler nestelte an einem alten Lederrucksack herum und holte schließlich ein Megafon daraus hervor. »Vom AStA der Uni in Frankfurt am Main, von 1968 – und mit Zertifikat. Funktioniert einwandfrei. Soll ich mal?«

Das Megafon knackte kurz, Pachulke schüttelte den Kopf. »Was hätte Praumann Ihnen dafür bezahlt?«, fragte er.

»300. Wenn ich mich ins Zeug gelegt hätte, vielleicht auch 500.«

»Verkauft hätte er es für wie viel?«

»7000, deutlich unter 10 jedenfalls.« Er besah seinen Schatz und seufzte. »Seine Kundenkartei, die hätte ich wirklich gern.«

Pachulke legte den Kopf schief. Er fragte sich, ob der Mörder in der Kundenkartei zu finden war. Der Mann zauberte ein erstaunlich jungenhaftes Lächeln in sein struppiges Gesicht. »Oh nein, niemals hätte ich ihn dafür erschlagen.«

»Das halten wir auch für sehr unwahrscheinlich«, sagte Pachulke leise und zog seine Mundwinkel hoch, so gut es ging. Der Trödler war entlassen und ging langsam zur Warschauer Brücke.

In seinem Treppenhaus stand Pachulke da und lauschte. Jetzt hielt er den Atem an. Aber der wollte raus aus der Lunge. Vier Treppen sind kein Pappenstiel, sechs Kilo Übergewicht auch nicht. Sechs mal vier, das waren schon vierundzwanzig. Als er das Gewicht vorsichtig vom linken auf den rechten Fuß verlagerte, knirschte es leise. Auf dem Treppenabsatz lagen schwarze Körnchen, schwarzer Dreck lag da, der feine Abrieb von Briketts, klitzekleine Krümel mit rechteckigen Kanten. Er betrachtete die Wohnungstür. Gestrichen in einem dunklen Braun, das alles in sich aufgesogen hatte, was sich auf dieser Etage zugetragen hatte: Umzüge, Abschiedsszenen, Ehekrach, gezeugte Kinder, gebrochene Versprechen, Missverständnisse und Mieterhöhungen. Ein neuer Anstrich hätte der Tür nicht geschadet. Vorher würde man sie abschleifen müssen, aber in der staubfein zermahlenen Farbe hätte man das Gebrüll schnapswütender Männer und das Ächzen der Frauen, die ihre schmerzenden Bandscheiben nach vierzig Jahren Aufwischen befühlen, nicht gefunden, nicht einmal unter dem Mikroskop. Wo ging das hin, das ganze Zeug? Bis auf die frischen, schwarz glänzenden Krümel war der Treppenabsatz sauber.

Die Tür war angelehnt. Pachulkes Atem ging jetzt wieder regelmäßig, gehorchte wie auch sonst tagaus, tagein dem Balg des Zwerchfells. Er holte einmal tief Luft, dann drückte er mit einem schnellen Fußtritt die Tür auf und ging hinein. Die Wohnung war leer, Pachulke lebte allein. Mittelalt, mittelgroß, mittelschwer, keine Kinder, keine Haustiere.

Mit einer gekonnten Drehung des rechten Handgelenks stellte er das Bündel Briketts neben dem Kachelofen ab. Ein Kachelofen, gierig wie ein Vogeljunges, verwöhnt wie eine alte Dame aus besseren Kreisen in Windeln. Gib mir zu fressen, mach mich sauber, lüfte mich, putz mich, gib mir mehr zu fressen, sei für mich da. Der Ofen ragte hoch bis unter die Decke, eine kleine gothische Kathedrale in Dunkelblau. Er beherrschte das Zimmer und den Rest der Wohnung. Ein drei Meter hohes Schmuckstück, dessen Schicksal besiegelt war.

In einem Jahr spätestens, so hatte es die Hausverwaltung versprochen, kam die neue Gasetagenheizung. Noch verkoofen, aber sonst Kacheln und Schamott, flott auf den Schrott. Oder behalten. »Wenn Sie es wünschen, wird der Kachelofen stillgelegt, und Sie können Ihn als Zimmerzierde behalten«, hatte die Hausverwaltung mitgeteilt. Ein stillgelegter Kachelofen, daneben würde ein ausgestopfter Elch hübsch aussehen.

Draußen fiel im Dämmerlicht der Schnee auf das spitze Dach der Kirche in unmittelbarer Nachbarschaft seiner Wohnung. Im ölig gelben Licht der Straßenlaternen warfen die Flocken winzige Schatten auf die Fensterscheiben. Pachulke ging zurück ins Treppenhaus und trug das zweite Bündel Briketts in die Küche. Dann machte er das Radio an.

Der weiche Ton einer Klarinette zog durch die Küche, und der Sänger erzählte vom Altwerden. *Wirst du mich noch brauchen, wirst du mich noch füttern?,* fragte er. *Wenn ich 64 bin.* Es war, als sei ein alter Bekannter ins Zimmer gekommen, als sei er niemals weg gewesen.

Pachulke holte eine Schere aus der obersten Schublade des Küchenbüfetts und schnitt das schwarze Plastikband auseinander, das die Briketts zusammenhielt. Die obersten Briketts fielen leise polternd in eine Kiste, die Pachulke für seinen Brennstoffvorrat hatte anfertigen lassen. Dubinski fiel ihm ein, während er ins Wohnzimmer ging, um vorsichtig das andere Bündel neben dem Kachelofen aufzuschneiden. Er überlegte, wann er das Lied zum ersten Mal gehört hatte, das jetzt leise und blechern aus seinem alten Radio herüberklang. *Will you still, will you still …?*

Es war die Zeit der Unruhe gewesen, in jenen Jahren, in denen die Dinge sich verschoben hatten, als alles anders geworden war. Die Bilder, die er vom Revolutionsführer im Kopf hatte, wie er hinter Mikrofonen und Megafonen gestikulierte, unermüdlich, glänzend in seiner Zielstrebigkeit, wie er auf der Straße lag und verblutete, waren verbunden mit dieser flehentlichen Liebeserklärung und dem schlurfigen Rhythmus, getragen von der Basstrommel, stampfend und unerschütterlich wie eine Schiffsschraube. *Im Ferienhäuschen, die Enkel auf den Knien? Wirst du mich?* Wenn ich inkontinent und dement bin?

Der Radiomoderator ergriff das Wort. »Immer wieder schön.

Damit gratuliert die Familie Steingräber ganz herzlich dem Opa Kurt in der Seniorenresidenz Abendrot am Paul-Lincke-Ufer in Kreuzberg zu seinem Achtzigsten. Ein unvergängliches Lied an seinem Festtag verbunden mit der Hoffnung, dass er immer noch so rüstig ist wie an seinem Siebzigsten.«

Pachulke kam in die Küche, füllte Wasser in den Kocher, stellte ihn an und warf einen schnurlosen Teebeutel in eine Steinguttasse, die er seit Jahren nicht abgespült hatte. Sie war innen mit einer Patina überzogen, die nach allem roch, aber nicht nach anionischen Tensiden und zitronenfrischer Sauberkeit. Das Wasser sprudelte auf, der Kocher machte Klack, und Pachulke brühte den Tee. Der Beutel schwamm oben und drehte sich im Schwung des aufgegossenen Wassers mit. Seine Kollegin Zabriskie brütete seit einigen Tagen über einer *Wasserleiche, weiblich,* die sie mit einem Kran aus dem Landwehrkanal gezogen hatten. Das heiße Wasser in der Tasse hatte den Teebeutel leicht aufgebläht. Eine Assoziation entstand vor seinen Augen, die Pachulke gern vermieden hätte.

Pachulke ging ins Wohnzimmer und heizte den Ofen an. Während er darauf wartete, dass die Briketts durchglühten und er ins Bett gehen konnte, trank er seinen Tee. Er versuchte, sich an den Anfang des Liedes zu erinnern, aber er fiel ihm nicht ein.

ER Kapitel 3

Vor einem Monat musste sie sehr schön gewesen sein. Kurz geschnittene schwarze Haare, die geglänzt hatten wie das Fell eines Otters. Zierliche Füße und Hände, feste Brüste, feine Gesichtszüge, ausrasierte Schambehaarung bis auf ein kleines, auf der Längsseite stehendes Dreieck oberhalb der Labien. Radulescu, der Computerexperte, hatte sich bei der digitalen Rekonstruktion richtig Mühe gegeben, weil er merkte, dass es wichtig für

Zabriskie war, noch wichtiger als sonst. Andere Männer schenken Frauen, für die sie schwärmen, Pralinen oder Blumen. Radulescu schenkte Zabriskie die anschaulichsten Leichengesichter, die man finden konnte. Und so war am Bildschirm aus dem aufgedunsenen Ballon eine junge Frau geworden, digital, sauber und anonym wie ein Avatar, aber mit vermutlich größerer Ähnlichkeit zu der Lebenden als das, was sie vor vier Tagen aus dem Landwehrkanal gezogen hatten.

Xenia Yolantha Zabriskie, Kommissarin und engste Mitarbeiterin von Pachulke – er vermied zu ihrer stillen Freude konsequent das Wort »Assistentin« – , saß an diesem grauen Samstagmorgen an ihrem Schreibtisch und legte die Fotos der Wasserleiche in verschiedenen Konstellationen vor sich aus. Dazwischen überflog sie den Obduktionsbericht von Robert Tenbrink.

… Süßwasseralgenanlagerung in Nase, Ohren und im Genitalbereich … vergleichsweise langsame Verwesung aufgrund der niedrigen Wassertemperaturen … Alter zwischen 18 und 28 Jahren … Zähne ohne Behandlungsspuren, keine Operationsnarben … besondere Kennzeichen: Zungenpiercing …

Zabriskie schaute auf ein Bild des Kopfes: Er war grünlichbraun angelaufen, pralle Wangen und Lippen, von den Fischen und Krebsen sauber ausgefressene Augenhöhlen. Eine Fratze aus einem besonders finsteren Albtraum, nicht Mann, nicht Frau, nicht menschlich mehr, dieses Gesicht. Persönliche Unterlagen gab es keine, keine Monatskarte, keinen Ausweis, keinen Hausschlüssel. Die Frau hatte sich am letzten Tag ihres Lebens für einen sehr kurzen schwarzen Jeansrock entschieden, dazu schwarze Nylons mit kleinen Blüten, kurzschäftige schwarze Stiefel mit flachen Absätzen, einer breiten Zierschnalle und Pelzbesatz am Schaft, ein schwarzes Seidenunterhemd, darüber eine schwarze Bluse. Dazu einen kurzen Mantel, schwarz und gesteppt, mit einer Kapuze und herausnehmbarem Lammfellfutter. Alles ohne Namensetiketten, alles gängige Ware. Das einzig Auffällige an der Kleidung war die sehr teure Unterwäsche. Vermutlich hatte die so viel gekostet wie alles andere zusammen. Der linke Ärmel des Mantels war eingerissen, als hätte ihn jemand mit einer stumpfen Klinge zerschnitten.

Zabriskie hatte schon viele Wasserleichen begutachten müssen, und es irritierte sie, dass sie mit dieser Toten mehr verband als nur der berufliche Ehrgeiz, eine Unbekannte zu identifizieren, die wahrscheinlich Opfer eines Gewaltverbrechens geworden war. Auch das wussten sie und ihre Kollegen nicht genau. Die Leiche hatte zwar eine Schädelverletzung, die sehr schnell auch an Land Todesursache geworden wäre, aber letztendlich war sie ertrunken. Gegen einen Brückenpfeiler geknallt, als sie ins Wasser gesprungen war. Wo das passiert sein konnte, war nicht eindeutig zu bestimmen. Auch im Landwehrkanal gab es eine minimale Strömung. Auf der Höhe der Versuchsanstalt für Wasserbau und Schiffbau stand ein kleines Wehr, und östlich davon war sie aufgetaucht. Noch ein Stück weiter kam die Schleuse mit ihrer Sogwirkung. Lief man in die Gegenrichtung weg, kam erst die Lichtensteinbrücke, ein schmaler Fußgängersteig, dann die Corneliusbrücke und daneben die Herkulesbrücke. Die Herkulesbrücke erschien Zabriskie unwahrscheinlich als Ort für einen Selbstmord. Es war dort hell erleuchtet, und eine stark befahrene Straße führte über den Kanal. Aber Zabriskie glaubte nicht an einen Suizid. Irgendjemand hatte entschieden, dass dieses junge, selbstbewusste Leben ein Ende finden sollte. Auf Selbstbewusstsein ließ nicht nur die Kleidung, sondern auch der Schmuck schließen. Kein billiger Modeschmuck, sondern ein Paar Ohrstecker, in Gold gefasste, oval geschliffene Brillianten. Die Unterwäsche, eine Kombination aus Slip und BH, war nach vier Wochen auf dem Grund des Kanals noch farbecht. Etwa vier Wochen, das hatte Tenbrink ihr als Schätzung mitgeteilt, war die Leiche im Wasser gewesen.

Am 31. Mai um 6:30 Uhr hatte ein Jogger einen weißen Gegenstand im Wasser treiben sehen. »Zuerst dachte ich, es ist ein Plastiksack«, hatte er zu Protokoll gegeben. Aber die meisten Menschen irren sich im ersten Moment, wenn sie eine Leiche entdecken. Selbst wenn es ein Angehöriger war, den man gepflegt hatte, das Erkennen des Todes hatte immer etwas schmerzhaft Unwirkliches.

Zabriskie sah aus dem Fenster. Drüben lag das *Wellness Lufthotel,* vormals der Flughafen Tempelhof. Eine Maschine kroch gerade der tief hängenden Wolkendecke entgegen. Im Mai hatte es wegen des starken Schneefalls immer wieder Flugverbote gegeben. Auch der lebensmüde Filmschauspieler aus Übersee, der extra hierhergekommen war, saß fest und hatte sich gedulden müssen. Jeden Tag hatte er neue Interviews gegeben, auf allen Kanälen dafür geworben, solchermaßen aus dem Leben zu scheiden. Das *Wellness Lufthotel* war ein Weg für Exzentriker mit dem nötigen Kleingeld, höchst individuell abzutreten. Dafür musste jeder einen achtwöchigen Pilotenkurs machen. Pachulke nannte das den Crashkurs. Das Fernsehen zeigte den Star, wie er auf die theoretische Prüfung büffelte, in Badehose am Hotelpool. Nach bestandener Prüfung durfte der lebensmüde Gast dann seine Boeing oder Cessna persönlich in ein ausgewähltes Gebäude der Stadt lenken, das bei entsprechender Wichtigkeit danach sofort wieder aufgebaut wurde. Der Schauspieler hatte sich mit seinem ausrangierten Airbus schließlich für den Bendlerblock entschieden. Das war zugegebenermaßen spektakulär.

Das Flugzeug, das soeben aufgestiegen war, war eine kleine zweisitzige Maschine. Es zermalmte also wahrscheinlich nur ein leer stehendes Reihenhaus in Lichtenrade.

Als sie als Polizistin anfing, hatte Zabriskie sich geschworen, keine Arbeit mit nach Hause zu nehmen. Und nie hatte sie auch nur einen Aktenvermerk in ihrer Wohnung in der Cantianstraße gehabt. Das war ihr Nest, und die Gewalt und der Tod mussten draußen bleiben. Vorgestern Abend war sie bei ihrem rituellen Feierabendbad mit Whisky in der Wanne eingeschlafen und hatte geträumt. Von einer weichen weißen Seekuh mit zwei Beinen, einer Nixe mit kurzen schwarzen Haaren, aus deren Augenhöhlen Seegras wuchs. Am Boden des Meeres waren kleine Nacktschnecken aufgetaucht. Diese entpuppten sich bei näherem Hinsehen als Finger, denen die Nägel fehlten. Sie krochen über den Boden ihrer Badewanne, und mit einem Schrei war sie aufgewacht und hatte schrecklich gefroren. Das Whiskyglas auf dem Badewannenrand war heruntergefallen und zerbrochen. Immerhin hatte sie sich beim Aussteigen nicht in den Fuß geschnitten, sondern war mit klappernden Zähnen in die Küche und dann ins Schlafzimmer geflohen. Nur eine Wärmflasche und ein extra großer Whisky hatten eine schwere Erkältung verhindert. Wenn sie versuchte, ihre Angst vor dem Tod zu benennen, um sie besser verarbeiten zu können, dann war es vor allem der Gedanke, dass ihre Wohnung nicht aufgeräumt sein würde. Und sie konnte den Sanitätern nichts anbieten, die sie aus der Badewanne oder aus dem Bett hieven würden. Und dass jemand ihren Kleiderschrank leer räumen würde. Nach dem Albtraum im Bad waren ihre Finger und Füße so eingeschrumpelt, dass es mehr als einen Tag dauerte, bis die Fettreserven in die Gliedmaßen zurückkehrten.

Es war nicht gut, dass sie heute hier war. Sie rieb ihre Fingerkuppen aneinander und nahm sich die beiden Fotos der Hände von »Ophelia« vor. So hatte sie die Frau für sich genannt. Auch das sollte man nicht tun, wie sie aus verschiedenen Supervisionsterminen mit der Polizeipsychologin wusste. Sie las im Obduktionsbericht: *Infolge der langen Liegezeit im Wasser ist ein Aufspritzen der Fingerbeeren zum Zwecke der daktyloskopischen Behandlung nicht möglich, da die Oberhaut zu starke Wellungen aufweist. Zweckmäßigerweise wurden die Finger daher von der Leiche separiert.* Zabriskie biss sich auf die Unterlippe. Die Finger lagen jetzt in zwei Gläsern, für jede Hand eins, und wurden im Wasser vorsichtig erwärmt und genau beobachtet. Wenn sich die Oberhaut, in der sich die Fingerabdruckmuster befanden, von der Lederhaut vollständig ablöste, konnten die Hautkuppen getrocknet werden. Dr. Tenbrink hatte seine Finger Zabriskie entgegengespreizt und voller Bedauern gesagt: »Sehen Sie sich diese Wurstfinger an. Ich fürchte, Sie sind diejenige, die sich die Präparate anziehen muss, um die Fingerabdrücke zu nehmen.« Vielen Dank auch. Dass Tenbrink dabei ihre Finger auch noch befühlt hatte wie die Hexe den Hänsel, hatte ihre Laune nicht verbessert.

Als Dorfner davon erfuhr, hatte er sofort gesagt: »Das nenne ich echte Empathie, Zabriskie. Mir würden andere Hautpartien einfallen, in die ich meine Finger lieber stecken würde.« Dass Dorfner mit einer Wasserleiche fummeln würde, glaubte Zabriskie sofort. Aber woher kannte er das Wort Empathie?

Zu ihrem großen Ärger trat das armselige Scheusal, welches ihr Kollege war, in diesem Moment ins Zimmer. Er zog ein Bürowägelchen aus Leichtmetall hinter sich her.

»Guten Morgen, mein lieber Dorfner.«

»Guten Morgen, verehrte Kollegin. Na, immer noch Sehnsucht nach der geheimnisvollen Schönheit mit dem leeren Blick?«

Zabriskie überging die Frage. »Was machst du denn am Wochenende hier?«

»Großauftrag für einen erfahrenen Papierfresser.«

Ein Hauch von Selbstironie war erkennbar. Es gab in diesem Kopf tatsächlich menschliche Intelligenz.

Dorfners Augen waren wässrig wie ein schlecht gemixter Drink. Zabriskie sah ihn so desinteressiert wie möglich an.

Dorfner machte es ihr leicht. »Heute Nacht reingekommen, und es kommt immer noch mehr. Prometheus Praumann ist erschlagen worden, dieser Edel-Antiquitätenhändler an der Oberbaumbrücke. Die Jungs räumen seit heute Nacht sein Loft aus. Löffelholz macht den Supervisor, weil er sich mit Geschichte auskennt. Pachulke denkt, der Mörder hat bei Praumann etwas gesucht, und will wissen, ob die Buchhaltung mit dem Inventarbestand übereinstimmt. Die Party steigt im K4, Pachulke ist auch dabei.« K4 war ein riesiger Kellerraum, der keinen bestimmten Zweck hatte.

Dorfner seufzte, bückte sich und kroch unter seinen Schreibtisch. Als er wieder auftauchte, schob er den Rechner unter dem Tisch hervor und legte ihn flach auf das untere Brett seines Gefährts. Auf den grauen Kasten mit den Lüftungsschlitzen legte er die Tastatur, den Monitor platzierte er eine Etage darüber. Als er nach dem Drucker griff, gab Zabriskie einen knurrenden Laut von sich, aber Dorfner zuckte nur mit den Achseln und sagte: »Gott will es.« Dabei zeigte er mit beiden Zeigefingern nach unten. Das Knurren wurde zu einem Seufzen. Dorfner deutete eine Verbeugung an, öffnete die Tür und war mitsamt seinem Wägelchen verschwunden.

Zabriskie ging zu ihrem persönlichen, verschließbaren Metallschrank mit dem Kryptoniteschloss für 165,99 Euro, sperrte ihn auf und holte einen simplen, aber zuverlässigen Laserdrucker heraus, den sie für derartige Zwischenfälle auf eigene Kosten angeschafft hatte. Auch der kleine Laptop auf ihrem Schreibtisch gehörte ihr. Vor zwei Monaten hatte sie bei der Sachmittelstelle einen Antrag auf einen größeren Arbeitsspeicher gestellt. Am nächsten Tag war ihr Rechner abgeholt worden, und sie hatte nie mehr von ihm gehört. Als erfahrene Beamtin, die das nötige Maß an Eigeninitiative aufbringt, ohne durch übertriebenen Einfallsreichtum die Betriebsabläufe oder gar die Kollegen in der Verwaltung durcheinanderzubringen, hatte sie den gesamten Inhalt ihres Rechners vorher auf eine externe Festplatte überspielt und nie ein Sterbenswörtchen zum Verbleib ihres Rechner verloren. Für den Laptop existierte ein ähnlich teures Schloss wie für den Spind, das hervorragend in das nach Feierabend gebohrte Loch im Resopal-Schreibtisch passte. Jeder nach seinen Bedürfnissen, jeder nach seinen Möglichkeiten.

Das Telefon rülpste, Dorfner hatte das so programmiert. Für einen Dreizehnjährigen war er echt gut drauf, aber leider war er schon zwanzig Jahre älter. Es war Kümmerle, einer der Lemuren im Dienste von Tenbrink. »Guten Tag, Ihre Fingerkuppen wären jetzt so weit.«

»Sagen Sie bitte nicht *Ihre* Fingerkuppen. Meine Fingerkuppen sind hier«, fauchte Zabriskie in den Hörer. Schweigen. Dann: »Die Fingerkuppen von C41W08-0011, wollte ich sagen. Weibliche Wasserleiche. Landwehrkanal.«

»Danke, bin gleich drüben bei Ihnen.« Zabriskie stand auf und streichelte ihre rechte Schulter. Unter dem T-Shirt trug sie die Tätowierung eines sprungbereiten schwarzen Panthers mit weit aufgerissenem Maul und scharfen Zähnen. »Wir schaffen das schon«, sagte sie zu ihrem Haustier.

Kümmerle empfing sie mit angespannter Freundlichkeit. Wenn Tenbrink ihm einen Anpfiff verpasst hatte, war er schon wieder gegangen. Oder die Bemerkung am Telefon tat ihm selbst leid.

»Hier also«, sagte er anstelle einer Begrüßung.

Auf einem aktendeckelgroßen Stück Zellstoff waren zehn kleine Hautfitzel aufgereiht, unpersönlich wie Radulescus Computerbild der Toten und beinahe weiß.

Zabriskie murmelte eine Begrüßung, die Dank für die offenkundig hervorragende Präparierung der Hautfitzel zum Ausdruck bringen sollte. Dann stellte sie sich vor den Metalltisch. Kümmerle hatte auch eine Spezialpinzette bereitgelegt, an deren Greifenden kleine Kunststoffkugeln saßen, damit die Haut der Leiche nicht beschädigt wurde. Es gab einen Holzspatel, quasi ein Schuhlöffelchen zum Überziehen, und dann war da noch ein Stempelkissen und der Vordruck für die erkennungsdienstliche Behandlung.

Zabriskie holte tief Luft und streckte die rechte Hand aus. Sie zitterte wesentlich weniger, als sie befürchtet hatte. Das ist der Daumen, dachte sie und musterte das weiße Mützchen, das ihn zierte. Der schüttelt die Pflaumen, und drei und vier und fünf. Sie wartete, bis der Ekel über ihren Rücken in den Nacken wanderte und verschwand. Kümmerle war unbemerkt herangetreten.

»Wären Sie mal bitte so freundlich?«, sagte Zabriskie und hielt ihm ihre linke Hand hin.

»Selbstverständlich.«

Hast du dich gewehrt, Ophelia, oder Händchen gehalten? Was hast du über dich gedacht, als du dich geschminkt hast, in deinem Badezimmer, an jenem Tag? Hast du erst den linken

Ohrclip angesteckt oder den rechten? Konntest du auf den Fingern pfeifen?

»Fertig«, sagte Kümmerle, nicht zu laut und nicht zu leise. Er war ein Ass auf diesem Gebiet, eines von vielen Talenten, die hier im Polizeipräsidium schlummerten und zu selten geweckt wurden. Zabriskie tat ihre Grobheit schon fast wieder leid, aber niemals würde sie ihr Menschenrecht auf Dünnhäutigkeit in bestimmten Situationen preisgeben.

Sie rollte den rechten Daumen über das Stempelkissen. Als sie das Papillarleistengebilde auf dem weißen Bogen sah, tat ihr Herz einen wilden Sprung. Wir finden dich, Ophelia, und dann finden wir das Schwein, das dich in einen Klumpen aufgedunsenes Gewebe verwandelt hat.

Während Kümmerle die Finger von *Leiche, weiblich* mit einer kleinen Zange aus dem Wasser hob und zum Trocknen zwischen Zellstoffbahnen legte und die jetzt schwarzen Häutchen sicherstellte, wusch sich Zabriskie sorgfältig die Hände. Kümmerle war wieder herangetreten und sagte: »Am Montag kriegen Sie den Zahnbefund.«

Zabriskies erster Gedanke war, als sie den Raum verlassen hatte: Luft. Ihr zweiter: Wodka. Ihr dritter: Pachulke. In der Kantine riss sie sich zusammen und beließ es bei einem Kaffee. Diesen trug sie ins Freie und trank, während sie die kalte Winterluft in ihren Organismus pumpte. Dann suchte sie Pachulke.

Das K4 glich einem überdachten Flohmarkt. Pachulke hatte alle Tapeziertische requirieren lassen, die er finden konnte. Dann gab es noch drei feste Tische, einen für Dorfners Rechner, einen, auf dem Praumanns Schreibtisch rekonstruiert werden sollte, und einen für die Buchhaltung seines florierenden EinMann-Unternehmens.

Pachulke stand an die Wand gelehnt neben einem der Tapeziertische, auf den zwei Polizisten, Stiesel und Bördensen, gerade den Inhalt aus einer stapelbaren Plastikkiste schichteten.

Pachulke hob grüßend die Hand zu Zabriskie und klatschte zweimal in die Hände. Alle Personen, die sich im Raum aufhielten, Dorfner, Löffelholz, Zabriskie, die beiden Polizisten und Pachulke, nahmen sich einen der unbequemen Plastikstühle, deren Lehnen immer leicht nachgaben und sagenhafte Kreuzschmerzen verursachten, und setzten sich in einem kleinen Kreis zusammen. Pachulke saß zwischen Bördensen und Dorfner, links von diesem Löffelholz, dann folgte Zabriskie, neben der Stiesel saß. Der war rothaarig, hatte einen Topfhaarschnitt und sah aus als sei er vierzehn.

Pachulke fuhr sich mit Daumen und Zeigefinger kurz über die Augen, massierte seine Schläfen. »Heute Nacht ist der Antiquitätenhändler Prometheus Praumann in seinem Loft, seinen Geschäftsräumen an der Oberbaumbrücke, erschlagen worden. Praumann war vor vierzig Jahren ein wichtiger Akteur der Studentenbewegung und ein enger Weggefährte von Richard Dubinski.«

Alle nickten, den Namen Dubinski kannte auch Bördensen, der gerade Anfang zwanzig war.

Pachulke fuhr fort: »Praumanns Transaktionen bezogen sich fast ausschließlich auf historisch bedeutsame Erinnerungsstücke aus dieser Zeit. Der Safe wurde ohne Gewalt geöffnet, einige sehr wertvolle Stücke lagen unangetastet in den Regalen. Deshalb ist es denkbar, dass es hier nicht um einen einfachen Raubmord geht, sondern dass die Tat mit Praumanns Vergangenheit zu tun hat. Wie wir aus einem Interview zu seinem 65. Geburtstag vor wenigen Wochen wissen, bildete den Grundstock seiner Sammlung das Inventar der Kommune, in der er von 1962 bis 1970 wohnte.«

Löffelholz beugte sich zu Dorfner hinüber und flüsterte: »Die Viererbande.«

Dorfner nickte gewohnheitsmäßig.

Pachulke räusperte sich. Zabriskie sah ihm an, dass er eine kurze Nacht gehabt hatte. »Praumanns berufliche Erfolgsgeschichte ist also eng an seine politische Vergangenheit geknüpft.

Es kann sein, dass wir hier in diesem Sammelsurium, das zweifelsohne eine der interessantesten privaten Sammlungen zu dieser Zeit darstellt, einen Hinweis auf den Mörder finden. Es kann aber auch sein, dass wir nichts finden, dass es nicht darum ging, Praumann etwas wegzunehmen, sondern dass sein Besucher ihn nur ermorden wollte.«

»Woher wissen wir, dass es ein Mann war?«, wollte Stiesel wissen.

Pachulke nickte langsam und wechselte einen Blick mit Zabriskie. Sie hob die Brauen. Keine vorschnellen Schlüsse ziehen, der gut getrimmte Frischling stellte die Fragen, die man von ihm erwartete.

Pachulke sah Stiesel an. »Das wissen wir nicht. Praumann wurde aber mit sechs Schlägen schwer verwundet, von denen die letzten zwei für sich allein schon tödlich gewesen wären. Er wurde von seinem Mörder durch das Loft gezerrt, als er ohnmächtig war. Es gibt zwar Boxweltmeisterinnen im Schwergewicht, Türsteherinnen vor Diskos und professionelle Ringerinnen, die uns alle hier aus den Galoschen prügeln könnten, trotzdem arbeiten wir mit der Anfangsvermutung, dass der Täter ein Mann ist.«

Stiesel nickte, er hatte rote Bäckchen bekommen und sah zufrieden aus. Dorfner fragte: »Was hatte Praumann mit Dubinski zu tun?« Löffelholz drehte sich zu ihm. »Praumann hat den Fuhrpark organisiert.« Als Dorfner fragend blickte, ergänzte Löffelholz: »Ein entscheidender Schachzug während der revolutionären Kämpfe war die Zerstörung des gesamten Benzinvorrats der Polizeikräfte durch die Studenten. Diese hatten sich mit Fahrrädern ausgerüstet und waren den Polizisten an Geschwindigkeit und Ausdauer an bestimmten Tagen haushoch überlegen. Es war wie Kavallerie gegen Infanterie.« Er schüttelte den Kopf, und es war nicht klar, ob er die ingeniöse Strategie der Studenten als Bürger bewunderte oder die Schmach des Polizeiapparats als Kollege bedauerte.

»Heißt nicht umsonst Drahtesel«, ergänzte Bördensen.

Zabriskie sagte nichts. Die Studenten hatten die Fahne des Vietcong auf dem Dach der Universität gehisst, während ihr Vater irgendwo im Dschungel den Kopf hingehalten hatte. Es war kein guter Krieg gewesen, aber das Schlechteste daran war, dass ihr Vater nicht von ihm zurückgekehrt war. Mit vier war sie Halbwaise geworden, und der brillante Sieg über die Polizei, den Löffelholz soeben erwähnt hatte, war die Niederlage ihres Vaters gewesen. Sie musste hart schlucken. Aber sie hatte Ablenkung von Ophelia gesucht, bitte schön, hier war sie. Sie bekam einen roten Kopf.

»Ist etwas nicht in Ordnung?«, fragte Löffelholz in einem Ton herzlichster Besorgnis, der Zabriskie gleich entspannte. Sie rang sich ein Lächeln ab. »Vielen Dank, es geht schon. Die Luft.«

Löffelholz sprang auf und riss die drei vergitterten Oberlichter auf. Tatsächlich strömte sofort kalte Luft in den Keller. Zabriskie rieb ihren platt gesessenen Hintern an der Plastikhartschale, und es ging ihr besser.

Pachulke sagte: »Wir werden dreigleisig arbeiten. Bördensen und Stiesel prüfen die An- und Abwesenheit der Artefakte anhand der letzten Kataloge und Lieferscheine. Das wird eine Art Inventur. Eine simple Gleichung. Was nicht verkauft ist, muss da sein. Was nicht verkauft und nicht auffindbar ist, stellt uns eine Frage, der wir nachgehen müssen. Entgegen der landläufigen Ansicht von zugekifften Chaoten war Praumann bestens organisiert. Die Artefakte, die für den Verkauf vorgesehen waren, tragen alle Katalognummern und kleine Etiketten, die Buchhaltung macht einen übersichtlichen Eindruck, obwohl Praumann offenbar keinen Steuerberater hatte.«

Zabriskie sah, wie Bördensen sich die Hände rieb. Er war ein Hüne mit einem blonden Pferdeschwanz, alleinstehend, intelligent und ehrgeizig. Er freute sich darauf, den Nachlass einer echten Person der Zeitgeschichte kennenzulernen.

Dorfner wollte etwas einwerfen, aber Pachulke redete einfach weiter. »Dorfner, Sie werden sich um die Bücher und gedruckten Sachen kümmern. Auch hier ist ein Abgleich mit den Katalogen erforderlich. Wichtig sind aber auch Widmungen und Exlibri in den Büchern.«

»Ex was?«, fragte Dorfner.

»Exlibri«, klärte Pachulke ihn auf. »Das sind kleine Zettelchen, die vorne ins Buch hineingeklebt werden und oft symbolisch auf den Besitzer verweisen. Ihr Exlibris könnte zum Beispiel eine Dorfansicht sein.«

Oder ein Spulwurm, dachte Zabriskie. »Verstehe«, sagte Dorfner. »Weil jemand sein Buch von Praumann wiederhaben wollte und dabei grob wurde.«

»Genau so«, sagte Pachulke. Zu Löffelholz gewandt sagte er: »Kollege Dorfner war so freundlich, uns seinen Rechner zur Verfügung zu stellen.«

Kollege Dorfner zuckte zusammen.

Pachulke fuhr fort: »Sie werden im Internet und in den digital verfügbaren Lexika arbeiten und Praumanns Netzwerk darstellen. Wen kannte er in den Sechzigern, von wem hat er gekauft, an wen hat er verkauft? Gab es Unstimmigkeiten, Gerichtsverfahren, Drohungen? Und so weiter.«

Dorfner sagte schwach: »Selbstverständlich ist es mir eine große Freude, wenn der Kollege Löffelholz meinen Rechner benutzt. Dürfte ich vorher noch ein paar private Daten … eh … sichern?«

Alle Augen richteten sich auf Dorfner. Pachulke blickte schnell in die Runde. Er und Zabriskie wussten, dass Dorfner ein überzeugter Vertreter von ergebnisorientierten Vernehmungspraktiken war. Seine Festplatte war ein Kompendium aller denkbaren polizeilichen Grenzverletzungen, eine einzige Grauzone, eine Zone des Grauens.

Zabriskie sah Stiesel und Bördensen an, die leicht nach vorne gebeugt saßen. Sie fanden das spannend, und malten sich offenbar aus, welch düsteres Geheimnis bei Dorfner auf der Festplatte schlummerte.

»Eigentlich ist das ein Dienstrechner, aber Sie haben zwanzig

Minuten, um die Platte zu putzen. Dann kann Löffelholz online gehen. Da hinten ist übrigens eine Steckdose.«

Auch die Verwaltung hatte ihre lichten Momente, musste Zabriskie zugeben. Es gab in diesem Haus keinen Raum, nicht einmal die Toiletten und die Garagen, in dem es keinen Internetanschluss gegeben hätte.

Pachulke griff in eine graue Mappe und verteilte Kopien an die Runde. »Das ist ein Interview mit Praumann. Kann als Einstieg ganz hilfreich sein. Viel Erfolg. Es ist die Pflicht des Ermittlers, die Ermittlungen zu führen.«

Eine halbe Stunde später knackte Löffelholz mit den Fingern, Dorfner hockte zwischen zwei großen Stapel Büchern, und Stiesel und Bördensen standen vor einem Tapeziertisch. Stiesel nahm einen Locher in die Hand, suchte das Etikett und las vor: »Nr. 694 523«.

Bördensen blätterte im aktuellen Katalog. »Hier, Treffer: Locher von Theodor W. Adorno, Frankfurt am Main 1967.« Er pfiff durch die Zähne. »Zweitausend Steine wollte er dafür haben.«

Stiesel fragte: »Wer war noch mal Adorno?«

Bördensen zuckte mit den Achseln. »Wahrscheinlich ein Fußballer. Klingt italienisch.«

»Und wozu braucht ein Fußballer einen Locher?«

»Für die Fanpost wahrscheinlich. 1967 hatten die noch keine Manager. Das haben die alles alleine gemacht.« Er drehte sich zu Löffelholz. »Könnten Sie mal Theodor W. Adorno nachsehen, bitte. Oder unter Eintracht Frankfurt.« Löffelholz löste sich von einem Text über Praumann, machte ein neues Fenster auf und betätigte die Tastatur.

Dorfner registrierte mit einem Ohr zwar den Namen Adorno, aber hauptsächlich las er in einem *Kursbuch,* wie es sich nannte, einen Text über Kindererziehung. Er stammte von einem gewissen Raspe. Das war doch einer von denen, die sich dann in Stuttgart alle zusammen ... Erst durchgeknallt, dann abgeknallt, das war Dorfners häufigster Kommentar zu allem, was zwischen 1960 und 1980 passiert war. Dass dieser Raspe mit Kindern zu tun gehabt hatte, hatte er nicht gewusst. *Die Kinder sind bereits seit ein paar Stunden wach und toben durch die Wohnung. Sie haben sich aus der Küche Bananen geholt; ebenso die Rosinen. In der Küche ist Mehl verstreut worden. Es sieht ziemlich wüst aus.* War also ganz offensichtlich ein Weichei gewesen mit seinen Blagen. Und dann weggekippt ins andere Extrem. So waren sie gewesen, diese labilen Nichtsnutze. Dorfner suchte den Titel im Katalog und markierte ihn als vorhanden. Er seufzte und legte das Buch nach links. Keine Widmung, keine Anstreichungen und kein Exdingsbums. Und Löffelholz pimpert an meinem Rechner herum. Ein schöner Samstag. Dorfner griff sich das nächste *Kursbuch.* Die gab es hier meterweise.

Zabriskie saß in der Kantine und wartete auf Pachulke, der eben telefonieren war. Sie überflog das Interview mit Praumann. Es war zwei Wochen alt.

FRAGE: *Herr Praumann, Sie werden übermorgen fünfundsechzig. Ein Blick zurück im Zorn, oder unternehmungslustig wie eh und je?*

PRAUMANN: *Letzteres. Zornig war ich früher zur Genüge. Ich arbeite auf Hochtouren an meinem Museumsprojekt, in dem ich eine andere Geschichte der sechziger Jahre zeigen werde. Das inhaltliche Konzept steht, bei der Frage der Räumlichkeiten stehen wir kurz vor einer Klärung.*

FRAGE: *Eine andere Geschichte? Das klingt nach spektakulären neuen Erkenntnissen.*

PRAUMANN: *Ich denke, so spektakulär wird es nicht werden, aber mit dem Blick desjenigen, der dabei war damals, kann man das Eine oder Andere sicher neu akzentuieren. Ich hoffe, ich bin als Zeitzeuge nicht betriebsblind. Es soll jedenfalls keine Heldengeschichtsschreibung werden.*

FRAGE: *Betrifft das auch die Rolle von Richard Dubinski, Ihrem langjährigen Weggefährten, der bei der Schlacht ums Tegeler Vlies den Geschehnissen die entscheidende Wende verlieh?*

Praumann: *Auch Richard wird vorkommen, sicherlich. Aber aus einer ganz anderen, weniger offiziösen Perspektive.*

Frage: *Es gibt einige, die halten die Bedeutung der Ereignisse vor mehr als vierzig Jahren für überbewertet, von einer Revolution könne keine Rede sein.*

Praumann: *Die haben immer noch Angst vor uns (Lachen). Schauen Sie sich die Welt an. Die Leute reden anders, denken anders, arbeiten anders – wann fing das an? Revolution bedeutet Umwälzung, und das haben wir damals gemacht. Wir waren die Umwälzpumpe in einem Aquarium mit abgestandenem Wirtschaftswunderwasser.*

Frage: *Aber dieses Aquarium ist heute nicht sozialistisch, das war doch Ihr erklärtes Ziel.*

Praumann: *Nicht umsonst hat ein kluger Mann das als Traum von einer Sache bezeichnet. Nach der Vernichtung der politischen Kultur in diesem Land wussten wir nicht einmal mehr, wie man diesen Traum träumt. Vor vierzig Jahren haben wir damit neu begonnen. Die Umsetzung ist verbesserungswürdig, da haben Sie recht. Aber es gibt viele Schritte in die richtige Richtung.*

Frage: *Manche halten das ästhetische Niveau dieser Jahre für verbesserungswürdig. Hatten Sie auch Weinkisten als Bücherregal?*

Praumann: *Selbstverständlich, aber immerhin waren es Bordeaux Weinkisten. Und für Fanon, Camus und Sartre war das ein würdiges Zuhause (Lachen). Zugegeben, ein Sessel aus der Zeit von Ludwig XIV. hat sicherlich einen größeren ästhetischen Reiz als unsere Möbel vom Sperrmüll, ich sage das auch als Antiquitätenhändler. Wir sollten jedoch nicht vergessen, dass die Adligen in Versailles in ihrer eigenen Pisse gelebt haben. Für jemand, der heimlich der Feudalgesellschaft nachtrauert, ist natürlich selbst das attraktiver als unsere selbst gewählte postbürgerliche Kargheit.*

Frage: *Aber war diese Kargheit nicht extrem lustfeindlich? Angeblich wollten Sie die Verhältnisse zum Tanzen bringen. In Erinnerung geblieben sind doch vor allem ermüdende und verbiesterte Diskussionen ohne Sinn und ohne Ziel.*

Praumann: *Die gab es zur Genüge, auf breiter Front aber erst in den Siebzigern. Erst waren wir die Underdogs, später wurden viele dogmatisch (Räuspern). Dieses Gift in den Köpfen später war für viele ein Schock. Ich kann mich aber auch noch gut an die Partys erinnern. Natürlich haben wir die Verhältnisse zum Tanzen gebracht. Mit dem Rock 'n' Roll ist der aufrechte Gang endlich sexy geworden. Aber wer sein Leben lang immer nur kriecht, kann nicht tanzen, wenn's draufankommt.*

FRAGE: *Diese Dynamik, die Sie hier beschwören, kam auch aus den USA. Zugleich gab es einen grassierenden Antiamerikanismus.*

PRAUMANN: *Das war kein Antiamerikanismus. Das war Befreiung aus der selbst verschuldeten Unmündigkeit. Für uns war es wichtig, wieder selbständig moralische Urteile zu fällen. Sich nicht auf einen blindwütig und selbstgefällig geführten Krieg einzulassen, nur weil er von einem Verbündeten kommt.*

Zabriskie legte die Kopien beiseite und knetete ihr rechtes Ohrläppchen, als wollte sie es abzwirbeln. *Blindwütig und selbstgefällig.* Der Krieg war eines der wenigen Themen, weswegen sie sich mit ihrer Mutter richtig ernsthaft zerstreiten konnte. Die junge Frau Barthelmess hatte sich in Franken dereinst in ein fesches junges Regierungseigentum, stationiert in der Nähe von Nürnberg, verliebt und war kurze Zeit danach Mutter einer nagelneuen Tochter geworden. Leider war der GI Winston Vernon Zabriskie dann bald wieder gebraucht worden im Kampf gegen das Böse und nie mehr zurückgekehrt aus Südostasien. Dafür gab es ein knappes Schreiben des Bedauerns aus Washington, ein Jahr, bevor der letzte Hubschrauber Saigon verließ und später, viel später ein Foto vom *Vietnam Veterans' Memorial,* ein Name neben vielen anderen Namen. Aber wenigstens richtig geschrieben. Und jetzt schwafelte hier ein Fatzke namens Praumann, der sich in diesen Jahren den Arsch breitgevögelt hatte und ihren Vater einen Kriegsverbrecher nannte. Sie schluckte. Praumanns Ton gefiel ihr, sie konnte das nicht leugnen. Und in einigen Punkten hatte er recht, auch wenn seine betont flapsigen Sentenzen nur an die Oberfläche der Katastrophe rührten.

Pachulke setzte sich an den Tisch und brachte zwei Tassen Kaffee mit. Zabriskie führte offenbar ein intensives Zwiegespräch mit sich selbst oder mit Praumann, also rührte er um und wartete.

»War eine wichtige Nummer, dieser Praumann?«, fragte sie schließlich.

»Vor vierzig Jahren hatte er seine große Zeit. Er war einer der wirklich engen Weggefährten von Dubinski. Heute kannst du Fußballstadien füllen mit Leuten, die behaupten, enge Weggefährten von Dubinski gewesen zu sein.«

Zabriskie nickte stumm.

»Praumann war ein begnadeter Unterhalter, schlagfertig, charmant und knallhart in der Sache. Und ein sehr erfolgreicher Geschäftsmann.«

»Ein Kriegsgewinnler«, sagte Zabriskie knapp.

Pachulke wiegte den Kopf hin und her. »Das kannst du so sehen. Es war gut, dass es wenigstens einen gab, der mit einem Augenzwinkern über diese Zeit reden konnte. Nach dem Tod Dubinskis begann die große Selbstzerfleischung. Ich weiß noch, an dem Tag, an dem Dubinski erschossen wurde, habe ich mich in meinem Zimmer eingesperrt und Musik gehört, stundenlang. Abends saß ich wie geprügelt vor dem Fernseher, alles voll mit Rückblicken und Diskussionen. In den Sondersendungen kamen auch einige Ausschnitte mit Praumann, und alles wurde weniger schlimm.« Er trank einen Schluck Kaffee. »Was hast du gemacht, als Dubinski erschossen wurde?«

Zabriskie zuckte mit den Schultern. »Ich erinnere mich nicht genau, wahrscheinlich habe ich mit meiner Nabelschnur gespielt.« Sie sah Pachulke an. »Du denkst, es war ein Feind aus alten Tagen.«

»Löffelholz hat eine Viererbande erwähnt. Sein Sohn hat gerade Abitur gemacht, und Löffelholz hat mit ihm gepaukt. Der kennt die Revolution jetzt im Detail.«

»Wer waren die anderen drei?«

»Das steht im Geschichtsbuch leider nicht. Praumann wurde

nur erwähnt, weil er es geschafft hat, bis heute im Gespräch zu bleiben. Die anderen drei finden wir, wenn wir Praumanns Firma umgegraben haben. Wenn du willst, kannst du gern den einen oder anderen mal ablösen da unten. In diesem Bunker wird man kirre.«

»Gern setze ich mich da runter und inventarisiere Fotos, auf denen US-Flaggen verbrannt werden. Mein Lieblingskollege Dorfner wird mich dabei aufmuntern.«

Pachulke rührte wieder in seiner Tasse. Diesen rabenschwarzen Ton kannte er nicht bei Zabriskie. Ihre Rollenverteilung sah vor, dass er der Miesepampel war, der aufgemuntert werden musste. »Gibt es Neuigkeiten von der Leiche aus dem Landwehrkanal?«

Zabriskie streckte die Finger aus und bewegte sie unter Pachulkes Kinn, als wollte sie ihn kraulen. »Können diese Finger lügen? Ich war eben bei Kümmerle und habe mir die Fingerkuppen von *Leiche, weiblich* angezogen. Am Montag gibt's den Zahnbefund, und – hey – es gibt in dieser Stadt nur 400 Zahnärzte. Wenn sie hier in Behandlung war.« Zabriskie zog ihre Hand zurück und trank einen Schluck.

»Die Toten können nicht reden, aber sie wissen es zu schätzen, wenn man sich mit ihnen beschäftigt. Wenn ich davon nicht überzeugt wäre, könnte ich nicht bei der Mordkommission arbeiten. Wenn ich die Spur aufgenommen habe, will ich ans Ziel kommen. Hinterher bezahle ich dann, schlafe vierundzwanzig Stunden, dröhn mir den Kopf mit Maria Callas zu. Die unbekannten Leichen erinnern uns daran, dass unsere Bemühungen unvollkommen sind. Dieses Haus ist vollgestopft mit neuester Technik«, er beschrieb mit der Linken einen Halbkreis, »aber es enthält nicht alle Schlüssel. Wir sind Menschen und keine Maschinen. Und wir brauchen unsere Pausen. Das ist keine Missachtung der Opfer. Ich freue mich auf meinen freien Sonntag.«

»Das ist der Tag, auf den sich alle Laienprediger freuen. Aber deine Beschwichtigungen aus dem Lehrbuch helfen mir einen Scheißdreck weiter.«

Pachulke sah seiner Kollegin nach, die ihm den Stuhl gegen das Knie gerammt hatte, als sie den Tisch verließ. Ich habe in meinem Leben keine einzige US-Flagge verbrannt. Nicht mal reingeschnäuzt hab ich in eine.

Auf dem großen Flohmarkt in der Köpenicker Straße, wo man in riesigen Hallen Schallplatten und andere Tonträger jeglicher Provenienz wohlfeil erstehen konnte, war Pachulke auch an diesem Sonntag ein aufmerksamer Besucher. Entgegen seiner ursprünglichen Absicht, nach Schellackplatten zu suchen, hielt er sich lange an den Tischen auf, an denen Populärmusik der zweiten Hälfte des zwanzigsten Jahrhunderts auslag. Das Charakteristische an Platten war, dass sie umgedreht werden mussten, auch wenn man gerade am Knutschen war. Man konnte so lange Knutschen, bis die A-Seite zu Ende war. Und dann, bis die B-Seite zu Ende war. Mit einem iPod konnte man 12 000 Lieder lang am Stück knutschen. Das war nicht halb so aufregend. Pachulke kaufte eine Platte von Elvis, *Live at the Louisiana Hayride* von 1955. Das war auch so ein Stein, der Moos angesetzt hatte. Oder hatte das System, das nicht mit ihm zurechtkam, ihn so lange mit isolierenden Substanzen – Glück, Geld, Ruhm – beschichtet, bis der wölfische Kern dieser Musik zwischen Fettschicht und Glitzeranzug erstickt war? Auf einem Foto rann dem ungeschminkten und schlanken Elvis der Schweiß über die Wangen.

Mit dem jungen King und einer seltenen Aufnahme von Joseph Schmidt trat er den Heimweg an. Als er das Gelände mit den Hallen verließ, pickte er von der Backsteinmauer mit dem Zeigefinger eine Schneeflocke auf und legte sie in sein Portemonnaie. Zuhause setzte er sich vor den gut durchgewärmten Kachelofen und legte die Platten auf. *Heartbreak Hotel* war um die Welt gegangen, Joseph Schmidt war 1942 ermordet worden. Praumann war ein Jahr später geboren worden, als Elvis acht war.

Der Mann, der Prometheus Praumann erschlagen hatte, stand früh auf und absolvierte sein übliches Hanteltraining. Er bereitete sich Bratkartoffeln mit Spiegelei, gewürzt mit Kümmel und Majoran zum Frühstück. Danach setzte er sich an den Tisch und überarbeitete seine Planungen. Zum Mittagessen aß er einen Yoghurt. Dann holte er den Gegenstand, mit dem er Prometheus Praumann erschlagen hatte, und wusch ihn vorsichtig unter heißem Wasser im Waschbecken seines Badezimmers. Dazu trug er Gummihandschuhe. Den Gegenstand legte er zum Trocknen auf ein altes Küchenhandtuch. Zum Abendessen ging er in eine kleine Kneipe in der Nähe seiner Wohnung. Die Kellnerin begrüßte ihn, und er bestellte das Tagesgericht. Er trank ein Bier, bezahlte und kehrte nach Hause zurück. Bevor er ins Bett ging, machte er fünfzig Liegestützen, fünfzig Kniebeugen und fünfzig Sit-ups. Dann putzte er sich die Zähne, ging auf die Toilette. Im Bett las er in John Steinbecks *Russischem Tagebuch.* Um halb zehn löschte er das Licht und schlief sofort ein.

NI Kapitel 4

Die beiden Jungs standen auf den Treppen und froren in den morgendlichen Windstößen. Schnee fiel auf ihre Jacken, und die kalte Luft ließ die Schleimhäute ihrer Nasenlöcher zusammenkleben. Sie duckten die Köpfe zwischen ihre Schultern, aber es war zu spät. Frau Kellinghusen hatte sie bereits erspäht, winkte ihnen und bewegte sich schnurgerade auf sie zu, den Rest der Klasse im Schlepptau. Schließlich stand die Klassenlehrerin vor ihnen, Atemschwaden kamen aus ihrem Mund.

»Guten Morgen, Eugen, guten Morgen, Quetzalcoatl«, begrüßte sie die beiden, wie immer ein wenig atemlos, wie immer das Gefühl vermittelnd, es könne nichts Schöneres geben, als zu lernen, unter ihren Fittichen zu lernen.

»Morgen, Frau Kellinghusen«, erwiderten die Angesprochenen im Chor.

Der Blick der Klassenlehrerin wanderte empor zum großen Giebel des Museums. »Na«, fragte sie, »seid ihr bereit für unsere kleine geschichtliche Exkursion?« Die beiden nickten stumm und rieben sich die Hände, als Entschuldigung dafür, dass die Antwort nicht enthusiastischer ausfiel.

Quetzalcoatl Schmidt hatte heute Morgen eine Magenverstimmung vorgetäuscht, um nicht ins Museum zu müssen, aber Frau Willmann, Eugens Mutter, hatte dieses Manöver lässig durchschaut und ihm zum Frühstück statt heißem Kakao ein Tässchen Kamillentee in Aussicht gestellt. Quetzalcoatl wohnte mehr oder weniger dauerhaft bei den Willmanns, weil sein Vater, ein verwitweter Archäologe, sechs bis acht Monate im Jahr bei Ausgrabungen in Mexiko war. Dort war ihm auch der entzückende Vorname für seinen einzigen Sohn eingefallen.

»Wir könnten uns in die Cafeteria absetzen. Es scheint voll zu werden«, sagte Eugen zu seinem Freund und lächelte ihm zu. Die Besucher strömten bereits, meist waren es andere Schulklassen. Heute war der »frühe Montag«, wie es im Museumsfaltblatt hieß, das Frau Kellinghusen vor zwei Wochen verteilt hatte. Das Museum öffnete bereits um acht, damit Schulklassen, getrieben von ihren einfallsreichen Lehrern, und Rentnergruppen, getrieben von seniler Bettflucht, früh an die Fleischtöpfe der Vergangenheit randurften, um später am Tag Zeit für andere Sachen zu haben. Eine Doppelstunde Mathematik um 14 Uhr zum Beispiel, dachte Quetzalcoatl. Er hatte einmal von einem Mädchen in der Zeitung gelesen, das sich übergeben konnte, wenn es ihm gerade passte. »Kotzen-on-Demand«, hatte Eugen das genannt. Immer, wenn dem Mädchen etwas gegen den Strich ging, hatte sie einfach losgespuckt. Diese Fähigkeit hätte er sich heute gewünscht.

»Kopf hoch, Alter, bestimmt sind auch E-Gitarren dabei«, sagte Eugen wieder. Quetzalcoatls Laune verschlechterte sich von Minute zu Minute. »Kann sein«, sagte er kurz.

Frau Kellinghusen sah auf die Uhr. Es war drei vor acht. Ihr Kollege, der Geschichtslehrer Herr Berg, kam wieder einmal auf den letzten Drücker.

»Guten Morgen, Murmel«, brüllte Wilma Meinradt.

Quetzalcoatl zuckte zusammen. Aus den Augenwinkeln sah er, dass einige aus seiner Klasse feixten. Er riskierte einen Blick. Wilma stand zwei Treppenstufen über ihm. Offenbar hatte sie sich zwischen den Säulen versteckt und von oben angeschlichen, um ihren Auftritt publikumswirksam gestalten zu können. Quetzalcoatl konzentrierte sich auf den Museumsvorplatz, als würde er dort eine Herde Dinosaurier beobachten oder etwas sehr Wichtiges tun.

»Guten Morgen, Will mal, findet aber keinen«, sprang Eugen kühl für seinen Freund in die Bresche. Diesmal kicherten ein paar andere. Eugen fixierte Wilma Meinradt mit der ganzen Schärfe seines jungen Lebens. Ihren Bonbonmund, auf dem rosa Lippgloss glänzte, ihre großen vergoldeten Ohrringe, ihren weißen Anorak mit dem Kunstpelzkrägelchen, dessen Reißverschluss offen war, damit jeder, vor allem Quetzalcoatl, den tiefen Ausschnitt sehen konnte. Ein ausgeklügeltes Ensemble erblühender Weiblichkeit, gedacht und geeignet, unvorsichtigen Heranwachsenden des anderen Geschlechts durch ewige Unerreichbarkeit Höllenpein zu bereiten. Quetzalcoatl war nicht nur seit fast einem Jahr rettungslos in Wilma verknallt, mehr noch, er hatte ihr sein Innerstes preisgegeben. Auf dem letzten Klassenausflug waren sich die beiden leider näher gekommen, das heißt, Wilma hatte ihn so lange bezirzt, bis Quetzalcoatl in seinem Jungenschlafraum vor dem Einschlafen wohlig ihren Namen gegrunzt hatte. Bei jener Reise waren die beiden im Garten des Jugendgästehauses spazieren gegangen, und Quetzalcoatl hatte Wilma sein schönstes Geheimnis offenbart.

»Weißt du«, sagte er, und sah sich in Gedanken schon Seite an Seite mit Wilma in seiner Kammer zwischen Tüten, Kistchen und Katalogen sitzen. »Ich sammle nämlich Murmeln.« Wilma war abrupt stehen geblieben, hatte die Hände in die Seiten gestützt und gequiekt: »Murmeln sammelst du. Du meine Güte, ist das niedlich. Ich sammle die Telefonnummern von Diskotheken-Türstehern. Mein kleiner Bruder hat auch Murmeln, ihr solltet euch mal treffen. Allerdings hat er wenig Zeit, er geht in einen Ganztagskindergarten.«

Dann war sie ins Haus geeilt, um die sensationelle Nachricht allen anderen Mädchen mitzuteilen. Und der alte Spitzname aus Quetzalcoatls Grundschultagen war gnadenlos wieder aufgelebt. Er war Frau Kellinghusen in den Wochen danach dankbar, dass sie als Einzige von Anfang an seinen richtigen Namen verwendet hatte, so hatte er die Institution Schule, Eugen und einige Getreue auf seiner Seite, gegen Wilma und die anderen. Eugen hatte seinen Blick so lange unter die mit Glitzerpaste aufgehübschten Augenlider von Wilma gerichtet, bis sie schließlich die Schultern zuckte und sich zu ihren Freundinnen weiter links auf der Treppe gesellte. Eugen, der später einmal Psychologie studieren wollte, verstand nur zu gut, dass Quetzalcoatl als Kind, das praktisch ohne Eltern aufwuchs, prädestiniert war für ein gebrochenes Herz. Er beschützte seinen Freund nach besten Kräften und hatte mit ihm auch schon das eine oder andere Gespräch über ein altersadäquates Hobby geführt. Es gab in Zeulenroda ein Murmelmuseum, das der Sammlung Quetzalcoatls sicherlich einen Ehrenplatz gewidmet hätte, hätte man dort einen Sponsor für die erforderlichen Ausbaumaßnahmen gefunden. Quetzalcoatl stand diesem Gedanken bisher sehr reserviert gegenüber, hatte aber seit Weihnachten eine E-Gitarre. Eugen spielte Schlagzeug. Ihr erstes Stück hieß »Go to Hell, Isabell«. Ein Anfang war gemacht.

Frau Kellinghusen biss sich auf die Unterlippe. Sie hasste Unpünktlichkeit. In der Lehrerkonferenz wurde stets bewundernd erwähnt, dass ihre Klasse diejenige mit den wenigsten Verspätungen war. Jeder Schüler, der zu spät kam, erhielt von ihr einen kleinen schwarzen Knödel im Klassenbuch. Bei fünf Knödeln gab es eine mündliche Fünf in Biologie, das Frau Kellinghusen unterrichtete. Problem erkannt, Problem gebannt. Wenn es nach ihr gegangen wäre, hätte ihr junger Kollege, Friedemann Berg, Historiker aus Bielefeld, längst einen schwarzen Knödel von der Größe einer Mango in seiner Personalakte. Schließlich kam er angerauscht, murmelte eine Entschuldigung, lächelte sein jungenhaftes Lächeln, das er sicher zu Hause vor dem Spiegel übte, weshalb er zu spät kam und welches den Mädchen ausnehmend gut gefiel. Frau Kellinghusen nickte Richtung Eingangstür, und der Trupp setzte sich in Bewegung.

Im Museum wurden sie von einer Museumsmitarbeiterin in einen kleinen Seminarraum gelotst. Frau Kellinghusen sprach zwei Sätze zur Begrüßung und übergab das Wort an Herrn Berg, der, das erkannte sie an, junge Menschen für Geschichte zu interessieren vermochte. Sie stellte sich mit verschränkten Armen an die Tür und hörte zu.

»Guten Morgen, liebe Leute«, sagte Herr Berg. »Willkommen im Museum für Geschichte, wir werden heute einen fantastischen Tag miteinander verbringen und sehr viel Spaß haben.«

Als Antwort herrschte Schweigen, nur Jan Bäblich bohrte in der Nase und holte etwas daraus hervor, was er unter seinen Stuhl schmierte.

»Das Museum«, Herr Berg deutete mit beiden Handflächen auf die junge blonde Frau zu seiner Linken, »hat für euch Arbeitsblätter vorbereitet. Ihr werdet euch in Zweiergruppen aufteilen«, – Quetzalcoatl tauschte einen schnellen Blick mit Eugen – »und zusammen einen Raum in der Ausstellung genauer bearbeiten. Dafür habt ihr eine Stunde Zeit. Die werdet ihr auch brauchen. Der pädagogische Dienst hat sich wirklich etwas einfallen lassen.« Die blonde Frau warf den Kopf zurück und strich sich ein paar nicht vorhandene Haare aus dem Gesicht.

»Danach«, der Geschichtslehrer wandte sich wieder der Klasse zu und schien die Welle von Misstrauen zu ignorieren, die auf ihn zugerollt kam, »habt ihr eine weitere Stunde Zeit, euch das anzusehen, was euch besonders interessiert. Um 10:15 Uhr treffen wir uns in Raum 20, das ist der letzte Ausstellungsraum in der zweiten Etage. Dort wird uns ein Mitarbeiter des Museums über die Revolution erzählen. Danach gibt es einen kleinen Imbiss in der Cafeteria. Um 12 Uhr treffen wir uns wieder hier, dann werden wir eure Arbeitsblätter auswerten. Um 13:15 Uhr holt ihr eure Jacken, und wir fahren mit dem Bus zurück nach Marzahn. Schließlich ist Mathe genauso wichtig wie Geschichte. Und wie Biologie.« Friedemann Berg lächelte zu Frau Kellinghusen hinüber, und ehe sie etwas dagegen tun konnte, hatte sie zurückgelächelt. Er fuhr fort: »Wenn ihr Fragen habt, könnt ihr sie dem Mitarbeiter des Museums stellen. Frau Droste wird euch jetzt die Clipboards mit euren Arbeitsblättern austeilen. Habt Spaß und genießt es.«

Quetzalcoatl und Eugen genossen es. Zuerst waren sie in den Raum zur Geschichte des Mauerbaus gegangen und hatten einen der gutmütigen Museumswärter so lange ausgequetscht, bis alle ihre Fragen beantwortet waren. Dann waren sie in die Cafeteria gegangen und hatten sich jeder eine heiße Schokolade mit Schlagsahne genehmigt. Eugen leckte seinen Löffel ab und streichelte sich den Bauch. »Wohl, wohl, so spannend kann Geschichte sein.« Auch Quetzalcoatl sah wesentlich entspannter aus als draußen auf der Eingangstreppe. »Er hat gesagt, schaut euch das an, was euch interessiert. Die Geschichte dieser Schokolade interessiert mich zum Beispiel, kurz und intensiv«, sagte er.

»Oder die Geschichte der Murmel«, sagte Eugen und grinste.

»Fang nicht wieder damit an«, knurrte sein bester Freund. »Ich lass die jetzt einfach in aller Ruhe zwanzig Jahre liegen. Und dann, wenn ich das Geld für meine erste Weltumseglung brauche …« Er rieb den Daumen seiner rechten Hand gegen Zeige- und Mittelfinger. »Zahltag, mein Freund.« Quetzalcoatl setzte hinzu: »Exzentrischer Sammler verkauft seine legendären Schätze für einen zweistelligen Millionenbetrag an das Museum of Modern Art.«

»Oder für ein Paar Bratwürstchen an das Spielzeugmuseum in Nürnberg.« Eugen war nicht beeindruckt. »Aber«, sagte er schnell, »du hast recht. Heb sie einfach noch eine Weile auf.«

Er klopfte auf das Klemmbrett mit dem Arbeitsblatt. »Wusstest du, dass man mit all den Betonstückchen, die als angebliche Mauersouvenirs verkauft wurden, ganz Indien mit einer fünf Meter dicken Betonschicht bedecken könnte?«

»Echt?«, fragte Quetzalcoatl. »Auch den Himalaja?«

»Wahrscheinlich nur die flacheren Teile. Trotzdem, so viel Mauer gab es niemals. Wieso kaufen die Leute das?«

»Das ist etwas, was wichtig war und was echt war. Und weil sie nicht dabei waren, wollen sie wenigstens ein Stückchen davon abhaben, das sie sich um den Hals hängen können.«

Eugen nickte schweigend und trank einen Schluck heiße Schokolade. »Weißt du«, sagte er nach einer Weile, »das mit dem Museum ist schon eine feine Sache. Wir kommen hierher, um aus der Geschichte zu lernen, und wir lernen, dass die Menschen früher genauso waren wie wir.«

»Wie meinst du das?« Quetzalcoatl fragte sich, ob es früher Steinzeitmenschen gegeben hatte, die toten Mammuts die Haare ausgerissen hatten: Sie liebt mich, sie liebt mich nicht. Waren die Mädchen vor 20 000 Jahren auch schon so schnippisch gewesen?

»Im Mittelalter hättest du aus den Splittern vom Kreuz Christi, die als Reliquien in ganz Europa verehrt wurden, eine kleine Stadt aus Holzhäusern bauen können, so viele gab es davon.«

»Splitter vom Kreuz Christi?« Quetzalcoatl runzelte die Stirn. »Lernst du so ein Zeug in deinem Religionsunterricht?« Er besuchte die Ethik-Klasse, da hatte sein Vater nicht mit sich handeln lassen.

»Unter anderem.« Eugen nickte. »Und heute haben wir Mauerrestchen bis zum Abwinken.«

Quetzalcoatl nickte stumm. Das Gespräch hatte überraschend eine tiefschürfende Wendung genommen. Aber nicht zuletzt in diesen Momenten war er stolz, dass Eugen sein bester Freund war. »Lass uns einen Songtext schreiben«, schlug er vor. »Irgendwas Perverses.«

»Gute Idee, wir haben noch fast eineinhalb Stunden. Wir brauchen einen Bassisten mit Ausstrahlung.«

»Einen jugendlichen Serientäter, der Feuer speien kann beim Spielen. Oder einen Maultrommelspieler mit Migrationshintergrund.«

»Ich hole uns eine Tüte Gummibärchen.«

»Lieber saure Würmchen, aber die rosanen.«

»Hey, das ist ein Museumscafé, kein Drogensupermarkt. Ich werd mal nachsehen.«

Um kurz vor elf eilten sie die breite Marmortreppe zu Ausstellungsraum 20 empor. Frau Kellinghusen blickte schon auf die Uhr und runzelte die Stirn, als sie im Mundwinkel von Eugen Spuren von Kakaopulver sah. Aber alle waren pünktlich. Auch Friedemann Berg war da und unterhielt sich leise mit dem Mitarbeiter des Museums, einem Mann, der wohl Mitte dreißig war, aber durch sein schütteres Haar und die dunkelbraune Hose mit Bügelfalten zehn Jahre älter aussah.

»Wir sind komplett«, sagte Frau Kellinghusen.

Der Pädagoge des Hauses winkte allen zu und trat mit einem erstaunlich agilen Ausfallschritt in den Raum 20 hinein. »Wenn Sie mir bitte folgen würden.« Die Schüler der SteffenBaumgart-Gesamtschule aus Marzahn-Hellersdorf trotteten ihm hinterher.

»Der wohnt bestimmt hier«, sagte Mate Melnik zu Jan Bäblich, der unablässig auf einem Kaugummi kaute und in diesem Moment eine kleine Blase mit einem aufdringlichen Päng zwischen seinen Lippen zum Platzen brachte.

»Sieht so aus, der schläft wahrscheinlich unter einer Vitrine.« Die beiden stupsten sich an, umrundeten den Halbkreis bereits wartender Schüler und stellten sich ganz links daneben.

»Herzlich willkommen, mein Name ist Franz Nehmann. Ich bin hier im Hause Historiker, und ich werde Sie jetzt über die Geschichte der Großen Revolution informieren, die überaus spannend ist.«

Bei dem Wort *spannend* fielen Frau Kellinghusen die Augen

zu. Wupps, hier war ja auch eine Luft. Der ovale Raum war nicht besonders groß. Bis auf einen Museumswärter, der an der Wand auf einem Hocker saß und las, war sonst niemand außer ihnen anwesend. Aber es war nicht die Luft, es war der Vortragsstil von Herrn Nehmann. Er leierte.

»Ich hoffe«, Nehmann leierte weiter, »eure erste Begegnung mit dem Haus war aufschlussreich. Um die Atmosphäre zwischen mir, einem für euch fremden Menschen, und euch, einem Geflecht kompliziertester sozialer und gruppenpsychologischer Interdependenzen, genannt Schulklasse, ein wenig aufzulockern, möchte ich euch kurz etwas vorführen, das ihr für euer Leben nicht vergessen werdet.«

Er steckte die Finger ineinander und in die gespannte Stille hinein drückte er die Hände dann nach außen, sodass die Knöchelchen laut und vernehmlich knackten. Frau Kellinghusen schreckte auf, Quetzalcoatl, Eugen und achtundzwanzig weitere Kinder zuckten zusammen. Jan Bäblich verschluckte seinen Kaugummi. Herr Nehmann blickte lächelnd in die Runde. »Sehr schön, ein einfaches physiologisches Phänomen reicht, um die nötige Anfangsspannung in der Zielgruppe zu erzeugen. Und jetzt seht euch um.«

An den Wänden hingen Zeitungsausschnitte und Fotografien, eine zeigte einen Grabstein. Eine andere, wohl an die drei mal vier Meter in ihren Ausmaßen, zeigte einen Mann mit schulterlangen Haaren, der auf einem grün-weißen Auto stand und etwas in der Hand hielt, wahrscheinlich einen Stein. Rechts in der Ecke stand ein Auto gleichen Typs, ein verbeulter Käfer mit dem Kennzeichen *B-WM 883*. An den Wänden standen Vitrinen.

»Ist das das Auto auf dem Foto?«, flüsterte Eugen zu Dirk Rupprecht. »Kann sein, gleicher Typ jedenfalls. Die hatten die gleichen Nummernschilder wie wir.«

Nehmann nickte. »Hier sehen Sie auf engstem Raum Informationen zu den schicksalhaften Ereignissen vor vierzig Jahren, zu deren Erinnerung in wenigen Wochen die große Prozession stattfinden wird. Und der Name Richard Dubinski ist untrennbar mit dieser Epoche verbunden.« Wieder machte er einen dieser überfallartigen Ausfallschritte und stand neben einem Porträt. Es zeigte einen Mann mit dunklen Haaren, spitzem Kinn und geöffnetem Mund, der einen selbst gestrickten Pullover trug und denjenigen, der das Foto gemacht hatte, intensiv und direkt ansah.

Die Schüler hatten den abrupten Schwenk mitvollzogen und betrachteten das Foto. Nehmann musterte die Schülergruppe mit straffen Lippen. Zwischen seinen Augenbrauen erschien eine kleine Falte.

Dann räusperte er sich und begann zu sprechen: »Vor vielen Jahren, als die Havel noch Dubçek hieß, lebte hier in dieser Stadt ein Mann. Er war Sportreporter, und er schrieb Berichte über Fußballspiele, denn er kannte sich sehr gut aus. Dann zog er sich eine langwierige Verletzung zu, er hatte viel Zeit zum Nachdenken. Weil die Zeiten schlecht waren und viel Tumult in der Welt geschah, entschloss er sich, alles zu verändern. Sein Name war Richard Dubinski. So sah er aus, und das und das und das hat er zum Beispiel geschrieben.« Er deutete erst auf das Foto von Dubinski, dann auf drei Zeitungsausschnitte, die neben dem Porträt hingen.

»Der war ja niedlich«, sagte Natascha Nepper, eine Freundin von Wilma. »Die Nase ist zu knubblig, findste nich?«, widersprach Wilma. »Ich finde die Hände am wichtigsten bei einem Mann.«

»Haben Sie auch ein Foto, auf dem seine Hände zu sehen sind?«, fragte Danuta Thede.

»Was? Äh, nein, haben wir nicht, jedenfalls nicht hier. Eventuell im Magazin oder …« Herr Nehmann hob und senkte die Arme.

»Das braucht Ihnen doch jetzt nicht peinlich zu sein«, sagte Danuta Thede. »Gibt es im Museumsshop Autogrammkarten?«

»Was?«

»Sagen Sie doch nicht immer *Was?*«, sagte Wilma behutsam. »Merken Sie nicht, dass Ihre knackenden Finger uns zu wissbegierigen Elevinnen der Geschichtswissenschaft gemacht haben?« Sie sagte das mit todernster Miene. Eugen Willmann verbiss sich ein Lachen.

Es war sehr still in Raum 20, dann fing sich Herr Nehmann wieder. »Egal, jedenfalls, das war ... so sah Richard Dubinski aus. Früher.«

»Denn heute ist er ja tot«, sagte Quetzalcoatl. »Und vorher, genau, darauf wollte ich hinaus. Vielen Dank, junger Freund. Vorher, da hat er sich eine Adduktorenzerrung zugezogen. Beim Fußballspielen. Bei einem Benefizspiel für die Rechtsanwälte von politischen Gefangenen. Und dann ...«, Nehmann hechtete zurück in die Mitte des Raums, wo ein drei Meter breiter Kasten stand. Er wischte sich den Schweiß von der Stirn und blickte mit der bleichen Erleichterung eines Dompteurs in die Runde, dessen wichtigster Tiger nun doch durch den Reifen gesprungen war. »Dubinski musste sich auskurieren und lag acht Monate lang im Bett. In dieser Zeit hat er darüber nachgedacht, wie er alles ändern kann.«

Er drückte einen Knopf, es summte, und aus dem schmalen Kasten hob sich eine Glasvitrine, in der sich eine lange Stoffbahn befand. Auf diesem Stoff zeigten sich die Umrisse eines männlichen Körpers. Die Kinder nickten, die Ähnlichkeit zu Dubinski war ihnen sofort aufgefallen.

»Wieso hat er auf dem Bauch gelegen?«

»Das war eben so«, Nehmann wippte auf die Fersen und wieder zurück. »Dubinski war Bauchschläfer.«

»Und wie hat er Luft bekommen, acht Monate lang?«, fragte Mate Melnik.

»Er hat auf einer physiotherapeutischen Behandlungsbank geschlafen. Da gibt es am Kopfteil ein Luftloch. Seht mal, hier.« Nehmann hatte einen Teleskopzeigestab hervorgezaubert und waberte mit der Spitze in dem Gesichtsabdruck herum. »Er hat ein kleines Loch in das Laken geschnitten, damit er besser atmen kann.«

»Ein schlaues Kerlchen«, sagte Dirk Rupprecht.

»Und er hat acht Monate da gelegen?«, fragte Danuta Thede. »Der musste doch auch was essen.«

»Acht Monate war er krankgeschrieben, acht Monate lag er zu Hause auf dem Bauch, und das Charlottenburger Spannbettlaken hat seine Gesichtszüge für alle Zeiten in sich aufgenommen. Dubinski dachte nach, dachte lange und scharf nach, wie die Dinge sind und wie sie sein sollten, und als seine Adduktorenverletzung ausgeheilt war, begann er mit einer Handvoll Vertrauter, die Revolution zu organisieren. Und er war nicht allein. Seine Vertrauten haben zusammen in einer Kommune gelebt. Wisst ihr, was eine Kommune ist?« Jan Bäblich schnippte mit den Fingern. »Wie *Big Brother*, bloß ohne Kameras.«

»Was?«, sagte Nehmann.

»Muss ja scheißlangweilig gewesen sein in so einer Kommune«, meinte Eugen. »Von wegen«, klärte ihn Jan auf. »Die haben die ganze Zeit Viagra geraucht und gefickt wie die Blöden.«

»Was?«, fragte Nehmann.

»Liebe Leute«, mischte sich Geschichtslehrer Berg ein, »lasst Herrn Nehmann doch die Sachen erzählen, die er weiß.«

Nehmann holte tief Luft. Er hatte einen knallroten Kopf, aber das ließ ihn jünger aussehen. »Nun, eine Kommune. In einer Kommune leben Menschen gemeinsam, weil sie ein Ziel vor Augen haben. Weil sie zusammen etwas erreichen wollen.«

»So ähnlich wie betreutes Wohnen im offenen Vollzug?«, fragte Elvira Nepper und versuchte einfühlsam auszusehen.

»Was?«, sagte Herr Nehmann.

»So in der Art«, meinte Herr Berg.

Nehmann nestelte an seinem Namensschild herum, als könnte er damit Zauberkräfte gegen den dreißigköpfigen Dämon freisetzen, der in sein Allerheiligstes eingedrungen war. Nie wieder würde er eine Klasse aus Hellersdorf übernehmen.

»Als Dubinski wieder gesund war, hat er Demonstrationen organisiert.«

»Love Parade«, murmelte Quetzalcoatl. Irgendwie schienen

er und der Rest der Klasse begriffen zu haben, dass Herr Nehmann der falsche Adressat war für ihre übersprudelnde Wissbegier. Man konnte das auch mit Berg klären oder mit Frau Kellinghusen. Die konnte fast dabei gewesen sein, als Dubinski die Revolution plante.

»Er hat Flugblätter verteilt.«

»Flyer«, flüsterte Eugen.

»Und er hat der Polizei eine entscheidende Niederlage beigebracht.«

»Die Schlacht ums Tegeler Vlies«, platzte Danuta Thede heraus. »So ist es.« Fast wäre Nehmann dem Mädchen mit den Sommersprossen und der Igelfrisur um den Hals gefallen.

»Das war am 26. Juni«, sagte Jan Bäblich und hörte kurz auf, seine Hoden zu kneten, um die Bedeutung seiner Bemerkung zu unterstreichen.

»Genau, genau. Karl-Heinz Tegeler war ein Polizeiobermeister. Am 26. Juni gab es einige friedliche Proteste zahlreicher großer und kleiner Gruppen vor dem Rathaus Schöneberg. Tegeler und seine Kollegen sollten diesen Umtrieben ein Ende bereiten. Am Tag zuvor hatte Tegeler sich bei einem Autozubehörladen am Nollendorfplatz ein Lammfell gekauft und auf dem Fahrersitz seines VW-Käfer befestigt. Tegeler hatte Bandscheibenprobleme, weil er sich im Polizeisport überanstrengt hatte. Das Fell war kuschlig warm.«

»Ist das aufregend«, sagte Eugen Willmann.

»Beim Gewichtheben«, sagte Nehmann schnell, der eine neue Zwischenbemerkung witterte. Aber mehr hatte Eugen nicht zu sagen.

»Die Polizisten«, fuhr Nehmann fort, »waren den Protestierern technisch haushoch überlegen. Sie hatten Vierfarbkugelschreiber und kleine Leuchtstreifen an ihren Uniformjacken.« Nehmann warf einen Blick in die Runde. »Außerdem hatten sie Polizeipferde, Gummiknüppel, Handschellen und Tränengas. Aber die Revolutionäre waren unverzagt, und durch das geniale taktische Geschick Richard Dubinskis gelang es, die Polizisten zu überraschen, das Tegeler Vlies aus dem Polizeiauto zu entwenden«, wieder machte er eine Pause, und es sah aus, als bekam er keine Luft mehr, »und es unzerstört zu bergen.«

»Ist das auf dem Auto Dubinski?«, fragte Frau Kellinghusen. »Nein, das ist er nicht, sondern einer von Dubinskis zahlreichen Mitstreitern.«

»Und das Auto, auf dem er steht …«, setzte Danuta Thede wieder an.

»Richtig, das steht hier in der Ecke«, sagte Nehmann. Sein Gesicht glühte. »Der Tegeler Käfer. Und dahinter«, sagte er, und die Stimme zitterte bei dem Versuch, beiläufig zu klingen, »in der Vitrine, liegt das Tegeler Vlies.«

Nehmann machte drei schnelle Sprünge, und die Schüler folgten ihm. Sie warfen einen Blick in das Polizeiauto mit den durchgesessenen Sitzen. Es roch immer noch nach kalten Zigaretten. Dann umringten sie die Vitrine. Ohne Glasschutz und goldgelb ausgeleuchtet, lag das Tegeler Vlies in einem Schaukasten aus hellem Marmor, der von vier schweren Füßen aus dunklem Holz getragen wurde.

Wieder wurde es still, aber diesmal war die Stille andächtig, nicht verlegen. Schließlich seufzte Natascha Nepper. »Es sieht aus, als würde es von innen heraus leuchten.«

»Das hier ist die Geburtsurkunde unseres neuen Gemeinwesens«, sagte Nehmann. Es war sein stärkster Satz. »Eine wirklich flauschige Geburtsurkunde«, sagte Wilma und streckte ihre Hand aus, um das Tegeler Vlies zu streicheln.

»Autsch!«, schrie sie und zog ihre Hand zurück. Wie aus dem Nichts war der Museumswärter neben ihr erschienen und sah sie ernst an. »Wir sind hier, damit die Dinge an ihrem Platz bleiben. Wenn jeder das Fell streicheln wollte, hätten wir ein kahles Stück Leder hier liegen.«

»Was fällt Ihnen ein?«, schrie Wilma. Sie streckte ihre Hände aus. »Sie haben mich geschlagen, Sie Grobian. Wie heißen Sie überhaupt?«

»Der Name steht auf dem Schild. Und auf dem Schreiben,

das deine Lehrerin unterschrieben zurückgeschickt hat, hat sie garantiert, dass ihr hier«, er nickte Wilma und den anderen Schülern zu, »nichts beschädigt. Der natürliche Fettfilm eurer Finger, der Druck der Fingerkuppen, der Abrieb, eure Atemluft, wenn ihr euch nach vorne beugt, um Dubinski ganz nahe zu sein, das alles schädigt das Vlies. Irreparabel.« Er sah Frau Kellinghusen unverwandt an. »Grawert ist mein Name, wenn Sie sich irgendwo beschweren möchten. Falls Sie das tun, kann ich Ihnen allerdings versichern, dass in den nächsten fünf Jahren aus Ihrer Schule keine Klasse hier hereinkommt. Das hier ist keine Krabbelstube, sondern ein Museum.«

Frau Kellinghusen knirschte so laut mit den Zähnen, dass Eugen Willmann ein Schauer über den Rücken kroch. »Nichts, Herr Grawert, nichts gibt Ihnen das Recht, eine Schülerin zu schlagen. Die Zeiten mit dem kleinen Klaps, der nichts schadet, sind vorbei. Unter anderem dafür haben viele Menschen gekämpft, und dafür ist Dubinski gestorben. Herr Nehmann, vielen Dank, für Ihre eindrucksvollen Erläuterungen. Falls das da ein Kollege von Ihnen ist, müssen Sie ihm Manieren beibringen.« Sie sah Herrn Nehmann so wütend an, als habe der Wilma geschlagen. »Sind wir hier fertig?«

»Na ja, das Grab sollten wir noch ansehen«, wagte Berg einzuwerfen.

»Ein Foto des Grabes von Richard Dubinski findet sich hier rechts neben dem Ausgang. Das Grab selbst liegt auf dem Waldfriedhof in Zehlendorf. Die Cafeteria befindet sich im Parterre. Und dort findet ihr mich. Kinder, wir gehen.« Frau Kellinghusen strebte dem Treppenhaus zu. Wilma folgte ihr als Erste, und Frau Kellinghusen legte den Arm um sie.

Eugen streckte dem unfreundlichen Aufpasser die Zunge heraus, aber der sah ihn nicht, denn er hatte die Brille abgelegt, streckte den Kopf in den Nacken und träufelte sich eine Flüssigkeit in die Augen. »Die Luft hier ist einfach zu trocken«, hörte Quetzalcoatl ihn sagen, der mit Eugen und Herrn Berg die Nachhut bildete. »Wir sollten hier einmal in der Stunde lüften.«

Nehmann erwiderte kühl: »Dein Gehirn scheint dir hier auch einzutrocknen. Wenn dir das Vlies so wichtig ist, dann stell dich neben die Vitrine, wenn eine Gruppe kommt, und sag jedes Mal ›Bitte nicht anfassen‹, wenn sie davorsteht. So geht es nicht, Kollege Grawert.«

RS Kapitel 5

Zabriskie war früh am Morgen beim Kollegen Kümmerle gewesen, der ihr das zahntechnische Gutachten für Ophelia in die Hand gedrückt hatte, als sei es eine Ernennungsurkunde. Trotzdem hatte Zabriskie sich immer noch nicht dazu aufraffen können, ihm für ihren kleinen Wutanfall ein symbolisches Tauschobjekt anzubieten, ein Lächeln oder ein Kompliment. Der gestrige Sonntag war zu kurz für sie gewesen, um den nötigen Abstand zu gewinnen. Sie strafte Kümmerle mit Wortkargheit an der Grenze zur Verachtung. Nach einem Umweg über die Cafeteria – Kaffee, Croissants, ein Riegel Nugat – hatte sie sich die Zahnärzte aus den *Gelben Seiten* kopiert und begonnen, diese abzutelefonieren. Bei vielen war der Anrufbeantworter dran, aber so konnte sie sich wenigstens schon mal die Öffnungs- und Urlaubszeiten notieren. Gegen halb zehn hatte sie ihre ersten Treffer, das heißt, es war jemand am Telefon. Aber die, – es waren bis auf zwei Ausnahmen nur Frauen – die den Anruf entgegennahmen, waren zumeist kühl und kurz angebunden. Ein paar Mal war die Antwort: »Wir brauchen nichts!«, und schon war die Verbindung unterbrochen. Beim zweiten Mal änderte Zabriskie ihren Spruch und sagte: »Kriminalpolizei, Mordkommission. Wenn Sie noch mal auflegen, kriegen Sie ein Bußgeld wegen der Verhinderung von Ermittlungstätigkeit.« Ob das so einfach ging, wusste sie nicht, aber es wirkte. Bis zum nächsten Hindernis. Denn es schien bereits ein unüberwindliches Problem, die Faxnummer mitzuteilen, über die Zabriskie das Gutachten hätte an die Praxis übermitteln können. Dann wurden datenschutzrechtliche Bedenken geltend gemacht, Digitalisierung der Patientenverwaltung, Computerabsturz, Wasserschaden, erhöhter Krankenstand, die Notwendigkeit, mit dem Anwalt Rücksprache zu nehmen. Eine Sprechstundenhilfe sagte: »Schicken Sie doch bitte Ihren Dienstausweis in Kopie, da kann ja jeder kommen.«

Zabriskie kam sich vor wie jemand, der in einem Callcenter sitzt und ansteckende Krankheiten verkauft. Während sie geduldig lauschte, was ein Anrufbeantworter ihr so alles zu sagen wusste, memorierte sie ihren neuen Spruch: Schönen guten Tag, Milzbrand mein Name, von Sonne & Seuche. Haben Sie schon einmal daran gedacht, für sich und Ihre Familie eine kleine Beulenpest anzuschaffen? Verdammter Mist! Jetzt hatte sie beim Anrufbeantworter nicht richtig zugehört und durfte wieder anrufen, sich den Sermon erneut anhören. Und da kam auch noch Dorfner hereinspaziert, wer hatte den nur aus dem Keller rausgelassen? Er pfiff vor sich hin.

»Hallo, Dorfner«, sagte sie mit gefährlich leiser Stimme, »könntest du bitte mit dem Gepfeife aufhören, ich telefoniere.«

»Oh, Entschuldigung, liebe Kollegin Zabriskie, ich dachte, meine gute Laune ist ansteckend. Weißt du was, ich werde einfach stumm sein und nur rhythmisch den Kopf bewegen. Das stört dich nicht, und du hast trotzdem etwas davon.« Er fing gleich damit an, was ihn glaubhaft debil aussehen ließ. Ansteckende gute Laune. Zabriskie notierte die fehlenden Sprechzeiten. Dorfner als Seuche verkaufen, warum nicht?

»Wie läuft's denn so?«, fragte sie, nachdem sie aufgelegt hatte.

»Prima«, sagte Dorfner. »Praumann hatte dreitausend Bücher bei sich. Davon habe ich jetzt etwa fünfhundert durchgesehen. Sein Schwerpunkt war nicht der Buchverkauf, das ist wohl hauptsächlich seine private Bibliothek. Viele Sachen sind nicht in den Katalogen. Beim Hausrat, also dem historisch wertvollen Gerümpel, können wir fast alles nachweisen, entweder über

Rechnung oder über Katalog. Pachulke schaut gerade die Bücher mit durch. Es ist Fließbandarbeit.«

»Hier auch«, sagte Zabriskie. »Die wirren Gedankengänge dieser Menschen sind schwer zu ertragen.«

»Hier auch«, sagte Zabriskie.

»Au Backe, die Zahnärzte«, sagte Dorfner. »Alles Wichtigtuer, schlimmer als der Papst.«

»Und Papst gibt es nur einen«, sagte Zabriskie und klopfte auf den Stapel Kopien, der auf ihrem Schreibtisch lag.

Dorfner stieß ein bellendes Lachen aus: »Hey, super Zabriskie, das muss ich mir merken. Papst gibt's nur einen. Voll krass der Spruch, ey.«

Zabriskie konnte sich über das Kompliment nicht wirklich freuen. »Was suchst du hier?«

»Och, nichts Bestimmtes«, sagte Dorfner und hob wie in Gedanken die Schreibunterlage auf seinem Tisch hoch. »Du hast nicht zufällig die letzte Ausgabe meiner Fachzeitschrift für Vernehmungstechniken hier irgendwo gesehen?« Dorfner vermied es, von Folter zu sprechen.

»Nein, tut mir leid«, log Zabriskie und verschwieg, dass das Heft exakt unter dem Papierkorb, einer rechteckigen Blechkiste, lag. Wird wohl eine schusslige Putzfrau gewesen sein, es ist so schwierig, heutzutage gutes Personal zu bekommen.

Dorfner warf noch einen letzten Blick in seinen Spind, dann zuckte er mit den Schultern: »Tja, ich werde dann mal wieder. Viel Erfolg bei den Zahnärzten.«

Kaum war Dorfner verschwunden, packte Zabriskie die Kopien beiseite, legte die Beine auf den Tisch, holte das Nugat hervor, biss ein Stück ab und warf einen Blick in die Zeitung.

PrometheusPraumann –ermordet im Museum seines Lebens. Ehemaliger enger Vertrauter Richard Dubinskis erschlagen in seinem EdelLoft.

Zabriskie überflog den Artikel, der nichts Falsches, aber auch nichts Neues enthielt. Leider auch keine Namen ehemaliger Weggefährten.

Ihr Blick fiel auf einen kleinen Absatz unten rechts auf der Titelseite: *2000. Flugzeug startet von Tempelhof.* In diesem Moment nahm Zabriskie die Luftballons war, mit denen das Hauptgebäude des Flughafens vor ihrem Fenster geschmückt war. Sie hatte zwar schon hundertmal hinausgesehen an diesem Morgen, aber erst in der Verbindung mit der Notiz wurde ihr klar, warum die Ballons dort hingen.

Der zweitausendste Selbstmordkandidat war ein ehemaliger Betriebsrat, der sich unglücklich nach Brasilien verliebt hatte, las Zabriskie. Was für ein Jammer, wegen eines klitzekleinen Herzschmerzes gleich aus dem Leben zu scheiden. Ach so, eine halbe Million Euro Schulden hatte der gute Mann auch. Wieso konnte er sich dann diesen extravaganten Abgang leisten? Weil er im Preisausschreiben gewonnen hatte, welches das *Wellness Lufthotel* veranstaltet hatte. Zabriskie biss von ihrem Nugat ab und hätte gern noch einen Kaffee gehabt. Musste sie das Zeug eben trocken runterwürgen. Gerade hatte ein Flugzeug die Startbahn verlassen – Landebahnen gab es keine mehr – und kroch stetig der dichten Wolkendecke entgegen. Eine kleine Maschine. Sie linste in die Zeitung. Das musste der Betriebsrat sein. Er hatte sich das Stadtschloss ausgesucht. Klar, wenn man beim Preisausschreiben gewinnt, liegt einem die Welt zu Füßen. Wie oft war das Stadtschloss mittlerweile wohl schon wiederaufgebaut worden? Zabriskie legte die Zeitung weg und sah wieder hinaus. Das kleine Flugzeug war verschwunden und auf der Sonnenseite der Wolken angekommen.

Hier unten gab es Schnee und Zahnärzte. Aber sie lebte und wollte auch noch nicht so schnell abtreten, trotz Dorfners und dieser Schnepfen am Telefon. Auf geht's, dachte sie und holte den Stapel Kopien herbei. Wir sind ja schon bei B.

Bevor sie das Museum verließen, hatte Frau Kellinghusen kurz mit der Sekretärin des Museumsdirektors gesprochen. Die hatte ebenfalls, wenn auch weniger grob als dieses Faktotum in Raum 20, auf die Klausel im Anmeldeformular hingewiesen. Frau Kellinghusen würde das also mit ihrem Schuldirektor besprechen müssen, der sich dann an den Museumsdirektor wenden würde. Ein Krisengipfel, bei dem es darum gehen würde, die Eltern von Wilma davon abzubringen, die Schule, das Museum und den Rest der Welt zu verklagen und ein paar Worte über schülergerechte Bewachung der Allerheiligsten Reliquien des postrevolutionären Gemeinwesens, zu verlieren. Ernüchtert und zugleich ergriffen, an diesem Vormittag eine neue Erfahrung gemacht zu haben, lotste die mit allen Wassern gewaschene Pädagogin die Teilnehmer der Exkursion in den Bus. Quetzalcoatl zermarterte sich den Kopf, was er zu dem Thema *Richard Dubinski und seine Bedeutung für mein Leben* in den nächsten Wochen zu Papier bringen konnte.

Hauptkommissar Pachulke hörte Zabriskie »Vielen Dank« sagen, als er das Büro betrat. Dann legte sie mit der abgestandenen Routine einer in die Jahre gekommenen Büropflanze zwei Blätter auf das Fax und gab eine Nummer ein. Das Fax quiekte und zwitscherte, und als es die beiden Blätter wieder ausspuckte, fragte Pachulke: »Mittagessen?«

»Eine gute Idee.«

»Wenn du willst, kannst du danach mit zu Tenbrink. Wir wollen uns Praumann ansehen.«

»Keine gute Idee.« Zabriskies Heißhunger war so schnell verflogen wie er gekommen war. »Wie du meinst. Das hier«, er zeigte auf das Fax, »ist alles für *Leiche, weiblich*?«

»So ist es.«

»Und?«

»Viel beschäftigte Menschen mit gut austrainierten Telefonrobotern.« Beim Essen erzählte Zabriskie von ihrem Wochenende. Pachulke verzog keine Miene.

»Praumann hatte keine Nachkommen«, sagte er und schnitt von seiner Kohlroulade ab. Die Kantine hatte einen neuen Chef, der nicht nur Gustav Grabolle hieß, sondern auch so kochte. Handfest, deftig und schmackhaft.

»Ich frage mich, ob der Krankenstand zurückgegangen ist, seit Grabolle hier ist«, erwiderte Zabriskie und schob Reis mit Hühnerfrikassee auf ihre Gabel.

»Was wohl aus dem ganzen Zeug wird, wenn Praumann sein Museum nicht eröffnet.« Wieder säbelte Pachulke ein Stückchen Kohlroulade ab.

»So ein alleinstehender Polizist, der nicht mal weiß, wie man eine Dose Ravioli aufkriegt, der muss doch hierherkommen, wenn er nicht verhungern will.«

»Oder das Historische Museum holt sich alles. Wertvolle Nachlässe gehen auch ins Archiv. Praumann besaß allerdings noch so viele andere Sachen, Archive nehmen für gewöhnlich nur Papier.«

»Denkst du, schlecht kochen ist statistisch ein wichtiger Grund für Scheidungen?«

»Heute steht Praumanns Tod in der Zeitung. Am Ende meldet sich doch noch jemand, ein uneheliches Kind aus Kuba. Man weiß ja nie bei jemand, der ein so bewegtes Leben hatte.«

»Wenn man Kochkurse zur Pflicht machte, würden weniger Ehen geschieden. Und das *Wellness Lufthotel* macht Pleite. Meinst du, Grabolles Frau ist glücklich?«

»Sag mal, hörst du mir eigentlich zu?«

»Wie ein Luchs. Ich mache Multitasking. Ich bin in der Lage, mehrere Gedankenstränge gleichzeitig aufrechtzuerhalten. Praumann, Krimskrams, Kuba. Und weiter?«

Pachulke tupfte sich die Lippen ab, schob den leeren Teller beiseite und zog das Schüsselchen mit dem Nachtisch heran.

»Sechzigtausend Kalorien«, sagte Zabriskie wie zu sich selbst. »Die Sprengkraft von dreißig Sachertorten verdichtet in einem Schüsselchen von zwölf Zentimeter Durchmesser.«

Pachulke ließ den Löffel sinken und hob den Kopf. »Möchtest du?«, fragte er und schob sehr langsam das Schüsselchen ein kleines Stück in Richtung Zabriskie.

»Lieb von dir«, sagte Zabriskie und barg ihre Beute mit

einem Ruck. »Das trifft sich gut, ich habe die rote Grütze genommen. Aber was passt besser dazu als Crème Brûlée?«

Nach einer Pause, in dem nichts zu hören war als das Klappern von Zabriskies Löffel, sagte Pachulke: »Zu Praumanns Nachlass gehört ein Hängeregistraturschrank mit Fotos. Die Spurensicherung hat an einem der Schübe eine kleine Delle festgestellt. Die kann auch von der Tatwaffe stammen.«

Zabriskie nahm einen Finger, um das Schüsselchen sauber zu bekommen.

»Die Delle ist das einzige Anzeichen von Zerstörung mit Ausnahme des Mordes selbst«, sagte Pachulke. »Der Täter hat sich möglicherweise geärgert, weil er in der Hängeregistratur nicht das gefunden hat, was er suchte. Ich möchte, dass du dir die Hängeregistratur vornimmst. Wenn die Sprechzeiten der Zahnärzte vorbei sind.«

»Du meinst, ich soll Überstunden machen«, sagte Zabriskie. Pachulke gelang es, Farbstoff, Industriezucker und rohes Ei durch zwei Halbsätze mit dem Dienstplan zu verknüpfen. Aufwand und Ertrag standen bei seinen Retourkutschen in einem sehenswerten Verhältnis. Abgesehen davon, dass einer mehr im Keller nicht schaden konnte. Dorfners aufgesetzter Optimismus änderte nichts daran, dass die drei Kollegen da unten im Nachlass von Prometheus Praumann erstickten.

Sie nickte. »Wir brauchen ein Adressbuch oder einen Kalender.«

»Auf dem Rechner ist ein Büroprogramm. Es gibt fast 20 000 Adressen und jeder Versand, jeder Ankauf ist im Kalender vermerkt. Aber nichts Privates. Nicht mal der Geburtstag oder der Todestag von Dubinski.«

»Den wird er wohl auch so gewusst haben.«

»Man schreibt das auch in den Kalender, weil man sich daran erinnern will, weil man den Namen schwarz auf weiß lesen möchte.«

»Du denkst, es muss noch einen persönlichen Kalender geben.«

»Praumann bestand ja nicht nur aus seiner Firma. Löffelholz wühlt sich durch den Schreibtisch, wenn er nicht gerade die Anfragen der anderen im Internet klärt.«

»Wo hat Praumann gewohnt?«

»In seinem Loft. Das letzte Regalfach ganz hinten oben links war sein Hochbett. Eine Duschkabine, Toilette, Spülstein und Kühlschrank waren auch da.«

»Also eine Wohnung müssen wir nicht auch noch auf den Kopf stellen.«

»Das ist eine gewisse Erleichterung.«

»Dann sehen wir uns gegen 19 Uhr. Es gibt eine Menge Zahnärzte, die Abendsprechstunden abhalten.« Zabriskie stellte ihr Geschirr zusammen, Pachulke tat es ihr gleich, und nachdem sie ihr Essgeschirr auf das Förderband gestellt hatten, gingen beide ihrem Nachmittag entgegen, Pachulke zum Leichenbeschauer, Zabriskie zum Zahnarzt.

Tenbrink saß an seinem Schreibtisch, löste ein Sudoku der Kategorie »schwer« und löffelte ein kaltes Glas Babynahrung der Geschmacksrichtung Hühnchen mit Erbsen und Reis. *Zur Zufütterung geeignet ab dem 6. Monat,* stand auf dem Etikett, auf dem ein Huhn zwischen einem Häufchen Reiskörner und ein paar Erbsenschoten zu sehen war. Als er mit Tenbrink schon eine Weile zusammenarbeitete, hatte Pachulke ihn einmal vorsichtig gefragt, warum er Babynahrung aß. Unter Umständen hatte Tenbrink ein Kind verloren, oder er und seine Frau konnten keine Kinder bekommen. Aber Tenbrinks Antwort war ebenso entspannt wie einleuchtend gewesen. »Weil es mir schmeckt.« Dann hatte er hinzugesetzt: »Ich schaue mir jeden Tag an, wie Leben gewaltsam zu Ende geht, da bekomme ich Sehnsucht nach seinen Anfängen.«

Tenbrink hatte Pachulke sofort ein Gläschen angeboten, das er zusammen mit Gewebeproben, Organen und anderen Utensilien in einem Kühlschrank aufbewahrte. Pachulke hatte sich für Spinat mit Möhre entschieden und war angenehm überrascht.

Jetzt fragte Tenbrink: »Willst du auch eins? Apfel mit Zimt kann ich sehr empfehlen, das ist ein perfekter Nachtisch. Oder hast du in der Kantine schon Nachtisch gehabt?«

Pachulke schüttelte nur den Kopf, zog sich einen Stuhl heran und fragte: »Was hat der Tote uns mitzuteilen?«

Tenbrink legte die Zeitung beiseite und nahm einen halben Teelöffel aus dem Gläschen. »Todeszeitpunkt vermutlich eine Stunde bevor ihn der Hausierer entdeckt hat. Praumann hatte eine lädierte Leber, Probleme mit der Prostata und arteriosklerotisch war er auch. Todesursache war ein berserkerhafter Schlag mit einem harten Gegenstand. Praumann hat fünf Treffer abbekommen, aber nur der letzte war tödlich. Hier«, er nahm ein Holzlineal in die Hand und fuhr über dessen Kante. »Eine gerade Linie. Ein kubistischer Knüppel, wenn du so willst, das ist die Tatwaffe, die wir suchen.«

»Ein kubistischer Knüppel«, sagte Pachulke, ging zum Kühlschrank und holte sich ein Gläschen mit Apfel und Zimt.

»Aus sehr hartem Material«, ergänzte Tenbrink.

»Der Mord kann viele Ursachen haben. Praumann hat eine ganze Zeit im Ausland gelebt und war immer politisch aktiv. Kann sein, dass er sich in diesen Jahren einen Todfeind geschaffen hat.« Pachulke sponn den Faden weiter.

»Jemand, aus einem anderen Land. Und seinen Vierkanttotschläger hat er gleich mitgebracht. Ein ehemaliger Strafgefangener. Kaum auf freiem Fuß, ist er los, um die alte Rechnung zu begleichen.«

»Jemand, der keine Hemmungen hat, Gewalt anzuwenden. Der weiß, wie man sie einzusetzen hat.«

»Stimmt, das sieht nicht nach einer Tat im Affekt aus, fiel uns Freitagabend schon auf. Sehen wir ihn uns mal an.« Sie gingen hinüber zu dem Leichenwägelchen aus Edelstahl. »Halt das mal«, sagte Tenbrink und drückte Pachulke sein Gläschen in die Hand. Dann zog er das Tuch zurück, das den Toten bedeckte.

Prometheus Praumann war ein dicker Mann gewesen. Das Körperfett wuchs auf seinem Rumpf wie eine Schwammkoralle auf einem Riff. In gelblichen Wülsten sackte es links und rechts von der Bauchdecke nach unten. Die Hände und Arme waren erstaunlich dünn, beinahe dürr. Keine Wurstfinger, wie bei diesem Bauchumfang zu erwarten gewesen wäre.

Das eingedrückte Gesicht, die Nase ragte schief ins Irgendwo. Getrocknetes Blut am Haaransatz, an Lippen, Kinn und Hals. Die Schläge. Man konnte die Treffer abzählen wie Jahresringe in einem Baumstumpf. Keine Spur von Toben oder Rasen. Dieses geschundene Gesicht hatte die unmenschliche Folgerichtigkeit eines professionell gefliesten Badezimmers.

»Hast du ihn rasiert?«, fragte Pachulke und deutete auf den haarlosen Genitalbereich des Toten.

»Nein, der war schon so.«

»Ist das üblich?«

Tenbrink zuckte mit den Achseln. »Viele mögen das. Beim Streicheln, beim Massieren, beim Oralsex. Kommt immer mehr auch bei Männern in Mode. Radfahrer, Schwimmer, Boxer machen es seit eh und je.«

»Hm, wie ein Boxer sieht er nicht aus. Nur ein Vorkämpfer der sexuellen Emanzipation.«

»Um nicht zu sagen Vorreiter.«

Pachulke nickte stumm, um zu zeigen, dass er genug gesehen hatte. Als sie wieder am Tisch saßen, fragte Tenbrink: »Habt ihr im Nachlass schon etwas gefunden?«

»Praumann hat akribisch und fleißig gearbeitet. Er war sehr belesen, es gibt zahlreiche Bücher mit Anmerkungen von ihm. Den privaten Kalender haben wir noch nicht gefunden, ebenso wenig Briefe oder Tagebücher. War der Täter Rechtshänder?«

»Ja, der tödliche Schlag ist mit beiden Händen über den Kopf erfolgt.« Tenbrink nahm das Lineal in beide Hände und holte weit nach hinten aus. »Die anderen Schläge kamen von schräg rechts oben.« Tenbrink fügte hinzu. »Eine Sache ist wichtig. Praumann hat eine Hautcreme benutzt.«

»Wenn man schon rasiert ist.«

»Nichts für die Kosmetik. Praumann litt an einem chronischen Ausschlag an beiden Armen. Du findest da kleine rote Vesikel, Bläschen, weil du es bist. Das Medikament ist cortisonhaltig und damit verschreibungspflichtig. Er muss sich eingecremt haben, kurz bevor er ermordet wurde, die Salbe war noch nicht richtig eingezogen. Das heißt, Praumann muss in Behandlung gewesen sein.«

»Da wird sich Zabriskie freuen. Nach den Zahnärzten kommen die Hautärzte an die Reihe.«

»*Leiche, weiblich?*«, fragte Tenbrink.

Pachulke nickte. »Sie faxt deinen Zahnbefund an jeden Zahnklempner der Stadt. Diese Salbe müsste drüben bei Praumanns Sachen zu finden sein. Ich rede mit Löffelholz.«

Die Mittagspause hatte bei Zabriskie wertvolle Synapsenverschaltungen ermöglicht. Sie änderte ihre Strategie. Es gab jetzt ein Anschreiben, das sie mitfaxte. Sie war jetzt am Telefon so zuckersüß wie ein neugeborenes Kätzchen und so devot wie ein Ministrant. Bei Widerworten schilderte sie den Zustand von Ophelia in allen aufgedunsenen Details und bot an, ein Foto der Wasserleiche mitzufaxen. Fast immer gelang es ihr, so die Sprechstundenhilfe weichzukochen, die »gleich mal nachsehen« wollte und bereit war, an drei andere Zahnärzte Bericht und Begleitschreiben weiterzufaxen. Schneeballprinzip, dachte Zabriskie und sah, wie draußen die dicken Flocken fielen. Um fünf Uhr hatte sie mehr als die Hälfte erledigt. Sie sperrte ihren Laptop ein, holte sich ihr Lederkäppi und die Jacke, ging kurz an die frische Luft, trank einen Kaffee und stieg dann hinunter zu den Überresten aus dem Leben des Prometheus Praumann.

Löffelholz zeigte ihr den Metallschrank, wies auf die kleine Delle hin und drückte ihr einen Stapel DIN A 4 Blätter – toll, noch eine Liste, dachte Zabriskie – in die Hand und sagte. »Das ist der Ausdruck der Datei *fotos.xsl*. Praumann hat alles, bis auf das Datum, in seiner eigenen Kurzschrift verfasst, Orte, Anlässe, Personen. *ep* ist Elvis Presley, *d* steht für Düsseldorf oder für Daressalam. Das wirst du sehen. Es muss einen Schlüssel geben. Leider hat Praumann die Dateiendungen sehr häufig vertauscht. Du findest Word-Dateien, die das Kürzel *jpg* tragen. Das ist üblicherweise für Bilder vorgesehen. Wahrscheinlich ist vor vierzig Jahren seine Kommune durchsucht worden, und er hat Vorsichtsmaßnahmen getroffen. Alles, was buchhalterisch von Belang ist, ist einwandfrei geführt, alles Interne trägt labyrinthische Züge. Viel Spaß.«

Zabriskie hatte gerade die Liste vor sich auf den Tisch gelegt, da hörte sie Stiesel schreien: »Nein, das ist meins, gib das her.«

Stiesel und Bördensen umklammerten einige Zeitschriften.

»Ich habe sie zuerst gesehen«, sagte Stiesel.

»Lass los, Blindfisch. Du bist kurzsichtig und darfst nichts lesen. Los, inventarisiere Praumanns Bierdeckel.«

»Eine Bierdeckelsammlung aus Kneipen der sechziger Jahre«, sagte Löffelholz und blickte kurz von seinem Computer auf.

»Ich will auch lesen. Sag auch mal was dazu, Dorfner.«

Dorfner stand auf und griff sich mit beiden Armen die umstrittenen Hefte. Dann winkte er kurz. »Alles meins. Stiesel inventarisiert die Bierdeckelsammlung studentischer Kneipen. Bördensen prüft die Schallplatten. Ich bin für die Druckerzeugnisse zuständig.«

»Was ist denn das für ein tolles Heft?«, fragte Zabriskie. »Das ist *soft+kritisch,* das linksradikale Leitmedium der sechziger Jahre«, klärte Dorfner sie auf.

»Schau mal«, er hielt Zabriskie ein Heft unter die Nase. »Weltanschauung und Weiber anschauen.« Auf dem Titelbild war eine spärlich bekleidete junge Frau zu sehen, deren Pose so hilflos wirkte wie ein Argument in einer Séance.

»Hübsch«, sagte Zabriskie. »Und in welcher Ausgabe finden wir den Mörder von Praumann? Oder wenigstens einen gut gebauten Männerarsch? Knackig und kritisch?«

Sie zwinkerte Stiesel zu, aber der steckte seine Nase tief in die Kiste mit den Bierdeckeln, bevor er kurz zurücksah.

»Na, mal abwarten.« Dorfner klopfte auf den Stapel. »Es

geht auch darum, die Denkweise dieser Epoche besser zu verstehen, den Kontext transparent zu machen.«

»Du willst Damenunterwäsche transparent machen, na ja, jedem Tierchen sein Pläsierchen.«

Dorfner schlug das Heft auf. »Damit du nicht denkst, es gäbe nur nackte Frauen in den Heften. Das hier«, er zeigte auf das Foto einer Frau mit dunklen, kurzen Haaren, »das hier ist die Chefredakteurin. Die hat wahrscheinlich die Kochrezepte gemacht, die Rätselseite und solche Sachen. Alles, was wichtig war für die Leser-Blatt-Bindung. Später ist sie dann durchgedreht und in den Untergrund gegangen.« Er klappte das Heft wieder zu.

»Bei den Titelbildern wäre ich auch durchgedreht«, knurrte Zabriskie. »Weißt du, was ich faszinierend finde?«, sagte sie zu Dorfner.

»Doch nicht etwa mich?«

Zabriskie deutete auf das Titelbild. »Dass das Mädchen hier heute Mitte sechzig ist. Du kuckst dir Bilder von deiner Mutter an.«

»Meine Mutter sieht ganz anders aus«, entgegnete Dorfner schnell. Zabriskie hatte sich schon an ihren Tisch gesetzt und tat so, als gäbe es nur noch die Fotoliste.

»Außerdem ist sie erst 61«, versetzte Dorfner.

Zabriskie schwieg und blätterte.

Dorfner suchte sich grummelnd den richtigen Katalog und hakte nacheinander die Hefte ab, die alle für horrende Beträge käuflich zu erwerben waren. »Sag mal, Dorfner, ist deine Mutter eigentlich blond gewesen damals oder brünett?«, fragte Stiesel.

»Halt's Maul, das geht dich nichts an. Das hier ist Ermittlungstätigkeit. Ich kläre hier gerade einen Mord auf. Ich will auch nicht wissen, ob dein Vater beim Vietcong war damals.«

»Kritische Softys lesen *soft+kritisch*«, erwiderte Stiesel.

Bördensen hielt ein Schallplattencover hoch, auf dem ein Mann neben einer brennenden Gitarre kniete. Er hatte ein buntes Tuch um die Stirn gebunden.

»Na, hoffentlich war der versichert«, sagte Dorfner, der ihm über die Schulter sah. »So ein Kabelbrand ist ja passiert wie nix.« Bördensen seufzte und machte ein Häkchen im Katalog.

Zabriskie ging zu dem Hängeschrank und legte ein Mappe auf den Tisch. In der Liste gab es eine Spalte mit *j* überschrieben, das war das Jahr. Eine Spalte hieß *m,* in der immer zwei Buchstaben standen, *jn* war Juni, *jl* war Juli, daneben das Tagesdatum, numerisch. Eine Spalte trug die Bezeichnung *o,* hier waren die Abkürzungen bis zu fünf Buchstaben lang, das musste der Ort sein. Die Spalte mit *ph,* in der Kürzel mit zwei oder drei Buchstaben eingetragen waren, war für den »Photograph«, wie das früher geheißen hatte. Heute schrieb man ja sogar Alphorn mit f. Die letzte Spalte hatte den Titel *v* und enthielt Daten der jüngeren Zeit. Diese Bilder waren verkauft. Also ganz einfach. Sie kuckte die Mappen durch und hakte die Bilder ab, die noch da waren. Bei denen, die fehlten, musste sie das Datum unter *v* mit den Belegen der Buchhaltung vergleichen. Die Ortskürzel konnte sie vermutlich erraten, bei den Fotografen musste Löffelholz im Internet recherchieren.

»Wo ist Pachulke?«, wollte Stiesel wissen, der kleine Türmchen aus den Bierdeckeln baute.

»Er kam, er sah, er ging«, sagte Löffelholz. »Er kam aus der Anatomie kurz vorbei, er sah uns über die Schulter, und er ging noch einmal zum Loft, um die Nachbarn Praumanns zu befragen. Er sagt, wir sollen Ausschau halten nach einer Tube cortisonhaltiger Hautcreme. Praumann hatte einen chronischen Ausschlag. Er hat sich eingecremt, kurz bevor er starb.«

Bördensen pustete die Bierdeckel von Stiesel um. Dorfner murmelte: »Und hier, schon wieder eine angezogene Frau, ihr habt ja nur Klischees im Kopf.«

Zabriskie prüfte die erste Mappe. Laut Liste mussten in ihr sieben Bilder vorhanden sein. Sie legte alle Bilder auf den Tisch. Jedes befand sich in einem separaten Umschlag, damit sie nicht zusammenklebten. Sie zählte die Fotos, es waren sieben. Sie zögerte. In Momenten, in denen es um Details geht, unterscheiden sich die guten von den schlechten Polizisten. Es reichte nicht, dass sieben Fotos vor ihr lagen, sie musste wissen, ob es die richtigen waren. Sie hätte auch gewollt, dass ein anderer jedes Foto aus dem Umschlag herausholte, betrachtete, wieder in den Umschlag hineinsteckte, und einen Vermerk auf der Liste machte, wenn es um Ophelia gegangen wäre. Das erste Foto zeigte das Schöneberger Rathaus. Sie hakte es ab. Und legte einen Schlüssel für die von Praumann verwendeten Abkürzungen an: *schbg* stand für Schöneberg, *rh* bedeutete Rathaus.

GE Kapitel 6

Der nächste Tag war ein Dienstag. Zabriskie saß um kurz nach sieben in der Gruft mit den Überresten aus dem Leben Praumanns. Es roch nach alten Büchern und verschwitzten Polizisten. Sie stellte sich auf einen Stuhl und öffnete die beiden Oberlichter. Von oben konnte sie die Windböen fauchen hören, ab und zu fand eine Schneeflocke ihren Weg durch das zugelötete Absperrgitter und den schmalen Fensterspalt. Sie landete auf dem Betonboden und blieb dort liegen, klein und flach. Die Luft wurde besser, aber es wurde kalt.

Als Nächster kam Löffelholz, der einen Aktenordner unter dem Arm hatte und vor sich hin pfiff. »Gute Idee«, sagte er zu Zabriskie und nickte zu den Oberlichtern hin.

Zabriskie lächelte kurz. Drei Stunden wollte sie Fotos sichten, dann würde sie mit den Zahnärzten weitermachen. Wer die freie Auswahl bei den Heuhaufen hat, braucht nicht nach der Stecknadel zu schreien. Im Fall von *Leiche, weiblich* erhoffte sie sich Aufschluss durch eine Füllung in Zahn Nummer sechs im rechten Oberkiefer. Zwei Schneidezähne unten standen schief und leicht verdreht aneinandergelehnt wie eine winzige moderne Skulptur.

Um halb neun erschien Dorfner und schloss die Fenster, ohne jemand zu fragen. Mit einem Stöhnen, das lüsterne Vorfreude erahnen ließ, setzte er sich vor den Stapel mit *soft+kritisch.* Das Jahr 1968 und seine Titelheldinnen warteten auf ihn. Stiesel und Bördensen tauchten gemeinsam auf, Stiesel in gestreiften Hosen, Bördensen mit seiner alten Ledertasche. Zum Schluss kam Engine Plink, die sich neben Dorfner setzte und die Bücher überprüfte. Zabriskie wechselte einen förmlich-freundlichen Blick mit der Leiterin der Spurensicherung. Lächeln, aber bitte nicht zu sehr. Pachulke und Plink waren einander herzlich zugetan und umkreisten einander wie zwei Katzen den heißen Brei. Obwohl sie sich nicht das Geringste aus Opern machte und obwohl sie Pachulke nicht einmal im Vollrausch als libidinöses Objekt für sich hätte entdecken wollen, gab es Zabriskie jedes Mal einen kleinen Stich, wenn sie die beiden miteinander sah.

Alle wühlten sich durch den Berg von ungesichteten Artefakten. »Kuck mal, da ist wieder was von dem Typ mit dem Locher«, sagte Bördensen zu Stiesel. Stiesel sinnierte über einer runden schwarzen Dose mit Schraubverschluss und sah hoch. »Dem Ado …?«

»Adorno, genau. Hör dir das an: ›*Besonnenheit aber führt aus der Aporie nicht heraus*‹. Was hat er damit wohl gemeint?«

»Keine Ahnung. Muss viel verletzt gewesen sein, wenn er als Fußballer Zeit hatte, Bücher zu schreiben.«

»Er war nicht bei der Eintracht, er hat nur in Frankfurt gelehrt. Er war Philosoph.«

»Du liest wohl heimlich dieses Zeug. Du sollst doch die Platten machen.«

Bördensen zuckte mit den Schultern. »Ist doch genug da von dem Zeug. Und dieser Satz ist doch interessanter als Udo Jürgens. Wüsste gern, wie er das gemeint hat.«

»Ist doch ganz einfach«, mischte Dorfner sich ein. Er legte die Ausgabe des Monats Mai von *soft+kritisch* beiseite. Auf dem Titel war diesmal ein Schwarz-Weiß-Porträt Dubinskis, dessen Blick unter dunklen Brauen wie üblich kämpferisch und herausfordernd war. »Aporie ist, wenn du nicht mehr weiter weißt. Und anstatt, dass du einen auf besonnen machst, so von wegen Klugscheißer und alles analysieren, musst du einfach mal dazwischenhauen, zeigen wo der Hammer hängt.«

Bördensen kaute auf seiner Unterlippe. »Meinst du wirklich?«

»Was denn sonst?« Dorfner wirkte so sicher, als würde er jedes Wochenende mit Adorno all diese Dinge besprechen. »Aber das Buch heißt *Ästhetische Theorie*«, warf Bördensen ein.

»Wer schön sein will, muss leiden. Und andere leiden lassen. Von nix kommt nix«, sagte Dorfner. Er grunzte, um zu zeigen, dass das Thema für ihn beendet war.

Bördensen schüttelte den Kopf, markierte die *Ästhetische Theorie* in einem der Kataloge. Dann machte er mit den Schallplatten weiter.

Löffelholz klappte den Ordner zu und schüttelte den Kopf. »Alles wie es sein soll. Es sieht nicht so aus, als ob der Mörder eine alte Rechnung begleichen wollte, bei der es um Geld ging.« Er stand auf und kramte in einer Kiste, die Praumanns Schreibtischbestand enthielt.

»Hier sind auch Bücher«, sagte er und hob einen Schuber mit Taschenbüchern heraus. *»Marcel Proust«,* las er langsam, *»Auf der Suche nach der verlorenen Zeit.«*

»Wahrscheinlich ein Handbuch für Zeitmanagement«, murmelte Dorfner, ohne von der Juli-Ausgabe aufzusehen.

»In sieben Bänden?« Löffelholz schüttelte den Kopf.

Plink zog die Brauen hoch. »Das ist einer der wichtigsten Romane des 20. Jahrhunderts«, sagte sie.

»Das war bestimmt sein Lieblingsbuch«, sagte Bördensen. Alle bis auf Dorfner, der gerade eine erotische Kurzgeschichte verschlang, waren aufgestanden und blickten auf die Kassette mit den Taschenbüchern.

»Das glaube ich nicht«, sagte Löffelholz auf Bördensens Bemerkung. »Das sieht nagelneu aus. Ungelesen.«

»Dann wollte er es verzeichnen«, sagte Zabriskie.

»Auch nicht. Auf dem Schreibtisch war nur das Puddingpäckchen. Die beiden Sachen, die er vorher verzeichnet hatte, lagen mit Katalognummer schon wieder im Regal.« Löffelholz holte einen Band mit dem Titel *In Swanns Welt* heraus. Ein schwarzer Gegenstand fiel zu Boden, und die Polizeibeamten starrten auf das Buch. Es war ausgesägt. Inmitten der Dünndruckseiten gab es einen kleinen Hohlraum, darum herum bildeten die Seiten einen zwei Zentimeter breiten, stabilen Rand. Am Anfang und am Ende waren die Seiten intakt.

»Der älteste Trick der Welt«, sagte Zabriskie und bückte sich nach dem schwarzen Büchlein. »Das hier ist der Kalender.«

Plink runzelte die Stirn. »Ich fürchte, Sie täuschen sich. Das ist nur *ein* Kalender. Hier«, sie öffnete das Buch mit dem Titel *Sodom und Gomorra,* »ist noch einer.«

Bördensen hatte wahllos ein drittes Buch aus der Kassette genommen. »Und hier auch.«

»Das nennt man wohl einen Volltreffer«, sagte Plink zu Löffelholz. »Ich fürchte, Sie täuschen sich«, sagte Zabriskie. »Das ist alles verschlüsselt.«

Sie hielt Engine Plink eine aufgeklappte Doppelseite hin.

Die Leiterin der Spurensicherung las *10111001111101110O1.* In der Zeile darunter stand *100111110 JC R131.* »Binärcode in Proust verpackt«, sagte sie und schüttelte den Kopf. »Das hat wirklich Stil.«

Kurz darauf stapelten sich auf Plinks Arbeitsplatte sechs Kalender. Während sie ihre rote Mähne durchwühlte, machte sie sich Notizen und murmelte dabei unablässig vor sich hin. Ein Hauch von stiller Ehrfurcht lag über dem Raum. Na und, na und, na und, dachte Zabriskie. Haben wir eben eine hypergescheite Leiterin der Spurensicherung, bitte schön. Kann sie Pachulke davon erzählen. Wird er sie loben, können sie sich zulächeln. Kann sie ihre Locken nach hinten werfen. Sie fuhr sich durch ihre kurzen schwarzen Haare und blätterte durch den Kalender, der auf ihrem Tisch lag. Jede Seite war ein Tag. War das Wochenende mitberücksichtigt? Als eine Seite oder

Samstag und Sonntag extra? Und um welches Jahr handelte es sich?

Oben auf jeder Seite eine neunzehnstellige Zahl. Darunter weitere Zahlenkolonnen, vierstellig und neunstellig. Sie sah auf die Uhr. Es war kurz vor zehn. Sie würde gleich mit den Zahnärzten beginnen. »Ich nehme einen Kalender mit nach oben«, sagte sie zu Plink.

Diese sah kurz auf. »Fragen Sie am besten Pachulke, was er davon hält.«

»Das hier ist nicht im Katalog«, sagte Stiesel kurz darauf zu Löffelholz. »In keinem.« Er hielt Löffelholz die schwarze Plastikdose mit dem Schraubverschluss hin. Löffelholz, der in diesem Keller den Part des Chefbuchhalters übernommen hatte, nickte und schrieb einen Vermerk in den Computer. »Also Privatbesitz. Was ist das?«

»Eine Entwicklungsdose für Negative«, sagte Stiesel. Er schraubte den Deckel ab. »In diese Spirale wird der Kleinbildfilm eingezogen, in die Dose kommt Chemie. Deckel drauf, gut schütteln.« Er bewegte die Dose wie ein Barmixer seinen Shaker. »Natürlich alles in der Dunkelkammer.«

»So eine Art steinzeitliche Bildbearbeitungsmaschine.«

»Alt, aber bewährt«, sagte Stiesel. »Viele Profis arbeiten heute zweigleisig – digital und mit Negativmaterial.«

»Und Praumann war ein Hobbyfotograf der alten Schule?«

»Das ist es ja. Es gibt hier überhaupt nichts, was darauf hinweist, dass er selbst fotografiert hat. Er hatte nur eine Digitalkamera für die Kataloge und die beiden Lampen. Kein Kamerazubehör, keine Chemikalien, keine Wannen, nichts. Die Fotos«, er nickte zur Hängeregistratur, »hat er alle angekauft.«

»Und?«, sagte Löffelholz. »Hat er eben früher fotografiert und sich das als Andenken aufgehoben.«

»Möglich«, sagte Stiesel.

Der Rechner von Löffelholz zwitscherte. Er klickte ein Fenster an. »Eine E-Mail von Zabriskie. Sie hat uns ihre Fotoauswertung geschickt. Sehr schön.« Er bewegte die Maus und überflog die Tabelle. »Bei den Fotografen ist die Abkürzung pp nicht dabei. Also hat Praumann nicht selbst fotografiert. Oder seine Fotos nicht verkauft.«

»Es sei denn, er hat die Namen der Fotografen auch verschlüsselt«, sagte Stiesel und deutete auf die schwarzen Kalender, die aufgefaltet wie Unheil verheißende Schmetterlinge vor Engine Plink lagen.

»Das hat er zum Glück nicht«, widersprach Löffelholz. »Auf den Quittungen und Lieferscheinen sind die Namen der Fotografen mit den Initialen in der Liste identisch.«

Stiesel sagte: »Ich finde, wir sollten die Entwicklerdose als möglichen Hinweis werten. Sie passt nicht ins Muster, ins Persönlichkeitsbild. Praumann war belesen und penibel, aber nichts weist auf Fotografie hin.«

»Von mir aus«, sagte Löffelholz. Er fuhr sich mit der Hand durch sein spärliches, helles Haar und bedachte Stiesel mit einem durchdringenden Blick. Er klappte eine neue Plastikkiste auf, befestigte einen weißen Zettel mit Tesafilm, schrieb mit schwarzem Filzstift *Spuren?* darauf und legte die Entwicklerdose hinein.

In ihrem Büro las Zabriskie als Erstes einen Stapel Faxe vom Boden auf. Sie enthielten nur negative Antworten auf ihre Anfragen wegen einer Zahnbehandlung von Ophelia. Zabriskie strich die Praxen von der Liste. Sie hörte ihren Anrufbeantworter ab, auf dem nur negative Auskünfte zu hören waren. Sie strich weitere Praxen von der Liste. Ihre Schneeballstrategie hatte Wirkung gezeigt, sie konnte tatsächlich einige Zahnärzte abhaken, die sie selbst noch nicht angerufen hatte. Dann griff sie zum Hörer. Nach dem stundenlangen Schweigen im Keller hatte sie jetzt Lust zu reden. Mit Sprechstundenhilfen, mit Anrufbeantwortern, egal. Während sie bei jedem Anruf ihren Spruch aufsagte, sah sie sich den Kalender an. Sie kratzte ihr ganzes Wissen über Binärcodes zusammen. Ganz hinten, dort wo im Digitalsystem die Einerstelle war, war hier auch die Eins.

Allerdings nur die Eins. Stand ganz hinten eine Eins, dann handelte es sich bei dem Koloss aus neunzehn Stellen um eine ungerade Zahl. Stand am Ende eine Null, war die Zahl gerade. Dann als Nächstes, links von der Eins, kam die Zwei. Und als drittes die Vier, dann die Acht. Die Zahl Neun schrieb sich im Binärcode 1001. Einmal die Acht, keine 4, keine 2, einmal die Eins. Ein bisschen binär ist gar nicht schwer. So einfach, dass Rechenmaschinen, die Geige spielen und Mittelstreckenraketen abfeuern konnten, hervorragend damit zurechtkamen.

Das Telefon klingelte. Eine negative Auskunft. »Hoffentlich erwischen Sie den Scheißkerl trotzdem«, giftete die Sprechstundenhilfe ins Telefon. Die nächste Stimme klang an ihr Ohr, blasiert, beschäftigt. Zabriskie fing an, die Zahlen aus dem Kalender abzuschreiben. Sonst kritzelte sie auch beim Telefonieren. Oben links in die Ecke schrieb sie:

1011100111110111001

Die Stimme am Telefon änderte sich kein Jota, als Zabriskie ausführlich Details vom Zustand der Leiche freigab. »Ich sagte schon, sobald wir es einrichten können, sehen wir nach«, quäkte es aus dem Hörer.

Zabriskie fluchte lautlos, zog die Schreibtischschublade auf und wühlte darin herum. Unter der Speisekarte eines indischen Restaurants, das vor zwei Jahren Pleite gemacht hatte, fand sie ihren Taschenrechner.

»Das ist wirklich sehr zuvorkommend von Ihnen. Könnten Sie den Zahnbefund an eine Ihnen bekannte Praxis weiterfaxen?«

Wieder quäkte es aus dem Hörer. Sie schrieb eine Zahlenkolonne in die Mitte ihrer Schreibunterlage, die am unteren Rand des Papiers begann.

»Wie bitte? Die Gesundheitsreform und die ausnehmend hohen Faxgebühren. Ich verstehe. Nein, entschuldigen Sie sich nicht. Wir wollen Sie nicht in den Ruin treiben.« Sonst muss Ihr Dr. med. dent. Priapus am Ende noch Minigolf spielen. »Wiederhören.«

Sie besah die Zahlenreihe.

268 288
134 144
67 072
33 536
16 768
8384
4192
2096
1048
512
256
128
64
32
16
8
4
2
1

Während sie die 1011100111110111001 von oben nach unten in ihre Liste übertrug, nahm sie telefonisch eine weitere negative Auskunft entgegen. Schließlich stand auf ihrer Schreibtischunterlage folgende Tabelle:

268288 x 1 = 268288
134144 x 0 = 0
67072 x 1 = 67072
33536 x 1 = 33536
16768 x 1 = 16768
8384 x 0 = 0
4192 x 0 = 0
2096 x 1 = 2096
1048 x 1 = 1048

$$512 \times 1 = 512$$
$$256 \times 1 = 256$$
$$128 \times 1 = 128$$
$$64 \times 0 = 0$$
$$32 \times 1 = 32$$
$$16 \times 1 = 16$$
$$8 \times 1 = 8$$
$$4 \times 0 = 0$$
$$2 \times 0 = 0$$
$$1 \times 1 = 1$$

Als Zwischenergebnis notierte Zabriskie 398 761. Laut Kalender hatte Prometheus Praumann wegen 398 761 also 100111110 JC R131 gemacht. Damit war die Sache im Grunde gelöst. Um ein wenig Zeit zum Nachdenken zu haben, rief Zabriskie drei Zahnarztpraxen an. Dann teilte sie 398 761 durch 365. Praumann war nicht 1067 Jahre alt. Sie subtrahierte 1067 vom aktuellen Kalenderjahr. Die Jahreszahl lag im finstersten Mittelalter. War da was Revolutionäres gewesen? Spartakus war früher, Marx kam erst später. Ihr wurde klar, dass sie dies heute Morgen im Keller aus Praumanns Nachlass erfahren hatte und schüttelte den Kopf. Von solch einem Schwätzer wollte sie nichts lernen. Praumann hatte Gedichte von einem gewissen Jandl gelesen: *a flag lets burn it.* Vielen Dank auch. Zabriskie rief drei Zahnarztpraxen an. Sie war bei T angekommen.

Irgendetwas stimmte nicht an ihrem Ansatz. Eine unfreundliche Erinnerung stieg in ihr auf. Mathematik in der Mittelstufe. Wenn sie es so richtig versaut hatte, dann hatte immer *Ansatz falsch!* in kleiner roter Schrift auf ihren Arbeiten gestanden.

Vorne dann eine kleine rote Fünf. Mertraud Schievelbosch hatte immer eine Eins gehabt oder eine zwei plus bei Vorzeichenfehler. Eine Schwester im Geiste von Engine Plink, eine blonde Überfliegerin mit einem ordentlichen Pferdeschwanz, sauber und frisch wie ein Milchbrötchen. *Mertraud, mir graut vor dir,* schrieb Zabriskie auf ihre Schreibunterlage. Dann rief sie drei Zahnarztpraxen an. Sie blätterte durch den Kalender. Auch woanders fand sich der Eintrag 10011110 JC R131. Ein wiederkehrender Termin. Sie zählte die Seiten zwischen den beiden Einträgen. Es waren neunundzwanzig. Sie zählte die Seiten im Kalender, die oben einen neunzehnstelligen Koloss stehen hatten. Es waren 365. Also kein Schaltjahr, logisch, die Stelle eins war ja belegt. Ein ungerades Jahr. Die beiden Einträge, die sie gefunden hatte, lagen in der zweiten Hälfte des Kalenders.

Zabriskie schrieb *Fuck Milchbrötchen* auf ihre Schreibtischunterlage. Daneben malte sie etwas, das aussah wie eine Schildkröte ohne Kopf und ohne Beine. Dann rief sie drei weitere Zahnarztpraxen an. Ein Zahnarzt lag mit Gehirnerschütterung im Krankenhaus. Er hatte einen Golfball an den Kopf bekommen. Zabriskie war voll des Mitgefühls, weil die Sprechstundenhilfe sehr hilfsbereit war. Als sie auflegte, rieb sie sich die Hände.

Tun wir doch mal so, als sei Prometheus Praumann kein verkappter Fan Karls des Großen gewesen. Gehen wir davon aus, dass er ein penibler Paranoiker war, der in seinem Leben bestimmt einige Hausdurchsuchungen erlebt hatte und der es den dummen Bullen so schwer wie möglich machen wollte. Sie durchsuchte den ganzen Kalender und fand neun weitere Einträge 10011110 JC R131. Immer im Abstand von etwa 29 Seiten, also Tagen. In der Mitte gab es eine Unterbrechung, das Sommerloch. Also ein monatlicher Termin, außer im Juli.

Zabriskie rief drei Zahnarztpraxen an. Sie erreichte drei Anrufbeantworter. Zweimal Urlaub und einmal Dienstag Ruhetag, dafür am Mittwoch zwischen 21 Uhr und 23:30 Uhr geöffnet.

Sie schrieb die neunzehnstelligen Zahlen der elf Termine untereinander und verglich sie miteinander. Ergebnis: Die letzten elf Stellen blieben gleich.

11110111001.

Zabriskie sah in ihrer Liste nach. An Position elf kam die

1048. Sie übersetzte die elfstellige Zahl ins Digitalsystem und kam auf 2001. Dann betrachtete sie die anderen acht Ziffern.

Jeder Monat hatte höchstens 31 Tage. Also konnte es keine sechsstelligen Binärcodes für die Tage geben. Die 32 war die sechste Stelle und um eins zu groß. Der letzte Monat mit einem dreistelligen Binärcode war der Juli: 111 war 4+2+1 = 7. August war der achte Monat, die acht war vierstellig 1+0+0+0. Ihr Eintrag befand sich in der zweiten Kalenderhälfte, genauer gesagt auf Seite 254. Der 254. Tag in einem Nichtschaltjahr war der 11. September. Sie zerlegte den achtstelligen Anfang des ursprünglichen Zahlenblocks in zwei Vierergruppen: Aus 10111001 wurde 1011.1001. 8 + 0 + 2 + 1 war 11. und 8 + 0 + 0 + 1 war neun. 11. September 2001. Ein Dienstag. Kein Dienstag wie jeder andere. Sie ging zum nächsten Termin 100111110 JC R131. Er war für den 1001.1010.11110111001 eingetragen worden, also für den 9. Oktober 2001. Noch ein Dienstag. Es waren alles Dienstage. Dienstag war kein Ruhetag. Dienstag ging Prometheus Praumann zum Arzt, um sich Viagra verschreiben zu lassen. Zabriskie stieß ein heiseres Siegesgebrüll aus. Champagner pulsierte in ihren Adern. Sie malte der amputierten Schildkröte ein Schmollgesicht.

Dann rief sie drei Arztpraxen an. Eine hatte bereits das Fax erhalten. Die Sprechstundenhilfe war sehr schuldbewusst. So ist's recht, dachte Zabriskie. Also würde sie die anderen Praxen doch anrufen müssen, egal.

Jetzt ging es also um 100111110 JC R131. Gleiches Schema, gleicher Code. Zabriskie dachte nach: 100111110, das waren neun Stellen, also 5 plus 4. *10011* und *1110*, also 16+0+0+2+1 = 19 und 8+4+2+0 = 14. Ein Arzttermin um 19:14 Uhr. Das war möglich, siehe Öffnungszeiten mitten in der Nacht. Sie probierte 4 plus 5: 1001 war 9, 11110 war 16+8+4+2+0 = 30. 9:30 Uhr. 2001 war Prometheus Praumann um 9:30 Uhr einmal im Monat außer im Juli zu *JC R131* gegangen.

Zabriskie riss den Kalender von ihrem Schreibtisch. Sie wollte diesen Triumph unbedingt ihrer lieben Kollegin Engine Plink mitteilen. Doch halt, keine falsche Eile. Innere Würde und Gelassenheit war für diesen Anlass die angemessene seelische Verfassung. Deshalb rief sie vorher noch drei Zahnarztpraxen an.

Zabriskies Herz klopfte erbärmlich laut, als sie Engine Plink mit gerunzelter Stirn und mit dem Kugelschreiber im Mund vor den aufgeklappten Kalendern fand. Auch Pachulke war da, und sah Löffelholz über die Schulter, der gerade etwas am Computer erläuterte. Sie stellte sich vor Plinks Schreibtisch und fragte: »Na, wie läuft's?«

Plink lächelte, und es schien ihr, als sei sie ein wenig verlegen. »Mein Ansatz scheint nicht zu stimmen. Was machen die Zahnärzte?«

»Bin fast fertig«, sagte Zabriskie und nickte zu Pachulke hinüber. »Bisher nur Fehlanzeigen, vier Fünftel habe ich schon angefragt.«

Sie legte Plink den Kalender vor die Nase. »Das hier«, sagte sie und deutete auf 101110011111011001 und 10011110 JC R131, »ist ein Arzttermin von Praumann.« Dann erläuterte sie ihre Vorgehensweise.

Plink lauschte, ohne ein Wort zu sagen. Als Zabriskie fertig war, sagte sie: »Hervorragende Arbeit, Sie hatten wohl früher mal Matheleistungskurs.«

»Nicht wirklich«, sagte Zabriskie, die Sport und Kunst belegt hatte. »Aber ich bin für mein Alter eben noch ziemlich rege«, fügte sie hinzu und klapperte mit den Wimpern.

Plink verzog keine Miene. Aber sie warf ihre Locken nicht in den Nacken. »Das muss kein Arzttermin sein, es kann auch etwas anderes sein. Pediküre, Friseur, ein Besuch bei einem Freund, der nur zu bestimmten Zeiten in der Stadt ist.«

Zabriskie nickte. Da hatte Plink recht.

»Sie können uns sicher sagen, welcher sein aktueller Kalender war«, sagte Plink und binnen Sekunden fühlte sich Zabriskie wieder wie ein Prüfling. Der Champagner war weg. »Das ist doch ganz einfach«, sagte sie. »Es ist, es ist ...«, vor ihr tauchten die zum Teil eng beschriebenen Seiten des Kalenders auf, den sie eben durchsucht hatte. »Es ist der, in dessen erster Hälfte sehr viel steht und in der zweiten weniger, der mit den sechs Nullen am Ende.«

Plink nickte. Sie nahm einen Kalender aus dem Stapel, blätterte langsam und sagte dann: »Einseinsnull einseinsnull, das ist der sechste Sechste.«

4+2+0, 4+2+0 rechnete Zabriskie blitzschnell. »Heute, genau.«

Plink hielt ihr den Kalender hin.

Unter 110.110. des Jahres 11111000000 stand 10011110 JC R131. Wäre Praumann nicht ermordet worden, hätte er am 6. Juni 2008 um 9:30 Uhr etwas erledigt, was JC R131 hieß. Pachulke und die anderen hatten diesem Wortgefecht regungslos zugehört.

Jetzt sagte der Hauptkommissar: »Sehr gut. Wir machen Fortschritte. Stiesel hat die Entwicklerdose entdeckt, Bördensen prüft die Schallplatten. Zabriskie hat den Kalender entschlüsselt. Plink hat eine Liste mit Abkürzungen aus den Kalendern angelegt. Löffelholz hat die Buchhaltung abgeschlossen. Dorfner hat unter Einsatz seiner sittlichen Integrität einen nennenswerten Teil der erotischen Literatur der sechziger Jahre bearbeitet.«

Dorfner lächelte schief. Er saß so eng am Tisch, dass die Kante seinen Bauch berührte.

»Ich war heute Vormittag noch einmal im Loft von Praumann«, fuhr Pachulke fort. »Die Überwachungskamera hat den mutmaßlichen Mörder von Praumann gefilmt, wenn man die Zeiten, die Tenbrink errechnet hat, zugrunde legt. Hier ist das Standbild.« Er legte ein Foto auf den Schreibtisch von Plink. Alle bis auf einen beugten sich darüber und sahen einen geduckten Schatten, grau in grau und tödlich. Der Täter hatte einen Parka mit Kapuze oder etwas Ähnliches getragen.

»Sehr aussagekräftig«, entfuhr es Stiesel. Er trat einen Schritt zur Seite: »Willst du auch mal Dorfner?«

»Nein, vielen Dank. Ich überprüfe gerade *Blutjunge Novizinnen des Historischen Materialismus.* Sehr spannend. Ich seh mir das Foto dann in Ruhe an.«

Pachulke sagte: »Als Fahndungsfoto bringt uns das nichts. Ich bekomme bei solchen Bildern immer Sehnsucht nach den alten Hauswartsfrauen. Die waren wirklich auf Draht. Wenn jemand um die Ecke geschlichen kam, dann hieß es: Hat nach Kümmel gestunken wie mein erster Mann, hinter dem rechten Ohr eine drei Zentimeter lange Narbe, die aussah wie ein Tannenzapfen.«

»Wie geht es weiter?«, wollte Zabriskie wissen.

Pachulke knetete seine Unterlippe. »Ich denke, Bördensen, Stiesel und Dorfner machen ihre Arbeit weiter. Plink nimmt sich das Foto vor, ich habe es hier auch noch mal digital.« Er reichte Plink einen USB-Stick. »Löffelholz untersucht die Kalender auf Abkürzungen, Zabriskie macht mit den Fotos aus der Hängeregistratur weiter. Und vorher machen wir Mittag.«

»Ein guter Plan«, sagte Dorfner. »Ich bleibe hier.« Pachulke ging hinüber zu den Oberlichtern, bückte sich, stippte mit dem Zeigefinger eine Schneeflocke vom kalten Betonfußboden und ließ sie in seiner Manteltasche verschwinden.

RG Kapitel 7

»JC R131. Irgendwelche Vorschläge?« Pachulke nippte an seinem Kaffee.

»Das ist natürlich eine Adresse. JC sind die Initialen und R131 ist die Adresse.« Zabriskie nuschelte, weil sie ein Stück Würfelzucker im Mund hatte.

Pachulke zog den Unterkiefer nach unten, ohne den Mund dabei zu öffnen. Bei Zeugen, die Angst hatten, man könnte ihnen nicht glauben, setzte dieses halbe Gähnen wertvolle Restenergien frei.

»Eine Adresse in der Stadt«, fuhr Zabriskie fort. »In einer Straße, die mit R anfängt und mindestens 131 Nummern hat.«

»Oder das Planquadrat auf einem Stadtplan, Spalte R, Zeile 131.«

»JC ist der Name.«

»Oder die Funktionsbezeichnung. Heißen diese Leute bei zeitgenössischen Tanzveranstaltungen nicht MC?«

Zabriskie legte einen Zuckerwürfel auf den Löffelstiel, tickte dessen Spitze an, und der Zuckerwürfel landete in ihrem Mund. Sie trank einen Schluck Kaffee. »Wir werden mehr über die Abkürzung wissen, wenn wir R131 verifiziert haben. Das könntest du machen. Ich muss die Fotos und die Zahnärzte erledigen.«

Im Büro arbeitete Zabriskie zunächst die restlichen Praxen ab. Pachulke telefonierte mit Stadtplanverlagen und ließ sich bestätigen, dass niemand eine Quadratierung verwendete, auf die R 131 gepasst hätte. Im Straßenverzeichnis schlug er den Buchstaben R auf. Es gab mehr als 600 Straßen, die mit R anfingen, aber die wenigsten hatten mehr als 130 Hausnummern. Jede überprüfte Straße bekam einen kleinen Punkt mit Bleistift. An sein Ohr drang die leise, aber eindringliche Stimme von Zabriskie, die telefonieren konnte, ohne dass es lästig fiel. Nach einer Weile ging Zabriskie nach unten. Pachulke sah nicht auf, sondern prüfte gerade die Rue des Heimer irgendwo in der Nähe des Heidelberger Platzes. Sie war zu kurz. Er strich sie von der Liste.

Zabriskie nahm sich eine weitere Fotomappe aus der Hängeregistratur und sagte: »Haben wir uns schon mal über das Motiv Gedanken gemacht? War es ein Raubmord oder ein Racheakt? Oder ein Neider? Oder eines seiner Nummerngirls, das sich nicht abservieren lassen wollte?«

Löffelholz legte die Hände hinter dem Kopf zusammen. »Das sieht alles sehr intim aus. Das war kein anonymer Tod, irgendein reicher Kerl, der stirbt, weil irgendein armer Kerl Geld braucht. Der Tod kam als Gast.«

Zabriskie nickte. Stiesel wandte sich an Löffelholz. »Wie viele Abkürzungen haben wir denn schon?«

»Über hundert«, erwiderte Löffelholz. Auf den Kalendern klebten kleine Zettel mit den Jahreszahlen. Das laufende Jahr und das davor hatte Löffelholz schon durchgearbeitet. »Ich suche nach Anomalien, nach Abweichungen«, sagte er zu Stiesel. »So etwas wie die Entwicklerdose, nur in einem zeitlichen System.«

»Und?«, fragte Bördensen.

»Wir finden zum Beispiel die Abkürzung GD, die im zweiten Halbjahr des Vorjahres immer, wenn sie auftaucht, mit dem Kürzel N04 verbunden ist.«

Zabriskie grinste in sich hinein. Wir, Dozent von Eigenen Gnaden.

Löffelholz fuhr fort: »Im Dezember ist GD, das theoretisch auch für eine andere Person stehen kann, ohne zweites Kürzel zu finden, im Januar zweimal mit N04 und zweimal ohne Kürzel, im Februar einmal mit N04 und fünfmal ohne Zusatz, im März zweimal mit N04 und zweimal ohne, im April insgesamt fünfmal, dreimal mit und zweimal ohne Zusatz KL.«

»KL ist also ein Ort ohne Hausnummer«, sagte Bördensen. »Eine Sehenswürdigkeit, eine öffentliche Einrichtung.«

»Kirgisische Leihbibliothek«, schlug Zabriskie vor.

»Kabarettistische Lehranstalt«, dachte Stiesel laut nach.

Löffelholz rümpfte die Nase.

Zabriskie sagte: »Ich werde das gleich mal zu Pachulke durchtelefonieren, der sucht sowieso nach R131. Und GD scheint von immenser Bedeutung für Praumann gewesen zu sein.«

»Er wurde erpresst«, sagte Bördensen.

»Unsinn.« Löffelholz richtete sich auf. »Erpresser beschränken die Kontakte mit ihrem Opfer auf ein Minimum. Die lassen sich monatlich oder vierteljährlich ausbezahlen und verabreden sich nicht alle drei Tage.«

»Und wenn es keine Verabredung war«, erwiderte Bördensen. »Wenn Praumann GD heimlich beobachtet hat, um ihn auszuschalten.«

Gar nicht blöd, dachte Zabriskie, während sie Pachulkes Nummer wählte. Und GD hat das spitz gekriegt und Praumann aus dem Verkehr gezogen.

Pachulke knurrte kurz, als er das Gespräch mit Zabriskie beendet hatte. Auf seinem Notizblock standen die Namen von zehn Straßen, die alle 131 oder mehr Hausnummern hatten. Während sein Computer langsam hochfuhr und dabei Geräusche wie ein altersschwacher Fön von sich gab, legte Pachulke eine neue Liste zu N04 an. Dann saß er stumm vor seinem Schreibtisch und überlegte. Sollte er jetzt N04 einkreisen oder mit R131 weitermachen. Er warf einen Blick in das Straßenverzeichnis. Auch der Buchstabe N war gut vertreten, nicht ganz so häufig wie R, aber es würde dauern. Also schnell die zehn Hausnummern 131 geprüft. Falls es einen Treffer gab, sofort dort weitermachen. Abends dann, er grunzte, und legte den Kopf einmal nach links und einmal nach rechts, dass es knackte, N04. Im Rechner tauchte die Maske *Suchen nach Meldeadresse* auf, und er gab den ersten Straßennamen zusammen mit der Nummer 131 ein. Der Rechner zeigte eine Liste, jede Zeile war abwechselnd hellblau und dunkelblau unterlegt. Es gab niemand, auf den die Initialen JC gepasst hätten. Pachulke strich eine Straße durch. Auch die zweite Suche brachte eine Fehlanzeige. Jetzt war die Reichenberger Straße dran. Die Tastatur klapperte und Pachulke zog die Brauen hoch: In der Reichenberger Straße gab es eine Ärztin für Haut- und Geschlechtskrankheiten, und ihr Name fing mit C an: Dr. med. Marie-Johanna Canisius. War das ein Treffer? Er ging auf das Unterfenster »Detailinformation« und fand dort die Telefondaten. Vom Anrufbeantworter erfuhr er, dass heute schon geschlossen war, die Sprechstunde am Dienstag begann um acht Uhr. Am Mittwoch ging es von 10 bis 16 Uhr. Dafür gab es am Donnerstag eine Spätsprechstunde von 15 bis 22 Uhr. Er hinterließ die Bitte um Rückruf.

Zabriskie räusperte sich energisch. Endlich hatte sie Glück. Sie hatte etwas gefunden. Genauer gesagt, sie hatte da, wo etwas hätte sein müssen, in dem Papierumschlag, nichts gefunden. Kein Foto nämlich. Nur ein kleiner handgeschriebener Zettel. Praumanns Handschrift, die sie langsam besser kannte als ihre eigene mit dem Vermerk RS 1966-06-26. Keine Hinweise auf das abgebildete Motiv, keine Hinweise auf den Ort der Aufnahme. Interessant war das Datum. Der 26. Juni war der Tag der Schlacht um das Tegeler Vlies. Der hohe Feiertag stand unmittelbar bevor. Wie jedes Jahr wurde das Vlies vom Rathaus Schöneberg zum Museum getragen. Und ein Foto von diesem wichtigen Tag fehlte in Praumanns Hängeordner. Eine Fotografie, aufgenommen am 26. Juni 1966. Eine Filmentwicklerdose, ein Toter mit einem Ekzem, ein halb entschlüsselter Kalender. Sie wurden mit Spuren überschüttet, aber sie wussten nicht, was das alles zu bedeuten hatte. Das Foto passte nicht schlecht zur Erpressungstheorie, vielleicht war Praumann ja selbst der Erpresser. Damals hatten viele Menschen Dinge getan, die ihnen heute peinlich waren oder die sie in die Bredouille bringen konnten. Und nicht alles ließ sich mit der Pflicht des Revolutionärs erklären. Praumann war ein wandelndes Kompendium dieser Jahre gewesen. Mit den Stecken, an denen Dreck aus dieser Zeit zu finden war, hätte er wahrscheinlich einen doppelreihigen Palisadenzaun errichten können.

Pachulke schaute auf, als Zabriskie ins Zimmer trat. »Es gibt einen Antiquitätenhändler Justus Nöldner in der Chattenstraße. Kann das JC sein?«

»Justus, Chattenstraße. Warum nicht? Wo ist die Chattenstraße? Beim Surfergässchen gleich um die Ecke?«

»Nein, bei den Cheruskern und Langobarden. Die Chatten waren ein germanischer Volksstamm. Und in Schöneberg gibt es ein ganzes Viertel mit diesen Namen.« Pachulke tippte auf den Stadtplan. Zabriskie warf einen flüchtigen Blick darauf.

»Ach, sieh an, die Torgauer Straße. Ist Torgau nicht der Ort, wo sich Bolschewismus und Plutokratie die Hände reichten?« Pachulke nickte langsam, als hätte Zabriskie ihm die Weltformel erklärt.

Sie fuhr fort: »Dann ist das gewissermaßen eine Ehre, dass in diesem altgermanischen Siedlungsgebiet Torgau überhaupt Erwähnung findet. Stell dir vor, die Geschichte der Germanen begann in Schöneberg: Guten Morgen, Frau Chatte, Hallöchen Herr Cherusker. Und der Antiquitätenladen ist seit dreieinhalbtausend Jahren im Familienbesitz, hab ich recht?« Sie wollte das offenbar ausführlich diskutiert wissen.

»Weißt du, Zabriskie, ich kann verstehen, dass dir einiges gegen den Strich geht, die ganzen Bücher, das Interview mit Praumann, aber willst du mir wirklich erzählen, dass du mit dem einverstanden bist, was die USA in Vietnam angerichtet haben?«

Zabriskie schwieg einen Moment, dann sagte sie: »Nein, will ich nicht. Aber wenn ich bestimmte Sachen lese, habe ich immer das Gefühl, mein Vater war in den Augen dieser Leute ein Monster. Und das war er nicht.«

Pachulke sah sie an.

»Und sie freuen sich, dass sie ihn und alle anderen für Monster halten dürfen. Als hätten sie nur auf den richtigen Moment gewartet, um dem Ami mal so richtig auf die Schnauze hauen zu können.«

Pachulke kratzte sich am Kopf. »Soweit ich mich erinnern kann, gab es Leute, die diesen Krieg glorifiziert haben, und andere, die ihn bekämpften, hüben wie drüben. Und die Torgauer Straße heißt immer noch Torgauer Straße.«

»Und am Museum für Verkehr und Technik hängt immer noch ein Rosinenbomber, ich weiß.«

»Ende der Geschichte.«

»Fortsetzung folgt.« Zabriskie lächelte, aber es konnte auch ein Zähnefletschen sein. »Also Justus, der Cherusker. Und aus der gleichen Branche kommt er auch. Und wir fahren da jetzt hin, nicht wahr?«

Pachulke nickte. »Bis 18 Uhr hat er geöffnet, wir sollten ihn nach R131 fragen.«

»Darf ich zur Belohnung, dass ich mitfahren darf, vorher noch fünf Arztpraxen anrufen?«

»Auch zehn, ich suche weiter nach N04.«

Zabriskie griff zum Telefon, Pachulke zum Stadtpan.

Auf der Straße war Zabriskie froh, ein paar Schritte gehen zu können. Sie hob die Schultern unter dem wärmenden Stoff ihrer Jacke und ließ sie nach unten fallen, während sie neben Pachulke herlief. Es gab einen Stich in ihrem Nacken. Sie wiederholte die Bewegung, bis der Schmerz nachließ. Als sie sich der Straßenecke näherten, fing der Info in dem orangefarbenen Anorak sofort an zu rufen: »Tempelhofer Damm 1 bis 12. Tempelhofer Damm 1 bis 12.« Es war ein Info Short, der nichts weiter zu tun hatte, als den Straßenabschnitt und die Hausnummern auszurufen, wenn jemand in seine Nähe kam. Zabriskie nickte ihm zu, als sie an ihm vorbeispazierte. Ein Mann Mitte Fünfzig. Auch seine Mütze war orange, das war so Vorschrift. Sie bogen rechts ab, weg vom Lärm des Tempelhofer Damms. Sogleich fing die Kollegin des Info Short an zu schreien. Sie war ein Info Medium und trug daher Blau. »Bayernring 1 bis 16. Bis zur nächsten Kreuzung sind es 61 Meter.« Blaue Infos informierten zusätzlich über die Distanzen zwischen den Straßenecken.

»Glaubst du, es gibt noch einen Mord?«, fragte Zabriskie. Sie ging langsam, passte das Heben und Senken der Schultern dem Rhythmus ihrer Schritte an.

»Keine Ahnung, wenn Praumann ein Erpresser war, ist Schluss. Wenn es um etwas anderes geht, wer weiß.«

Zabriskie sah das Gesicht Praumanns auf dem Foto zu seinem Interview. Sie sah die Fotoumschläge. Sie sah Dorfner, glücklich wie ein Kind, das sich an Süßigkeiten überfressen hat, vor dem Stapel *soft+kritisch.* Dann hörte sie schon den Info Large an der nächsten Ecke. Seine gelbe Montur leuchtete im Halbdunkel des späten Nachmittags. »Bayernring 1 bis

12. Hier befindet sich das Polizeipräsidium, der Neubau wurde 1996 eingeweiht und kostete damals mehr als 400 Millionen DM.« Sie bogen rechts ab und grüßten den Info Grande. Er trug standesgemäß Rot. Auf diesem Streckenabschnitt war er der Dienstälteste, seit mehr als fünf Jahren stand er hier. Er war auch der Ranghöchste. Wobei das nicht stimmte, denn es gab keine Hierarchie. Jeder arbeitete für sich allein, nur die Infos Grande waren durch aufwendige Zusatzqualifikationen befugt, detailliert über ihren Abschnitt Auskunft zu geben. Das Infosystem war vor einigen Jahren eingeführt worden. Seitdem herrschte Vollbeschäftigung, denn wer gar nichts anderes machen wollte oder konnte, der fing als Info Short an. Der Info Grande rief: »Manfred-von-Richthofen-Straße, rückwärtige Front des Polizeipräsidiums. Die einen sagen, es war zu teuer, die anderen sagen, es ist zu klein. In der Herrentoilette im zweiten Stock tropft der Wasserhahn.« Erstaunlich, wie genau sie Bescheid wussten, selbst über das Innenleben von Zabriskies Arbeitsplatz. Sie stiegen ins Auto.

Das Haus Chattenstraße 131 lag am hinterletzten Ende, freie Sicht auf den alten Gasometer und im Schatten der Ringbahn. Nebenan verkaufte man alte Reifen, auf die Tischtennisplatte in der kleinen Grünanlage hatte jemand *Baby* gesprüht. Der Bürgersteig war nicht geräumt. Das Schaufenster des Ladens war in der unteren Hälfte mit alten Zeitungen zugeklebt, in der oberen Hälfte formten Klebebuchstaben den Schriftzug *ustus Nöl er, quit ten.*

Die Tür war verschlossen. Pachulke ruckelte an der ausgeleierten Türklinke, Zabriskie versuchte vergebens, über die Zeitungen hinweg in das Innere des Ladens zu spähen.

Im ersten Stock öffnete sich ein Fenster. Eine alte Frau lugte hervor, sie trug eine dunkelgraue Wollstrickjacke und eine randlose Brille. »Was wollen Sie hier?«

»Kriminalpolizei«, sagte Pachulke und hielt seine Dienstmarke am ausgestreckten Arm nach oben. »Wir suchen Herrn Justus Nöldner.«

»Wüsste auch gern, wo der ist«, sagte die Frau.

»Kennen Sie ihn näher?«, wollte Zabriskie wissen.

»Wie man's nimmt«, sagte die Frau. »Er ist mein Sohn.«

»Wann haben Sie Ihren Sohn zuletzt gesehen?«

»Vor 17 Jahren, 3 Monaten, 11 Tagen und 21 Stunden.«

Pachulke und Zabriskie sahen sich an.

»Und warum taucht seine Antiquitätenhandlung dann in den *Gelben Seiten* auf?«

»Weil es sein Laden ist«, schrie die Frau.

»Wissen Sie, wo er hin ist?«

»Nein. Er wollte sich einen Döner holen, hat er gesagt.«

Zabriskie fing an zu frieren. Sie fragte sich, warum sie dieses Gespräch nicht oben in der Wohnung der Alten führen konnten. »Und dann?«

»Dann habe ich ihn nie wiedergesehen.«

»Glauben Sie, dass er noch lebt?«

»Ich weiß es. Er schickt mir immer Postkarten von den Bahamas.«

»Wie kann er seinen Laden halten, wenn er auf den Bahamas lebt?«

»Er hat dort einen Verlag für esoterische Literatur aufgemacht. Der Laden geht gut. Traktätchen, Broschürchen, Welterklärungsbastelbogen. Die Leute lieben das.«

Die Leute brauchen das, dachte Zabriskie. »Und davon bezahlt er die Miete?«, rief sie nach oben und sah ihrem Atem nach, den sie als Nebelfahne im Rhythmus ihrer Worte ausstieß.

»Er zahlt keine Miete, das Haus gehört mir.« Im Dämmerlicht konnten sie sehen, dass sich in dem hellen Fleck, der das Gesicht der Frau war, die Lippen zu einem seligen Lächeln verzogen. »Wenn er wiederkommt, wird er alles so vorfinden, wie es früher war.«

»Will er denn wiederkommen?«, ergänzte Pachulke. Die alte Frau lächelte nicht mehr. »Natürlich kommt er wieder, schließlich ist er mein Sohn.«

»Hat Ihr Sohn einmal den Namen Prometheus Praumann erwähnt?«

»Wen?«

»Pro-me-theus Prau-mann«, rief Zabriskie in die Dämmerung hinein. Am Gasometer brannten jetzt rote Lämpchen, damit kein Flugzeug versehentlich hineinflog.

Der helle Fleck ruckte nach links und nach rechts. »Nein, einen Prometheus Praumann hat er nie erwähnt. Wieso, wer ist denn das?« Die Frau beugte sich etwas weiter vor.

»Jemand, der ermordet wurde, und der auch mit alten Sachen gehandelt hat. In seinem Kalender haben wir eine Notiz gefunden, die mit diesem Antiquitätengeschäft zu tun hätte haben können.«

»Tut mir leid, da kann ich Ihnen nicht helfen.«

Der Mann, der Prometheus Praumann erschlagen hatte, beugte sich über die Bar und sagte: »Machst du mir noch einen Suissesse?«

»Na, aber immer, aber gern.« Der Barkeeper stieß in dem niedrigen Raum fast bis an die Decke. Er zeigte seine Schneidezähne, ließ den Blick durch den Raum schweifen, in der Hoffnung, ein paar durstige Augen zu finden, denen er einen Wunsch ablesen konnte, aber im Moment waren alle Gäste mit sich und der Welt zufrieden oder hatten zumindest einen Grad an Betäubung erreicht, der alles erträglich machte.

Auch der Mann mit dem ausgefallenen Getränkewunsch hatte wohl etwas, das er gern losgeworden wäre. Er übertrieb es nicht, aber er trank seinen Lieblingsdrink mit der stillen Inbrunst eines unheilbar Kranken, dessen letzte Hoffnung eine Wundertinktur ist. Dieser Gast war kein heiterer Zecher, wie der Wirt diejenigen nannte, die sich dem Alkohol ergaben wie einer schönen Gespielin. Er war auch keiner von jenen Trinkern, die sich an ihre Ration klammerten wie ein Schiffbrüchiger an die letzte Planke einer untergegangenen Ehe, Firma, Hoffnung. Dieser Gast war am vergangenen Freitag zum ersten Mal hier aufgetaucht. Noch vor Mitternacht hatte der Barkeeper den ersten Suissesse seit mehr als fünfzehn Jahren gemixt. Der Mann trank, als würde er ein festgelegtes Programm damit absolvieren, sorgfältig und ohne sichtbaren Genuss.

»Hier, bitte schön, ein Suissesse.«

»Danke, du verstehst dein Handwerk.«

»Danke. Was ist denn deins?«, entfuhr es dem Barkeeper, und sein Gegenüber zog den Kopf zwischen die Schultern.

»Ich hab keins, keines mehr. Ich bin ein alter Mann, der gern noch was von der Welt sehen möchte. Und hier ist jeden Abend ein guter Platz dafür.«

»Da muss ich dich für morgen leider enttäuschen, da haben wir geschlossene Gesellschaft. Eine Geburtstagsfeier.«

»Nicht mal für Stammgäste?«

»Stammgast erst nach drei Jahren, nicht nach fünf Tagen. Nach einem Jahr Zweigleingast und nach zwei Jahren Astgast. Hier wird nicht einfach drauflosgesoffen.«

»Mmmh, gutes Holz wächst langsam«, sagte der Mann am Tresen. Jetzt sah er beinahe gutmütig aus.

Später auf dem Nachhauseweg wich der Mann sorgfältig den anderen Passanten aus und dachte über den Mord nach, den er sich für den nächsten Tag vorgenommen hatte. Zu Hause konnte er die Wirkung der beiden Drinks spüren, sein Hinterkopf fühlte sich frei und leicht an, wie eine verschnupfte Nase nach einer Inhalation. Er nahm seine Medizin, die er eigentlich im nüchternen Zustand hätte nehmen sollen, machte sich bettfertig und griff dann wieder zu seiner Lektüre: *Wir wollten Russland zeigen, so wie es wirklich ist, zeigen, dass dort Menschen leben, die ebenso sind wie wir.* Er ließ sich von der rollenden Prosa Steinbecks gemächlich über die Seiten tragen. Bestimmte Passagen las er zwei- oder dreimal, dann nickte er kurz ein. Um Punkt 23 Uhr legte er das Buch zur Seite, löschte das Licht und war sofort eingeschlafen.

Kapitel 8

Stephan Canisius lag auf der Seite und betrachtete die Frau, die er liebte, auch wenn er nicht viel von ihr sah. Ihr Kopf lag hinter dem Kissen, das Gesicht war bedeckt von den langen Haaren, in denen schon vereinzelte Silberfäden zu finden waren. Nur ihre Nasenspitze lugte hinter dem Vorhang hervor. Ihre Nasenflügel weiteten sich beinahe unmerklich bei jedem Atemzug. Er richtete sich auf, stützte sich auf den Ellenbogen und schob ihre Haare beiseite, hinter das Ohr, um ihr Gesicht sehen zu können, genauer gesagt, die Linie, die sich von ihrer Wange hinunter zu ihrem kleinen kräftigen Kinn zog. Als sie seine Berührung spürte, lächelte sie und grub ihre Nase ins Kissen. Wahrscheinlich lächelte sie auch, weil sie heute länger schlafen konnte als er.

Leise erhob er sich und verließ das Schlafzimmer. Er schloss die Tür, ging die hellbraune Treppe hinunter in die Küche. Sein Frühstück bestand aus einem Müsliriegel und einer Tasse grünen Tee. Er nickte seiner jüngeren Tochter zu, die am Esstisch saß und durch die Fensterscheibe auf die Terrasse sah. Im Licht der Außenbeleuchtung fiel der Schnee auf die Fußspuren, die quer über die kleine Wiese zum Kompost verliefen. Familie Canisius hatte keine Biotonne. Nahezu schweigend verbrachten sie das Frühstück. Stephan Canisius steckte seiner Tochter noch eine Flasche Mineralwasser in die Seitentasche ihres Rucksacks, als sie bald darauf aufstand, um das Haus Richtung Schule zu verlassen. Zehn Minuten später lief auch er über die Straße.

An der Urania stieg er aus dem Bus und ging das letzte Stück Richtung Nollendorfplatz zu Fuß. Er durchquerte die Maaßenstraße, an einem kleinen Pavillon vorbei, in dem schlechte Pasta verkauft wurde, und passierte den Marktplatz. Früher hatten hier die fliegenden Händler mit ihren kleinen Schubkarren und Leiterwägelchen gestanden, heute hatten die meisten von ihnen eine feste Bude, einfache Blockhäuser, sorgfältig isoliert und mit neuen Fenstern ausgestattet. Canisius hatte sein Ziel erreicht, ging ein paar Schritte nach rechts und betrat das Winterfeldtpalais durch den Bühneneingang. Durch eine arretierte Schwingtür mit altertümlichen Holzbügeln sah er die beiden Springbrunnen in der Eingangshalle. Aus dem einen sprudelte ein dunkler Strahl Vollmilchschokolade, aus dem Brunnen daneben in einem etwas helleren Farbton ergoss sich Diätschokolade. Über drei immer größer werdende Teller floss die Schokolade in das größte Becken. Die Kinder und jungen Erwachsenen standen geduldig davor und ließen sich von vier würdigen Herren gestippte Kekse aushändigen. Die vier Männer hatten Schnauzbärte und trugen bonbonfarbene Seidenuniformen mit üppigen Tressen und Kordeln. Ihre Hände steckten in weißen Glacéhandschuhen. Einige Lehrer standen am Kassenhäuschen und ließen sich über den Weg zum richtigen Theater in dem weitverzweigten Gebäude instruieren. Das Winterfeldtpalais war eines der größten Kindertheater der Stadt. In zehn Sälen wurde täglich gespielt. Es gab eine Hauptbühne für Schauspieler, verschiedene Handpuppentheater, eine Papierbühne, Marionettentheater, eine Kasperlebühne und zwei Bühnen für Theaterunterricht. Canisius war Beleuchter auf der Marionettenbühne. Seine Vorstellung begann um halb neun.

Auf dem Weg zu seinem Arbeitsplatz musste er an der Bühne für die Kleinsten vorbei, er konnte sie johlen und schreien hören. An der Tür klebte ein buntes Plakat: *Kasperle und der Mehrwert.* Etwas kleiner darunter stand: *Ab fünf Jahren.* Hinter der Tür konnte er die Stimme seines Kollegen Bertolt hören, der zusammen mit Therese dasselbe Stück wie an jedem Mittwoch seit zwanzig Jahren spielte. »Tritratrullala, tritratrullala.« Selbst nach all den Jahren in den Städten hatte Bertolt den weichen Zungenschlag aus dem Süden nicht ablegen können.

»Pass auf Kasperle, der Mehrwert!«, brüllte ein vielstimmiger

Kinderchor. »Der Mehrwert?«, fragte das Kasperle. »Ich kann ihn gar nicht sehen.«

»Kannst du auch nicht«, riefen die Kinder. »Das ist nur ein Begriff.«

»Ein Begriff, ja schlipperdibix, was machen wir denn da?«

»Du musst dialektisch handeln, Kasperle«, riefen die Kinder.

»Dialektisch, da brauche ich ja als Erstes eine Antithese. Wollt ihr mir alle mal helfen, meinen Freund, den Seppel zu rufen?«

»Jaaaaaa!«

Canisius drängelte sich an ein paar Schülern vorbei zum Bühneneingang, einer kleinen Tapetentür, die er mit einem Vierkantschlüssel öffnen konnte. Er hängte Hut und Mantel an den Haken, goss sich einen Schluck Tee aus der Thermoskanne ein, begrüßte die Kollegen, kletterte drei Stufen nach oben und setzte sich an sein Mischpult, direkt unter der Decke des engen Raums. Aus einem Stapel griff er sich die Schaltreihenfolge für die erste Vorstellung des Tages: *Panzerkreuzer Potemkin.* Er steckte sich einen Kaugummi in den Mund und war startklar.

In dem Moment, als die Kinder in den Zuschauerraum strömten und sich die letzten Kekskrümel von den Lippen leckten, schlug Marie-Johanna Canisius die Augen auf. Sie hatte einen Kloß im Hals, seit einiger Zeit schon, immer beim Aufwachen. Erst hatte sie gedacht, sie würde eine Erkältung bekommen, auch wenn sie wie fast alle Ärzte davon überzeugt war, dass sie nicht krank werden könnte. Eigentlich war es kein Kloß, es war ein Würgereflex, als stecke eine Apfelspelze oder ein Stückchen Brotrinde hinten in ihrem Hals fest und ließ sich nicht heraushusten. Nach der Dusche war der Hals dann wieder frei, aber sie hatte trotzdem Angst um ihren Mann. Angst, er könnte hinter seinem Mischpult einen Herzinfarkt bekommen, Angst, er könnte bei Glatteis ausrutschen und sich den Kopf schwer verletzen. Wahrscheinlich war das ein Zeichen dafür, dass die Ehe intakt war, ein verklausulierter Wunsch, das Leben weiter gemeinsam zu verbringen. Sie strich sich eine Locke aus dem Gesicht. Trotzdem gefiel ihr das nicht. Für sie war dieser Wunsch spürbar, wenn sie Stephans Nacken küssen wollte, wenn er abends nach Hause kam. Und bei hundert anderen Kleinigkeiten. Dafür brauchte sie kein kratziges Gefühl im Hals. Sie stand auf, zog ihr Nachthemd mit den verblichenen blauen Blümchen aus und stieg in die Dusche. Als sie der heiße Strahl des Wassers im Genick traf, entspannte sie sich. Umhüllt von den Wasserdämpfen stand sie da und ließ die Hitze in ihren Körper eindringen. Heute kam Familie Obalele vorbei. Die brauchten eine Reihe von Impfungen und bekamen Medikamente für die nächsten drei Monate ausgehändigt. Es war Wahnsinn, dass eine siebenköpfige Familie als eine Gruppe unterwegs war. Höchstens vier, hatte sie ihrem Verbindungsmann immer wieder gesagt, wenn er ihr neue Patienten schicken wollte. Aber wie so oft im Leben handelte es sich hier um einen Sonderfall. Frau Obalele war traumatisiert, sie hätte sich in stationäre Behandlung begeben müssen, aber mehr als eine Grundversorgung und das kostbare Gefühl, wie ein Mensch behandelt zu werden, war nicht drin. Dr. med. Canisius trocknete sich ab. Der sehr kooperative sechzehnjährige Sohn, dies hatte der Verbindungsmann berichtet, hatte tatsächlich probiert, aus seiner Familie eine Vierer- und eine Dreiergruppe zu bilden. Seine Mutter hatte versucht, sich mit einem Kartoffelschäler die Pulsadern aufzuschlitzen, konnte aber von ihrer zehnjährigen Tochter daran gehindert werden. Der Sechzehnjährige war nach der Ermordung des Vaters zusammen mit seiner Zwillingsschwester quasi das Familienoberhaupt. Um nicht das gleiche Schicksal wie ihr Vater zu erleiden, hatten sie sich aufgemacht die Länder zu finden, in denen Milch und Honig floss. Aber außer der Milch der frommen Denkungsart und der Klebrigkeit der Schlepper hatten sie bis jetzt noch nicht viel davon zu sehen bekommen. Gut, nachts gab es keine Maschinengewehrsalven mehr, und wenn man zum Markt ging, zum Supermarkt schlich, lagen am Straßenrand keine abgehackten Gliedmaßen und verstümmelten Leichen. Aber nicht ermordet zu werden, hieß noch lange nicht, am Leben zu sein.

Vor dem Spiegel griff sich Dr. Canisius Fön und Lockenstab und widmete sich seufzend ihrer widerspenstigen blonden Haarpracht. Eine Zeit lang hatte sie kurze Haare gehabt, aber irgendwann fand sie, dass sie damit aussah wie ein onduliertes Osterei. Ihre jüngere Tochter hatte im Kindergarten dereinst ein Ei mit etwas gelber Watte beklebt und nach einem sinnierenden Blick gesagt: *Sieht aus wie Mama.* Dr. Canisius schüttelte unwillig den Kopf, mit diesen Ohren musste sie schulterlange Haare haben.

Obalele war nur ein Deckname, man musste die Menschen im Wartezimmer aufrufen können. Die Familienmitglieder waren durchnummeriert, für die Krankenakten. Der Junge hatte die Nummer eins, wie jedes Familienoberhaupt, die Mutter hatte die Nummer sieben, Familienmitglieder, die nicht für sich selbst sorgen konnten, kamen ans Ende.

Unschlüssig stand sie vor dem Kleiderschrank und entschied sich schließlich für ein dunkelgrünes Leinenkostüm mit einem zierlichen Kragen. Sie zog sich ein paar Socken über ihre Füße und stiefelte die Treppe hinunter. Es war zehn vor neun, gerade genug Zeit für einen Kaffee mit viel Milch, ein Honigbrot und einen Apfel. Sie betrat die Küche über das Treppenhaus und werkelte am Kühlschrank. Als sie mit ihrer Tasse und dem Teller ins Wohnzimmer trottete, blieb ihr fast das Herz stehen. Ein fremder Mann saß auf dem Sofa und sah sie ausdruckslos an. Der Kaffee schwappte über und verbrannte ihr den linken Fuß. Sie zuckte zusammen. Danach ließ sie das Honigbrot fallen. Sie wollte sich vor diesem Eindringling nicht bücken, also starrte sie zurück und fragte: »Wer sind Sie, und was wollen Sie?« Der Besucher sagte: »JoJo, hast du auch noch einen Schluck für mich übrig?« Beide waren regungslos. Dr. Canisius sagte leise: »Bist das wirklich du?«

»Menschen, die man nicht vergisst, nicht wahr.«

»Entschuldige, aber dich habe ich nun als Letzten erwartet. Und da ist die Sache mit Promi.«

»Was ist mit ihm?«

»Er ist ermordet worden, erschlagen in seinem Loft an der Spree.« Der Mann sog scharf die Luft ein und blickte aus dem Fenster. »Hast du es denn nicht in der Zeitung gelesen?«, fragte Marie-Johanna Canisius.

»Ich lese schon lange keine Zeitungen mehr.« Er klopfte mit seiner rechten Faust auf seinen Brustkorb, da wo das Herz sitzt. »Das regt mich alles zu sehr auf, mittlerweile.«

»Entschuldige, dass ich dir nichts anbieten kann. Aber ich muss gleich zur Arbeit. Bist du länger in der Stadt? Wir könnten diese Woche zu Mittag essen. Oder möchtest du …« Sie senkte ihren Blick auf den Boden.

»Was? Deinen Mann treffen?« Er grinste sie an. Sie grinste zurück. »Genau. Wir haben uns kennengelernt, kurz nachdem alles zu Ende war. Als wir …«

»Als wir eigene Wege gegangen sind.« Wie er *eigene Wege* sprach, klang es so, als würde er jemand zitieren. »Aber Promi kennt deinen Mann?«, fragte er.

»Hat ihn gekannt. Er hat … Promi war ein paarmal auf einem Sommerfest des Theaters dabei.«

»Und dein Patient war er auch?«

Marie-Johanna Canisius nickte und bückte sich, um das Butterbrot aufzuheben. »Es liegt auf der Brotseite, stimmt's?«, fragte er.

»Stimmt, Glück gehabt.« Sie ging in die Küche und kippte den Kaffee in die Spüle. Frühstück fiel heute aus.»Promi hat auch Glück gehabt, dass er als Ärztin eine alte Freundin hatte.«

»Ich denke, meine Patienten sind sehr zufrieden mit mir. Ich freue mich aber trotzdem auf die Rente.«

»Nicht nur die medizinische Betreuung. Mit seiner Ärztin redet man über viele Dinge.«

»Er war kein besonders gesprächiger Patient. Eitel bis zum geht nicht mehr, immer in Angst vor dem Alter.«

»Das hat er dir anvertraut?«

»Das merkt eine Ärztin, wenn sie einen Patienten regelmäßig trifft. Und eitel war Promi von Geburt an.«

»Hat er dir sonst noch etwas anvertraut?«, fragte der Besucher schnell.

»Ehrlich gesagt, ich verstehe deinen Auftritt nicht. Du bist ein halbes Menschenalter verschwunden. In der Zeitung stand vor Jahren, dass du in einem afrikanischen Bürgerkriegsgebiet ums Leben gekommen sein sollst. Jetzt brichst du in mein trautes, spießiges und vollständig abbezahltes Heim ein und fragst mich über Prometheus Praumann aus. Es gibt ein Arztgeheimnis über den Tod hinaus, weißt du?«

»Es gibt viele Geheimnisse.« Der Mann stand auf.

»Komm, wir reden in der U-Bahn. Ich muss los.«

Der Mann stellte sich in den Durchgang zur Küche. »Tut mir leid, JoJo, wir müssen reden, hier und jetzt. Als ich wegging, habe ich Prometheus etwas überlassen, das mir sehr wichtig war. Ich denke, er hat es dir zur Verwahrung gegeben.«

»Nein, hat er nicht. Du hättest ihn selbst fragen können, wenn du ein paar Tage früher aufgekreuzt wärst.« Sie versuchte, sich an ihm vorbeizudrängeln.

»Das habe ich auch, aber er sagte, er hätte es nicht. Und weil du ihn regelmäßig gesehen hast, und weil dieses kostbare Gut so viel mit uns allen zu tun hat, dachte ich vielleicht, er hat sich dir anvertraut.«

»Du hast mit ihm geredet«, sagte Marie-Johanna. »Du hast … mein Gott.« Während der kurzen Unterhaltung hatte sie den Spalt der angelehnten Balkontür betrachtet. Mehr als drei Sekunden brauchte man nicht, um so ins Haus zu gelangen. Jetzt machte sie einen Ausfallschritt und sprang nach vorne. Im Nachbarsgarten sah sie die Eheleute Dombrowski, die im Neuschnee ihre Tai-Chi-Übungen machten. Zwei Schritte noch, und sie konnte um Hilfe brüllen. Sie sammelte Luft in den Lungen.

Sie legte ihre Hand auf die Balkontür. Aber der Besucher

griff in ihren Haarschopf und riss sie mit einer einzigen Bewegung zurück. Sie landete unsanft auf dem Sofa und knallte mit dem Hinterkopf gegen die Lehne. Ihr kamen die Tränen. »Hör auf, bitte.«

Er stand vor ihr und beugte sich zu ihr hinunter. »Bitte, denk in aller Ruhe nach. Du hast etwas, was mir gehört. Es war nicht bei Promi, als ich ihn besucht habe. Er sagt, es wäre in Sicherheit. Ich habe ihn oft danach gefragt.« Er legte sein Gesicht auf ihre Schulter, seine Nase berührte ihr Schlüsselbein. »Bitte lass mich dich nicht fragen, bitte, JoJo.« Seine Stimme bekam einen weinerlichen Tonfall.

Dr. Canisius richtete sich vorsichtig auf. Der Mann mit dem vergoldeten Brillengestell zog den Kopf zurück und stellte sich wieder aufrecht.

Sie sagte: »Bitte tu nichts, was dir hinterher leid tun könnte.«

»Nichts, was ich je getan habe, hat mir hinterher leid getan.«

»Ich meine, ich denke, ich bin die Falsche. Ich bin nicht der Mensch, den du suchst, den du brauchst.« Er legte den Kopf schief und schüttelte im Takt ihrer mit zittriger Stimme hervorgestoßenen Worte den Kopf.

»Doch, JoJo, du bist die Richtige. Gib es mir.«

»Ich weiß nicht, wovon du sprichst. Ich weiß es wirklich nicht. Bitte lass mich gehen, bitte. Du kommst doch bestimmt zur Beerdigung von Promi, dann können wir hinterher einen Kaffee trinken und über die alten Zeiten reden. Ich würde mich freuen, wenn du kommst. Ich brauche einen, der Promi wirklich kannte, der ihn so gemocht hat, wie ich ihn gemocht habe.«

Ansatzlos zog der Mann im Parka die Hand nach oben und ließ etwas, was er in der Hand hielt, auf das rechte Knie von Marie-Johanna Canisius niedersausen. Sie brüllte mit hoher, dünner Stimme, und wieder füllten sich ihre Augen mit Tränen. Rotz lief ihr aus der Nase. »Brauchst du Geld? Bitte nimm dir Geld, meine Handtasche ist in der Küche. Ich lege keinen Wert auf Geld, das ist nur ein Heim für meine Familie.«

»Kein Geld, JoJo, ich bin kein Dieb. Ich möchte nur das, was mir gehört. Mein Leben, verstehst du, mein Leben.« Sie konnte sehen, dass Wasser in seinen Augen glänzte.

»Dein Leben.« Ihre Stimme war drei Oktaven nach unten gerutscht. »Aber, was habe ich mit deinem Leben zu tun, heute? Wir haben alles geteilt früher. Erinnerst du dich, als wir ein Wochenende lang alle mit verbundenen Augen in der Wohnung lebten?« Ihre Stimmlage war fast wieder so wie vorher geworden. Als er schwieg, fuhr sie fort: »Ich weiß immer noch nicht, wer mich abgetrocknet hat, als ich aus der Dusche gekommen bin. Warst du das damals, das war himmlisch.« Als er weiter schwieg, begann sie wieder lautlos zu weinen.

»Die Schlacht«, sagte er schließlich.

»Die Schlacht?«, fragte sie. Sie wischte sich die Tränen mit dem Handballen aus den Augen. »Aber da waren wir doch alle zusammen. Das war doch unser Sieg. Unser größter Tag.« Sie versuchte zu lächeln.

Er lächelte nicht. »Das war es. Und damit es so bleibt, brauch ich deine Hilfe.« Er setzte ein geflüstertes »Bitte« hinzu. Als sie nicht sofort reagierte, schlug er ihr auf das gleiche Knie wie zuvor.

Sie bäumte sich auf, brüllte aus Leibeskräften, schrie sich in einen langen Falsett-Ton hinein. Als sie die Augen öffnete, saß er halb auf ihr, sein Knie quetschte ihren Arm ab, bohrte sich in eine Niere. Er schob das Knie hin und her. Wieder schrie sie auf.

»Bitte, JoJo. Bitte, hilf mir doch. Gib mir eine faire Chance, damit ich nicht dein ganzes Haus durchwühlen muss. Im Schlafzimmer? Im Büro? Im Keller, bei den Kisten aus der wilden Zeit? Gib es mir, dann siehst du mich nicht mehr wieder.«

»Es ist im Keller, in dem Karton mit den gelben Streifen«, stieß sie hervor. »Geh und hol es dir, es gehört dir. Nimm alles mit, was du willst, und als Erstes das, was dir gehört.« Vielleicht schaffte sie es bis zu ihrem Handy in die Küche, wenn er im Keller war.

»Warum nicht gleich? Gehen wir.«

»Nein, bitte, lass mich, ich kann nicht hier weg. Mein Knie ist kaputt. Du hast mir das Knie zerhauen.«

»Entweder du kommst mit, oder ich ziehe dich an den Haaren nach unten.«

Für einen Moment blickte sie starr auf den Sofatisch mit der Glasplatte und den abgerundeten Ecken. Ihr fiel ein, dass der Verkäufer ein hellblaues Polohemd angehabt hatte. Wieso fiel ihr das jetzt ein? Weil sie die Normalität dieses Abends in einem Möbelhaus nicht zu schätzen gewusst hatte. Weil sie gern auf alle Möbel dieser Welt verzichtet hätte. Weil dieser Tisch etwas mit jenem Leben zu tun hatte, das in den letzten zehn Minuten zermalmt worden war.

»Nein, ich komme nicht mit«, sagte sie schließlich. »Und das, was dir gehört, ist nicht im Keller. Es ist nicht hier. Promi hat dich oder etwas von dir mit keinem Wort erwähnt. Du kannst mich weiter foltern oder mich gleich umbringen. Es ist nicht hier. Du bist wahnsinnig. Du zerstörst mein Leben, meine Familie.«

Er sah sie lange an. Er seufzte und schlug mit seiner Waffe in die Handinnenfläche. »Es ist nicht zu glauben«, sagte er nach einer Weile.

»Was ist nicht zu glauben?«, flüsterte JoJo.

»Wie sehr das Gift des privaten Glücks schon dein Hirn verseucht hat. Du redest immer von Leuten, die ich nicht kenne. Lass uns doch endlich mal reden über jemand, den wir beide kennen.« Er wechselte in eine förmliche Tonlage. »Sagt dir der Name Richard Dubinski etwas?«

Sie schniefte. »Denkst du, ich habe ihn auch nur einen Tag vergessen?«

»Und weißt du auch, wie er gestorben ist?«

»Ja, verdammt noch mal, ja!«

»Und es tut dir leid, dass er tot ist?«

»Es war der schlimmste Tag meines Lebens, als er gestorben ist. Ich habe alles verloren an diesem Tag.«

Er nahm kurz die Brille von der Nase und sah erleichtert

aus. »Das beruhigt mich, dann habe ich eine gute Nachricht für dich. Ich mache das alles hier nicht für mich, sondern in erster Linie für Richard. Ich bin sicher, das macht es dir leichter, einzusehen, dass dein Tod notwendig ist.« Er holte aus und schlug ihr ins Gesicht, so fest er konnte. Als ihr Kopf zerbarst, dachte Dr. Canisius an Frau Obalele. Als Letztes spürte sie Stephans Liebkosung an diesem Morgen. Sie war schön.

Danach machte sich ihr Mörder mit den Räumlichkeiten vertraut. Als er an den Fotos vorbeikam, die an der Wand hingen, stutzte er. Ein Bild zeigte eine andere Frau zusammen mit der Toten. JoJo trug das gleiche Kleid wie heute. Die andere Frau hatte er auch schon einmal gesehen.

EN Kapitel 9

Zabriskie erwachte durch den Klang einer ihr altvertrauten Stimme. Nachdem sie realisiert hatte, dass der Lärm nicht aus ihrem Radio kam, ließ sie sich in die Kissen fallen und wurde unfreiwillige Ohrenzeugin. Ihre Nachbarn waren Frau und Herr Kite. Sie lebten seit 26 Jahren in diesem Haus und waren seit 41 Jahren miteinander verheiratet. Zabriskie wusste das, weil es zwei von Frau Kites üblichen Redewendungen waren, mit denen sie ihre minutiösen Generalabrechnungen einleitete. »26 Jahre leben wir jetzt hier, und seit 26 Jahren frage ich mich, warum wir damals nicht nach Köpenick gezogen sind. Ach, Köpenick, mein Köpenick. Stattdessen sitze ich jetzt hier.« Oder: »41 Jahre bin ich jetzt mit dir verheiratet, und in all den Jahren hast du es nicht einmal fertiggebracht, mir einen Gewürzkuchen zu backen, ist denn das zu viel verlangt?«

Herr Kite war einen Kopf größer als seine kleine Frau, der die beständige Suche nach neuen Vorwürfen eine gewisse Drahtigkeit verliehen hatte. Sie stemmte täglich ihre Last, um in Form zu bleiben. Dagegen hatte er sich im Lauf der Jahrzehnte eine pummelige Schutzschicht angefressen. Herrn Kites Antworten fielen immer so verhalten aus, dass sie auf Zabriskies Seite nur wie ein unscharfes, beschwichtigendes Brummen ankamen. Aus den aufbrausenden Antworten von Frau Kite konnte Zabriskie häufig schließen, was er gesagt hatte. Er tat Zabriskie leid, denn wenn sie sich im Treppenhaus begegneten, grüßte er sie immer freundlich und wechselte einige Sätze mit ihr über das Wetter oder seine Leidenschaft für alte Saiteninstrumente. Meistens klapperte dann oben seine Tür und ein unerbittliches »Kommst du gleich?« beendete das Gespräch. Frau Kite war wirklich ein Drachen. Und Herr Kite war kein Drachentöter, sondern einfach nur Herr Drachen.

Auch jetzt stand es schlecht um ihn. »26 Jahre leben wir jetzt hier, und seit 26 Jahren flehe ich dich an, dass du mir bei der Hausarbeit hilfst. Weißt du, was das für ein Gefühl ist? Ich schaue auf den Boden und ich sehe, dass er gefegt werden muss. Und dazu jault dann auch noch sanft eine von deinen Fender-Strato-Dingsbums-Gitarren.«

Herr Kite wagte etwas einzuwerfen.

Aber es ging weiter. »Ist mir doch egal, wie diese Biester alle heißen. Sie machen jedenfalls Lärm. Aus jedem Fehler, den man macht, kann man sicherlich etwas lernen. Aber bei dir jault immer nur sanft deine Gitarre.«

Wieder waren gemurmelte Widerworte zu hören.

Jetzt war Frau Kite in Fahrt gekommen. »Ich weiß nicht, warum dir nie jemand beigebracht hat, wie man Liebe mit Leben erfüllt. Aber du hättest es dir wenigstens bei mir abschauen können. Weißt du, ich halte mich für einen toleranten Menschen, aber wenn Tag und Nacht eine von deinen Gitarren mir sanft die Ohren vollheult, ist das nicht auszuhalten. Du bist einfach nur pervers.«

Zabriskie seufzte und stand auf. Entweder die Wand ordentlich dämmen oder ein gutes Stethoskop besorgen, dachte sie, wie immer, wenn sie Zeugin einer solchen Szene wurde. Als sich das Wort Stethoskop in ihrem Sprachzentrum materialisierte, fiel ihr der Arzttermin ein, den sie mit Pachulke hatte. Dank Herrn und Frau Kite hatte sie noch Zeit für ein entspanntes Frühstück. Und in ihrer Küche jammerte keine Gitarre sanft vor sich hin. Es gab keine gemeinsame Wand mit dem kleinen, neototalitären Gemeinwesen der Kites. Auch kein hungriger Einmalliebhaber wollte heute bekocht werden. Komisch, dass die meisten glaubten, bei ihr Übernachtung mit Frühstück gebucht zu haben. Mit dem einen oder anderen aß sie gern Rührei mit Speck, ehe sie wieder der Liebeshunger packte. Auch für drei Leute bot der runde Küchentisch ausreichend Platz. Aber diese stumme All-Inclusive-Erwartungshaltung zog zwingend den Rausschmiss nach sich. Heute war sie allein und genoss es. Bei der zweiten Tasse Kaffee kam ihr zu Bewusstsein, dass sie die Nacht tief schlafend und ohne Ophelia verbracht hatte.

Pünktlich, um kurz vor halb zehn, stieg Zabriskie am Anhalter Bahnhof zusammen mit Pachulke in den Bus M 29. Pachulke hatte zur Begrüßung einmal die Augenlider auf- und wieder zugeklappt. Ansonsten sparte er sich jede Begrüßungsfloskel. »Wenn wir Praumann durchhaben, muss jemand ins Archiv, um mehr über das Vorleben von ihm und dieser Viererbande herauszufinden. Und im Museum gibt es eine ganze Menge über Dubinski und die anderen politischen Köpfe. Warum nicht auch zu dieser geheimnisvollen Viererbande.«

Zabriskie nickte stumm und sah aus dem Fenster, während der Bus durch die Kochstraße bretterte. »War Praumann nicht ein kleiner Don Juan?«, fragte sie.

»Ein kleiner?« Pachulke zog die Brauen hoch. »Ein Hurenbock soll er gewesen sein, und dazu ein Aufreißer, Abschlepper und Flachleger in legendären Dimensionen.«

»Wie aufregend.« Ebenso wie nach der Lektüre des Interviews wusste Zabriskie nicht, was sie von Prometheus Praumann halten sollte. Der Machismo, der aus diesem Menschen sprach, ödete sie an. Allerdings war ihr nicht entgangen, dass da jemand sein Leben so gelebt hatte, wie er es für richtig hielt, etwas, was Zabriskie auch für sich selbst anstrebte, und was ihr zumindest in den besseren Momenten gelang. Sie bestand darauf, niemand Rechenschaft ablegen zu müssen. War das die Alternative? Entweder halbherzig handeln oder ein Kotzbrocken sein?

Pachulke zog eine Zeitung aus der Tasche und zitierte aus einem verspäteten Nachruf: »Dabei soll er stets einen hervorragenden Geschmack an den Tag gelegt haben.«

Zabriskie zog die Augen zu Schlitzen zusammen. »So, so«, sagte sie nur. »Das hätte man den Frauen auch wünschen mögen.« Sie griff sich die Zeitung und las mehr über die »amourösen Abenteuer«, wie der Schreiber mit angestrengter Zweideutigkeit das Sexualleben des jüngst Verblichenen bezeichnete. Zumindest die Prostituierten dürften sich in jedem Fall geschmeichelt gefühlt haben.

Dienstleistung mit großem D, dachte Zabriskie. Natürlich, für Huren war das ja nur Arbeit. Der Bus überquerte den Kreisverkehr am Moritzplatz, und Pachulke stand auf. An der nächsten Station stiegen sie aus.

Sie trotteten über den Bürgersteig, vorbei an der quietschgelben Reklame von *Jumbo Döner* und einer Apotheke. Auf der anderen Straßenseite lieferten sich Kinder eine Schneeballschlacht. Sie waren so klein, dass sie kaum über die Kühlerhauben der geparkten Autos schauen konnten. Pachulke und Zabriskie sahen immer nur Hände, die aus dem Nichts nach dem Schnee griffen und wieder verschwanden.

Die Praxis Canisius befand sich im zweiten Stock eines frisch renovierten Altbaus mit noch frischeren Graffitis. Im Treppenhaus hingen dunkelbraune Briefkästen, darauf weitere Graffitis. Ein kalter Durchzug kam vom Hof her.

Sie klingelten an einem kleinen weißen Knopf, von dem ein verzweifelt laienhaft verlegter Draht ins Innere der Praxis abzweigte. Tatsächlich läutete es irgendwo. Dann geschah lange nichts. Schließlich öffnete sich der linke Flügel der Eingangstür, und eine untersetzte Frau in einem weißen Kittel steckte ihr grobporiges Gesicht heraus. »Um zehn Uhr geht's los. Sie können schon mal ins Wartezimmer.«

»Wir sind von der Kriminalpolizei, Hauptkommissar Pachulke, und das ist meine Kollegin Zabriskie. Wir möchten Frau Doktor Canisius gern einige Fragen stellen. Sind Sie das?«

Die Frau starrte auf einen Punkt, der sich hinter den beiden Ermittlern irgendwo im Treppenhaus befinden musste. »Nein«, sagte sie schließlich, und es schien, als müsste sie sich von irgendetwas losreißen. »Frau Doktor kommt um zehn oder etwas später.«

Pachulke und Zabriskie wechselten einen Blick. »Vielen Dank. Wir gehen dann ins Wartezimmer.«

»Guten Morgen«, sagte Pachulke und nickte in die Runde. Der Raum war gut gefüllt. An der langen Wand gegenüber der Tür saßen sieben Leute, die offenbar eine Familie bildeten. Warum sich Zabriskie dessen so sicher war, fiel ihr erst später ein. Jeder hatte mindestens mit einem anderen Körperkontakt. Auch hatten sie, wie sie sich später klarmachte, alle in einer gemeinsamen Bewegung die Köpfe abgewendet oder den Blick gesenkt, als sie und Pachulke ins Zimmer getreten waren. Ganz rechts in der Ecke lag eine Frau mit Kopf und Oberkörper auf den Knien einer jüngeren Frau, ein Mädchen fast noch, dessen Gesicht älter wirkte, weil sie ihr schwarzes Haar zu einem strengen Dutt auf dem Hinterkopf zusammengebunden hatte.

Sie streichelte die Liegende, die schlief oder erschöpft war. Ganz links saßen zwei, die offenbar Zwillingsgeschwister waren. Der Junge riskierte ein schwaches Lächeln. Die drei kleinsten Kinder hockten wie ausgestopft da und hatten keine Schuhe an.

Neben dem stillgelegten Kachelofen saßen zwei ältere Leute, die sich vermutlich in der Praxis kennengelernt hatten. Sie fachsimpelten über die neuesten Symptome. Über ihnen hing das Plakat einer Krankenkasse: *Burnout. Risiken erkennen und vorbeugen.* Links neben der Tür saßen zwei junge Frauen. Mit ihren stark geschminkten Gesichtern und der ausgeklügelt aufeinander abgestimmten Kleidung hätten sie zwei Partygängerinnen sein können, die ein Problem im Raum-Zeit-Kontinuum von der Tanzfläche ins Wartezimmer katapultiert hatte.

Über allem hing ein Schweigen, bläulich und schwer wie ein leeres Aquarium. Pachulke und Zabriskie waren offenbar ohne Einladung auf einer sehr privaten Feier erschienen. Zabriskie murmelte eine Begrüßung, dann setzten sie sich auf die beiden freien Stühle rechts von der Tür. Die Quarantänestation, reserviert für Zufallsgäste, Arzneimittelvertreter und Polizisten. Pachulke vertiefte sich sofort in einen zwei Jahre alten Artikel über das neue Opernhaus in Venedig. Zabriskie musterte die Anwesenden mit gesenkten Lidern und dachte dann an das fehlende Foto vom 26. Juni aus Praumanns Hängeregistratur und die Filmentwicklungsdose. War R.S., den Praumann als Fotografen notiert hatte, der große Unbekannte? Jemand, der sich mit diesem Foto selbst kompromittiert hatte? Ein Mitglied der Viererbande?

Die Zeit verging. Niemand sagte ein Wort. Zabriskie sah aus dem Fenster. An der nächsten Ecke standen zwei Infos Medium und machten Freiübungen. Um zwanzig nach zehn wechselte sie einen Blick mit Pachulke. Sie verließen das Wartezimmer und fanden das wortkarge Empfangskomittee im Büro bei einem Kaffee.

»Wir wollen ja nicht drängeln«, sagte Pachulke mit der öligen Freundlichkeit eines Staubsaugerverkäufers, »aber die kleine Weile, von der Sie gesprochen haben, ist jetzt vorbei. Stimmt etwas nicht, Frau …?« Nach einer gewissen Zeit kam die Antwort. »Cilin. Penny Cilin. Ich bin eine der Mitarbeiterinnen von Frau Dr. Canisius.«

»Wie viele Leute arbeiten hier?«

»Vier, mit Frau Doktor sind wir fünf. Eine Frau macht das Labor, die anderen wechseln sich mit allem Übrigen ab.«

»Es ist so still hier. Sind denn alle schon da?«

»Nein, wir haben zwei Erkrankungen diese Woche, aber Marie … Frau Dr. Canisius wollte auf keinen Fall schließen.«

»Und jetzt ist sie selbst nicht erschienen. Das scheint Sie nicht zu stören?«

»Mehr als das. Ich mache mir Sorgen.« Das war der erste Satz, der nicht brüsk geklungen hatte.

»Warum?«, wollte Zabriskie wissen.

»Keine Ahnung, nur so ein Gefühl«, sagte Penny Cilin.

Die beiden Ermittler sahen sich an.

»Haben Sie angerufen?«, fragte Zabriskie.

»Fünf Mal, seit ich Sie reingelassen habe.« Sie wollte einen Schluck Kaffee trinken, aber ihre Hand zitterte so sehr, dass sie es bleiben ließ. »Wenn Sie wollen, können wir einen Streifenwagen zu ihrer Wohnung schicken.«

»Das wäre eine Möglichkeit. Wenn Sie das tun würden.« Sie nannte die Adresse, Pachulke gab leise seine Anweisungen durch, Zabriskie fragte nach Kaffee, damit Frau Cilin etwas zu tun hatte.

Dann schwiegen alle und warteten. Aus dem hinteren Teil der Praxis kamen Schritte näher, und eine junge Frau schaute überrascht, als sie zwei Fremde im Schwesternzimmer sah.

»Ach, hallo. Was wollen Sie denn hier?«

»Kriminalpolizei«, erklärte Pachulke nur.

Die junge Frau schaute kurz zu Penny Cilin. »Hast du einen Kugelschreiber für mich?«, fragte sie.

»Na, einen hab ich gerade noch übrig«, sagte Penny Cilin und gab ihrer Kollegin einen Stift. Diese machte auf dem Absatz kehrt und verschwand so schnell, wie sie gekommen war.

Zabriskie und Pachulke wechselten einen Blick. In der Brusttasche der jungen Frau hatte sich der Umriss eines Kugelschreibers deutlich abgezeichnet.

Pachulkes Telefon brummte, und er nahm das Gespräch an. Während er zuhörte, wurde sein Gesicht zu einer ausdruckslosen Maske, nur seine Kaumuskulatur trat hervor. Zum Schluss nickte er und sagte: »Wir kommen.«

Frau Cilin zuckte zusammen. Als sie zu Pachulke sah, hatte sie bereits Tränen in den Augen.

»Frau Cilin, leider haben mir die Kollegen mitgeteilt, dass Frau Dr. Canisius Opfer eines Gewaltverbrechens geworden ist. Sie wurde tot in ihrem Haus aufgefunden. Ich werde jetzt sofort dorthin fahren, Frau Zabriskie wird sich um Sie kümmern und muss Ihnen dann auch einige Fragen stellen. Es tut mir sehr leid, dass wir Sie mit dieser grausamen Nachricht einfach so überfallen.«

Penny Cilin schlug mit den flachen Händen ein paar Mal auf die Tischplatte. Als sie wieder aufsah, heulte sie hemmungslos. »Das darf doch nicht wahr sein.«

Aber der Mörder hatte es wahr gemacht. Pachulke ging ins Wartezimmer, um seinen Mantel zu holen. Die siebenköpfige Familie war verschwunden. Er fragte den alten Mann am Kachelofen: »Wo sind die anderen denn hin? Frau Doktor ist doch noch nicht da.«

»Wat willste? Sie müssen lauter mit mir sprechen, ich bin blind«, sagte der Mann und sah nicht von seiner Zeitung auf.

Pachulke blickte zu den beiden jungen Frauen.

Die eine stieß die andere in die Seite. »Du liebe Güte, der ist ja völlig überarbeitet, der Ärmste. Det kommt vom vielen Leute einfangen, jetzt sieht er schon Gespenster.«

Pachulke schnitt zum Abschied eine Grimasse und ignorierte, dass hinter ihm hergezischt wurde. »Sagen Sie mal, Frau Cilin«, sagte er, »diese sieben Leute da im Wartezimmer?«

»Wen meinen Sie?«, fragte Frau Cilin, als habe sie gerade das Licht der Welt erblickt.

»Bitte hören Sie auf, uns für dämlich zu verkaufen. Da saßen sieben Leute im Wartezimmer, die eine Frau war psychisch krank, wenn Sie mich fragen. Die Kinder hatten keine Schuhe. Insgesamt war die Kleidung für diese Temperaturen etwas luftig, wenn Sie verstehen, was ich meine.«

»Ich verstehe Sie sehr gut. Warum fragen Sie?«

»Wo sind die hin?«

»Die mussten überraschend weg.«

»Gehe ich recht in der Annahme, dass es sich bei diesen

Leuten nicht um Beitragszahler in einer Krankenversicherung handelt?«

»Dazu etwas zu sagen, überschreitet meine Kompetenzen. Aber falls es Sie interessiert: Bei afrikanischen Diplomaten entwickeln sich die Dinge bisweilen sehr kurzfristig. Und was die Leute anhaben, ist schließlich ihre Privatsache. Ich denke, sie wollen sich abhärten gegen dieses Land und seine Bewohner.«

Touché. Aber Frau Cilin stellte umsonst die Stacheln auf. Weder er noch Zabriskie hatten die leisesten Ambitionen, bei Fragen des Aufenthaltsrechts über das unvermeidbare Maß hinaus mit der Ausländerpolizei zu kooperieren. Ein Mensch zu sein, war in ihren Augen nicht strafbar. Das war Konsens, obwohl sie darüber nie geredet hatten. Pachulke war nur verwirrt über diesen heimlichen Abgang. Aber dass er und Zabriskie nicht petzten, konnte die subversive Kolonie im Wartezimmer natürlich nicht wissen.

Das Haus von Marie-Johanna Canisius stand in der Nähe vom S-Bahnhof Zehlendorf in einer kleinen Stichstraße. Kopfsteinpflaster und Platanen. Es war klein, im ersten Stock gab es einen Erker und die Vorhänge im Giebelfenster darüber ließen vermuten, dass auch das Dachgeschoss bewohnbar war. Am Zaun stand ein Polizist und versuchte, das rot-weiße Absperrband wie eine belanglose Alltäglichkeit aussehen zu lassen.

Pachulke nickte ihm zu. »Und? Laufkundschaft?«

»Geht so. Die meisten sind hier mit dem Auto unterwegs. Sonst Putzfrauen, Gassigeher, Jogger. Einige haben ihre Hilfe angeboten.«

Pachulke musterte Tor und Zaun, die ihm nicht einmal bis zur Hüfte reichten. Eine symbolische Grenzmarkierung wie die Theke in einem Spielzeugkaufmannsladen. Er ging zur Haustür. Links standen drei junge Birken, rechts auf der kleinen Wiese zwei Obstbäume. Wo waren die Koniferen? Wo war der Carport? Beides gab es offenbar nicht, dafür einen hüfthohen Messingkrug, in dem Schilfkolben standen, die bis unter das kleine Vordach reichten. Die Haustür war in einem kräftigen Blau gestrichen und wirkte irgendwie skandinavisch. Sie stand offen. Pachulke ging durch den kleinen Vorraum und bog links in die Küche ab. Eine neue Einbauküche, glatt und kantig, keine Zierleisten, Kunststoffoberflächen in mattgrau, Rauchglas an den Hängeschränken. Cerankochfeld, eine teuer aussehende Küchenmaschine aus Edelstahl, drei zerlesene Kochbücher, in einer Ecke neben einer Steckdosenleiste ein roter Kasten für Karteikarten DIN A 5. Ein Messerblock. An der Tür des Gefrierfachs zwei Magneten, einer stellte wohl die Umrisse der Insel Kuba dar, der andere war eine medizinische Spritze. Auf dem Kühlschrank standen Medikamente. Pachulke beugte sich vor und erkannte den Namen eines gängigen Mittels gegen Bluthochdruck. Daneben lag ein schwarzes schmales Brillenetui. Pachulke berührte nichts und trat durch einen türlosen Durchgang ins Wohnzimmer. Dort fuhrwerkte die Spurensicherung herum, vollführte ihr grimmiges Ballett der ewig zu spät Gekommenen.

Engine Plink drehte sich um, als sie Pachulke hinter sich spürte. »Die gleiche Vorgehensweise wie bei Praumann«, sagte sie und trat einen Schritt beiseite. Pachulke sah die Leiche von Marie-Johanna Canisius und nickte stumm. Jemand hatte das Gesicht mit extremer Gewalt misshandelt. Die Augen waren blutunterlaufen, die Stirn eingedrückt. Es gab die charakteristischen dicht an dicht liegenden Kratzer, die von einer Kante stammen mussten, die vermutlich aus Metall war. Pachulke versuchte, sich ein Werkzeug dazu vorzustellen, aber es musste sich um irgendein Spezialgerät handeln. Vermutlich konnte ihm Dorfner das Einsatzgebiet jedes Schlagstocktyps weltweit benennen. Gab es rechteckige Knüppel aus blankem Metall? Die waren doch viel zu teuer und zu schwer. Pachulke stellte sich vor das Sofa. In seinen Ohren begann es zu sausen und zu rauschen. Er hörte ein kratzendes Geräusch, wie von einer Fräse, ein Schaben und Fauchen. Dieses Fauchen hatte er auch gehört, als er Prometheus Praumann begutachtet hatte. Diesmal war er sich sicher, dass es kein Tinnitus war. Er fluchte lautlos. Konnte man nicht einfach mit Zahlenkolonnen, Messergebnissen, Fotos arbeiten? Musste einem bei jeder unpassenden Gelegenheit ein siebter Sinn dazwischen plärren? Ein Fauchen, mit dem er nichts anfangen konnte.

Die tote Frau mochte Ende fünfzig oder Anfang sechzig gewesen sein. Auf ihrer Nase konnte er links und rechts einen hellen, ovalen Fleck erkennen. Er verknüpfte dieses Detail mit dem Brillenetui. Das Gesicht leicht füllig, Ansatz zum Doppelkinn, auch wenn der Kopf nicht wie jetzt auf den Thorax gesackt war. Wenig Make-up, kein Lidschatten, ein getrocknetes Blutrinnsal aus dem linken Nasenloch lief vom Mund über das Kinn. Dort hing ein winziger roter Tropfen. Sie konnte nicht mehr sagen, ob ihre Gesten schnell und behände gewesen waren, oder ob sie ihrem Körper jeden Handgriff abgetrotzt hatte. Sie war voll berufstätig gewesen, aber das sagte nichts über ihren Gesundheitszustand. Viele flüchteten sich in die Arbeit, in der Hoffnung, damit den körperlichen Verfall aufzuhalten. In ihren hellen Haaren schimmerte es vereinzelt grau. Ihr linker Arm ragte über ihren misshandelten Kopf hinweg nach oben über die Sofalehne hinaus. Der Ärmel des Kleids war nach unten gerutscht. Auf dem fleischigen Unterarm blaue Flecken. Das Kleid war grün, unterhalb des Kragens dunkel vom Blut.

Tenbrink trat heran und schob den Saum des Kleides mit seinen Latexfingern so beiläufig bis zum Oberschenkel nach oben, als würde er eine Schiebetür aufziehen. Pachulke sah, dass das eine Knie dunkel angelaufen und geschwollen war.

»Schläge auf das Knie kurz vor ihrem Tod.« Tenbrinks Stimme verriet nicht mehr Emotionen als eine digitalisierte Zeitansage.

Pachulke wandte den Kopf. »Gefoltert?«

Tenbrink nickte. Plink war hinzugetreten. »Oben ist alles durchsucht und nichts zerwühlt. Vor allem die Fotoalben hat er sich genau angesehen. Könnten wir nicht besser machen. Kein

Chaos, keine Verwüstung. Nur an der Oberfläche kräuselt sich die Ordnung der Dinge.«

Schlagstock, Polizeimethoden, Afrika, dachte Pachulke.

»Der Täter ist vermutlich über die Balkontür ins Haus gekommen«, referierte Plink in einem leicht leiernden Tonfall, mit dem sie, wie Pachulke wusste, versuchte, ihren Zorn in den Griff zu bekommen. Für Engine Plink war jeder Mord die Missachtung einer Ordnung, der sich die Menschen zu unterwerfen hatten. Als hätte man ihr ins Gesicht gespuckt, hatte sie einmal in einem Moment düsterer Offenheit nach einem Opernbesuch preisgegeben. Da sie das Mobiliar, das sie auf Spuren untersuchen sollte, nicht kurz und klein hauen konnte und ihre Mitarbeiter beaufsichtigen musste, die nicht alle mit ihrem Jagdinstinkt ausgestattet waren, zwang sie sich in die Rolle einer gelangweilten Fremdenführerin.

»Und hier«, Plink zeigte auf die Ecke eines smaragdgrünen Teppichs, als hätte sie dieses Wohnzimmer schon hunderten von Touristengruppen vorgeführt. »Kaffee. Schwarz, ohne Zucker. Die Kaffeemaschine war an, weiterer frisch gebrühter Kaffee befand sich darin.« Pachulke sah dunkle, rundliche Flecken. Um zehn Uhr hätte die Sprechstunde beginnen sollen, um kurz nach neun hatte Dr. Canisius ihren letzten Kaffee gekocht.

»Sie ist erschrocken und hat versucht zu fliehen«, sagte Pachulke und deutete auf die Kaffeeflecken.

»Sie ist erschrocken und hat sich dann offenbar mit ihrem Mörder unterhalten«, korrigierte Plink. Sie deutete auf einen runden Kaffeefleck auf einem Sideboard aus hellem Holz. »Wenn sie sofort geflohen wäre, hätte Sie die Tasse weggeworfen und versucht, die Haustür zu erreichen. Es gibt aber weder im Vorraum noch in der Küche Zeichen einer körperlichen Auseinandersetzung. Sie haben sich unterhalten, irgendwann wird die Situation bedrohlich, sie versucht, über die Terrasse zu fliehen.«

Tenbrink ergänzte: »Der Täter zieht sie an den Haaren – Ausrisssspuren am Hinterkopf, Blutungen an den Haarwurzeln, ohne Rücksicht auf Verluste. Sie knallt auf das Sofa, kleines Hämatom am Hinterkopf. Auf dem Sofa dann Folter, Tötung.« Tenbrink verzichtete auf jede zynische Witzelei, versuchte nicht klüger zu sein als Polizei und Spurensicherung und wusste, was man von ihm hören wollte. Wenn nicht jedes Mal, wenn sie sich begegneten, ein gewaltsam beendetes Leben in der Nähe gewesen wäre, hätte Pachulke sich vermutlich von Herzen über diese Art der Ausführungen seines Kollegen freuen können.

Ein medizinisches Helferlein trat zu Tenbrink und murmelte ihm etwas ins Ohr. Bestimmte Details durften nur vom leitenden Arzt persönlich an Laienohren weitergegeben werden.

»Wir haben minimale Speichelspuren auf der Stirn von ihr gefunden«, sagte Tenbrink.

»Er hat sie vollgesabbert?«, fauchte Plink.

»Nein«, sagte Tenbrink, als habe man ihn nach der Außentemperatur gefragt. »Er hat sie auf die Stirn geküsst.«

Pachulke schnalzte mit der Zunge und stieß ein müdes Lachen aus. Ihm erschien die intime Variante wesentlich plausibler als die Vorstellung, dass ein südamerikanischer Killer hier in Zehlendorf auftauchte. »Haben wir Praumann auf Fremdspuren untersucht?«

»Natürlich, allerdings nur im Bereich der Hände und Arme, Hautfitzel, Blut, Schweiß. Es gab keinerlei Anzeichen für ein Sexualdelikt. Und sein Gesicht sah wesentlich schlimmer aus als das hier.«

Blut, Schweiß, Tränen. Auch Marie-Johanna Canisius hatte geweint in ihren letzten Minuten. »Das heißt, Speichel könnte bei Praumann an den Splittern des Schädelknochens noch zu finden sein«, stellte Pachulke fest.

»Möglich. Wie gesagt, gesabbert hat er nicht. Und taufrisch gefällt uns so eine Spur natürlich viel besser.« Tenbrink nickte seinem Helferlein zu, das machte sich wieder an die Arbeit. »Wir werden probieren, was wir bei Praumann noch finden können.«

Pachulke spazierte durch das Wohnzimmer. In einer Nische fanden sich auf einer Wand glückliche Momente aus dem Leben der Familie Canisius. Ein Hochzeitsfoto. Er mit Zylinder, sie schlicht und schmuck in cremeweiß, ohne Tüll, ohne Rüschen. Das Kleid und die Küche passten zusammen. Ein kleines Mädchen hoch zu Ross, der Vater hielt die Zügel. Das gleiche Mädchen, strahlend hinter einer Geburtstagstorte. Pachulke zählte die Kerzen. Es waren dreizehn. Unten links in der Ecke hatte die Kamera wie in den anderen Bildern das Datum eingeblendet. Also war das Kind jetzt sechzehn. Wunderbar. Kindern mitzuteilen, dass die eigene Mutter ermordet wurde, gehörte zu seinen Lieblingsdisziplinen.

Das Foto einer jungen Frau. Sie war der Toten aus dem Gesicht geschnitten, trug einen Doktorhut und hielt ein Diplom in die Höhe, das auf Portugiesisch verfasst war. Ein befreundetes Paar, er stark geschminkt, ihre Sinnlichkeit machte ihm die Aufmerksamkeit des Betrachters streitig. Die Ermordete in ihrem Totenkleid zusammen mit einer Freundin, aufgenommen vor zwei Wochen.

»Was macht der Mann, der Witwer?«

»Theater«, sagte Plink. »Oben haben sie ein gemeinsames Büro. Da gibt es ganze Jahrgänge der Mitarbeiterzeitschrift der staatlichen Bühnen. Er arbeitet im Winterfeldtpalais als Beleuchter.«

»Und arbeitet er heute?«

»In der Küche hängt ein Familienkalender, demnach ist er heute bis 14 Uhr im Theater. Wollen Sie dort anrufen?«

»Nein, ich gehe persönlich vorbei.«

»Wir ermitteln in einem Mordfall, Frau Cilin«, sagte Zabriskie zum wiederholten Mal und trank einen Schluck eiskalten Kaffee, um das Vertrauen ihres Gegenübers durch diese Geste des Respekts zu gewinnen. Es war vergeblich. Frau Cilin schwieg verbissen, sie stieß gemurmelte Verwünschungen aus, in denen »Arztgeheimnis«, »Scheißbullen« und »Von mir erfahren Sie nichts« vorkamen. Zabriskie entschloss sich, die Methode »Mal-ganz-ehrlich-von-Frau-zu-Frau«-Strategie aufzugeben und versuchte es mit »Ich-bin-eine-Drecksau-undes-macht-mir-Spaß«.

»Also, Frau Cilin, jetzt mal ganz ohne Schnick und Schnack. Sie behandeln hier Flüchtlinge, offenbar seit Jahren. Das interessiert mich einen Scheißdreck, persönlich und beruflich. Auch die etwaigen Ungereimtheiten bei der Kassenärztlichen Vereinigung und beim Finanzamt sind mir herzlich egal. Aber wenn Sie hier weiterhin einen auf doof machen, besorgen wir uns ein Papier, das Ihre Schweigepflicht aufhebt. Dann beschlagnahmen wir sämtliche Patientenunterlagen, und dann werden einige Kollegen ihren Rüssel da reinhängen, die nicht freundlich beiseite schauen, sondern sofort und gern bei den Kollegen von der Ausländerpolizei Alarm schlagen, wenn sie Menschen in Ihrem Wartezimmer finden, die sie ›Bimbos‹ nennen würden, wenn sie es dürften.«

Penny Cilin knallte die Faust auf den Tisch. »Es gibt keine Ungereimtheiten, das ist alles ehrenamtlich.« Zabriskielein, du ist einfach zu gut für diesen Job. Tritt den Leuten auf die Zehen, und sie fangen an zu kooperieren.

»Mag sein, aber schließlich verwenden Sie Medikamente, Spritzen und so weiter. Das heißt, die Solidargemeinschaft der Versicherten bezahlt Ihre kriminellen Aktivitäten. Oder nicht?« Sie beugte sich vor. »Könnte ich noch einen Kaffee bekommen, der hier ist leider schon kalt geworden?«

Penny Cilin stand auf und hantierte mit der Kaffeemaschine, dann stellte sie wortlos zwei Tassen auf den Tisch. Zabriskie überlegte, wie viele spurlos wirkende Gifte es hier wohl gab. Es klapperte im Gang, und der alte Mann aus dem Wartezimmer wackelte vorbei. »Ich muss pissen«, sagte er und strahlte dabei über das ganze Gesicht. Frau Cilin hatte ihn zwar über den Tod seiner Ärztin informiert, aber offenbar war heute sein Arzttag, basta. Eine Tür klappte, es plätscherte, dann ging die Spülung, dann der Wasserhahn. Er watschelte zurück. »Es geht immer besser. Brennt nicht mehr.«

»Sie müssen Ihre Medikamente aber weiternehmen«, sagte Frau Cilin.

»Aber natürlich, Pennylein, alles was Sie befehlen.« Er musterte Zabriskie. Dann bemerkte er: »Sagen Sie ihr, was Sie wissen will. Die Kleine ist in Ordnung.«

Penny Cilin stieß ein ungläubiges Lachen aus.

»Ehrlich Pennylein, glauben Sie's mir. Können diese Stümpfe lügen?« Er hielt seine rechte Hand empor, an der der Mittelfinger, der Ringfinger und der kleine Finger fehlten.

»1937, Guadalajara«, sagte er leutselig zu Zabriskie. »Wenn ein Faschist in der Nähe ist, fangen sie an zu jucken. Und im Moment juckt es nur woanders.« Er klopfte sich mit seinen zwei verbliebenen Fingern auf den Hosenstall und lachte meckernd. »Leider ein Tripper. Hab zu lang gebraucht, um es zu merken. Is mir vor vier Monaten passiert. Autostrich, Krumme Lanke, auch noch an einem Sonntag. Gott sieht alles, der alte Spanner. Sie hat mich scharfgemacht, ein blondes Appetithäppchen war sie. Und dick im Geschäft. Eine Nummer nach der anderen. Autonummer natürlich. Und ich hab mir Mühe gegeben, damit sie auch was davon hat. So'n junges Ding braucht doch Freude im Leben. Ich hab zu spät gemerkt, dass ich mir was eingefangen hab. Und jetzt habe ich einen richtig guten Grund, das kleine Missgeschick flott wieder loszuwerden.«

»Nämlich?«, fragte Zabriskie. Für einen Blick hinter die Kulissen der Praxis Canisius hörte sie gern noch länger zu. »Mann hat noch was vor im Leben.« Wieder klopfte er sich auf den Hosenstall.

»Verstehe.«

»Kindchen, wenn ich dreißig Jahre jünger wäre, würdest du noch viel besser verstehen.«

»Vielen Dank für Ihre Fürsprache«, sagte Zabriskie und nickte in die Richtung von Frau Cilin. Hoffentlich fragte er nicht nach ihrer Telefonnummer.

»Ich mach doch nur Spaß«, kicherte er. Zu Penny Cilin sagte er: »Das hier ist kein Spaß. In den Fünfzigern hat es Tag und Nacht gejuckt, das kann ich Ihnen sagen.« Er hob die Hand mit den drei Stümpfen und schlurfte zurück ins Wartezimmer.

»Ein netter, älterer Herr«, sagte Zabriskie und überlegte, ob sie die Knute zu früh beiseitegelegt hatte. »Er schleppt Tripper an wie andere Leute Erkältungen. Aber er kann's nicht lassen.«

Etwas wurde Zabriskie klar in diesem Moment. Das lag wahrscheinlich an dem hervorragenden Kaffee. Die beiden jungen Damen im Wartezimmer kamen nicht von einer Party, die trugen Arbeitskleidung. »Und hier sitzt er quasi an der Quelle, nicht wahr?«, sagte sie. Beiläufig fügte sie hinzu: »Früher wäre so was Kuppelei gewesen.«

Penny Cilin zuckte zusammen. »Vielen Dank, dass Sie mich daran erinnern, wo die Daumenschrauben hängen. Im Prinzip könnte es hier zu einer Kontaktaufnahme kommen, aber er geht leer aus. Glauben Sie, die Mädels nehmen sich einen 94-Jährigen mit, der pausenlos von seinen Ansteckungen erzählt?« Sie kicherte, und Zabriskie kicherte mit. Uff, dachte sie, Lob und Dank diesem ruhmreichen Haudegen, diesem Tagestripper.

»Das ist eine etwas andere Praxis, nicht wahr?«

»Könnte sein, dass das der Fall ist«, sagte Frau Cilin.

»Und Prometheus Praumann kam auch hierher?«

»Könnte sein, dass das der Fall war.«

Kein Problem, Zabriskie wollte nicht schmusen, Zabriskie wollte Antworten. Und im Ungefähren lag oft die größte Wahrheit verborgen.

»Weil er an einem Ekzem litt?«

»Könnte sein, dass das stimmt.« Penny Cilin zog ein Buch aus dem Regal. Es war schon etwas angestaubt. Sie gab es der Polizistin und Zabriskie las: *Chronische Schädigungen der Epidermis und der Schleimhäute durch den polizeilichen Einsatz von Reizgasen – Medizinische Inauguraldissertation vorgelegt von MarieJohanna Canisius.* Die Arbeit war fast vierzig Jahre alt.

»Das war ihr Spezialgebiet, als sie als Ärztin anfing. Sie und andere haben damals einiges abbekommen. Nach der Schlacht ums Tegeler Vlies gab es einen massiven Tränengasangriff.«

»Und Frau Canisius wurde auch in Mitleidenschaft gezogen?«

»Das kann man so sagen. Sie hatte eine Fehlgeburt.«

Zabriskie schüttelte den Kopf. Dumm gelaufen konnte sie jetzt schlecht sagen.

»Dumm gelaufen«, sagte Penny Cilin. »Oder auch nicht. Einige Leute im Apparat waren richtig scharf darauf, die Demonstranten fertigzumachen. Alles, was kurz vor einem Mord blieb, war von oben geduldet.«

»Die Polizei war …«

»… außen grün und innen braun. Sie sind wohl nicht von hier?«

»Doch, doch, … durch und durch. Aber mein Vater war Soldat der US Army in jenen Jahren. Ich sehe die Dinge zum Teil etwas anders.«

»Oh, dann kennt Ihr Vater bestimmt noch bessere Sachen.« Zabriskie biss sich auf die Zunge. »Falls Sie Agent Orange meinen, davon konnte er mir leider nicht mehr berichten.«

Diesmal schwieg Penny Cilin. »Scheißspiel«, sagte sie schließlich und schob Zabriskie ein mit riesigen Gummibärchen gefülltes Glas hin. »Die Mädels mögen das.« Zabriskie verkniff sich einen Witz über tief sitzende orale Bedürfnisse und biss einem roten Gummibärchen den Kopf ab. »Praumann«, sagte sie nur.

»Auch der war hier, dem hatte es die Unterarme verätzt. Hat eine Gasgranate direkt draufbekommen. Ein bleibendes Andenken.«

»Und Geschlechtskrankheiten?«

»Betrifft das auch Ihre Ermittlungen?«

»Praumann hat mit seinem Mörder sehr wahrscheinlich ein Bier gekippt, bevor ihm die Visage demoliert wurde. Sie kannten sich gut. Hätte Praumann mit dem Veteranen vom Guadalajara ein Bier getrunken?«

»Gut möglich, wenn der eine nicht am Mittwoch und der andere am Dienstag gekommen wäre.«

»Glauben Sie, dass eines der Mädchen da drüben im Wartezimmer Praumann zu Mus geprügelt hat?«

»Natürlich nicht, aber ein Zuhälter, ein Bruder.« Zabriskie

fand ein gelbes Gummibärchen, das gleich darauf seine Beine verlor. Sie erzählte in wenigen Worten von der Auswertung der vergangenen Tage. »Wir ertrinken in Spuren, aber wir wissen nicht, was sie bedeuten. Seine Arzttermine sind die einzigen, die bisher einen Sinn ergeben.«

Penny Cilin nickte und tunkte ein Gummibärchen in ihren Kaffee. »Einen Tripper, jawohl, den hatte er auch. Vor zwei Jahren.«

»Und die Mädels haben ihn trotzdem gemocht, nicht wahr? Er hatte das gewisse Etwas.«

»Das hat er wohl auf dem Seziertisch noch gehabt.«

»Das weiß ich nicht, ich vermeide die Leichenschau, so gut ich kann. Im Moment muss ich mich leider mit einer jungen Frau befassen, die als Wasserleiche wieder aufgetaucht ist.«

»O je, wie grauenhaft.«

»Das ist es.«

»War sie auch eine Hure?«

»Keine Ahnung, wir wissen nichts über sie.« Zabriskie nahm ein Faltblatt, das für regelmäßige HIV-Tests warb, und fing an, es in kleine Streifen zu reißen. »Kommen aus dem Osten und werden im Westhafen aus dem Wasser gezogen.«

»Es gibt ein paar regelmäßige Termine in Praumanns Kalender, die wir noch nicht entziffert haben. Sagt Ihnen die Abkürzung GD etwas?«

»Keine Ahnung, da muss ich nachsehen.« Penny Cilin drehte sich auf ihrem Bürostuhl zum Computer und hackte einige Angaben in die Tastatur.

Zabriskie nahm ein Gummibärchen und sah in den Flur. Sie hörte das vertraute Schlurfen. Der Mann, der am Guadalajara drei Finger verloren hatte, zwinkerte ihr zu. »Pennylein hilft, wo sie kann. Mit der können sie Pferde stehlen.« Er verschwand, und die Toilettentür klapperte.

»Also«, sagte Pennylein, »unter D haben wir niemand, jedenfalls keine Prostituierte, die in Praumanns Beuteschema gepasst hätte.«

Zabriskie schauderte.

»Und unter G«, die Tasten schnickerten. Penny Cilin drehte sich auf ihrem Bürostuhl zu Zabriskie. »Treffer, möchte ich behaupten. Jung, sportlich, androgyn, und seit Ende April nicht mehr bei uns gewesen. Hat am 2. Mai einen Termin verpasst und danach jeden weiteren.«

»Der 2. Mai war ein Dienstag.«

»Das könnte so sein«, sagte Penny Cilin.

»Praumanns Tag.«

»Richtig. Und sein Typ, definitiv.«

»Und der Name?«, fragte Zabriskie.

»Golden Delicious«, sagte Penny Cilin.

»Wie bitte? – Wir brauchen den Klarnamen.«

»Hatte sie nicht.«

Zabriskie schaute die Arzthelferin fragend an.

»Jedenfalls nicht bei uns. Wir überlassen es den Frauen, wie sie sich hier anmelden. Das erspart uns Heimsuchungen von Freiern und Luden. Es geht hier auch um Körperverletzungen und Vergewaltigungen. Und es soll erlebnishungrige Mittelstandsmuttis geben, die sich was dazuverdienen wollen. Das geht keinen etwas an. Vor allem nicht den Ehemann. Bargeld lacht.«

Und schweigt, dachte Zabriskie. Es sei denn, der Ehemann zieht um die Häuser und entdeckt, dass er die rassige Strapsmaus aus der Mittagspause am Morgen noch in Lockenwicklern gesehen hat. »Hat diese Golden Delicious gesagt, wo sie arbeitet?«

»Nein, aber sie hat bestimmt nicht schlecht verdient. Und sie ist ohne Zuhälter, definitiv. Und aus einem guten Stall.«

»Treffend formuliert.«

»Papperlapp. Sie ist nicht dumm, nicht auf Drogen, immer pünktlich. Und sehr hübsch.«

Zabriskie musste an die Formulierung in dem Nachruf denken, den sie heute Morgen gelesen hatte. Das Beuteschema passte in der Tat.

»Ist sie blond?«

»Nein, dunkelhaarig. Warum?«

»Weil sie Golden Delicious heißt.«

»Sie trug bei der Arbeit goldene Unterwäsche. Ich habe sie deswegen auch gefragt.«

»Wie originell.«

Beide schwiegen eine Weile. Der alte Mann blieb verschwunden. Vielleicht war er auf der Toilette eingeschlafen. Zabriskie fragte: »Kann ich eine Kopie der Akten von Praumann und Golden Delicious bekommen?«

»Könnte sein, dass Sie das können.« Penny Cilin stand auf, verschwand in einem Nebenraum. Zabriskie hörte Kopierergeräusche. Die Zahngutachten fielen ihr wieder ein. Darum würde sie sich kümmern, bevor Pachulke wieder auftauchte. Oder nein, lieber noch ein paar Fotos sichten. Der Zahnarzt von *Leiche, weiblich* würde ihr in den Schoß fallen, wenn es so weit war. Das war wie Systemlotto.

Pachulkes Suche nach Stephan Canisius im Winterfeldtpalais war vergeblich gewesen. Er musste sich durchfragen. Vom Kassenhäuschen über die Verwaltung bis hoch in den zweiten Stock. Und von den Kollegen Canisius' in der Bühne 8 hinunter in die Kantine in den Keller und von dort hinüber zum Winterfeldtmarkt. Er fragte auch dort, aber erst ein Blumenhändler konnte ihm sagen, wo das Büdchen war, in dem Canisius in der Mittagszeit meist anzutreffen war. *Desmond & Molli Jones – Sitars und Maultrommeln* stand auf dem Schild über der Eingangstür.

»Komm ruhig rein und nimm dir was von dem Tee, wenn du möchtest.« Den Mann, der diese Worte sprach, konnte Pachulke nicht sehen.

»Ich bin nicht der, den Sie erwarten, aber bei einer Tasse Tee sage ich nicht Nein.« Ein Kopf blickte um die Ecke. »Oh, ein neues Gesicht. Ich bin Desmond Jones. Und wer sind Sie?«

Pachulke stand dem stark geschminkten Mann vom Foto

im Hause Canisius gegenüber. Er hielt einen Kajalstift in der Hand. »Ich bin auf der Suche nach Stephan Canisius.«

»Der wollte eigentlich noch vorbeikommen. Sie können so lange hier warten. Und einen Tee kriegen Sie auch. Ich mache ein bisschen Musik an, damit es Ihnen nicht langweilig wird. Lieber was mit Sitars oder lieber was mit Maultrommeln? Ich bin gleich bei Ihnen, muss mich nur noch ein wenig aufhübschen.«

»Maultrommeln wären jetzt grade recht.« Pachulke setzte sich in einen Rattansessel unter einer Zierpalme, die in einem halben Sherryfass vor sich hin wuchs. Ihre Blätter ragten in jeden Winkel des kleinen Raums hinein. Die Musik erklang, und gleich darauf saß Desmond Jones neben Pachulke. Von der Decke hingen einige große Sitars und viele kleine Maultrommeln. Neben dem Tresen in einem Regal lagen verschiedene Notenhefte.

»Gefällt es Ihnen?«, fragte Desmond Jones.

»Klingt wie Beethoven«, sagte Pachulke.

»Sehr gut«, Desmond Jones zog die Augen hoch. »Das ist eines der drei Maultrommelkonzerte von Albrechtsberger, Beethovens Lehrer. Ich sehe, Sie kennen sich aus. Spielen Sie selbst auch Maultrommel?«

»Nein, ich gehe in die Oper.«

»Na, da werden Sie sich ja mit Stephan gut verstehen. Der ist vom Theater, wissen Sie.«

Die Tür ging auf, und Stephan Canisius kam herein. Pachulke stand auf. »Herr Canisius, ich bin Kriminalhauptkommissar Pachulke.«

Desmond Jones machte den Mund auf und zu, brachte aber keinen Ton heraus.

»Ist etwas mit meiner Frau?«

»Herr Canisius, ich muss Ihnen leider mitteilen, dass Ihre Frau heute Vormittag ermordet wurde.«

Desmond Jones war wie ein Blitz verschwunden. Die Musik wurde abgestellt.

»Vielleicht doch lieber etwas Getrageneres?« Jones war wieder aufgetaucht und reichte Canisius eine Tasse Tee, die dieser mit zitternden Händen entgegennahm. »Eine indische Operette, habe ich grade reingekriegt.«

Pachulke wollte abwinken, aber Canisius sagte leise: »Lieb von dir Desmond, was ist es denn?«

»*Die traurige Witwe.*« Kurz darauf erklang Sitarmusik.

Canisius sah Pachulke an. »Wie ist sie …? War es ein Zuhälter?«

»Wie kommen Sie darauf?«

»Johanna hat sehr viele Prostituierte behandelt. Auch Frauen, die misshandelt und vergewaltigt wurden, die aussteigen wollten, die ihre Freier angezeigt haben.«

Pachulke bewegte sich ein wenig auf dem Sessel hin und her. Das wäre eine neue Variante. Praumann hatte genug Gelegenheiten gehabt, einem Loddel in die Quere zu kommen. Und die brutale Vorgehensweise passte dazu.

»Ihre Frau wurde zu Hause ermordet. Auf Ihrem Sofa.« Canisius stöhnte und trank einen Schluck Tee. Desmond Jones trat an den Tisch. »Ist es laut genug? Ich kann es gern ein bisschen lauter machen, wenn ihr wollt.« Scher dich zum Teufel, dachte Pachulke. »Aber nur eine Idee«, sagte Canisius. Pachulke beugte sich vor. »Sagen Sie bitte: War heute Morgen etwas anders als sonst?«

»Nein, nichts.«

»Denken Sie in Ruhe nach. War Ihre Frau aufgeregt, ist ihr etwas heruntergefallen, war sie gereizt?«

»Nein, sie hat geschlafen, als ich das Haus verlassen habe.«

»Und bei Ihnen war auch alles wie sonst?«

»Ich bin aufgewacht, aus dem Bett raus, hab mich gekämmt.«

»Was sie jeden Morgen tun.«

»In der Tat. Dann bin ich nach unten, hab eine Tasse getrunken.«

»Tee oder Kaffee?«

»Kaffee, wer zuerst wach wird, kocht für den anderen eine Tasse mit.«

»Und dann?«

»Hab ich auf die Uhr gesehen und bemerkt, dass ich spät dran bin. Ich hab meinen Mantel gefunden, meinen Hut mitgenommen und hab auf den letzten Drücker den Bus erwischt.«

»Warum waren Sie spät dran? War das auch so wie immer?« Canisius schnitt eine Grimasse, die ein Lächeln hätte sein können. »Fast immer, ich bin kein Frühaufsteher.«

»Und dann?«

»Dann bin ich am Winterfeldtpalais angekommen, die Treppe hoch zur Bühne 8. Dann hab ich mir einen Nikotinkaugummi genehmigt und bin ins Theater hineingegangen.«

»Ist das alles?«, fragte Pachulke. »Nein, wenn Sie so erpicht auf Ungewöhnliches sind …«

»Bin ich …«

»Es gab einen schweren Verkehrsunfall am Südwestkorso.« Pachulke verzog keine Miene, aber er hatte davon im Polizeifunk etwas gehört.

»Ein Autofahrer hat wohl übersehen, dass die Ampel schon umgeschaltet hatte. Er wurde von einem Kleinlaster erfasst und ist an Ort und Stelle in seinem Auto gestorben. Und dann gab es Schaulustige, eine Menge Menschen, die dumm rumglotzten, dafür extra aus ihren Autos stiegen.«

»Das haben Sie alles im Bus mitgekriegt?«

»Die vielen Schaulustigen, es ging nicht vorwärts. Dass er gestorben ist, habe ich in meiner Pause zwischen den beiden Vormittagsvorstellungen im Radio gehört.«

Pachulke nickte. Er hätte gern dieses Vierteltongedudel abgestellt, aber wenn es Canisius gefiel.

»Ich weiß nicht, Stephan«, sagte Desmond Jones, der die für Pachulke nervenzerfetzende Eigenschaft besaß, lautlos aus dem Nichts aufzutauchen, »ich bin mit den Höhen nicht ganz zufrieden. Meinst du, ich soll die Höhen noch ein wenig mehr reindrehen?«

Pachulke sah auf den Boden. Das lag nicht an den Boxen, das

war der Gesang. »Ja, doch, die Höhen sind zu schwach. Das ist eine gute Idee, Desmond«, sagte Stephan Canisius.

»Sagt Ihnen der Name Prometheus Praumann etwas?«, fragte Pachulke, als der einförmig-näselnde Gesang in nie gekannter Brillanz ertönte.

»Alter Freund, politischer Weggefährte, Patient und früherer Mitbewohner meiner Frau.«

»Auch mehr als das?«

»Mehr als alt?« Canisius schien genervt. »Nein, komischerweise hat er die Finger von ihr gelassen. Da gab es nie ein Techtelmechtel. Allerdings ist meine Frau nicht als Jungfrau in die Ehe gegangen, falls Sie dazu noch mehr hören möchten.«

»Schon gut, bitte entschuldigen Sie.«

»Keine Ursache.«

»Und obwohl Praumann gerade ermordet worden ist, war Ihre Frau nicht nervös?«

»Nicht heute Morgen, als sie noch schlief. Und auch sonst, nein. Die haben einige Dinger gedreht vor vierzig Jahren, die haben es sich abgewöhnt, nervös zu werden.«

»Was zum Beispiel?«

»Sie haben GIs, die keine Lust hatten, Kinder zu erschießen, beim Desertieren geholfen. In einer Stadt, die von den USA kontrolliert wurde, erforderte das eine gewisse Abgebrühtheit.«

»Und Sie, haben Sie auch beim Desertieren geholfen?«

»Nein, wir haben uns erst später kennengelernt, als die alte Ordnung schon über den Haufen geworfen worden war. Ich habe in der Zeit Straßentheater gemacht, Agitprop, Kabarett. Ich hab zu schwache Nerven für illegale Sachen.«

»Also, wenn es euch nicht stört«, ließ sich Desmond Jones vernehmen, der inzwischen Lippenstift aufgetragen hatte.

»Was?«, fuhr ihn Pachulke an.

»Ich würde dann einfach den Part der Ersten Sitar mitspielen. Die Partitur habe ich da.«

»Was?« Pachulke glaubte, sich verhört zu haben. »Partitur«, sagte Canisius. »Das sind die Noten, nach denen man spielt.«

Desmond setzte sich auf ein großes Kissen und griff in die Saiten. Das einzig Gute an dieser neuen Situation war, dass Pachulke ihn im Blick hatte. Er goss Canisius und sich noch etwas Tee nach. »Bei dem Mord an Praumann und dem Mord an Ihrer Frau gibt es gewisse Ähnlichkeiten in der Methodik. Wir halten es für möglich, sogar für wahrscheinlich, dass es sich um den selben Täter handelt. Hatte Ihre Frau Feinde?«

»Mehr als Sie jemals Freunde haben werden«, sagte Canisius. »Von den Zuhältern habe ich schon gesprochen, wenn es nicht so abgeschmackt klingen würde, könnten wir noch den CIA auf die Liste setzen, diverse Neonazis, prügelnde Freier. Meine Frau hat ihr Leben lang das gemacht, was sie für richtig hielt.«

»Sie ging mit dem Kopf durch die Wand?«

»Nie. Sie hat nach der Tür gesucht, und wenn keine zu finden war, hat sie ein Loch hineingesprengt.« Sein Kopf fiel nach vorne. Dass er nicht eingeschlafen war, merkte man nur an seinem gelegentlichen Nicken. Dann schreckte er hoch. »Unsere erwachsene Tochter bekommt in zwei Wochen ihr erstes Kind.« Er legte seine Hand auf die von Pachulke. »Ich muss Johanna identifizieren, nicht wahr?«

»Der Form halber bleibt Ihnen das nicht erspart.«

»Davon kann keine Rede sein. Ich will sie sehen, heute noch.«

»Wenn Sie das für sinnvoll halten. Ein Medikament sollten sie sich aber trotzdem geben lassen. Haben Sie jemand, bei dem Sie die nächsten Tage bleiben können?«

Desmond Jones räusperte sich. Er stand so nah bei Pachulke, dass er dessen Arm berührte. »Stephan, wenn es dich beruhigt, kannst du ein bisschen Tabla spielen.« Er reichte Canisius eine kleine Trommel.

Pachulke musste jetzt lauter reden, um die Tabla zu übertönen. »Sie sind sehr gut befreundet mit Herrn Jones.«

»Molli und Johanna waren alte Freundinnen, aber Desmond und ich verstehen uns auch sehr gut. Er und Molli haben zwei Kinder im Alter unserer jüngsten Tochter. Ich werde bei ihm wohnen können.«

»Der Mörder hat die Fotoalben Ihrer Familie gezielt durchsucht, aber nichts mitgenommen. Hat Ihre Frau einmal ein Foto erwähnt, das besonders wichtig gewesen ist?«

Canisius schüttelte den Kopf.

»Oder eine Erpressung erwähnt?«

»Nein, auch nicht.«

»Gut, das wär's fürs Erste. Wenn Sie sich in der Lage fühlen, Ihre Frau zu sehen oder Hilfe benötigen, melden Sie sich bitte unter dieser Nummer.« Pachulke überreichte Canisius seine Karte und stand auf.

»Sie wollen doch noch nicht gehen, Herr Kommissar. Wir sind noch mitten im ersten Akt. Sie könnten einen Flaschenkürbis haben, das ist das ideale Anfängerinstrument.« Desmond Jones stellte sich vor die Tür seiner kleinen Bude.

»Vielen Dank, Herr Jones, ich würde Ihr Angebot sehr gern annehmen, aber dringende Geschäfte ziehen mich zurück ins Polizeipräsidium. Trotzdem vielen Dank für den Tee und die fröhliche Witwe.«

»Traurig. Sie ist traurig, weil sie verbrannt wird am Ende.«

Draußen pickte Pachulke eine Schneeflocke vom Dach des Häuschens und steckte sie in die Manteltasche. Sie hatte faserige Kanten und war pappig und nass.

Im K4 traf Pachulke auf Zabriskie. »Ich habe mit Canisius geredet. Es war schrecklich. Und bei dir?«

»Die ruppige Sprechstundenhilfe wusste eine Menge zu berichten. GD in Praumanns Kalender steht für Golden Delicious. Eine Edelprostituierte.«

»Interessant. Und die Fotos?«

»Bis auf das eine Foto aus dem Juni 1966 ist Praumanns Sammlung weiterhin vollständig vorhanden, beziehungsweise lückenlos nachweisbar.«

»Wie lange wirst du noch brauchen?«

»Das zieht sich noch, ich bin im zweiten Halbjahr 1967, der letzte einigermaßen vollständige Jahrgang ist 1969.«

»Wir machen jetzt Lagebesprechung.« Pachulke klatschte in die Hände. Alle standen auf, Bördensen öffnete die Fenster, Löffelholz machte ein paar Dehnübungen. Dorfner legte ein Buch in eine Plastikkiste und hakte es im Katalog ab.

Als sie alle im Kreis saßen, ergriff Pachulke das Wort. »Heute Morgen ist Marie-Johanna Canisius ermordet worden. Sie war die Hautärztin von Prometheus Praumann. Er hätte gestern einen Termin bei ihr gehabt. Sie wurde in ähnlicher Weise zugerichtet wie Praumann. Der Täter hat keine Wertsachen entwendet, dafür aber sehr genau die Fotoalben durchsucht. Wir gehen davon aus, dass der Täter nach einem Foto sucht, nach dem Foto vom 26. Juni 1966, das in der Fotosammlung Praumanns nicht aufzufinden ist. Wir müssen herausfinden, wer zu dieser Viererbande gehört hat. Darf ich mal kurz um den Sachstand bitten. Löffelholz, Sie fangen an.«

»Es gibt keine Auffälligkeiten«, sagte Plinks Stellvertreter. »In der Geschäftskorrespondenz gibt es keinen Hinweis auf einen Zwischenfall. Keine Drohungen, keinen Rechtsstreit, Praumann hat alles korrekt abgewickelt. Er muss ein begnadetes Händchen gehabt haben. Es hat nur so geschnurrt.«

Pachulke wandte sich an Stiesel. »Sie sind mit den Bierdeckeln fertig. Etwas Besonderes?«

Stiesel nickte. »Schon erstaunlich, dass die Bierdeckel damals als Rechnung dienten. Und eine Sportkneipe hat ihre eigenen Bierdeckel gedruckt.«

»Pachulke meinte, etwas Besonderes bezogen auf diesen Fall«, sagte Löffelholz. Er klang ungnädig.

»Bördensen, was machen die Schallplatten?«

»Sind überprüft. Ich habe alle aus den Covern geholt, aber da war nichts reingerutscht, kein Brief, nix.«

»Dann überprüfen Sie die restlichen Antiquitäten. Dass Zabriskie gestern entdeckt hat, dass ein Foto vom 26. Juni fehlt, wissen ja schon alle. Marie-Johanna Canisius war eine alte Freundin von Praumann aus der Zeit der Revolution, möglicherweise liegt die Verbindung zwischen den beiden Verbrechen tatsächlich in der Vergangenheit. Er nahm einen von Praumanns Kalendern vom Tisch. »Für das laufende Jahr gibt es Hinweise, dass Praumann sich mit jemand getroffen hat, den er mit GD abgekürzt hatte. In der Praxis von Frau Canisius wurden auch sehr viele Prostituierte behandelt, eine davon war dort unter dem Namen Golden Delicious Patientin, wahrscheinlich hat sie auch unter diesem Namen gearbeitet. Zabriskie und ich werden nach ihr suchen.«

Dorfner sagte: »Ich würde sehr gern zum Erfolg dieser Suche beitragen.« Pachulke schüttelte den Kopf. »Von Ihnen brauche ich etwas anderes. Sie sind doch ein international anerkannter Experte für Polizeibewaffnung.«

»Gewiss, gewiss«, erwiderte Dorfner.

»Könnten Sie für uns herausfinden, ob es ein Land gibt, in dem die Polizei Vierkantknüppel verwendet? Aus blankem Metall?«

»Nichts leichter als das, aber soll ich nicht erst die Bücher zu Ende überprüfen?« Pachulke knetete seine Unterlippe. »Wie lange werden Sie dafür brauchen?«

»Ich denke, morgen Abend bin ich fertig damit.«

»Dann kümmern Sie sich um den Schlagstock, sobald Sie damit fertig sind. Sagen Sie mal, Sie haben doch diese ganzen Zeitschriften durchgesehen. War da nichts über die Viererbande zu finden? Ein Gruppeninterview oder so etwas.«

Dorfner sah zur Decke. Dann sah er auf den Boden. »Ich glaube, gegen Praumann und ein paar andere gab es mal ein Gerichtsverfahren.«

»Und das sagen Sie uns jetzt?«, knurrte Pachulke. »Dazu muss es doch auch noch andere Berichterstattung geben. Sie haben sich nur die Bilder angesehen, was?«

Dorfner zeigte keine Reaktion.

Pachulke wandte sich an Bördensen. »Sie fahren in die Staatsbibliothek und sehen sich alte Zeitungen an. Wir müssen herausfinden, wer zusammen mit Praumann vor Gericht stand. Sie wissen, wo die Staatsbibliothek ist?«

»Die gibt es zweimal«, erwiderte Bördensen gleichmütig.

»Nein, dreimal«, sagte Pachulke. »Die Zeitschriftenabteilung liegt im Westhafen.«

»Da ist noch etwas«, sagte Löffelholz.

»Was denn?« Manchmal war Löffelholz einfach zu erbsenzählerisch. »Plink hat sich das Foto von der Sicherheitskamera noch einmal genauer angesehen.«

»Und?«

»Der Schatten trug einen Parka mit Kapuze.«

»Und?« Pachulke lehnte sich zurück, und die Lehne bog sich so weit nach hinten, dass er sich gerade noch abfangen konnte.

»Sie konnte in Höhe des Nackens die Umrisse eines Sterns ausfindig machen.«

»Eines Sterns?«

»Der Parka ist grün, und der Stern ist etwas dunkler, Farbe unklar, fünf Zentimeter hoch.«

»Ist das ein offizielles militärisches Abzeichen?«

»Plink meint nein, im Nacken ist so etwas nie zu finden. Entweder es ist das Logo einer Modefirma oder etwas Selbstgebautes.«

»Aufgenäht?«

»Oder hineingefärbt.«

»Können wir das über die Medien veröffentlichen?«, wollte Stiesel wissen.

»Das ist zu gegebener Zeit eine kluge Idee«, sagte Pachulke schnell, ehe Löffelholz Stiesel anraunzen konnte. »Jetzt haben wir genug zu tun.«

Zabriskie prüfte als Erstes wieder die eingegangen Faxe. Alles Nieten. Pachulke fragte: »Hältst du es für möglich, dass die Wasserleiche Golden Delicious ist?«

»Wenn sie seit dem 2. Mai verschwunden ist und *Leiche, weiblich* etwa vier Wochen im Wasser war, kommt das zeitlich sehr gut hin.«

»Es muss nichts mit dem Mord an Praumann zu tun haben.«

»Wir wissen auch nicht, ob die Frau ermordet wurde.«

»Aber du denkst, dass sie ermordet wurde.«

Zabriskie nickte und sah auf die Uhr. »Wenn du nichts dagegen hast, erledige ich noch ein paar Telefonate und gehe heute etwas früher.«

Pachulke hob die ausgebreiteten Arme hoch, was Zustimmung signalisieren sollte.

»Wie finden wir Golden Delicious?«, fragte er.

»Dorfner wollte auf Spesen in den Puff gehen.«

»Tja, jetzt darf er noch ein wenig Bücher sichten.«

»Um ehrlich zu sein, mir wäre es wesentlich lieber, wenn du die Liebestempel dieser Stadt alleine abklapperst.« Pachulke murmelte etwas Unverständliches. »Als Frau wirkt man da doch immer etwas deplatziert, wenn man Straßenkleidung trägt.«

Pachulke zog die Brauen hoch. »Gut, wenn du absolut darauf bestehst, erledige ich das allein. Dafür darfst du weiterhin Telefonzentrale spielen.«

»Die Selbsthilfegruppen, die Berufsverbände und so weiter. Gern.«

»Und bei der Staatsanwaltschaft musst du anrufen.«

»Wir brauchen noch keinen Haftbefehl.«

»Wir müssen wissen, weshalb Praumann vor Gericht stand. Und mit wem. Und wer ihn verteidigt hat. Die Akten liegen bei der Staatsanwaltschaft oder im Archiv.«

Zwei Stunden später war Zabriskies Wohnung fast schon in Sichtweite. In der Eckkneipe *Bei Heinrich und Ilona* wurden die Fenster mit Krepppapier geschmückt. Zabriskie trat ein.

»Geschlossene Gesellschaft«, rief ihr ein junger Kerl in einem blauen Overall zu, der geschäftig hin und her rannte.

Aber Heinrich, der Barkeeper, winkte und lächelte sie an, dass man seine riesigen Zähne sehen konnte. »Komm ruhig rein, du gehörst doch quasi zur Familie.«

Zabriskie setzte sich mit dem Rücken zum Fenster an das kurze Ende der Theke, und Heinrich stellte ihr ein frisch gezapftes Bier hin. Zabriskie nahm einen kräftigen Zug und fragte: »Was ist denn hier los heute?«

»Herr Kite hat Geburtstag.« Er drehte sich um und rief dem Jüngelchen in dem Overall zu: »Pablo, wenn du dich um den Schweinekopf gekümmert hast, kannst du das Trampolin nachspannen. Aber spring vorher ein paarmal drauf herum.«

Zabriskie sah erst jetzt, dass Herr und Frau Kite am anderen Ende der Theke saßen und sich die Vorbereitungen ansahen. Beide hatten sich fein gemacht, er trug Krawatte, sie eine goldene Brosche mit einer Perle.

Heinrich zuckte mit den Schultern. »Wir hatten sie erst für sieben Uhr eingeladen, aber sie wollten es sich nicht entgehen lassen.«

Frau Kite boxte ihren Mann in die Seite. »Nu bedank dich doch wenigstens, dass die sich alle so viel Mühe geben für dich.« Aber der schwieg vor Rührung und rieb sich den Oberarm. Er wandte sich an Heinrich. »Und die Hendersons kommen auch?«

»Die Hendersons werden alle da sein«, erwiderte der Wirt. Er ging zur Jukebox und wählte ein Stück. Es war ein Walzer. Heinrich forderte Frau Kite auf, und sie schwebten elegant über die Tanzfläche. Er war drei Köpfe größer als sie, und sein Pferdegebiss lächelte selig in die Runde.

Pablo, der dienstbare Geist des Hauses, machte sich gerade im Biergarten zu schaffen. Das war ein gepflasterter Innenhof, in dem im Sommer drei Tische standen. Er goss eine Flüssigkeit aus einem blauen Kanister über einen Schweinekopf. Dann verstaute er den Kanister unter der Theke, rannte wieder nach draußen und zündete den Schweinekopf an. Zurück in der Gaststube fing er an, auf einem Trampolin Purzelbäume zu schlagen. Der Schweinekopf brannte lichterloh. Eine Feier zu Ehren von Herrn Kite, dachte Zabriskie. Sie winkte Heinrich zu, der mit Frau Kite im Arm an ihr vorbeiflog. Als der Walzer verklungen war, nahm Frau Kite wieder an der Seite ihres Mannes Platz. Sie war ganz außer Atem. Heinrich sagte: »Um zehn vor sechs kommt die Band. Bis dahin müssen wir Konserven hören.«

»Armer Herr Kite«, murmelte Zabriskie.

Frau Kite schob den Teller mit Erdnüssen von ihrem Mann weg. Sie sagte: »Du musst dir den Hunger fürs Büfett aufheben.«

Heinrich zuckte mit den Schultern. »Weiß der Geier, was das Geheimnis der beiden ist. Die Feier war jedenfalls ihre Idee.« Er hielt ein Pilsglas an den Zapfhahn und fragte: »Noch mal das Gleiche?«

Zabriskie schüttelte den Kopf. »Whisky Sour, bitte.«

»Nach deinen Trinkgewohnheiten kann man ja auch die Uhr stellen«, sagte Heinrich und stellte das Bierglas beiseite. »Darf's denn nicht einmal was anderes sein?«

Zabriskie hatte kein schlechtes Gewissen, dass sie in alkoholischen Fragen wertkonservativ war, aber sie mochte es, wenn Heinrich sie deswegen neckte.

»Was denn zum Beispiel?«

»Etwas Wildes, was du noch nie hattest.«

»Überrasch mich, Heinrich.« Sie trank ihr Bier aus.

Heinrich rieb sich die Hände und stellte wenig später eine hellgrüne Kreation auf den Tresen. Zabriskie trank einen Schluck und zog die Brauen hoch. »Was ist das?«

»Haha, das rätst du in hundert Jahren nicht. Absinth, Anisette, Crème de Menthe und ein Eiweiß. Ein Suissesse. Gut gegen Kater. Den hab ich seit ewigen Zeiten nicht gemacht. Seit letzten Freitag kommt immer wieder ein Gast, der trinkt nur das.«

»Absinth macht blind, Rum macht dumm, Whisky macht … weise.« Zabriskie trank und schloss dabei die Lider. »Du hast recht. Dieser Mann mit dem Suissesse, der hat jedenfalls was mit den Augen.« Zabriskie tastete über den Tresen. »Meine Nüsschen, hat jemand meine Nüsschen gesehen?«

»Die Dosis macht das Gift, auch bei den Nüsschen.«

»Wie schaffst du es nur, so früh am Abend so profund zu

sein, Heinrich? Für so eine Erkenntnis brauche ich mindestens drei von diesen hier. Dafür sind meine Augen an manchen Tagen so gut, dass ich die Dinge doppelt sehe.« Zabriskie prostete Heinrich zu und dann Herrn Kite, der sie erst jetzt bemerkt hatte. Er hob sein Mineralwasser und strahlte Zabriskie an.

»Prost, Herr Kite, bleiben Sie gesund und Ihre Frau natürlich auch. So ein brennender Schweinekopf im Garten, das ist schon eine Freude, nicht wahr?«

»Ach Frau Zabriskie, wenn Sie wüssten, wie sehr ich mir das immer gewünscht habe, und meine kleine Elsbeth hat das alles so hübsch für mich vorbereitet. Sogar an die Hendersons hat sie gedacht.«

EV Kapitel 10

Wie sie in ihr Bett gekommen war, wusste Zabriskie am nächsten Morgen nicht, aber wenigstens war sie allein. Ohne Mann und ohne Kater. Sie hatte einer goldenen Regel gehorcht und dem Suissesse die Treue gehalten. Es war ein rauschendes Fest gewesen, und Herr Kite hatte um kurz nach zwei alle Mühe gehabt, seine Elsbeth zum Gehen zu bewegen, die beim Walzertanzen mit Heinrich auf den Geschmack gekommen war. Nebenan war alles ruhig, Herr und Frau Kite mussten sich von der Feier erholen. Drei Worte gingen Zabriskie durch den Kopf: Dusche, Kaffee, S-Bahn.

Als Penny Cilin ihr die Tür öffnete, sah Zabriskie die junge Frau durch das Behandlungszimmer huschen. »Wir behandeln weiter«, sagte die Sprechstundenhilfe. Vielleicht befürchtete sie, Zabriskie könnte sie für pietätlos halten. Zabriskie folgte ins Büro und hielt ihr das Phantombild von *Leiche, weiblich* unter die Nase. Penny Cilin schrak zurück. »Wer soll das sein?«, fragte sie.

»Ihre Patientin, Golden Delicious.«

»Sind Sie sicher?«

»Das frage ich Sie.«

Penny Cilin runzelte die Stirn. »Also, die Nase ist ähnlich, aber der Mund und die Augen sehen absolut anders aus.«

Zabriskie sagte nicht, wie die Augen von *Leiche, weiblich* jetzt aussahen. Sie fuhr fort: »Egal, wie Sie sich entscheiden, Sie machen jetzt am besten gleich eine förmliche Aussage, dann müssen Sie nicht mehr zu uns ins Präsidium kommen. Ich darf doch mal Ihren Rechner benutzen, oder?« Zabriskie nahm sich ein Gummibärchen, setzte sich und blickte erwartungsvoll auf die Tastatur.

Die Wolken hingen so tief, dass es nicht richtig hell geworden war. Im Schneegestöber stand Pachulke an der Haltestelle Osloer Straße und wartete auf die Tram.

Als Erstes kam die Linie 13, die bis Weißensee fuhr, aber das war nicht die richtige Tram. Eine Gruppe von Männern in teuren Wintermänteln stieg aus. Sie stellten sich zusammen auf den Bahnsteig, und ihr Reiseführer, der eine runde Nickelbrille trug, erläuterte das Stadtbild auf Englisch. Er listete historische Daten auf und deutete schließlich auf das Backsteingebäude in der Schwedenstraße, in der die Gewerbesiedlungsgesellschaft heute ihren Sitz hatte. »Isadora Duncan worked at Telefunken«, sagte er. Dann lotste er seine Gruppe über die Straße.

Die Linie 50, die bis Bornholmer Straße fuhr, kam näher, aber das war auch nicht die Tram, auf die Pachulke wartete. Schließlich tauchte ein kleines rotes Licht am Horizont auf, bald waren es drei rote Lichter, die die Ecken eines gleichseitigen Dreiecks markierten. Als die Bahn näher kam, sah man, dass die beiden Wagen mit roten Herzen und Kussmündern bedruckt waren. Langsam rollte sie in die Haltestelle ein. In den Fenstern hingen rote Rüschenvorhänge, von denen einige zugezogen waren. Hinter jedem der anderen Fenster saß eine Frau in für die Jahreszeit viel zu leichter Kleidung. Sie lächelten auf dem Bahnsteig herumstehenden Männern zu und winkten. Die Männer sahen sich die Frauen genau an. Einige liefen neben der Bahn her, um in den richtigen Wagen einzusteigen. Die Bremsen quietschten, mit einem Ruck blieb die Bahn stehen. Aus den hinteren Türen stiegen Männer mit hochgeklappten Mantelkragen aus, sahen einmal kurz nach links und nach rechts und brachten mit eiligen Schritten Abstand zwischen sich und das öffentliche Verkehrsmittel, das sie gerade benutzt hatten. Dort, wo sonst die Nummer der Linie eingeblendet war, blinkte hier ein rotes Herz. Pachulke bestieg die Kamasutram.

»Hallo Süßer, ich bin Rita. Was darf's denn sein? Tagesticket, Monatskarte oder nur die Kurzstrecke für den kleinen Hunger zwischendurch?«, sagte die Schaffnerin zu Pachulke, und die Bahn fuhr los. Die Frau, die die Fahrscheine verkaufte, trug eine blaue Uniform aus Hotpants und einer Jacke, deren Revers bis zum Bauchnabel reichte. Die Jacke war zwei Nummern zu klein, und Pachulke konnte einen langen Blick auf einen Ton in Ton abgesetzten hellblauen Push-up-Bra werfen.

Rita wackelte mit dem Hintern und sagte: »Was können wir denn Herzerwärmendes für dich tun an diesem elenden Morgen? Eine süße Latexmaus wäre grade frei, oder stehst du mehr auf was Reiferes? Blond und rasiert oder schwarz und kräftig gebaut?«

Pachulke studierte immer noch den BH, deshalb sagte das Begrüßungskomitee: »Tut mir leid, ich bin hier nur das Anstandsfräulein, das aufpasst, dass die Kasse stimmt. Aber meine erlebnishungrigen Kolleginnen stellen sich gern vor.«

»Gnädige Frau, ich bin Polizist.«

»Oh, das macht nichts, Handschellen, Knüppel, fesche kleine Mützchen, wir haben alles da. Unsere kleine Rosi liest dir sogar die neue Straßenverkehrsordnung vor, wenn dich das scharfmacht. Du wirst dich wie zu Hause fühlen.«

»Ich bin dienstlich hier.«

Rita schnitt eine Grimasse, als hätte sie im Salat eine Kakerlake entdeckt. »Verstehe, aber von der Sitte biste nich, die Brüder riech ich hundert Meter gegen den Wind.«

»Nein, Mordkommission. Wir suchen diese Frau.« Er hielt der Kaltmamsell in dem heißen Höschen das Phantombild so dicht unter die Nase, dass sie den Kopf zurücklehnen musste.

»Das ist eine von euch, die haben wir aus dem Landwehrkanal gezogen, da sah sie nicht mehr so hübsch aus wie hier.«

»Momentchen.« Die Schaffnerin nestelte an einem ebenfalls farblich abgestimmten Täschchen herum. »Ich brauche meine Brille.«

Pachulke fand, dass sie mit Brille wesentlich aufregender aussah, entschied aber, diese Information für sich zu behalten.

»Also, kennen tu ich die nicht, aber ich frag mal die Mädchen.« Sie klatschte in die Hände. Aus den winzigen Abteilen, in denen nicht viel mehr Platz hatte als eine schmale Pritsche, ein Mülleimer und ein Garderobenhaken, stöckelten drei Frauen hervor. »'Allo, fremder, großer Mann«, sagte eine zierliche Rothaarige. »Isch gäbe dir gerne eine Privatstunde Französisch. Isch will disch, isch will disch, isch will disch.« Sie kuschelte sich an Pachulkes Schulter.

»Mehr muss man nun wirklich nicht wissen«, erklärte Rita. »Unsere Michelle ist eine geduldige Lehrerin.«

»Du drängelst dich schon wieder vor, Michelle«, schrie eine andere Frau vom Ende des Wagens. »Der gehört mir.« In der Kabine neben Pachulke ertönten in diesem Augenblick charakteristische Klopf- und Grunzgeräusche. Eine Frauenstimme säuselte »Oja, Oja.«

Pachulke trat einen Schritt zurück und konnte sich dabei von Michelle befreien. Die legte ihre Hand auf seinen Reißverschluss und schnurrte akzentfrei: »Nur keine falsche Scham, mein Freund, hier geht's familiär zu.«

Rita hielt das Phantombild hoch. »Mädels, das ist leider kein Kunde, sondern ein Herr von der Kripo.«

»Oh, schade!«, tönte es Pachulke entgegen. Die Frauen zogen einen Flunsch. »Das junge Ding hier auf dem Bild ist ermordet worden«, erläuterte Rita.

»Wahrhaft abscheulich!«, riefen die Frauen. Eine Frau mit

schwarzem Bubikopf und rosa Paillettenkleid sagte: »Hab ich schon in der Zeitung gesehen.« Sie drängelte sich nach vorne und pflanzte sich vor Pachulke auf. »Ich bin übrigens Sadie, gute Freunde dürfen mich auch Sexy Sadie nennen. Wenn du auf Spiele vor der Kamera stehst, bin ich die Richtige für dich. Ich errege nicht nur das öffentliche Ärgernis.« Pachulke wusste nicht mehr, wohin er als Erstes schauen sollte.

Nur Rita schien sich dem Ernst der Lage bewusst. »Man hat sie aus dem Landwehrkanal gefischt. Kennt die eine von euch?« Sie reichte das Bild der sprachbegabten Michelle, die es kurz taxierte und dann weiterreichte. Im Schein der rötlichen Lämpchen sah Pachulke, dass jede der Huren den Kopf schüttelte. Als er das Bild wieder in der Hand hielt, sagte er: »Ihre Kollegin hat wahrscheinlich bei einer der besseren Adressen in der Stadt gearbeitet.«

»Wieso, die beste Adresse ist doch hier«, sagte Sadie, die in ihrem Paillettenkleid wirklich sexy aussah. Sie grinste Pachulke zuckersüß an.

Der setzte die erprobte Maske professionellen Missmuts auf. »Möglicherweise hat sie dabei den Künstlernamen«, dafür bekam Pachulke vier Lächeln geschenkt, »Golden Delicious benutzt. Sagt Ihnen das was?«

Stille. Die Huren sahen sich an. Dann hob eine Frau am anderen Ende des Wagens die Hand. Sie trug einen Overall aus rosa Latex, in dem ein mutiger Designer Platz für die Brüste gelassen hatte. Diese Brüste schwebten jetzt auf rosa Lackstiefeln Pachulke entgegen. »Ahoi, du einsamer Boy. Ich bin Savoy und gar nicht scheu. Darf ich dein kleines Trüffelschweinchen sein?« Sie hob ihre Brüste hoch und grunzte zweimal. Dann wurde ihr Ton sachlich. »Die auf dem Bild hab ich noch nie gesehen, aber wenn sie auf edel gemacht und diesen Namen benutzt hat, würde ich es mal bei Granny Smith versuchen.«

»Savoy, du bist und bleibst 'ne alte Petze«, sagte Sadie und zeigte ihrer Kollegin den Stinkefinger. »Granny Smith?«, fragte Pachulke. Es gelang ihm, die Mundwinkel zu einem Lächeln emporzuziehen. »Eines der ältesten und besten Häuser«, sagte Savoy. »Bei mir ist alles echt: die Auskunft, die Titten und die Wimpern.« Michelle zwickte Savoy in den Hintern und schien auch nicht abgeneigt, ihr eine reinzuhauen, aber Rita ging dazwischen. »Kusch, Kolleginnen. Wie oft denn noch: Er ist Bulle, und er ist nicht notgeil.«

Pachulke wollte hier raus, bevor es zu einer Schlägerei kam. »Wie komme ich zu Granny Smith?«, fragte er mit der ganzen Freundlichkeit, die ihm gegeben war.

»Am besten jetzt gleich an der Bornholmer raus und dann mit der S 1 bis zum Nordbahnhof«, sagte Michelle und zwinkerte Pachulke zu.

»Der Laden selbst ist dann aber in der Novalisstraße 4«, sagte Savoy. *No4,* dachte Pachulke. Das hatten sie zusammen mit *GD* in Praumanns Kalender gefunden.

Erst als Pachulke auf der Bornholmer Brücke stand, merkte er, dass ihm Michelle etwas in den Hosenstall gesteckt hatte. Hatte sie wirklich seinen Reißverschluss auf- und zugemacht? Die Brücke war menschenleer, aber er wollte sich trotzdem nicht mitten auf dem Bürgersteig ausziehen, also stellte er sich an das Brückengeländer und öffnete sein Hosentürchen.

»Hey, du Penner, piss gefälligst woanders.«

Pachulke fuhr herum und sah das Gesicht eines wütenden Polizisten, der seinen Kopf aus dem Beifahrerfenster seines Dienstfahrzeugs streckte und mit dem Arm wedelte, um Pachulke wegzuscheuchen. Der machte, dass er im S-Bahnhof verschwand. Auf der Rolltreppe las er Michelles Karte: *Michelle verwöhnt den reifen Herrn mit ausgiebigen Zungenspielen und viel Zeit.* Na, vielen Dank auch.

Novalisstraße 4 war ein Altbau aus dem Jahr 1902, wie ein in den Stein gehauenes Wappen über dem Eingang verriet. Rechts neben der Tür hing eine rote Glühbirne in einem Glasballon, der teuer aussah. Pachulke läutete unten bei *Frisches Obst.* Der Summer ertönte, er drückte die schwere Tür auf, dann auf den Lichtschalter und stand bald darauf im Hochparterre vor einer

Tür mit einem vergoldeten Klopfer und einem Spion. Pachulke ließ sich in aller Ruhe mustern, das Auge auf der anderen Seite fuhr jetzt wahrscheinlich unablässig an ihm auf und ab.

Schließlich öffnete sich die Tür und Pachulke stand einer kleinen, runzligen Frau gegenüber. Sie hatte ihr schneeweißes Haar zu einem Dutt zusammengesteckt und trug einen Badeanzug aus einem Material, das so aussah wie Goldlack.

»Treten Sie ein, junger Mann.«

Pachulke überlegte, wer zuletzt junger Mann zu ihm gesagt hatte, aber aus ihrer Perspektive hatte die Frau recht. »Sind Sie Frau Granny Smith?«

»Ganz recht, ganz recht. Sie waren noch nie bei uns, nicht wahr?«

»Das ist korrekt. Ich bin …«

»Legen Sie doch erst mal ab. Sie sehen ganz benommen aus. Kalt heute, was?«

Sie zauberte einen Kleiderbügel herbei, und ehe er sich's versah, saß Pachulke auf einem mit reichen Schnitzarbeiten verzierten und bequemen Sofa, auf dem sich Seidenkissen türmten. Vor ihm stand eine Tasse Tee, Granny Smith saß neben ihm, schwieg und trank ein Tässchen mit.

»Ich bin …«, begann Pachulke.

»Sie suchen das Besondere, das kann ich gut verstehen. Kommen Sie auf Empfehlung? Ich werde Ihnen meine süßen Früchtchen jetzt mal der Reihe nach vorstellen.« Sie nahm einen Klöppel in die Hand und schlug auf einen kleinen Gong. Vor einem schweren Brokatvorhang, in Lila und Gold, der den hinteren Teil des Ganges verdeckte, tauchten drei Frauen auf.

»Da hätten wir zum Ersten unsere Cocks Orange«, sagte Granny Smith und winkte eine blonde Frau in einem knappen Bikini heran. »Sie ist voller Liebreiz und Einfallsreichtum. Und wer einmal das Glück hatte, mit ihr in unserem Whirlpool zu planschen, kommt gern wieder. Cocks Orange, Zimmer Nummer 1.« Cocks Orange machte einen Knicks vor Pachulke und verschwand wieder.

In diesem Moment brummte sein Handy. Granny Smith runzelte die Stirn. »Der harte Alltag hält uns gefangen mit seinen vielen Verpflichtungen. Und wie schwer fällt es uns doch, loszulassen und für den Genuss zu leben. Wenigstens für zwei Stunden.« Pachulke linste auf sein Display und las: *Penny Cilin bezweifelt Identität* Leiche, weiblich *mit Golden Delicious. Lass dich nicht vernaschen XYZ.* Er wusste nicht warum, aber nach dieser SMS machte Pachulke sein Handy aus. Drogen, wahrscheinlich waren Drogen im Tee, gerebelter Nashornhoden oder so was.

»Na, sehen Sie, schon haben Sie ein wenig Platz geschaffen, um sich den schönen Seiten des Lebens intensiv zuzuwenden. Zum Beispiel unserer Gloster. Gloster ist erst zufrieden, wenn ihre Gäste zufrieden sind. Dabei kennt sie keine Hemmungen und keine falschen Tabus. Nicht umsonst heißt sie in Kennerkreisen auch Gloster 69. Zimmer 2 ist ihre Adresse.« Gloster streckte Pachulke ihren Hintern entgegen, und ihr kurzer, schwarzer Lackrock spannte sich.

»Ich bin …«, sagte Pachulke.

»Hin- und hergerissen, ich kann das gut verstehen«, sagte Granny Smith. »Aber Sie können natürlich auch mit beiden, wenn Sie das wollen.« Sie schenkte Pachulke noch etwas Tee nach. Hatte er ausgetrunken? Offensichtlich. Aber wann? Er fragte sich, wie alt Granny Smith wohl sein mochte und wie lange sie ihren Beruf schon ausübte.

»Sehr lange, junger Mann, sehr, sehr lange«, sagte sie und nickte ihm zu, als wäre Gedankenlesen nichts Besonderes. Pachulkes Blick fiel auf ein Foto über dem Sofa, dessen Motiv ihm auf den ersten Blick bekannt vorkam. Ganz rechts saß Stalin, in der Mitte Truman mit seiner charakteristischen Fliege und ganz links Atlee. Im Hintergund war einer der pseudonormannischen Giebel von Schloss Cecilienhof in Potsdam zu sehen. Aber, anders als bei den offiziellen Fotos, saß hier bei Stalin eine entzückende kleine Blondine auf seinem Schoß und drückte ihm einen Kuss aufs Ohr. Pachulke sah ungläubig auf seine Gastgeberin, die erst die Augen niederschlug und ihm dann eine Kusshand zuwarf. Atlee trug karierte Boxershorts, und Truman hatte nichts an außer seine Fliege. Er freute sich von Kopf bis Fuß über die weibliche Begleitung, das konnte man sehen. *Spasiba* konnte Pachulke oben rechts in der Ecke in kyrillischen Buchstaben entziffern, das Foto war schon stark vergilbt. In der Mitte stand *Magic Fraulein* und links unten in der Ecke *I feel fine.*

Granny Smith räusperte sich. »Damals haben wir Weltgeschichte geschrieben, und auch heute sind entspannte Teilnehmer bei jeder Tagung, Konferenz oder Messe der entscheidende Faktor.« Sie wandte sich dem Vorhang zu. »Und zum Schluss, unsere unbeschreibliche Boskop. Eine Frau wie ein Taifun.« Pachulke sah auf ein muskelbepacktes Wesen, das einen Lendenschurz und ein ähnliches Kleidungsstück für ihre Brüste trug, einsfünfzig hoch und beinahe so breit. »Wenn Sie mal eine richtig derbe Massage nötig haben, wenn's gern mal gröber sein darf, dann sind Sie unter Boskops kundigen Händen und Füßen bestens aufgehoben.«

Boskop lächelte Pachulke nicht an, sondern schob den Unterkiefer nach vorn. Sie musterte ihn, als überlegte sie bereits, welche Rippe sie ihm als Erstes brechen würde. »Zimmer Nummer 3«, sagte Granny Smith.

»Ich bin …«, sagte Pachulke.

»Aufgeregt?«, sagte Granny Smith, und ihre Stimme war warm und verständnisvoll, als würde sie einem Dreijährigen ein Märchen vorlesen. »Da sollten Sie erst mal die Mädchen sehen. Denen klopft das Herz jetzt bis zum Hals, ob sie Ihrer würdig sind.«

»Ich bin Polizist«, sagte Pachulke überlaut, um seinen Satz endlich zu Ende zu bringen. »Und ich bin selbstverständlich dienstlich hier.«

Granny Smith lachte und es klang übermütig und welterfahren zugleich. »Ach so, ich dachte schon, Sie sind Manager bei VW. Die sind immer so wählerisch, wissen Sie. Und die anderen Mädchen sind gerade beschäftigt.« Sie hob die Kanne.

»Trotzdem noch etwas Tee?«

Pachulke nickte und holte das Phantombild aus der Tasche.

Granny Smith nahm es in die Hand und sah es lange an. »Oh Shit, Frau Schmidt. Ist das die Kleine aus dem Landwehrkanal?«

»Ist es. Ist die Kleine aus dem Landwehrkanal Golden Delicious? Die hat doch hier gearbeitet, nicht wahr?«

Granny Smith nickte und sah sich das Bild an. »Ich kann nicht sagen, ob sie es ist. Die Frisur kann hinkommen, aber nichts ändert sich schneller als eine Frisur. Und sonst …« Sie zog die Unterlippe zurück und pfiff nachdenklich vor sich hin. »Nein, ich würde sagen, sie ist es nicht. Aber das sind die schlechten Augen und die unerschöpflichen Hoffnungen einer alten Frau.«

»Wie heißt Golden Delicious wirklich?«

Granny Smith schüttelte den Kopf. »Das weiß ich nicht, Sie hat hier nur unter ihrem Künstlernamen gearbeitet. Immer nur Bargeld. Das hier ist wie eine Bürogemeinschaft. Die Räume gemeinsam nutzen, getrennt abrechnen.«

»Alles in bar?«

»Nein, wir nehmen VISA, MasterCard und für Stammkunden haben wir eine GrannySmith-Card mit vielen tollen Sonderangeboten. Aber meistens werden die Mädchen am Ende ihrer Schicht bar ausbezahlt. Und am Monatsende wird die gemeinsame Kasse ausgeschüttet.«

»Die gemeinsame Kasse?«

»Zehn Prozent von dem Geld der Mädchen wird einbehalten und dann nach Kopfanteil aufgeteilt, egal wie hoch der Umsatz war.«

»Wie edel.«

»Das ist überhaupt nicht edel, das ist handfeste unternehmerische Logik. Wenn man sich nicht mehr traut, ein paar Tage krank zu sein, kommt irgendwann der Burn-out. Die Klientel wechselt von Jahreszeit zu Jahreszeit. Wenn Hertha in der Sommerpause ist, kommen einfach mehr von den Masochisten in der Stadt zu unserer kleinen Boskop, um sich demütigen zu lassen.« Sie zuckte mit den Schultern.

»Was kostet es denn, wenn ich ins Zimmer eins, zwei oder drei gehe?«

»Das sage ich Ihnen, wenn Sie sich für eines der Mädchen entscheiden, für Ihre Ermittlungen spielt das doch keine Rolle.«

»Wann haben Sie Golden Delicious zum letzten Mal gesehen?«

»Ende April, genauer gesagt am 30.«

»Das heißt, sie hat ihren Jackpot noch bekommen.«

»Selbstverständlich.«

»Und als sie dann nicht mehr kam, haben Sie sich keine Sorgen gemacht?«

»Nein, ganz und gar nicht. Sie wollte eine Auszeit nehmen, weil sie gerade an ihrer Abschlussarbeit schrieb.«

»Was für eine Abschlussarbeit?«

»Sie hat studiert. Auch deswegen hatte sie keine Lust, ihren Namen anzugeben.«

»Was hat sie denn studiert?«

»Geschichte.«

Pachulke zog die Augenbrauen hoch und klopfte so heftig auf den Tisch, dass das Teeservice klirrte. »Wir brauchen den richtigen Namen. So schnell wie möglich. Wir ermitteln in dem Mord an Prometheus Praumann. Mittlerweile hat es einen weiteren Mord gegeben. Praumann und Ihre Mitarbeiterin haben sich gekannt, haben sich mehrmals getroffen.«

Granny Smith schlug den Gong, und die drei Huren tauchten wieder auf.

»Ein Bulle«, sagte sie und nickte zu Pachulke. »Golden ist vielleicht die Leiche im Landwehrkanal. Er will wissen, wie sie wirklich heißt. Könnt ihr ihm helfen?«

Boskop setzte sich neben Pachulke und starrte auf seine Teetasse, als wäre sie ein gefährliches Tier. Gloster biss sich auf die Lippen und rieb die Hände an ihrem Lackrock. Cocks Orange verschränkte die Arme und schüttelte den Kopf. Schließlich sagte Boskop: »Leonore kann ihnen das sagen. Die beiden wohnen im selben Haus.«

»Lenore ritt ums Morgenrot schon ihren sechsten Freier tot«, deklamierte Gloster.

»Hüte deine Zunge«, zischte Cocks Orange.

Pachulke mischte sich ein: »Von dieser Leonore kennen Sie also den richtigen Namen. »Eleonore Rittberger wohnt in Heiligensee«, sagte Boskop leise und schlug mit der linken Faust in ihre rechte Handfläche.

»Und warum ist die heute nicht hier?«

»Weil sie frei hat, Bulle«, sagte Cocks Orange. »Weil sie hier arbeitet, um anderswo ihr Leben zu leben.«

»Beruhige dich, mein Schatz«, sagte Granny Smith. »Der Herr Kommissar will herausfinden, wer Golden Delicious umgebracht hat, und wir haben Tag und Nacht gehofft, dass ihr nichts zugestoßen ist. Jeder Hurenmörder muss gefasst werden, sonst können wir unseren Garten der Lüste gleich dichtmachen.«

Cocks Orange knurrte etwas, Pachulke fragte: »Und die beiden haben zusammengewohnt?«

»Nur im gleichen Haus, so ein stockhässliches Ding mit lauter Einzimmerwohnungen.« Gloster hatte gesprochen.

»Die genaue Adresse wissen Sie nicht?«

Die drei Huren schüttelten den Kopf.

»Was war die Spezialität von Golden Delicious?«, wollte Pachulke wissen. »Rollenspiele«, sagte Boskop. »Rollenspiele?«

»Arzt und Patientin, Lehrer und Schülerin, Verkehrspolizist und Autofahrerin.« Cocks Orange klang ungeduldig.

»Hat Sie auch Straßenhuren gespielt?« Pachulke erinnerte sich an Zabriskies Bericht über den Spanienkämpfer in der Praxis Canisius. Er hatte sich seinen Tripper an der Krummen Lanke eingefangen. Für diesen Ort konnte auch das *KL* in Praumanns Kalender stehen.

»Auch das. Golden hat sehr oft woanders gearbeitet. Sex an außergewöhlichen Orten, wenn Sie wissen, was ich meine.«

»Nicht genau.«

»In einem Beichtstuhl, in einer Buchhandlung, auf dem Fernsehturm.« Pachulke nickte. Sex in einer Polizeikantine, in der Opernloge. Das sollte er auch mal versuchen.

Cocks Orange sagte: »Stellen Sie sich vor, Sie sind ein gestresster Mann um die fünfzig, der für nichts anderes Zeit hat, als jeden Morgen joggen zu gehen. Und eines Tages stellen Sie sich vor, wie es wäre, wenn Ihnen mitten im Tiergarten ein süßes Mädchen begegnet, dass nichts sehnlicher möchte, als sich so schnell wie möglich auf Ihren Schniedel zu setzen. Solche Sachen hat Golden Delicious gemacht.«

»Das ist wesentlich gefährlicher als hier.«

»Stimmt«, sagte Gloster. »Und besser bezahlt.« Sie hatte einen Akzent, aber Pachulke konnte nicht sagen, was für einer es war. »Kennen Sie einen Prometheus Praumann?«

»Der alte Sack, der allegemacht wurde?«, fragte Boskop.

»Genau der.«

»Hierher ist er jedenfalls nicht gekommen.«

»Wirklich?«

Die vier Frauen, auch Granny Smith, schüttelten den Kopf.

Dann hatte Praumann sie hier nur abgeholt.

»Hat Golden Delicious ihre Rollenspiele nur für Kunden gemacht, die sie hier kennengelernt hat?«

Granny Smith ergriff das Wort: »Im Prinzip ja, aber sie hat die eine oder andere Andeutung gemacht, dass sie auch anderswo nette und solvente Herren getroffen hat.«

»Und bei denen, die sie woanders getroffen hat, hat sie hundert Prozent bekommen.«

»Selbstverständlich, das geht uns hier doch nichts an. Wenn Sie woanders putzen geht, kriegt sie auch alles.«

»Welchen Künstlernamen«, diesmal lächelte niemand, »hat denn Eleonore Rittberger?«

»Gala. Warum fragen Sie?«, sagte Gloster.

»Rein berufliche Neugier«, sagte Pachulke.

Bevor er am Nordbahnhof in die S 25 in Richtung Heiligensee stieg, winkte Pachulke einen Streifenwagen heran und ließ sich über Funk die Adresse von Eleonore Rittberger durchgeben. Mit im Auto saß der wütende Polizist von der Bornholmer Brücke, der nicht wusste, ob er Pachulke ungläubig anstarren oder sein Gesicht so gut wie möglich vom Blickfeld des Hauptkommissars abwenden sollte.

Das Haus war irgendwann weiß gestrichen worden. Heute schimmerte es schmutziggrau, jeden Fleck konnte man darauf sehen. Die Balkone und Fenster waren klein, der Parkplatz davor war großzügig bemessen. Die Markierungen der Parkbuchten hatten Wind und Wetter weggewaschen. Um zum Eingang zu gelangen, musste Pachulke um das Haus herumlaufen. Er läutete bei *Rittberger*. Der Türöffner summte, und wenig später stand Pachulke Eleonore Rittberger gegenüber. Sie hatte neue schwarze Jeans und ein altes schwarzes T-Shirt an. In der Hand hielt sie einen Stift. Sie trug eine venezianische Holzmaske, aus deren Augenschlitzen sie Pachulke hart und durchdringend ansah. »Nicht jetzt und nicht hier«, zischte sie. Pachulke schüttelte den Kopf. »Ich komme nicht zu Ihnen, um Ihre Dienstleistungen in Anspruch zu nehmen. Ich ermittle in dem Mord an einer unbekannten Frauenleiche, die man aus dem Landwehrkanal gezogen hat.« Er zückte das Phantombild. »Ist das hier Ihre Nachbarin und Kollegin Golden Delicious? Ich darf doch sicher reinkommen?«

Die Überrumpelung war erfolgreich. Kampflos überließ Eleonore Rittberger Pachulke die Wohnungstür. Die Diele war klein und penibel aufgeräumt. Die Reproduktion einer erotischen Freske aus Pompeji und ein großer Tonkrug neben der Tür schmückten den kleinen Raum. Als Pachulke Eleonore Rittberger bis in ihr Wohnzimmer gedrängelt hatte, gab er ihr das Phantombild.

»Warum sind Sie nicht zur Polizei, obwohl Golden Delicious seit Wochen verschwunden ist?« Pachulke wollte ihr keine Pause lassen. »Wie heißt Golden Delicious wirklich? Hatte

Sie ein Zungenpiercing? Nu mal raus mit der Sprache, hopp, hopp.«

»Golden Delicious heißt Melanie Schneider«, sagte Eleonore Rittberger, »und sie hat ein Zungenpiercing. Nicht gemeldet habe ich mich, weil Golden mir gesagt hat, dass sie einer spannenden Sache auf der Spur ist und vielleicht einige Zeit ins Ausland muss deswegen. Ich habe das Phantombild in der Zeitung gesehen und mir ist das Herz stehen geblieben. Aber wenn ich die Phantomzeichnung hier sehe, bin ich mir gar nicht mehr sicher. Sehen Sie, das Kinn stimmt, aber die Augen sehen ganz anders aus. Ich hoffe, dass das ein grausamer Zufall ist.« Pachulke war durch das Wohnzimmer spaziert und stand jetzt vor einigen Fotos, die im Bücherregal standen. Alle zeigten die Frau, die jetzt vor ihm stand. Auf jedem der Bilder trug sie eine andere Maske. »Sie sind wohl publikumsscheu, was?«, fragte er sie.

»Nein, nicht ursprünglich jedenfalls. Mein Exmann ist nicht damit zurechtgekommen, dass ich mich von ihm habe scheiden lassen. Er hat mich beschattet, und als er herausgefunden hat, dass ich nicht mehr kellnern gehe, sondern etwas Besseres gefunden hatte, hat er mir eines Abends aufgelauert und Säure ins Gesicht gespritzt. Das muss ich mir nicht antun, jeden Tag angestarrt zu werden, weil mein Gesicht aussieht wie der Hals einer Schildkröte.« Ihre Stimme klang fremd und verzerrt hinter der Holzmaske. »Dadurch habe ich einen eigenen Stil entwickelt.«

»So?«, wollte Pachulke wissen. »Was ist denn die Spezialität von Gala?«

»Maskenbälle und Unterwäsche aus zwei Jahrhunderten. Spitzen, Rüschen, Seide. Und niemand faßt mich an, das ist ein wesentlicher Vorteil. Ein verhülltes Gesicht ist für einen Voyeur ein besonderer Kitzel.«

»Auch wenn er es nie zu sehen bekommt?«

»Gerade dann.«

»Wie gut kannten Sie Frau Schneider?«

»Sie hat schon bei Granny Smith gearbeitet, als ich dort angefangen habe. Und nach einiger Zeit wurde hier im Haus eine Wohnung frei. Da hat sie mich der Hausverwaltung empfohlen.«

»Und was machen Sie, wenn Sie nicht bei Granny Smith arbeiten?

»Ich studiere, aber noch nicht so lange.«

»Tragen Sie an der Universität auch eine venezianische Maske?«

»Das ist nicht nötig, ich mache ein Fernstudium.«

»Auch in Geschichte?«

»Nein, in Psychologie. Ich will später mit Frauen arbeiten, die Gewalterfahrungen erlitten haben.«

Pachulke schluckte. »Und das finanzieren Sie mit …«

»So ist es. Granny Smith hat sich in den letzten siebzig Jahren nie kopfscheu machen lassen, weder von alliierten Soldaten noch von westdeutschen Kegelvereinen auf Bumstour. Sie führt den Laden seit drei Generationen. Für mich gibt es keinen besseren Job im Moment. Wussten Sie, dass Daniela ihre Enkeltochter ist?«

Pachulke schüttelte den Kopf. Gerade drehte sich dort alles. »Daniela?«

»Ach so, Cocks Orange. Sie waren doch in der Novalisstraße, oder?«

»Allerdings, und Sie haben recht, Granny Smith ist eine bemerkenswerte Frau. Mit was hat sich Ihre Golden Delicious denn in ihrem Studium beschäftigt?«

»Mit Fotografie. Sie fotografiert selbst. Und im Nebenfach studiert sie Kunstgeschichte.«

»Können Sie das zeitlich eingrenzen?«

»Die sechziger Jahre des letzten Jahrhunderts. Fotografie als politisches Leitmedium.«

»Woran hat sie in der letzten Zeit gearbeitet.«

»An ihrer Magisterarbeit. Fotografien als historische Quelle: Zwischen Retusche und Rekonstruktion.«

»Und ihre Wohnung ist wo im Haus?«

»Dritte Etage, die Wohnung rechts neben dem Aufzug.«

»Ich muss da sofort hoch. Kann sein, dass ich oder meine Kollegen später noch ein paar Fragen an Sie haben. Hat Frau Schneider einmal einen Prometheus Praumann erwähnt?«

Eleonore Rittberger sah aus dem Fenster. Jemand manövrierte seinen vollbeladenen Einkaufswagen über die Straße. »Nicht namentlich, nur indirekt.«

»Indirekt?«

»Sie hatte einen Privatkunden, einen älteren Mann. Sie hat mir nicht gesagt, wie er heißt, weil es bei ihr mehr war als nur Arbeit.« Sie musterte Pachulke von oben bis unten. »Gehen Sie ins Bordell?«

»Ausschließlich für dienstliche Vernehmungen. Was war denn nun mit dem Freund oder Freier von Golden Delicious?«

»Er war für sie ein wichtiger Berater, wenn sie Fragen zu dieser Zeit hatte. Praumann war ja einer der Helden der Sechziger, wenn man den Nachrufen glauben darf.«

»Aus der Luft gegriffen ist das nicht«, sagte Pachulke.

»Einmal hat sie mir eine SMS geschrieben: *Heute ist alles perfekt gelaufen: Uni, Sex, Arbeit, PP etc.* Das war Ende März. Am nächsten Tag hat sie mir dann ihre neuen Ohrringe vorgeführt. Zum Ultimo kriegt sie immer ihren Kaufrappel.«

»Und was war an der SMS so besonders?«

»Das PP war groß geschrieben.«

»Und Sie glauben, das steht für Prometheus Praumann?«

»Sie hatte so einen Fimmel für kryptische Botschaften. Wir haben füreinander eingekauft, 4B waren bei ihr 4 Bananen. Wenn Sie mich jetzt nach Praumann fragen, kann ich nur sagen, dass sie ihn damit gemeint haben könnte.«

Wenn das mit dem Abkürzungsfimmel stimmte, dann hatten sich zwei gefunden. »Die SMS haben Sie zufällig nicht mehr?«

»Nein, das war ja schon Ende März.« Wieder sah Eleonore Rittberger aus dem Fenster. »Ich möchte jetzt gern eine Pause machen, wenn Sie nichts dagegen haben. Ich muss das erst mal verdauen, dass Sie mir dieses Phantombild mitgebracht haben. Es war schön, jemand zu haben, der sich für den gleichen Weg entschieden hat. Das gleiche Versteckspiel. Die Entscheidung, ohne Partner zu leben. Jetzt habe ich den Tod von Golden quasi schon schwarz auf weiß.«

»Ich verstehe, aber eine Frage müssen Sie mir noch beantworten. Hat Frau Schneider bei Ihnen etwas hinterlegt, einen Gegenstand, ein Foto zum Beispiel, ihre Tagebücher, falls sie welche hatte, oder Unterlagen aus ihrem Studium?«

»Nein, nichts, sie war erst am Anfang der Arbeit.«

»Wirklich nicht? Wenn Sie etwas haben, sei es auch noch so unwichtig, könnten Sie das nächste Mordopfer sein. Nach Prometheus Praumann ist seine Ärztin ermordet worden. Die beiden kannten sich schon vor vierzig Jahren.«

»Nein, wirklich nicht.«

»Ich will jetzt nach oben. Haben Sie einen Schlüssel?«

»Den kann ich Ihnen geben.« Sie ging zu einem eleganten Sideboard aus hellem Holz und öffnete eine Schublade.

Als Pachulke die Wohnung verlassen wollte, stieß er mit dem Fuß gegen den Tonkrug. Der kippte um und schlug gegen den Türstock. Ein gerolltes Stück Papier fiel auf den Teppichboden. »Was ist das?«, knurrte Pachulke. Er starrte auf die kleine weiße Rolle. »Was ist das?«, schrie er. »Ist das ein Geheimversteck für Sie und Golden Delicious? Wollen Sie mich für dumm verkaufen?«

»Nein, das ist ein Bild von mir, als ich noch schön war. Vor dem Säureanschlag.« Pachulke entrollte das Foto und starrte auf die Frau hinter der venezianischen Maske, die ihm auf Armeslänge gegenüberstand und zurückstarrte. Dann ließ er das Bild in sich zusammenschnurren und legte es zurück in den Krug.

Als er die Wohnung von Golden Delicious betrat, stutzte er. Jemand hatte sich dort zu schaffen gemacht, sehr diskret, aber für Pachulkes geübte Augen unübersehbar. Die Post, die auf dem Boden lag, war künstlich durcheinander gebracht worden.

Ein Chaostheoretiker hatte ihm einmal erklärt, warum Menschen es nicht schaffen, eine Gruppe von Gegenständen künstlich unordentlich aussehen zu lassen. Pachulke genügte, wenn er so etwas sah. Nach einem kurzen Überblick gab es keinen Zweifel: Die Wohnung war durchsucht worden. Es gab keine Spuren von Verwüstung, nur kleine Anzeichen einer fremden Hand, die den privaten Dingen von Golden Delicious einen anderen Ort zugewiesen hatte. Pachulke erschauderte. Bei Canisius im Haus hatten sie die gleiche Vorgehensweise gefunden. Je mehr sie über den Mörder wussten, und Pachulke war sich sicher, dass er hier gewesen war, desto mehr war sein systematisches Vorgehen zu spüren.

Im Treppenhaus rief er Löffelholz an. Das mit dem Krug tat ihm nicht leid, er musste das tun. Eigentlich hätte er sie zwingen müssen, ihre Maske auszuziehen. Sie hätte sonstwer sein können. Er war nicht dazu da, gemocht zu werden. Wieder in ihrem Wohnzimmer angekommen, sagte Pachulke: »Jemand hat die Wohnung von Frau Schneider durchsucht. Sehr wahrscheinlich war es der Mörder von Prometheus Praumann. Waren Sie in der letzten Zeit mal verreist?«

»Ich war Anfang Mai ein paar Tage bei meinen Eltern. Mein Bruder hat geheiratet.«

»Und Ihre Maske haben Sie auch auf der Hochzeit getragen?«

Sie nickte.

»Wahrscheinlich haben Sie Glück gehabt, dass Sie nicht hier waren. Sagen Sie mal, was erzählen Sie eigentlich Ihren Eltern?«

»Dass ich in einer Agentur für Eventmarketing arbeite.«

»Und zu besonderen Anlässen Marie Antoinette und Effie Briest darstellen?«

»Gehört das auch zu Ihren Ermittlungen?«

»Ich versuche, mich in das Doppelleben Ihrer Kollegin hineinzudenken. So etwas macht angreifbar. Das wäre ein Grund, um zu verschwinden.«

»Sie glauben, dass sie noch lebt?«

»Ich glaube nichts. Wir suchen nach Anhaltspunkten. Zu diesem Zweck werden in ein paar Stunden einige meiner Kollegen hier auflaufen und Spuren in der Wohnung von Golden Delicious sichern. Vermutlich werden sie auch einiges mitnehmen. Kann sein, dass die auch hier mal einen Blick reinwerfen, aber sie werden sich manierlich benehmen. Es wäre mir lieb, wenn Sie die nächsten Tage nicht hier wohnen. Packen Sie ein paar Sachen, und suchen Sie sich einen vertrauenswürdigen Menschen, bei dem wir Sie erreichen können. Gibt es so jemand in Ihrem Leben?«

Eleonore Rittberger hob die Schultern. »Bin ich in Gefahr?«

»Kann sein.«

»Es gibt jemand. Es ist ein ehemaliger Großwildjäger. Betreibt den alten britischen Golfplatz in Gatow und hat da ein paar Ferienhäuser gebaut.«

»Ist das auch einer Ihrer Kunden?«

»Das würde ich Ihnen niemals sagen, selbst wenn es so wäre. Er war viele Jahre mit der Armee in Afrika. Und er ist nicht allein. Einige Offiziere, die hier stationiert waren, sind dabei. Vier Männer sollten eine Frau beschützen können: Bungalow Bill, Major An, Colonel Curry und …«

»Woher kennen Sie einen ehemaligen Großwildjäger?«, unterbrach sie Pachulke. Hatte die junge Frau auch Tigerfell in ihrem Programm?

Eleonore Rittberger lächelte müde. »Für Sie muss wohl alles seine Ordnung haben, was? Ich fahre durch die Gegend und sehe mir Hochzeiten an. Aus der Ferne. Ich versuche zu verstehen, was die Brautleute aneinander bindet. Sehr oft sehe ich Menschen, die sich nicht ausstehen können oder sich nichts zu sagen haben. Sie geben sich das Jawort und sind vom ersten Tag an einsam miteinander. Mr. Bill hat mich eines Tages in einer Kirche angesprochen. Er schreibt ein Buch über die Stadt in der Zeit der Alliierten.«

Eine Voyeurin, die für Voyeure arbeitet, dachte Pachulke. Laut sagte er: »Sie warten, bis die Kollegen da waren. Und wenn

Sie weggehen, nehmen Sie das mit und alles andere, was auf Ihre neue Unterkunft hinweist.« Er zeigte auf eine kleine Werbebroschüre: *The Gatow Golf Course. Bungalow Bill – Cottages and Summer Houses.* »Sie scheinen gar keine Angst zu haben.« Er spazierte möglichst unauffällig zu dem Regal, in dem die Fotos von ihr standen, aber sie verfolgte jede seiner Bewegungen.

»Doch, wahrscheinlich schon. Wahrscheinlich habe ich es noch nicht begriffen. Haben Sie den Krug mit Absicht umgeschmissen eben?«

»Nein, das war Zufall. Kein Zufall ist, dass Sie ihre Maske nicht ablegen müssen. Ich glaube Ihnen, verstehen Sie, obwohl das nicht besonders professionell ist.«

»Ich weiß das zu schätzen. Welches der Bilder gefällt Ihnen am besten? Das mit den halterlosen Strümpfen? Sie sind alle von Golden. Wenn wir etwas mehr Zeit hätten, würde ich Ihnen die zeigen, die bei mir im Schlafzimmer hängen. Wenn sogar der Inhalt des Kruges vor Ihrer professionellen Neugier nicht sicher ist.«

Pachulke zählte die Minuten, bis Löffelholz eintraf.

Eleonore Rittberger sagte: »Haben Sie sich schon einmal die Frage gestellt, warum Sie sich eher eine tote nackte Frau ansehen als eine, die lebendig ist? Die Ihre Blicke auf ihrem Körper spüren kann?«

Endlich – es läutete an der Tür. »Beeilen Sie sich«, sagte Eleonore Rittberger. »Da läutet Ihr Retter.« Pachulke stellte Löffelholz die atemberaubende Frau Rittberger vor. Sollte er zusehen, wie er mit ihr zurechtkam. Auf dem Parkplatz fing er mit der flachen Hand eine Schneeflocke auf, die gerade heruntertrudelte, dann ging er nach Hause.

ST Kapitel 11

Zabriskie stieg am Hauptfriedhof aus dem Bus. Um zehn wurde Prometheus Praumann beerdigt, und sie sollte unauffällig Trauergäste beobachten. Der Hauptfriedhof lag mitten im Grunewald. Früher war hier einmal der Selbstmörderfriedhof gewesen, nicht weit von einer Stelle an der Havel, wo viele Menschen ins Wasser gegangen waren. Für Selbstmörder gab es lange Zeit keine letzte Ruhestätte auf den Friedhöfen der verschiedenen Glaubensgemeinschaften. Sie wurden exterritorial beerdigt, ohne Sakramente. Heute war dieser ungeweihte Flecken Erde der größte Friedhof der Stadt. Die meisten Menschen gehörten keiner Religion mehr an und immer mehr dachten rechtzeitig daran, ihre letzte Feierstunde ohne religiösen Würdenträger zu organisieren. Prometheus Praumann bildete da keine Ausnahme.

Die Trauerhalle war bis auf den letzten Platz gefüllt. Zabriskie erblickte eine Wand von Wintermänteln, einige mit Pelz, auch einen Parka nahm sie flüchtig wahr, aber keinen Pachulke. Sie stellte sich neben ein Plastikgestell mit Broschüren, die für eine säkulare Beerdigung warben, und schickte Pachulke eine SMS. Kurz darauf kam die Antwort. *Vierte Reihe ganz links.* Prima, dachte Zabriskie, das war am entgegengesetzten Ende der Halle. Vorne stand ein Trauerredner und fasste das vergangene Leben in wohlwollenden Worten zusammen. »Es war auch in einem Juni, als der Mann, von dem wir heute Abschied nehmen wollen, seinen entscheidenden Beitrag zur Schlacht ums Tegeler Vlies leistete. Er hatte nicht die genialische Begabung seines engen Weggefährten Richard Dubinski, aber die maßte er sich auch nicht an. Seine Aufgaben hat er zuverlässig ausgeführt. Als die Revolution gesiegt hatte, widmete er sein Leben der Erinnerung an diese aufregende Zeit.«

Und hat sich dumm und dusselig damit verdient. Zabriskie hatte bisher noch keinen Verdächtigen gesehen. Die meisten Besucher waren so alt wie Praumann. Aber auch einige Jüngere waren da. Turnschuhe und Halbschuhe, Lippenstift und Lippenpiercing. Die einen wollten den Abgang einer Zeit erleben, die ihr eigenes Leben immer noch bestimmte. Einige machten sich Notizen, vermutlich Geschichtsstudenten. Die anderen dachten daran, wann sie Praumanns Stelle einnehmen würden.

Zabriskie fror, die Knie taten ihr weh. Sie wollte hier weg. Warum hatte sie sich breitschlagen lassen. Es war Schwachsinn, hier zu sein. Noch nie hatte sie einen Mörder in einer Trauerhalle festgenommen. Sie räumte einen Stapel Broschüren auf den Boden und setzte sich auf den frei gewordenen Stuhl.

Jetzt kam auch noch ein Lied. Der Organist pumpte mit dem Fuß, damit der Balg Luft bekam, das Harmonium gab einen traurigen Akkord von sich, dann ging es los: »Lass mich dich hinunterführen … Nichts ist wirklich … Nichts, worüber du dich ärgern musst …« Die Trauergemeinde brachte den Mund nicht richtig auf und brummelte und radebrechte den Text mit, so gut sie konnte. Der letzte Ton verschwebte. Zabriskie fühlte sich getröstet, aber sie wusste nicht, ob es an dem Lied lag oder daran, dass keiner mehr sang. Die Halle war alles andere als tröstlich. Eine Garage mit sechs Meter hohen Mauern, dafür ohne Heizung. Die Atheisten konnten von den älteren Unternehmen noch gewaltig was lernen, wenn es darum ging, sich zu präsentieren. Der Trauerredner sprach und sprach, es war offenbar sehr viel passiert in Praumanns Leben, oder der Redner wurde nach Minuten bezahlt. Zabriskie fror und besah sich die Trauergäste auf ihre Mörderwahrscheinlichkeit. Schräg vor ihr stand eine Frau in einer Stola aus Leopardenfellimitat und der dazu passenden Mütze. Sie bohrte hingebungsvoll in der Nase und schnickte ihre Fundstücke mit einer präzisen Bewegung in Richtung der Trauergäste, die vor ihr standen. Die würde ich gern eines Mordes überführen, dachte Zabriskie. Oder wenigstens zu 800 Stunden gemeinnütziger Arbeit verurteilen. Links neben ihr stand ein junges Paar. Das Mädchen hatte kurze braune Haare und eine Stupsnase. Ihr Stift huschte über das Papier, mit der anderen Hand presste sie das Clipboard fest gegen ihren Bauch. Vermutlich war sie aus einem historischen Proseminar. Ihren Begleiter interessierte sich für Praumann nicht die Bohne, er war ihr zuliebe mitgekommen. Etwas weiter im Pulk der Zuschauer lehnte an einer Säule ein Mann in einem Parka. Er hatte die Kapuze über den Kopf gestülpt, viele Männer trugen eine Wollmütze oder ein Käppi. Zabriskie dachte an das Standbild aus der Überwachungskamera. Die Wahrscheinlichkeit, dass Pachulke mit dem was er tat, richtig lag, war groß genug, um es zu riskieren. Sie pirschte sich an den Mann heran. Als sie sich an der Leopardenfrau vorbeischob, ließ diese schnell den Zeigefinger in ihrem Muff verschwinden. Der Mann im Parka war jetzt noch drei Reihen vor Zabriskie. In diesem Moment schulterten die Sargträger die helle Holzkiste und verließen die Halle. Der Redner lief vorneweg, er wollte am offenen Grab sicher noch ein paar Worte sprechen. Die Trauergäste strömten aus der Halle wie Badewasser aus der Wanne, wenn man den Stöpsel gezogen hatte. Der Parka verschwand hinter der Säule. Zabriskie wurde angerempelt, und so verließ sie fast als Letzte das Gebäude. Sie wollte nicht rennen, um ihre Zielperson nicht aufzuscheuchen. Mit langen Schritten lief sie an dem Trauerzug entlang. Vergeblich. Der Parka war weg. Sie wartete, bis Pachulke bei ihr war.

»Was ist los?«, fragte er.

»Da war ein Kerl in einem Parka, der sah aus wie der auf dem Kamerastandbild.«

»Es gibt Hunderte von Parkas.«

»Aber nicht auf dieser Trauerfeier, sieh dich um.«

Pachulke warf einen Blick in die Runde. »Das Goldene Zeitalter des Parkas ist vorüber, da hast du recht. Trotzdem halte ich es für unwahrscheinlich, dass der Mörder hierherkommt.«

»Und warum sind wir dann hier? Warum muss ich fast zwei Stunden durch die Stadt gondeln, um mir hier den Arsch abzufrieren, wenn das unwahrscheinlich ist?« Zabriskie sprach so laut, dass sich einige Trauergäste umdrehten und unwillig den Kopf schüttelten.

»Wir wollen uns in die Gedankenwelt des Toten hineinversetzen.«

»Indem wir uns hübsche Studentinnen ansehen?«

»Hast du die vier alten Männer vorne ganz rechts gesehen?«

»Hab ich. Die sind auch bald fällig, habe ich den Eindruck.«

»Das sind frühere Journalisten vom *Morgenspiegelkurier,* die in der Zeit der Revolution gegen Praumann geschrieben haben.«

»Die feixen sich jetzt einen«, sagte Zabriskie.

»Das glaube ich nicht. Die erweisen ihrem Gegner die letzte Ehre.«

»Ehre ist wirklich das Letzte, was ich Praumann erweisen möchte«, knurrte Zabriskie.

Der Trauerzug hatte das Grab erreicht. Es gab einen Stein aus unbehauenem Granit, in dem der Name und die Lebensdaten Praumanns eingemeißelt waren. Die Trauergemeinde formierte sich zum Halbkreis. »Frag die vier wenigstens nach der Wohnanschrift der Viererbande«, sagte Zabriskie, ehe es still wurde. »Dann können wir die anderen Mitglieder über die alten Meldeunterlagen ausfindig machen.«

Pachulke nickte. »Siehst du, deswegen bin ich froh, dass ich dich dabeihabe.«

Reingefallen und selbst überführt, dachte Zabriskie. Hier am offenen Grab war es noch kälter. Seit einigen Tagen sank die Temperatur. Und es schneite wieder mehr.

Vier weißhaarige Herren standen neben dem Grab und unterhielten sich gestenreich, als Pachulke seine Aufwartung machte. Sie wollten nicht aufhören, über den Verstorbenen zu reden. Kein Wunder, die Revolution war die beste Zeit ihres Lebens gewesen. Wild und gefährlich war alles gewesen damals. Und besonders gefährlich war Prometheus Praumann gewesen.

»Ein politisches Naturtalent.«

»Ein unglaublich geschickter Demagoge.«

»Ein Mann, der um seine Wirkung bei den Frauen wusste und das hemmungslos eingesetzt hat.«

Pachulke wurde klar, dass er hier einige der Autoren vor sich hatte, die die Nachrufe der letzten Tage auf Praumann verfasst hatten. Aber auf die Frage, wer noch zur Viererbande gehört hatte, fiel keinem etwas Genaues ein.

»Einer war Musiker, kam dann später ins Gefängnis wegen einer Drogengeschichte«, hieß es. »Und eine richtig scharfe Braut war dabei«, ergänzte ein anderer.

»Praumanns Freundin?«

Sie zögerten. »Nein, diese Frau war wohl mit jemand anderem zusammen. Die hätte niemals eine unter vielen sein können. Die war der Typ ganz oder gar nicht.«

»Mit dem Musiker also?«

»Kann sein, oder mit jemand, der nicht da gewohnt hat. War ein stetes Kommen und Gehen in dieser Bude. Wie lange wollen Sie dem Mörder eigentlich noch Zeit lassen, Herr Kommissar? Der murkst ja in aller Seelenruhe einen nach dem anderen ab.«

Pachulke kehrte zu Zabriskie zurück. »Pestalozzistraße 57 a«, sagte er. »Eine schöne Aufgabe für Bördensen, wenn er in der Stabi fertig ist«, erwiderte diese.

Wegen Promi war er nun wirklich nicht hier. Der Mörder von Prometheus Praumann und Marie-Johanna Canisius ließ das frische Grab nicht aus den Augen. Dass jemand, der zu Lebzeiten so viel geredet hatte, jetzt so stumm war, amüsierte ihn. Eben das, in dieser schauerlichen Halle, war knapp gewesen. Wenn die Zeremonie nicht in diesem Moment zu Ende gewesen wäre, hätte ihn die kleine Schwarzhaarige vermutlich angesprochen. Vielleicht war er der Einzige, der in dieser Stadt noch einen Parka besaß. Der Alte war gefährlich. Hier konnte er ihn mal aus der Nähe betrachten. Umsonst und draußen. Nein, wegen Promi war er bestimmt nicht hier. Sentimentalitäten konnte er nicht ausstehen. Misserfolge allerdings auch nicht. Auch der zweite Versuch, die Dinge in seinem Sinn zu regeln, war erfolglos gewesen. Und wieder war er leer ausgegangen. Es musste doch … JoJo hatte lauter geschrien als Pro-mi. Hieß das, der Tod hatte ihr größere Schmerzen bereitet als ihm? Wahrscheinlich hatte Promi ein schlechtes Gewissen gehabt. Logisch, kleinlaut. Keine Lust mehr, das länger anzusehen. Er hatte das getan, was zu tun war, mehr nicht. Dafür gab es weder Lob noch Tadel. Er lief einen schmalen Weg entlang. Die Jahreszahlen und Grabinschriften sausten links und rechts vorbei. *Unvergessen, Hier ruht in Frieden, geborene, verwitwete, Familie.* Erinnerung, wohin man sah. Weil der Mensch eine vergessliche Gattung war.

»Vorsichtig bitte, Sie müssen vorsichtig sein.« Der Museumsdirektor drängelte sich zwischen die Vitrine mit dem Vlies und die Möbelpacker.

»Herr Professor Irkutsk, Herr Professor Irkutsk, bitte regen Sie sich nicht auf.« Der Regierende Bürgermeister Und Geliebte Bausenator sprang aufgeregt hin und her. Einmal hatte er den Direktor des Museums schon am Ärmel gezogen, aber dieser hatte ihn abgeschüttelt wie einen Käfer, der sich beim Picknick in den Hemdkragen verirrt hat. »Mischen Sie sich bitte nicht ein, verehrter Herr Regierender Bürgermeister Und Geliebter Bausenator. Das Hausrecht hier habe ich.«

»Und ich habe das Wegerecht. Ohne mich geht hier nichts. Keine Prozession, kein Tegeler Vlies unter freiem Himmel, gar nichts.«

Die Möbelpacker sahen den Männern in den grauen Anzügen eine Weile zu. Schließlich schnippte der eine mit dem Finger.

»Was ist denn, Herr Knihfel?«, sagte der Museumsdirektor. »Müssen Sie mal raus?«

»Nein, Herr Professor. Et is nur so.« Herr Knihfel wollte sich am Ohr kratzen, was aber nicht gelang, weil er riesige Packerhandschuhe trug. »Det mittelständischee Transportunternehmen Ihfel & Knihfel hat sich in mehr als drei Jahrzehnten als sachkundiger Spediteur für Museumsgut international einen Namen gemacht. Könnten wir dieses Vlies bitte einfach einpacken, so wie wir det seit Jahr und Tag schon immer im Juni machen? Wir nehmen das Fell mit zu uns in die Werkstatt. Dort wird es befeuchtet, belüftet und schonend aufgespannt. Dann kommt es in den eigens angefertigten Rahmen, der sich unablässig um die eigene Achse dreht. Sie können das Vlies in aller Ruhe vom Schöneberger Rathaus hierherschleppen, und am 27. Juni in aller Frühe schnallen wir das gute Stück wieder ab und legen es hier in die Vitrine zurück.«

»Aber warum packen Sie das Vlies nicht hier in den Rahmen? Warum müssen wir es überhaupt außer Haus geben?«, fragte Professor Irkutsk.

»Weil das Fell einmal im Jahr belüftet und gekämmt werden muss. Es wird auch desinfiziert. Wenn wir das hier machen würden, müssten Sie diesen Raum so lange zusperren. Wenn Ihnen das egal ist, rücken wir natürlich auch mit allem Drum und Dran an.«

Museumsdirektor Irkutsk streichelte über die Vitrine, in der das Vlies lag. »Also gut, meine Herren. Aber das Vlies muss schonend gekämmt werden.«

»Ganz besonders schonend«, sagte der Regierende Bürgermeister Und Geliebte Bausenator. Er wollte auch mal was sagen.

»Wir haben jetzt ganz neue Wollbürsten mit flauschomorphen Weichzinken, dem Fell wird nicht ein Haar gekrümmt«, sagte der andere Möbelpacker.

»Ach, Herr Ihfel, da fällt mir ein Stein vom Herzen, wenn ich Sie das sagen höre.« Der Museumsdirektor trat einen Schritt zu Seite. Auf diesen Moment hatten die Möbelpacker gewartet. Schon trugen sie das Vlies mitsamt seiner Vitrine zum Lastenaufzug.

»Wo ist Grawert?«, fragte der Museumsdirektor den Wärter in dem Raum, durch den das Vlies nun getragen wurde. Er eilte den Packern hinterher, um den Aufzug aufzusperren. »Der sucht gerade eine Wohnung, Herr Direktor«, sagte der Mann in Uniform. Als sein Chef den Kopf schüttelte, setzte er hinzu: »Hat er aber mit der Personalstelle so abgesprochen.« Die kleine Karawane hatte den Aufzug erreicht. Der Regierende Bürgermeister Und Geliebte Bausenator war gleich mitgekommen. Professor Neander Irkutsk blickte auf den Aufzug. »Wo muss ich denn da jetzt wohl gleich drücken?«, fragte er.

»Da wo *Drücken* steht«, sagte Herr Ihfel.

»Wie wahr, wie wahr«, sagte der Museumsdirektor. Der Aufzug kam, der Direktor schloss auf, die Packer trugen das Vlies hinein. Der Museumsdirektor sah ihm wehmütig hinterher. Der Fahrstuhl fuhr nach unten. »Det sind die Tage, für die ich diesen Job aus vollem Herzen liebe«, sagte Knihfel und schüttelte den Kopf. »Ich komme mir vor wie in 'ner Endlosschleife von 'nem Horrorfilm.«

»Aber versteh ihn doch, es gibt eben nur dieses eine Vlies«, erwiderte Ihfel. »Das wäre doch schrecklich, wenn es nicht mehr da wäre. Bei mir kommt dieses Jahr sogar die Verwandtschaft aus dem Sauerland, weil's der vierzigste Jahrestag ist.«

»Da ist noch etwas, was ich mit Ihnen besprechen muss«, sagte der Regierende Bürgermeister Und Geliebte Bausenator, als er und Professor Irkutsk dem Tegeler Vlies hinterhersahen.

»Sehr gern. Wollen wir zusammen eine Tasse Kaffee im Museumsrestaurant trinken?«

Sie spazierten die Freitreppe nach unten und grüßten unablässig Menschen, die nach oben liefen. In der Cafeteria fanden sie einen freien Platz.

»Die Sache ist die«, sagte der Regierende Bürgermeister Und Geliebte Bausenator, als er sich zum ersten Mal den Mund verbrüht hatte. »Wir haben wie jedes Jahr dazu aufgerufen, dass jeder der 23 Bezirke einen Richard auswählt, die gemeinsam den Rahmen mit dem Vlies tragen.«

»Genau. Ist das ein Problem?«, fragte der Museumsdirektor. Er zog die Tasse zu sich heran und trank den nächsten Schluck.

»Wir haben in Tempelhof keinen Richard gefunden, jedenfalls keinen passenden. Überhaupt, es wird jedes Jahr schwieriger. In Kreuzberg mussten wir auf den zweiten Namen ausweichen. Es ist, wie soll ich sagen …« Der Regierende Bürgermeister Und Geliebte Bausenator senkte die Stimme. »Es ist ein etwas altmodisch klingender Name. Und seit die Richardprämie gestrichen wurde …«

»Historisch ist etwas anderes als altmodisch«, erwiderte Professor Irkutsk kühl.

Der Regierende Bürgermeister Und Geliebte Bausenator holte sich die Tasse zurück. Ein zweites Mal verbrannte er sich den Mund. »Bitte verstehen Sie mich nicht falsch, Richard ist ein wunderbarer Name. Ein zeitloser Name, einer für die Ewigkeit.«

»Wie heißen Ihre Kinder denn?«, fragte Professor Irkutsk.

»Kevin und Jennifer-Estelle. Warum fragen Sie?«

»Weil Sie sagen, Richard sei ein schöner Name. Auch Ricarda ist ein sehr schöner Name.«

»Wie heißen Ihre Kinder denn?«

»Wir haben Drillinge«, sagte Museumsdirektor Irkutsk. Sie heißen Richard I., Richard II., Richard III.«

»Verstehe, ist auch sehr hübsch. Aber wegen der 23 Richards … Könnte man da nicht an eine Lockerung der Kriterien denken? Im nächsten Jahr. Dann könnten auch Kinder aus Familien mit Migrationshintergrund das Vlies tragen.«

»Die könnten ihre Kinder ja ohne Weiteres Richard nennen. Werden schon ihre Gründe haben, warum die Söhne alle Maik und die Mädchen alle Ramona heißen. Die sind mental noch nicht angekommen hier bei uns. Und wollen es wahrscheinlich auch nicht.« Museumsdirektor Irkutsk zog die Kaffeetasse zu sich heran und rührte zweimal um. »Wird denn diese riesige Baustelle am Lützowplatz rechtzeitig geschlossen? Sie wissen, dass sie auf der Route der Prozession liegt.«

»Tja, die Teergießer haben gerade eine eigene Gewerkschaft gegründet und verlangen mehr Lohn.« Der Regierende Bürgermeister Und Geliebte Bausenator wollte einen Schluck Kaffee nehmen, aber die Tasse war leer. »Sie wollen zusätzlich zu dem Apfel ein ganzes Ei.«

»Ein ganzes Ei! Die werden immer dreister diese Brüder. Aber die hatten doch gerade erst eine eigene Gewerkschaft gegründet.«

»Nein, das waren die Teerwerker. Davon haben sich die Teergießer abgespalten, jetzt gibt es Teergießer und Teerwalzer.«

»Verstehe, das klingt kompliziert.«

Der Regierende Bürgermeister Und Geliebte Bausenator nickte kurz und schnell. »Ist es auch. Aber wir dachten an eine Behelfsbrücke.«

»Sie wollen eine halbe Million Menschen über eine Behelfsbrücke laufen lassen, darunter so illustre Gäste wie den Weißen Riesen, die Grüne Minna und den Roten Dany? Sie haben Nerven. Sagen Sie lieber gleich, wenn Sie es nicht hinkriegen, dann suchen wir eine andere Route aus.«

»Das ist eine sehr solide Pontonbrücke aus Armeebeständen. Was glauben Sie, wie viele Millionen Flüchtlinge da schon rübergemacht haben. Wenn wir den Leuten sagen, wir werden bei ihnen die Demokratie aufbauen, fragen sie uns als Erstes, ob wir eine Pontonbrücke dabeihaben, und zeigen uns den nächstgelegenen Grenzfluss. Land für Land steht diese Brücke für einen beispiellosen Prozess der Vertrauensbildung.«

»Nun gut, es ist Ihr Kopf, der rollt, wenn das Vlies am Lützowplatz in die Baugrube fällt. Ich sage dann höchstens hoppla.«

Im Keller des Polizeipräsidiums fand Pachulke einen einsamen Dorfner vor. »Löffelholz klaubt sich durch die Sachen von dieser Edelnutte aus Heiligensee, Bördensen ist in der Stabi.«

»Gibt es etwas Neues?«

»Nun, ich werde langsam zum Experten auf dem Gebiet durchgeknallter weltanschaulicher Propagandaliteratur.

Schauen Sie sich das mal an. *Zur Kritik der Gewalt.* Kritik, dass ich nicht lache, eine einzige Verherrlichung von Gewalt ist das. Ich sollte zum Verfassungsschutz wechseln, die lesen so einen Quatsch den ganzen Tag. Kein Wunder, dass sie dort alle paranoid sind. Wer kriegt diesen Kram jetzt?«

»Ich habe keine Ahnung. Hoffentlich müssen wir das nicht in unsere Asservatenkammer packen.«

Pachulke betrachtete einen Sarg aus zerbeultem Holz. Einer der Aktivisten war ihm bei einem der zahllosen Happenings entstiegen. Zabriskie hatte Pachulke die Fotos gezeigt. Irgendwie erinnerte ihn dieser Sarg an Nosferatu. Ein Untoter, den man längst vergessen hat und der Tod und Verderben unter die Leute bringt. »Ist Löffelholz im Haus?«

»In seinem Büro.« Dorfner deutete mit dem Daumen hinter sich.

»Wie viel ist es denn noch?«

»Ich denke, dass ich morgen Abend damit fertig bin.«

Pachulke ging ein Häuschen weiter, ins Labor der Spurensicherung.

Löffelholz hatte die Fingerkuppen aneinandergelegt und sah Pachulke darüber hinweg an. »Die Festplatte von Melanie Schneiders Computer wurde ausgebaut, und es fehlen die Ordner, die mit ihrem Geschichtsstudium zu tun hatten.«

»Also war er da?«

»Und er hat präzise Arbeit geleistet.«

Löffelholz reichte Pachulke einen Aktenordner von seinem Tisch. Eine elegante Handschrift: *Für ein langes Leben.* »Das hier sind ihre medizinischen Unterlagen. Krebsvorsorge, Impfpass und solche Sachen.«

»Hinweise auf die Praxis Canisius?« Pachulke blätterte in dem Ordner herum.

»Nein. Aber die Sachen, die hier zu finden sind, laufen alle über ihren echten Namen. Nur bei Canisius war sie Barzahlerin mit Pseudonym.«

Pachulke löste den Haltebügel und holte einen Beleg heraus. »Und das hier ist eine Zahnarztrechnung«, sagte er und wedelte mit einem Durchschlag.

Löffelholz betrachtete das Blatt. »Eine Postleitzahl in Heiligensee, das muss bei ihr um die Ecke gewesen sein.« Er griff zum Telefon. Pachulke konnte hören, wie am anderen Ende der Anrufbeantworter ansprang. Löffelholz schüttelte den Kopf. »Sind im Urlaub und ab Montag wieder da.« Die beiden Männer sahen sich an.

»Wir kriegen niemals einen Durchsuchungsbefehl auf diesen vagen Verdacht hin. Da müsste der Herr Doktor schon ein paar Frauenleichen im Keller haben«, sagte Pachulke. Er legte den Beleg zurück in den Ordner.

»Dann müssen wir eben warten«, sagte Löffelholz.

»Ich gehe davon aus, dass es sich bei *Leiche, weiblich* um Melanie Schneider handelt. Wo soll die Frau denn sein, wenn sie nicht tot ist? Seit sechs Wochen hat sie keiner mehr gesehen.« Pachulke notierte die Adresse des Arztes.

»Aber die Auskünfte zum Phantombild waren nicht eindeutig.«

»Die wollten es alle nicht wahrhaben, dass sie tot ist. Du wirst sehen, wenn wir den Schädel anhand der Zahnarztunterlagen rekonstruieren, wird er genauso aussehen wie das Bild, das Radulescu gemacht hat. Aber wir müssen trotzdem nicht warten.« Pachulke zeigte auf die beiden Plastikkisten aus Melanie Schneiders Wohnung, die hinter Löffelholz auf dem Boden standen. »Wir wollen den Mörder finden. Und das, was er gesucht hat.«

»Du meinst, es ist hier?«, fragte Löffelholz.

»Oder im Wasser.«

Nach dem Mittagessen ging Pachulke nach draußen, um frische Luft zu schnappen. Als er sich der Ecke näherte, fing der Info Short wieder an zu rufen: »Tempelhofer Damm 1 bis 12, Tempelhofer Damm 1 bis 12.« Pachulke nickte ihm zu. Auch der weibliche Info Medium in Blau war nicht zu überhören. Es war ärgerlich, dass der Zahnarzt von Melanie Schneider nicht da war. Aber sie führten die Ermittlungen so, als wäre Golden Delicious die unbekannte *Leiche, weiblich.* Sie wussten bereits, dass sie als Melanie Schneider vor drei Jahren in die Stadt gekommen war. Ihre Eltern lebten in Luckenwalde. Aber die konnte man nicht anrufen und ihnen sagen, dass eine Wasserleiche wahrscheinlich ihre Tochter war.

Er nickte dem Info Large zu, der wieder die Baukosten ausrief. Dann kam der Info Grande: »Manfred-von-Ri …« Mitten im Satz fasste sich der Info Grande an den Hals. Sein Kopf wurde schwarz, und aus seinen Ohren trat fettiger Qualm.

»Burn-out!«, brüllte der Info Large neben ihm und versuchte, seinen brennenden Kollegen zu löschen. Er zückte eine Wasserflasche und leerte den Inhalt über dem Kopf des Mannes aus, dessen Augen aus den Höhlen quollen. Es stank nach verbranntem Fleisch.

Auch Pachulke war hinzugestürzt, und beide versuchten, den Info zum nächstgelegenen Brunnen zu schleifen. Die Ziehbrunnen standen in der ganzen Stadt, um bei einem Burn-out Erste Hilfe leisten zu können. Aber es war zu spät. Das Gesicht des Info Grande schwoll an, die Zunge trat schwarz zwischen den Lippen hervor, dann platzten die Augen. Kleine Flammen züngelten daraus und aus den Ohren hervor. Die Hitze verteilte sich über den ganzen Körper, es rauchte aus den Schuhen und Ärmeln. Die Leiche backte von innen heraus, sie wurde größer und größer. Es gab eine Stichflamme, und der Brustkorb barst. Durch die Wucht wurde der Rumpf nach oben gehoben, dann brannte der Mann, der als Info Large gearbeitet hatte, lichterloh. Ein loderndes Bündel mit Armen und Beinen. Auf der anderen Straßenseite standen Schaulustige, die die Hand vor den Mund schlugen und kein Auge von dem Toten nehmen konnten.

Der Info Large sah Pachulke an. »Drei Jahre stehen wir hier schon zusammen, Tag und Nacht. Er war müde, er hätte dringend eine Woche Urlaub gebraucht. Oder wenigstens eine neue Jacke.« Er zeigte auf die Jacke aus rotem Cashmyl, die in den lodernden Flammen zusammenschmolz, bis sie flüssig wurde und auf den Bürgersteig tropfte. Der Info Large wollte zu dem Ziehbrunnen gehen und seine Wasserflasche auffüllen, aber Pachulke schüttelte nur den Kopf. »Sie kommen nicht nahe genug ran. Die Hitze ist zu groß.«

In der Ferne erklang eine Sirene. »Die Feuerwehr wird gleich hier sein«, sagte Pachulke und legte dem Info Large den Arm auf die Schulter. »Es tut mir sehr leid. Ich mache meinen Spaziergang auch deshalb, um Ihnen immer wieder ›Guten Tag‹ zu sagen. Ich weiß nicht mal, wie er heißt.«

Der Info Large nickte. »Ich auch nicht.« Er drehte sich um, als er spürte, dass ihn jemand am Arm zupfte. Es waren zwei Touristen. Der eine hielt einen Stadtplan in der Hand, der andere fotografierte den brennenden Info Large.

»Was ist das für ein Gebäude?«, fragte der Tourist mit dem Stadtplan. Der Info Large machte eine Bewegung, als wollte er sich auf den Mann mit der Kamera stürzen, dann schlug er die Hacken zusammen und sagte: »Polizeipräsidium, der Neubau wurde 1996 eingeweiht und kostete damals mehr als 400 Millionen DM.«

Pachulke ging in die Kantine und holte sich eine Flasche Wasser. Der Kantinenchef Grabolle, ein Kraftpaket mit einer mächtigen Glatze, stand hinter dem Tresen und schmückte Fischbrötchen mit Dill.

»Nanu, Herr Hauptkommissar, was ist denn mit Ihnen? Hat es nicht geschmeckt?«

»Doch, alles bestens«, sagte Pachulke, schraubte den Verschluss von der Flasche und nahm einen Schluck.

»Es ist nur, ich war gerade draußen, und ein Info, vor meiner Nase, Burn-out, es war grauenhaft. Und absolut nichts mehr zu retten. Er hat gebrannt wie ein Bündel Holz.«

Grabolle stemmte die Arme in die Hüften und nickte. »Ist ja

niederschmetternd, den Nachbarn von meinem Schwager hat es letzte Woche erwischt. Er hat's überlebt, aber schwerste Verbrennungen, kann ich Ihnen sagen. Na ja, dann trinken Sie mal schön.«

Pachulke holte sich eine Tasse Kaffee und ein Fischbrötchen, er wollte satt sterben, und setzte sich an einen Tisch. Langsam verdrängte er das Bild von dem auf dem Boden liegenden Info. Das Bild der sorgfältig durchsuchten Wohnung von Melanie Schneider tauchte auf. Zwei Mitglieder der Viererbande waren binnen weniger Tage ermordet worden, und die Feierlichkeiten zum vierzigjährigen Jubiläum standen unmittelbar bevor. Dr. Canisius und Prometheus Praumann hatten zusammengewohnt, das hatte der Mann der Ärztin erwähnt. Also hatte sie zu dieser Kommune gehört. Beide waren mit Dubinski befreundet gewesen. War das Ganze ein später politischer Racheakt? Wo waren die anderen Mitglieder der Viererbande?

»Tach, Chef, wollte nur sagen, dass ich aus der Staatsbibliothek zurück bin.« Bördensen stand vor Pachulkes Tisch mit einer Tasse Kaffee in der Hand.

Pachulke deutete stumm auf den Stuhl gegenüber, und Bördensen nahm Platz. Er war nicht nur lang wie ein Basketballspieler, er war auch ein Sitzriese. Pachulke musste sich kerzengerade aufrichten, wenn er ihm ins Gesicht sehen wollte, ohne zu schielen. »Und?«, fragte er. »Haben Sie etwas zu den Strafprozessen gefunden?«

»Prozesse gab es einige. Auch zu dem Verfahren, über das in diesem Heft, *soft+kritik,* berichtet wurde. Praumann und einer seiner Kumpel sind wegen unbefugten Tragens von Dienstabzeichen angeklagt worden.«

»Sie sind in Polizeiuniformen aufgetreten?«

»Adventskränze. Sie haben sich Adventskränze aufgesetzt und dadurch den Eindruck erweckt, offiziell bestallte Weihnachtsmänner der studentischen Arbeitsvermittlung zu sein.«

»Und das hat dann für Verwirrung gesorgt?«

»Für Verwirrung und für eine nachhaltige Herabwürdigung traditionellen Brauchtums. Mit anderen Worten: Beihilfe zum Bolschewismus. Denn dort gab es keine Weihnachtsmänner.«

»Teuflisch, fürwahr.« Pachulke konnte die Paranoia wegen zweier Adventkränze nicht recht nachvollziehen.

»Sie haben behauptet, Lenin sei populärer als Jesus.«

»Kein Wunder, dass der Rechtsstaat mit allergrößter Härte gegen diesen Spuk zu Felde ziehen musste.« Pachulke staunte immer, wie wenig er über diese Zeit wusste. Und wie gut er trotzdem über die Runden kam.

»Aber sie sind alle freigesprochen worden.«

»Unglaublich.«

Grabolle nickte Pachulke kurz zu und stellte einen Teller mit Fischbrötchen auf den Tisch. »Hier, die Herren, auf den Schrecken. Ist zwar kein richtiger Leichenschmaus, aber wohl bekomm's.«

Pachulke erzählte Bördensen vom Burn-out des Infos, den er eben miterlebt hatte. Das war typisch Grabolle, aber was hatte er davon zu halten, dass Bördensen die Geschichte mitbekam?

Bördensen hatte aufmerksam zugehört, jetzt fuhr er fort: »Praumann und der andere hatten eine Strafverteidigerin, die die Justiz das Fürchten gelehrt hat. Julia Weise, von Freund und Feind geachtet. Unerbittlich und unermüdlich.«

»Der Name sagt mir nichts.«

»Ist nach Hamburg gegangen und jetzt Partnerin in so einer Wirtschaftskanzlei.«

»Ich sehe, Sie haben nicht nur alte Zeitungen gelesen.«

»Nein, obwohl auch die interessant waren.« Bördensen wühlte in einer Ledertasche, die aussah wie ein Erbstück. Er legte einen Stapel Kopien auf den Tisch. »Sie wissen, dass Dubinski als Sportjournalist gearbeitet hat?«

»Das ist wohl allgemein bekannt.« Pachulke nickte.

»Aber dass er 1962 für den *Morgenspiegelkurier* aus England berichtet hat, wussten Sie nicht, oder?« Bördensen reichte Pachulke zwei Kopien.

Pachulke las die Schlagzeile: *Hier habe ich meine zweite Heimat gefunden. Ein Gespräch mit dem Deutschen Bernd Trautmann, Torhüter bei Manchester City.* Etwas kleiner darunter stand: *Von Richard Dubinski, Manchester.*

Er zog die Brauen hoch. »Und?«

»Wenn man weiß, welche Rolle der *Morgenspiegelkurier* später gespielt hat, ist das doch ungewöhnlich.« Bördensen sah Pachulke fragend an.

Pachulke zuckte die Schultern. »Damals war die Situation eben noch nicht so aufgeheizt. Wer war denn der andere Angeklagte in den Prozessen außer Praumann?«

»Ein gewisser Gerhard Hesselinger. Den haben Sie dann ein paar Jahre später am 19. Juni 1967 wegen LSD verurteilt. Auf Bewährung. In den Siebzigern und Achtzigern war er dann immer mal wieder vor Gericht oder kurze Zeit im Gefängnis wegen irgendwelcher Drogengeschichten.«

»Das ist der Musiker?«

»Musik hat er auch gemacht, gar nicht mal so schlechte. Die Band hieß Klang Klötzchen Fragmente. Ihr bekanntestes Album war *Tanz mit mir den Gummiseelentwist.*«

»Und wo finden wir diesen zugedröhnten Gitarristen?«

»Keine Ahnung. Seit Ende der Achtziger ist er wie vom Erdboden verschluckt. Er hat Sitar gespielt und nicht Gitarre.« Pachulke legte seine Hand auf den Arm von Bördensen. »Was?«

»Er war der Erste, der eine Sitar elektrisch verstärkt hat. Beim Musikfestival in Rudolstadt gab es einen Riesenskandal deswegen. Hat zwei, drei Jahre gedauert, bis sich die Leute dran gewöhnt hatten. Und er hat Experimente mit Bombarden veranstaltet. Seine Platte *BombardeMent* blieb allerdings ein Solitär. Die Welt war nicht reif für dieses Instrument damals.«

Und ist es heute nicht, dachte Pachulke. Er hatte schon genug Schwierigkeiten mit dem Klang einer nichtverstärkten Sitar. Jetzt wusste er, wen er nach Gerhard Hesselinger fragen konnte. »Ich habe einen Experten für Sitarmusik in allen Lebenslagen«, sagte er zu Bördensen und holte sein Handy heraus.

»Meine Frau kennt Gerhard Hesselinger viel besser als ich, aber sie ist immer noch auf Tournee«, sagte Desmond Jones. »Heute Abend singen sie in Bamberg. Ich gebe Ihnen ihre Handynummer, aber auf Tourneen ruft sie nur mich damit an.«

Pachulke notierte die Nummer und sagte: »Und die Nummer des Hotels?«

»Hm, meistens wohnen sie im Hotel *Mutter Maria,* wenn sie in Bamberg sind. Das ist ein Unternehmen des Bistums dort.« Pachulke notierte eine weitere Telefonnummer. »Und Sie wissen nichts über Gerhard Hesselinger?«, fragte er.

»Wie gesagt, Molli und Johanna waren befreundet. Stephan und ich haben gewissermaßen eingeheiratet. JoJo hat Gerhard immer Gordon genannt, wenn sie von ihm sprach. Aber sonst müssten Sie mit Molli sprechen. Sie wird zur Beerdigung wieder da sein.«

»Wann wird die sein?«, fragte Pachulke.

»Am 13.«, sagte Jones. Das Gespräch war zu Ende. Als er Bördensens fragenden Blick sah, sagte Pachulke: »Marie-Johanna Canisius war eng mit Molli Jones befreundet, die auf dem Winterfeldtmarkt zusammen mit ihrem Mann eine Musikalienhandlung für Maultrommeln und Sitars führt. Und Mol-li Jones kennt diesen Hesselinger, sagt ihr Mann.«

»Was ist mit dem Mann, ich meine dem Witwer von der Canisius?«, fragte Bördensen.

Pachulke rief Canisius auf dem Handy und dem Festnetz an und hinterließ seine Nachrichten. »Wollen Sie jetzt wieder zu Dorfner?«, fragte er.

»Ein paar Fotos fehlen noch«, sagte Bördensen.

»Gehen Sie lieber zu Löffelholz, und helfen Sie ihm bei den Sachen von der Schneider.«

»Der wird sich nicht gerade freuen.«

»Unsinn, der fühlt jungen Kollegen nur gern auf den Zahn. Was Sie zu Hesselinger gefunden haben, ist wichtig. Wir kommen voran, nur nicht schnell genug.«

»Schnell genug für den nächsten Mord, meinen Sie?«
Pachulke nickte.

Am Abend stand der Mörder vor seinem Allesbrenner und warf zwei Handvoll Holz hinein. Er fror. Nach dem Besuch auf dem Friedhof hatte er sich beeilt und war ins Schwitzen geraten. Sein Körper hatte sich eine Erkältung zugezogen, die nur darauf wartete, auszubrechen. Er schloss die Klappe des Allesbrenners. Danach ließ er sich Badewasser ein, goss etwas Öl dazu und bereitete sich eine heiße Zitrone. Mit dem Glas auf dem Wannenrand legte er sich ins heiße Wasser. Er trocknete sich ab und verzichtete auf sein Sportprogramm. Dann legte er sich ins Bett und las über das Kaufhaus Gum in Moskau. Bevor er das Licht ausmachte, sah er nach, ob die Mordwaffe unter seinem Kopfkissen lag. Nach drei Atemzügen war er eingeschlafen.

EV Kapitel 12

Am nächsten Morgen, noch bevor er unter die Dusche stieg, rief Pachulke das Hotel in Bamberg an, in dem Molli Jones abgestiegen sein sollte. Während sich die Verbindung aufbaute, sah er sich im Spiegel und schüttelte den Kopf. Er musste dringend zum Friseur.

»Grüß Gott im Hotel *Mutter Maria.* Ich bin Schwester Agnes, was kann ich für Sie tun?«

»Schönen guten Morgen, Kriminalkommissar Pachulke hier. Ich hätte gern mal Frau Molli Jones vom Anglikanischen Frauenchor gesprochen.«

»Oh, das tut mir leid, die sind vor einer Viertelstunde abgefahren.«

»So früh?«

»Die singen in Nürnberg, auf einem Matineekonzert.«

Stimmt, heute war Samstag, der 10. Juni.

»Soll ich Ihnen die Telefonnummer des Chorleiters geben?«

»Das wäre sehr freundlich.«

»Also, das ist der Father Mackenzie, und die Nummer ist …« Brav schrieb Pachulke alles mit. »Haben Sie vielen Dank, Schwester Agnes.«

»Keine Ursache. Und denken Sie daran: Auch in Ihren schweren Stunden wird Mutter Maria bei Ihnen sein, und Sie können aus Ihren weisen Worten neue Kraft schöpfen. Nehmen Sie die Dinge an, die das Leben für Sie bereithält.«

»Danke für diesen freundlichen Hinweis«, sagte Pachulke und legte auf. Es hatte nicht den geringsten Zweck, dagegen anzureden. Und immerhin: Obwohl Gott tot war, Father Mackenzie lebte. Und er hatte ein Handy. Pachulke bat auf der Mailbox um Rückruf.

Eine Stunde später spazierte er Unter den Linden in Richtung Historisches Museum. Vor der Staatsoper geriet er in eine Gruppe demonstrierender Studenten. Sie waren seit Wochen auf der Straße. Einige von ihnen trugen T-Shirts, auf denen vorn und hinten jeweils ein großer Buchstabe zu finden war. Je nachdem, wie sie sich zusammenstellten, bildeten sie unterschiedliche Parolen. Als Pachulke vorbeikam, las er *ALBERICH ABTRETEN*. Jetzt war er neugierig geworden. Er nahm ein Flugblatt und fragte nach dem Zweck der Demonstration. Eine Studentin mit einem *R* auf ihrem T-Shirt erklärte ihm: »Wir finden, dass der *Ring der Nibelungen* von Wagner sexistisch ist. In der ganzen Oper gibt es viel zu wenige Frauen. Wir fordern eine Quotierung. Anstelle des Zwerges Alberich muss eine Zwergin in die Oper aufgenommen werden. Und sie heißt Albertine.«

»Aber wie soll denn das gehen? Alberich singt doch Bass.« Engine Plink hatte ihm von einer lesbischen Re-Inszenierung von *Don Juan* in Paris erzählt. Der hätte das gefallen.

»Das muss man eben transponieren. Es gibt noch andere

Stoffe, die man musiktheatralisch bearbeiten kann, bei denen Frauen die Hauptrolle spielen.«

»Und warum demonstrieren Sie nicht am Müggelsee, wie sich das gehört?«

Die Studentin lächelte ihn an. »Ziviler Ungehorsam.«

Jetzt erst sah Pachulke die Transparente: *Gudrun hui, Hagen pfui* war da zu lesen oder auch *Das GudrunLied, das bessre Lied.* Das größte Transparent wurde an der Spitze des Zuges getragen: *Befreit die Wagnerschen Kadenzen von ihren Nibelungenschwänzen.*

An der Kasse des Museums zeigte Pachulke seinen Dienstausweis vor und fragte nach dem Weg zu Richard Dubinski. Leicht außer Puste stand er kurz danach im Raum 20. Bei dem Foto von Dubinskis Grab fiel ihm ein, dass die Beerdigung von Marie-Johanna Canisius auf dem Waldfriedhof stattfinden würde.

Pachulke spazierte weiter und las interessiert, welche konservatorischen Anstrengungen unternommen worden waren, um das Charlottenburger Spannbettlaken der Nachwelt präsentieren zu können. Es war in eine Lauge eingelegt worden, die Schweißspuren sichtbar machte. So etwas Ähnliches wendeten sie bei der Spurensicherung an, um alte Blut- und Spermaflecken ans Licht zu bringen. Der Gesichtsabdruck Du-binskis war fast eindrucksvoller als die vielen Fotos.

Dann wollte er sich das Vlies ansehen, aber da hing nur ein Hinweisschild: *Für die Prozession am 26. Juni temporär entfernt.* Als er das ramponierte Polizeiauto von Karl-Heinz Tegeler sah, wurde Pachulke sentimental. Nächte seines Lebens hatte er in einem Käfer zugebracht.

Aber da war er wohl nicht der Einzige. Der Raum war gut gefüllt und immer wieder schnappte Pachulke Gesprächsfetzen der anderen Besucher auf, in denen es um Erinnerungen an ihren ersten Käfer ging. Er hatte das untrügliche Gefühl, dass er beobachtet wurde, dieses Gefühl war eine Art Lebensversicherung für jemand bei der Mordkommission. Aber er konnte dieses Gefühl keiner Person zuordnen. Ein Jüngling mit einem hölzernen Gesicht erklärte in nölendem Tonfall einer Schulklasse etwas zu Dubinskis politischen Zielen, ein Museumswärter hockte in der Ecke. Ab und zu fragten ihn die Leute etwas, und er antwortete, deutete in Richtung der Toiletten oder eines anderen Ausstellungsraums. Soweit Pachulke es überblicken konnte, war hier nicht der geringste Hinweis auf die Viererbande, nicht einmal auf Prometheus Praumann. Auf einer Videosäule in einer Nische lief ein Interview mit Dubinski. Er sprach ohne Pause, gestikulierte, als wollte er die Mikrofone hypnotisieren. Ohne Ton sah das alles leicht überdreht aus. Pachulke setzte den Kopfhörer auf.

Eine Interviewerin fragte aus dem Off: *»Sie sagen, Sie wollen eine Revolution.«* Man konnte kurz ihre Hand sehen. *»Sie wissen doch, wir wollen alle die Welt verändern.«* Dubinski sprach sorgfältig.

»Und uns wollen Sie erzählen, es handle sich um einen evolutionären Prozess.«

»Das sagte ich doch bereits.«

»Das ist doch reine Beschwichtigung. Insgeheim planen Sie doch gewalttätige Aktionen.«

»Ich weiß nicht, warum immer nur wir uns von der Gewalt distanzieren müssen. Wer hier in dieser Stadt einmal in einen Polizeikessel geraten ist, für den hat das Wort Staatsgewalt für den Rest seines Lebens eine andere Bedeutung bekommen. Wir lassen uns nicht wie Füchse zusammenprügeln oder abknallen.« Dubinski wischte sich die Haare aus dem Gesicht, in dem grieseligen Schwarz-Weiß-Bild war der Schweiß nicht zu sehen.

»Sie sagen, Sie haben eine wirkliche Lösung für die angeblichen Probleme in diesem Land. Wir würden Ihren Plan zu gern einmal sehen.«

»Wir tun, was wir können.« Dubinski wich einen Schritt zurück, der Wald aus Mikrofonen rückte augenblicklich hinterher. *»Die Leute, die Geld sammeln, um irgendwelche Hasspropaganda zu finanzieren, können jedenfalls nicht mit unserer Unterstützung rechnen.«*

»Im Grunde wollen Sie doch die Verfassung ändern, das haben Sie doch neulich auf der ordentlichen Delegiertenkonferenz erst wieder vom Stapel gelassen.«

»Nein, nein, das ist uns viel zu sehr vom Staat her gedacht, wir wollen die Köpfe der Menschen verändern.« Dubinskis Augen sprangen hin und her, die Fragen kamen von allen Seiten.

»Und die Institutionen schleifen, Uni, Polizei, die Großunternehmen, nicht wahr?«

»Nein, Freiheit muss im Wesen der Menschen beginnen. Wenn man immer nur mit MaoPlakaten durch die Gegend rennt, vergrault man die Leute und erreicht überhaupt nichts.«

»Was für eine Prognose leiten Sie daraus für die politische Entwicklung der nächsten Monate ab?«

»Alles wird gut.« Dubinski lächelte in die Runde. Keine weiteren Fragen. Der Bildschirm wurde schwarz. Pachulke hängte den Kopfhörer zurück. Sofort nahm ihn ein kaugummikauender Schüler, drückte einen Knopf, und das Video begann von vorne.

Gewalt, Staat, Polizei, dachte Pachulke und las zerstreut einige der Schautafeln. *Freiheit, Distanz, Gewalt – Polizei, Abknallen, Freiheit – Staat, Hertha blamiert sich gegen Union, Gewalt.* Mit einem Ruck blieb Pachulke vor drei faksimilierten Zeitungsausschnitten stehen. Das waren also einige der Artikel, die der frühe Dubinski verfasst hatte. Pachulke las den ganzen Artikel über das 3:1 im Spiel Union gegen Hertha am 16. September 1961. Auch bei Dubinski schimmerte der Kriegsberichterstatterton zwischen den Zeilen hervor. So schrieb man damals, dachte man damals, war man damals. Ein enormer Lernprozess hatte zwischen der Fußballsaison 1961 und dem Interview aus dem November 1968 stattgefunden. Was die beiden Dubinskis wohl voneinander gedacht hätten, wenn sie sich auf der Straße begegnet wären?

Pachulke beugte sich weiter nach vorne, um die Bildunterschrift zu entziffern. *Abwehrspieler Klopfer kommt zu spät.* Jetzt fühlte er den Blick in seinem Rücken stärker als zuvor und wandte sich um. Eine alte Frau betrachtete ihn durch einen Zwicker, ansonsten schienen alle Menschen in diesem Raum mit sich selbst und den Exponaten beschäftigt. Die Frau kam auf ihn zu. »Entschuldigen Sie, sind Sie nicht der kleine Egon Marotzke aus meiner Unterprima von 1966. Ich bin Luise Bessemer, Ihre alte Geschichtslehrerin.«

»Ich bedauere, ich bin nicht der kleine Marotzke«, sagte Pachulke behutsam. »Und 1966 war ich acht Jahre alt.«

»Ach so, bitte entschuldigen Sie vielmals.« Die Frau steckte den Zwicker in ihr Etui.

»Sind Sie hier mit ihm verabredet?«, wollte Pachulke wissen.

»Nein, nein, das war nur ein … ein einfacher Irrtum.« Sie trippelte in den nächsten Ausstellungsraum.

Pachulke wandte sich wieder den Zeitungsausschnitten zu. Das ungute Gefühl, auf dem Präsentierteller zu stehen, war noch da. Der Polizeipsychologe hätte sich bestimmt amüsiert, wenn er gehört hätte, dass Pachulke sich von alten Frauen mit Kneifern verfolgt fühlte. Pachulke las die Bildunterschrift noch einmal. *Abwehrspieler Klopfer kommt zu spät, Unions Wrunkler schießt das vorentscheidene 2:1 gegen Hertha. Foto: MM.* Pachulke ging zum nächsten Bericht. Auch hier gab es ein Foto mit Bildunterschrift. *Klopfer überwindet kurz vor dem Abpfiff seinen eigenen Torhüter, Tasmanias Stürmer drehen jubelnd ab. Foto: MM.* Jetzt war Pachulke neugierig auf MM geworden. Auch der dritte Artikel hatte ein Foto. Es zeigte einen Spieler, der sich die Hände vors Gesicht schlug. Die Bildunterschrift lautete: *Nicht nur Klopfer war fassungslos. Nach der deftigen 0:5Schlappe gegen Tennis Borussia brechen für Hertha schwere Zeiten an. Foto: MM.*

Vor Pachulkes geistigem Auge tauchte ein runder Gegenstand aus dem Nachlass von Prometheus Praumann auf, der sich keinem Katalog zuordnen ließ. Eine Dose für die Entwicklung von Negativfilmen. Und hier gab es einen Fotografen in Richard Dubinskis Leben mit den Initialen MM. Er griff zum Handy und wollte die Nummer von Löffelholz wählen, als ihn jemand ruhig, aber bestimmt an den Unterarm fasste. Der Museumswärter, den das Schildchen am Revers seiner Uniform als *Otto Grawert* auswies, stand vor ihm und sagte in eindringlichem Flüsterton: »Sie dürfen nicht telefonieren. Haben Sie die Hinweise im Haus nicht gesehen?«

Pachulke befreite seinen Arm und zückte den Dienstausweis.

Der Wärter schüttelte den Kopf. »Tut mir leid, es geht wirklich nicht. Unser gesamtes Multimediaangebot ist funkgesteuert. Das bricht zusammen, wenn Sie telefonieren.« Er neigte den Kopf in Richtung Videoturm, vor dem jetzt eine Frau in Pachulkes Alter stand. »Bitte gehen Sie in die Cafeteria, die ist extra entstört. Ansonsten helfe ich Ihnen gern weiter.«

»Können Sie mir etwas zu dem Fotografen dieser Bilder sagen?«, fragte Pachulke. »Seine Initialen sind MM.«

»MM? Wer soll das sein? Ich kenne niemand, der so heißt.«

»Das ist ein Fotograf, der offenbar regelmäßig mit Richard Dubinski zusammengearbeitet hat. Sehen Sie hier, bei den Bildunterschriften zu Dubinskis Spielberichten taucht der Name immer wieder auf.«

Der Museumswärter ging zu den Faksimiles. Er runzelte die Stirn. »Es ist erstaunlich. Man wird betriebslind, wenn man jeden Tag hier ist. Es sind die Besucher, die etwas Neues entdecken. Da müssen Sie den verantwortlichen Historiker für diesen Raum fragen, das ist Herr Dr. Rimbowski. Sie können über die Cafeteria gleich zur Verwaltung gehen. Die werden Ihnen weiterhelfen.«

In der Cafeteria fragte Pachulke nach der Verwaltung. Aber da war heute keiner, es war Samstag, und Dr. Rimbowski hatte frei. Pachulke setzte sich an einen der kostenlosen Internetplätze in der Cafeteria, suchte nach Dr. Rimbowski und fand ihn mit einer Adresse in Treptow. Er hinterließ sein Anliegen auf der Mailbox. So mussten sich die Menschen der Antike gefühlt haben, wenn sie ihrem Jupiter oder Apollon ein Brandopfer darbrachten. Wenn dem Gott das Opfer gefiel, dann rief er zurück. Oder er verschmähte es, dann verhallten die Worte auf der Mailbox vergeblich. Und die Stille, die dann folgte, musste so furchtbar gewesen sein wie die Stille auf Pachulkes Handy für den Rest dieses Tages.

Pachulke lag auf dem Bett und las den Programmzettel. *Mozart, Beethoven, Schostakowitsch.* Keine Maultrommeln, keine Sitars. Das Matineekonzert in der Komischen Oper versprach interessant zu werden. Ein junges Streichquartett aus Skandinavien war heute zu Gast. Pachulke freute sich auf einen Sonntag ohne eingeschlagene Schädel. Als er an der Kasse nach seiner vorbestellten Karte fragte, reichte ihm die Mitarbeiterin der Oper einen weißen unbeschrifteten Umschlag. »Das wurde für Sie hinterlegt.«

Pachulke setzte sich auf einen Stuhl im Foyer. Im Umschlag war ein kurzer Brief, in dem stand:

Sehr geehrter Herr Hauptkommissar,
möglicherweise kann ich Ihnen mit einer Mitteilung dienen, die zur Aufklärung der beiden abscheulichen Verbrechen an Prometheus Praumann und MarieJohanna Canisius beiträgt. Da ich um mein Leben fürchten muss, bitte ich Sie, heute um 13:30 Uhr zur Demonstration gegen die Erhöhung der Kitagebühren zum Müggelsee zu kommen. Ich werde mich Ihnen zu erkennen geben und uns zu einem sicheren Ort führen.
Ein Zeuge

Über schneeschlierige Treppen stieg Pachulke an der Friedrichstraße hoch zur Stadtbahn. Die S-Bahn nach Erkner stand abfahrbereit da. Von seinem Platz am Fenster sah Pachulke den Möwen zu, die sich an der Weidendammer Brücke um etwas balgten, das im Wasser schwamm. In einer kühnen Choreografie stiegen sie auf und ab, umkreisten einander, berührten sich nie. Die Museumsinsel glitt vorbei, der Alexanderplatz tauchte auf. Neue, durchgefrorene Menschen stiegen ein, vergruben sich in ihre Mäntel und produzierten Atemfahnen. *Kalumm, kalumm* machte die S-Bahn und hielt an der Warschauer Brücke. Hier ganz in der Nähe hatte der Fall seinen Anfang genommen. Pachulke dachte an die zerschmetterten Schädel von Prometheus Praumann und Marie-Johanna Canisius. An die Brüche, die kantigen Einkerbungen in ihren Gesichtern. Jemand war sehr wütend gewesen. Wütend? Warum nicht hasserfüllt? Aber die Spuren der Gewalt strahlten keinen Hass aus. Das waren keine Verbrechen aus Leidenschaft, sondern aus Notwendigkeit, so hatte es den Anschein. Mit einem klaren Ziel hatte der Mörder seine Schläge dicht an dicht gesetzt, wie ein Bildhauer, der mit einem Stechbeitel ein Muster schlägt, in weiches fügsames Holz. Pachulke hörte wieder das Fauchen, ein schabendes, mechanisches Geräusch, von dem nicht klar war, woher es kam.

Kalumm, kalumm machte die S-Bahn und fuhr über verschneite Brücken, bis sie nach Friedrichsfelde kam. Pachulke lief nach Süden in Richtung See und nach einer letzten Biegung stand er vor der riesigen Eisfläche. Die Müggel. Links gab es ein paar Büdchen, bei denen man Schlittschuhe und Gleithilfen ausleihen konnte, rechts ragte ein großer Mast in die Höhe, an dem verschiedene hölzerne Schautafeln hingen, die mit Schnüren nach oben und unten bewegt werden konnten.

13:30 Uhr Demonstration gegen die Erhöhung der Kindertagesstättengebühren ab Nordufer, Startplatz 3.

Pachulke sah auf die Uhr. Es war kurz nach eins. Links neben dem Trampelpfad zum See, auf der Eisfläche, unmittelbar am Ufer, blähte sich ein hellblaues Transparent im Wind: *Startplatz 3.* Darunter sammelten sich bereits die Demonstranten. Einige glitten auf Kufen elegant von hier nach da und verteilten Flugblätter, andere staksten unbeholfen herum. Manch einer hielt sich fest an seiner Gleithilfe, einem kleinen halbkreisförmigen Metallgestell, das oben einen primitiven Schieberegler hatte, mit dem sich die unten angebrachten Kufen steuern ließen. Pachulke stapfte zu einem der Büdchen.

»Einmal Schlittschuhe bitte«, sagte er zu einem Mann, dessen graue Locken unter einer selbst gestrickten roten Pudelmütze hervorquollen. Auch auf den Ohrläppchen hatte er graue Haare.

»Größe 44«, sagte der Mann. Es war keine Frage, sondern eine Feststellung. Pachulke nickte. Es war lange her, dass er auf Schlittschuhen gestanden hatte.

»Wie lange und wohin?«, fragte der Mann.

Pachulke sah durch ihn hindurch auf die Metallregale, in denen die Schlittschuhe lagen.

»Wir bringen Ihre Straßenschuhe dahin, wo Sie möchten, zum *Schneegebirge,* zur *Eisperle,* zum *Winterbad,* wohin auch immer«, sagte der Grauhaarige. *Schneegebirge* war die andere Station. Eine von dort am Südufer gestartete Demonstration mit einigen Hundert Teilnehmern kam gerade an und sammelte sich unter der hellblauen Stoffbahn von Startplatz 1. Die Teilnehmer skandierten etwas und hielten ihre Transparente hoch. *Höhere Kitagebühren jetzt!* konnte Pachulke entziffern, *Unseren Nachwuchs gebührend fördern, Kleine Kinder, große Kosten – und das ist auch gut so.*

Zwei Mitarbeiter von Demo-TV eilten herbei, um ein paar O-Töne einzufangen. Der Sender hatte sich auf Demonstrationen spezialisiert und übertrug rund um die Uhr vom Müggelsee, selbst die Kleinstdemonstrationen früh um vier bekamen ihre drei Minuten Ruhm. In der Innenstadt fügte sich Bannmeile an Bannmeile, schon seit Jahren durfte man dort nicht mehr auf die Straße gehen. Der Einzelhandel, die Ministerien, die Symbolik, alles war stets in Gefahr. Aber hier war nichts, hier gab es nur die Eiswüste, hier war Platz, hier durfte jeder Parolen rufen, wenn er sich auf Kufen vorwärts bewegen konnte. Das ließ sich lernen. Für das unverzichtbare Grundrecht der Demonstrationsfreiheit konnte man schon ein paarmal auf dem Hosenboden landen.

Der Mann mit den grauen Locken wiederholte seine Frage: »Wie lang und wohin?«

Pachulke wusste es nicht. »Was kostet wie lange?«, fragte er.

»Eine Stunde 4 Euro, 3 Stunden 10 Euro, 24 Stunden 20 Euro. Schuhzustellung 5 Euro extra. Wenn Sie die Schlittschuhe nicht pünktlich zurückgeben, werden Ihre Schuhe versteigert.

Eine Verwaltungsgebühr von 20 Euro wird dann in jedem Fall fällig.«

»Einen Tag, und die Schuhe bleiben hier«, sagte Pachulke. Das erschien ihm am sichersten. Dann hatte er Zeit, selbst wenn ihn sein Informant ins *Schneegebirge* führte oder einen längeren Spaziergang mit ihm machen wollte.

Die Demonstranten für die Erhöhung der Kita-Gebühren kletterten an Land und stellten sich ordentlich an drei Büdchen an, um ihre Schuhe auszulösen. Pachulke fragte sich, ob es je zu Versteigerungen von Schuhen kam. Wer an einer Demonstration teilnahm, wollte zumeist auch die Schlusskundgebung erleben.

»Hier«, sagte der Mann mit der Pudelmütze, »können Sie sich umziehen.« Er deutete auf ein Bänkchen rechts neben der Tür seiner Hütte, auf dem ein dünnes abgewetztes Kissen lag.

Pachulke nahm die Schlittschuhe in Empfang, ein hochschäftiges Paar aus weinrotem Leder, sorgfältig gepflegt. Es glänzte und roch warm und intensiv. Pachulke zog die Schuhe aus, prüfte mit den Zehen die kalte Luft, wackelte ein paarmal mit ihnen hin und her, dass es knackte und legte die Schlittschuhe an. Auf einer breiten Gummimatte stakste er hinunter zum See.

Auf dem Eis angekommen, versuchte er, keine allzu tapsige Figur abzugeben. Er ging in die Knie, beugte sich leicht nach vorne und quetschte dabei seinen Bauch zusammen. Dann schob er die Beine schräg nach außen und vorne. Er bremste, fuhr einen Halbkreis und probierte es etwas schneller. Er sauste durch den Startplatz 3, durchmaß ihn mit kräftigen Schritten, fuhr eine enge Kurve. Dann startete er durch, auf die weiße Weite zu. An der Markierung machte er kehrt und lief zum Ufer zurück. Die Schlittschuhe passten gut, er hatte warme Zehen bekommen und ließ sich ein Flugblatt aushändigen, auf dem die politischen Ziele erklärt wurden. Dort standen auch die Parolen, die man skandieren wollte. Um ihn herum drehten jetzt schon einige Hundert andere Demonstranten ihre Runden. Von Minute zu Minute wurden es mehr. Sie mussten sich beeilen, der knappe Zeitplan erlaubte keine Verzögerungen. Pachulke sah, dass einige Demonstranten ihren Bedürftigkeitspass vorzeigten. Jeder Bedürftige hatte Anspruch auf zwei Demonstrationen im Monat und bekam dafür die Schlittschuhe gestellt. Allerdings ohne Schuhzustellung. Ihre Schuhe mussten sich die Bedürftigen da abholen, wo sie ihre Schlittschuhe ausgeliehen hatten.

Pachulke musterte die Demonstranten. Wer war wohl sein geheimnisvoller Informant? Junge Frauen, Mütter oder Erzieherinnen, die beisammenstanden und miteinander redeten. Gut trainierte Männer, die jeden Tag an ein oder zwei Demonstrationen teilnahmen, um sich fit zu halten, und so ihre Krankenkassenbeiträge senkten. Der Betrug bei den Bonusheften war Rentnersport Nummer eins. Manch ein Schlittschuhbüdchen war geschlossen worden, weil der Eigentümer sich dazu hergegeben hatte, Bonushefte gegen eine kleine Aufmerksamkeit abzustempeln.

Pachulke fiel auf, dass einige der Demonstranten vermummt waren. Manche trugen Skimützen, andere hatten dicke Schals vor ihre Gesichter gelegt. Er war sich sicher, dass seine Kontaktperson, wenn sie überhaupt hier auftauchte, einer der Vermummten war. Der Wind frischte auf, und Pachulke bereute es, keine Skimütze dabeizuhaben. Er als alter Stubenhocker hatte nicht daran gedacht, dass er sich auf unbestimmte Zeit im Freien aufhalten würde. Im Moment war er zu konzentriert, um zu frieren, aber es war nur eine Frage der Zeit, bis seine Wangen grindig würden.

Aus einem Lautsprecher ertönte ein langer Ton. Es war das Zeichen dafür, dass die Demonstration in einer Minute begann. Die Demonstranten formierten sich und Pachulke glitt in die zweite Reihe hinter dem Transparent. Er wollte hier anfangen, und sich dann nach und nach zurückfallen lassen, um einen Überblick zu gewinnen.

Der Lautsprecher gab drei kurze Töne von sich, und mit lauten Rufen setzte sich die Demonstration in Bewegung, hinaus auf den zugefrorenen See. Obwohl die erste Reihe aus Leibeskräften brüllte, verstand Pachulke nur Bruchstücke. Er musterte die Leute, die vor ihm und neben ihm übers Eis glitten.

Die erste Reihe schied aus, das waren die Organisatoren, die sich untereinander kannten und gemeinsam das Transparent festhielten. Einige Meter neben ihm lief ein Hüne in einer abgewetzten braunen Lederjacke. Er trug eine schwarze Skimütze. Als er bemerkte, dass Pachulke ihn unverwandt musterte, erwiderte er den Blick nur kurz, richtete sich zu voller Größe auf, hob den rechten Arm und brüllte aus vollem Hals: »Bürger, lasst das Glotzen sein, kommt herunter, reiht euch ein!«

Aber hier gab es keine Bürger, nur verschneite Baumwipfel. Pachulke ließ sich zwei Reihen zurückfallen. Eine Frau – jedenfalls ein Mensch mit langen, dunkelblond gelockten Haaren und einem bunten selbst gestrickten Schal vor dem Gesicht – hatte ihre Tochter an der Hand, die zehn Jahre alt sein mochte. Wieder ließ Pachulke einige Leute an sich vorbeiziehen. Er warf einen Blick über die Schulter. Winzig war das Transparent schon geworden. Etwas nach links versetzt vor ihnen war ein heller Fleck zu erkennen, das Ausflugslokal *Schneegebirge*. Es war in Form eines riesigen Iglus errichtet worden, die dortige Hausmachersülze mit Bratkartoffeln hatte ein erfreuliches Preis-Leistungs-Verhältnis.

Wieder ließ sich Pachulke zwei Reihen zurückfallen. Er hielt sich auf der linken Seite des Demonstrationszuges und blickte in muntere Gesichter und funkelnde Augen.

Jemand drängelte sich rechts an ihm vorbei, touchierte ihn leicht, lief jetzt so nah vor ihm, dass Pachulke ihm die Hand auf die Schulter hätte legen können. Er hatte eine kräftige Figur, breite Schultern, war allerdings nicht viel größer als Pachulke. Er trug ein Eishockeytrikot mit der Nummer 9. Darüber, dort, wo sonst der Name des Spielers war, stand *Follow Me.* Pachulke tat einen Ausfallschritt nach links, holte kurz auf und sah sich den Schlittschuhläufer an. Er blickte auf eine rote Maske, hinter den Sehschlitzen bewegten sich zwei dunkle Augen, die Pachulkes suchenden Blick erwiderten. Pachulke hätte die Nummer 9 jetzt theoretisch festnehmen können, aber die Vorstellung, in der einen Hand mit seinem Dienstausweis und in der anderen Hand mit seiner Pistole herumzufuchteln, während er auf Glatteis lief, gefiel ihm nicht. Außerdem waren in seiner unmittelbaren Nähe Hunderte von Demonstranten unterwegs. Bei dem kurzen Überholmanöver hatte er gemerkt, dass Nummer 9 schlittschuhtechnisch in einer anderen Liga unterwegs war als er. Die Maske nickte unmerklich, und Pachulke erwiderte das Nicken. Sofort scherte Nummer 9 aus dem Demonstrationszug aus und wandte sich nach links. Er fuhr auf den See hinaus, der sich nach Osten weit und eisig erstreckte. Eine haarnadelfeine Kirchturmspitze konnte Pachulke am Horizont erspähen, aber sie schien in der Luft zu schweben, zwischen dem Eis und der Leere des Himmels.

Nummer 9 erhöhte das Tempo. Pachulke hatte zunächst Mühe zu folgen, aber nach einer Weile fand er seinen Rhythmus, die Kufen glitten ausdauernd und gleichmäßig über die Eisfläche. Diese war nicht spiegelglatt und gleichmäßig, sondern voller Hindernisse. Einmal ragte der dicke Stumpf eines eingefrorenen Astes ein paar Zentimeter hervor, der sich mit den Zweigen und einigen zusammengerollten Blättern ins Eis hinein fortsetzte. Öfter gab es kleine Schneeverwehungen, die er wie ein Slalomläufer umfahren musste, um keine unfreiwillige Vollbremsung zu erleben. Der Wind blies unbarmherzig in Nase und Augen, er hätte sich wenigstens das Gesicht eincremen können. Um die Kälte zu mildern, blickte er starr nach unten, in das Eis hinein. Es war wohl einen Meter oder noch dicker gefroren, darunter das schwarze Wasser des Müggelsees. Und noch weiter unten lag der eisige Grund, auf dem die toten Fische in Zeitlupe verwesten, eingesperrt ohne Nahrung und ohne Luft, seit langer Zeit schon.

Wieder erhöhte der Läufer vor ihm das Tempo, wieder gelang es Pachulke, aufzuholen. Er lief jetzt im Windschatten, das machte die Sache ein wenig leichter, aber er schwitzte aus allen Poren und wurde langsam müde. Tief unten im Eis sah er ein Bild. Ein Mann in Anzug und Krawatte mit dunkler Brille stand da. Das schüttere Haar klebte zurückgekämmt an seinem langen Kopf mit der hohen Stirn. Er stand aufrecht und stocksteif. Der Mund war schief und schmallippig. Er hob die Hand zu einer Geste, als wollte er etwas erklären, aber er sagte nichts. Seine Lippen bewegten sich unablässig, wie bei einem Vexierbild, aber kein Wort kam aus seinem Mund. Der Mann trug einen Kopfhörer und hatte vor sich ein Mikrofon. Hinter ihm zwei Uniformierte. Er stand in einem Glaswürfel. Für die Dauer eines Atemzuges hatte Pachulke dieses Bild mit all seinen Details erblickt. In letzter Sekunde wich er einer Schneeverwehung aus.

Er sah wieder nach unten, beobachtete, wie seine Füße gegen das Eis drückten, ihn nach vorne schoben. Ein anderes Bild tauchte auf. Ein Mann lag auf der Straße. Er hatte die Augen geschlossen. Über seiner Oberlippe war ein schmales Bärtchen zu sehen. Er trug eine helle Hose, das Hemd etwas dunkler, der schmale Gürtel war schwarz. Die Hose hatte Bügelfalten. Eine Frau mit kurzen Haaren kniete neben ihm, sie trug einen Umhang, ihr linker nackter Arm ragte daraus hervor, als sie den Kopf des Mannes stützte. Ihre Armbanduhr war zu sehen, als sie seine Schläfe berührte. Ihr Kopf verdeckte das Nummernschild eines Autos.

Pachulke sah auf und blinzelte. Sein Kopf wurde nicht richtig durchblutet, wenn er dauernd nach unten blickte, ihm wurde schwindlig. Das andere Ufer schien in der Ferne zu bleiben, die Nadelspitze des Kirchturms war größer geworden, aber das war auch alles.

Ein drittes Bild tauchte auf im ewigen Eis, kleiner als die beiden anderen. Ein alter Mann und eine junge Frau. Sie trug einen weißen Pullover und einen karierten Rock und stand neben seinem Stuhl. Die junge Frau hatte dem alten Mann eine Ohrfeige gegeben. Mit ihrer kleinen Hand hatte sie ihn ins Gesicht geschlagen, dass die mehlige Selbstzufriedenheit dort nur so staubte. Eingefroren in dieser Begegnung standen sie einander gegenüber, sie froh über den geglückten Plan. Ihm war die Gutmütigkeit des Überlegenen aus dem Gesicht gerutscht, aus den Augenwinkeln quoll bereits die Wut. Da saß der Wunsch, hart und rücksichtslos zuzuschlagen, wie er es gewohnt war.

Pachulkes Augen tränten, seine eisigen Finger brannten, schon bald würden sie taub werden. Er hustete einmal kurz auf und atmete ein. Die kalte Luft erfrischte nicht, sie stach seine Lungen wie ein Nadelkissen. Er rief Nummer 9 etwas zu, aber die blieb ohne ersichtliche Reaktion. Unablässig glitten die Kufen über das Eis, schnitten ihre kleine Spur in die Fläche hinein, dünn wie die Narbe aus Kindertagen, kaum zu sehen. Das Metall der Kufen wetzte das Eis, es knirschte, es kratzte, es fauchte. Das Fauchen, das unablässige Fauchen.

Pachulke wusste jetzt, was er beim Anblick der Toten im Ohr gehabt hatte. Doch als Nummer 9 scharf abbremste und nach einer Halbdrehung in seine Jacke griff, konnte Pachulke nicht reagieren.

Nummer 9 kickte die gezahnte Spitze seines Schlittschuhs ins Eis, stieß sich ab und sprang auf Pachulke zu, der hilflos geradeaus fuhr. Nummer 9 zückte seine Waffe und schlug Pachulke mit aller Kraft ins Gesicht. Es hätte Pachulke die Gehirnschale zertrümmert, wenn dieser nicht an einer kleinen Unebenheit auf dem Eis hängengeblieben wäre. So geriet er in Rücklage, riss die Arme hoch und den Kopf nach hinten. Der mörderische Schlag berührte nur seine Stirn. Der Hauptkommissar warf die Arme noch einmal in die Luft, aber da waren keine Haltegriffe, nur die eiskalte Juniluft. Gravitätisch und unwiderstehlich fiel Pachulke auf den Rücken und knallte mit dem Hinterkopf auf das Eis. Er wartete darauf, dass sich die rote Maske über ihn beugen, Maß nehmen und ausholen würde, um den Fehler zu korrigieren.

Aber nichts geschah. Er war allein. Das Blut rann ihm ins rechte Auge. Mit einem Schlag war die Kälte in ihm, hatte sich unter seinen Kleiderschichten breitgemacht. *Ich lieg hier im Delir und krepier, weil ich frier.* Es hatte schon belanglosere letzte Worte gegeben, das Problem war wohl eher, dass sie niemand hören würde, egal wie tiefsinnig sie waren. Pachulke dachte, dass man morgen seine Schuhe versteigern würde. Dann wurde er bewusstlos.

DI Kapitel 13

Flocken fielen leise auf den bewegungslos daliegenden Pachulke. Als sein Gesicht mit Schnee und Griesel bereits ganz bedeckt war, beugte sich ein schwarzbehelmter Kopf über den Ermittler und eine schnarrende Stimme sagte sachlich: »Ardbeg.« *(Gewaltig.)*

Drei weitere schwarze Köpfe erschienen über dem Verletzten, die kleinste der vier Gestalten berührte mit der Nase fast Pachulkes Kopf, nickte und sagte: »Lagavulin.« *(Das sieht nicht gut aus. Er ist unterkühlt.)*

Die vier Angehörigen der Schneenotrettungsstation Südost sahen sich an und zuckten mit den Schultern. »Cragganmore« *(Sieht nach Gehirnerschütterung aus, er kommt mit auf die Station)*, sagte der Größte, der zugleich der diensthabende Offizier war.

»Wright and Greig« *(Warum passiert immer mir so eine Scheiße, warum gehe ich auf eine Routinepatrouille und komme mit 120 Kilo unter dem Arm nach Hause?)*, stieß der Dicke hervor, und es klang wie ein mörderischer Fluch.

Der Kleine holte eine runde Flasche aus der Tasche seines schwarz-weißen Overalls, die mit einer braun funkelnden Flüssigkeit gefüllt war, öffnete den Verschluss, träufelte Pachulke einen Schluck auf die eiskalten Lippen. »Thistle Dhu« *(Trink das)*, sagte er zu ihm.

Einen Augenblick geschah nichts, dann zuckte Pachulkes Augenlid zweimal. »Nummer 9«, murmelte er.

Sein Versorger stand auf und verstaute die Flasche in seiner Tasche. Dann ging er zu Pachulkes rechtem Arm, während seine drei Kollegen sich an die anderen Gliedmaßen stellten.

Der Größte gab das Kommando: »Slieve-na-g Cloc!« *(Bücken, anfassen, aufnehmen!)*

Bei »Slieve« bückten sich die vier gemeinsam, bei »na«, fassten sie vorsichtig, aber bestimmt Pachulkes Beine und Arme, bei »nGloc« richteten sie sich auf und setzten sich in Bewegung.

Pachulke schwebte so gleichmäßig und sicher wie auf einem Luftkissenboot immer weiter nach Osten, über den großen See. Die braune Flüssigkeit gelangte über seine Mundschleimhäute in die Blutbahn und erreichte nach der unvermeidlichen Refraktärzeit sein Gehirn. Sofort stieg seine Körpertemperatur ein wenig an. Das Herz schlug gleichmäßiger, die Blutung ließ nach. Die Medizin tat ihre Wirkung.

»Nummer 9«, sagte er leise, aber seine Retter hörten ihn nicht.

Als der Mörder sah, dass er mit all seiner Wucht ein Luftloch geschlagen und den Kommissar nur gestreift hatte, anstatt ihm die Hirnschale zu zertrümmern, stieß er einen Fluch aus. Die Gewalt des Schlages brachte ihn aus dem Gleichgewicht. Er streckte die Arme aus wie ein betrunkener Seiltänzer und fing sich gerade noch. Der viel zu neugierige Ermittler lag auf dem Eis hingestreckt, eingepackt in dicke Winterkleidung. Um ihn richtig zu treffen, müsste er sich hinknien. Er umklammerte seine todbringende Waffe fester.

Da sah er aus den Augenwinkeln, dass jemand mit großer Geschwindigkeit auf ihn zusteuerte. Er musste schleunigst hier weg, um diesen neuen Feind abzuhängen. Er stopfte den kleinen Metallgegenstand, den er bei sich trug, schnell in die Jackentasche, und beschleunigte. Hinter der roten Maske legte sich der Schweiß wie eine Folie auf sein Gesicht. Seine Augen fingen an zu brennen. Er steuerte das Ufer an, auf dem das *Schneegebirge* lag, einmal quer über den See. Langsam fanden seine Beine den Rhythmus wieder, er nahm Fahrt auf, kam ins Gleiten. Der Verfolger war ihm ein Stück näher gekommen, aber bis zum Ufer hatte er den Vorsprung wieder ausgebaut.

Er sprang auf den Schotterweg, der am Seeufer entlangführte und stakte auf den Kufen zu einem kleinen Auto, das direkt der Eisfläche gegenüber geparkt war. Auf dem Fahrersitz riss er sich die Schlittschuhe von den Füßen und fuhr in Strümpfen davon. Im Rückspiegel beobachtete er mit tränenden Augen das Seeufer, aber niemand stieg an Land, niemand lief dem Auto schreiend und gestikulierend hinterher.

Nummer 9, dachte Pachulke, als er die Augen aufschlug. Er sah ein Nachtschränkchen, auf dem ein kleines Glas mit einer braunen Flüssigkeit stand. Das Bett, in dem er lag, war zu kurz. Als er versuchte, die Beine auszustrecken, berührten seine Füße den Metallrahmen. Er drehte den Kopf. Ein pochender Schmerz nahm von der Stirn seinen Ausgang und bohrte sich bis in den Unterkiefer. Wie lange hatte er geschlafen? Wo war er? Pachulkes Hand tastete am Bettrahmen entlang und fand eine Steuerung für die Rückenlehne. Er drückte einen Knopf und langsam richtete sie sich auf.

Er war in einem Krankenzimmer, das zweite Bett war leer. An der Wand hing ein Foto, die Luftaufnahme eines riesigen Eisbergs. Neben dem Glas lag eine Tablettenleiste, eine jener Gerätschaften, in deren kleine Näpfe die Medizin für früh, mittags und abends bereitgelegt wird und die mit einem durchsichtigen Plastikschieber verschlossen werden kann. Er nahm das kleine Glas vorsichtig vom Tisch, roch daran, steckte vorsichtig die Zunge hinein und trank. Schmatzend überließ er sich dem rauchigen Geschmack, und es ging ihm gleich besser. Seine Augen brauchten eine Weile, um sich an das schattenlose Weiß vor dem Fenster zu gewöhnen, dann konnte er Dinge ausmachen, die sich bewegten.

Eine große Gruppe von Pinguinen machte Liegestütze. Pachulke schloss die Augen und befühlte seine Stirn, ließ das dann aber bleiben. Langsam führte er das Glas an den Mund und trank den Inhalt mit einem Zug aus. Die rauchige Wärme rollte über seine Zunge, kitzelte seinen Rachen und stieg dann hinab in seinen Bauch, von wo aus sie sich im ganzen Körper ausbreitete. Als er die Augen wieder öffnete, machten die Pinguine Kniebeugen. Er wollte den Kopf schütteln, aber das war keine gute Idee. Er ächzte, als die Schmerzen seinen Nacken in eine Schraubzwinge pressten. Als er wieder hinaussah, waren die Pinguine verschwunden. Im gleichen Moment ging die Tür auf, und ein Pinguin spazierte herein. Er hatte ein Klemmbrett unter dem Flügel.

»Glenmorangie«, sagte er. Dann ging er an das Fußende des Betts und klemmte eine gepolsterte Klammer an Pachulkes große Zehe. Er lauschte, denn die Klammer war über einen Schlauch mit den unsichtbaren Ohröffnungen des Pinguins verbunden. Schließlich nickte er, löste die Klammer und sagte: »Glenlochy.« Er notierte etwas auf seinem Zettel. Dabei verzog er keine Miene.

»Wo bin ich?«, fragte Pachulke.

»Speyside Loch«, antwortete der Pinguin.

»Und wer sind Sie?«

»Chivas.« Der Pinguin verbeugte sich.

»Sie verstehen meine Sprache?«

»Jock, jock.« Der Pinguin nickte.

»Ich bin Hauptkommissar Pachulke und ermittle gegen einen Mörder, der gestern versucht hat, mich auf dem Müggelsee zu erschlagen. Ich muss sofort …« Er wollte sich aufrichten, griff sich an den Kopf und ließ sich zurück in die Kissen sinken.

»Garnheath«, sagte der Pinguin und schüttelte den Kopf. Dann trat er neben Pachulke und holte eine kleine Flasche mit brauner Flüssigkeit hervor. Er schraubte den Verschluss ab und hielt ihn Pachulke unter die Nase. »Thistle Dhu!«

»Was ist das?«, wollte Pachulke wissen.

»Uisge beatha«, sagte der Pinguin.

Pachulke trank, und der pochende Schmerz verflog.

»Gut«, sagte Pachulke. Er fühlte sich unternehmungslustig.

»Glenlivet«, sagte der Pinguin.

Dann zog er die Bettdecke weg und piekte in Pachulkes Bauch. »Ardbeg«, sagte er.

Pachulke sah, dass er einen weißen Schlafanzug trug, dessen Ärmel schwarz waren. Die Hose war weiß und hatte breite schwarze Streifen an den Seiten.

»Gibt es hier jemand, der meine Sprache spricht?«

»Jock, jock«, sagte der Pinguin. Er holte eine weitere kleine Flasche mit brauner Flüssigkeit aus seinem Overall und stellte sie auf den Nachttisch. »Thistle Dhu Malt«, sagte er und verschwand.

Pachulkes Kleider lagen auf einem Stuhl in der Ecke des kleinen Zimmers. Vorsichtig setzte er sich auf. Es ging, der Kopf brummte zwar, aber er konnte ihn nach links oder rechts drehen. Er tappte zum Stuhl. Erst zog er sich die Strümpfe an, dann griff er nach der Unterhose.

Als er gerade auf einem Bein stand, hörte er die Tür gehen, dann pfiff jemand, so wie Bauarbeiter Frauen hinterherpfeifen. Pachulke setzte den Fuß ab. Im Zimmer stand eine Frau.

»Ich bin Polaria, aber du kannst auch Pola zu mir sagen. Wer bist du?«

»Ich bin gerade nackt, wie Sie sehen.«

»Wir haben in dieser Einöde keinerlei Scheu vor Nacktheit. Ich habe Schlimmeres gesehen.«

»Vielen Dank.« Pachulke drehte Pola den Rücken zu und zog sich in aller Ruhe an. Als er sich das Hemd zugeknöpft hatte, fing sein Kopf wieder an zu pochen. Er blickte auf die Flasche auf seinem Nachttisch und sagte: »Ich bin Hauptkommissar Pachulke und ermittle in einem Doppelmord. Gestern hat der Mörder mich auf den Müggelsee gelockt und versucht, mich zu erschlagen.«

»Das wissen wir. Einer unserer Leute hat ihn unvorsichtigerweise verfolgt.« Pola hatte fleischige kleine Ohren mit angewachsenen Ohrläppchen, zwei Millimeter kurz geschnittene blonde Haare und eine sehr schöne Nase. Sie lächelte Pachulke jedes Mal an, wenn sie etwas sagte.

»Ist er tot?«

»Er ist wohlbehalten zurückgekehrt und brummt jetzt seine Strafe in der Arrestzelle ab.«

Als sie Pachulkes fragenden Blick sah, fügte sie hinzu: »Unerlaubtes Verlassen seiner Einheit. Lowrie war Teil der Patrouille, die dich gefunden hat. Dann ist er auf eigene Faust hinter dem Kerl her, der dich niedergeschlagen hat.«

»Er hat ihn gesehen? Ich muss ihn sprechen, sofort.«

»Tut mir leid, das geht nicht. Er ist im Arrest.«

»Aber es geht um einen Mordfall.«

»Ihr habt eure Regeln, wir haben unsere. Morgen kannst du mit ihm reden.«

»Morgen, ich muss sofort …« Diesmal zuckte er zusammen, als eine Blendgranate aus Schmerz in seinem Kopf explodierte.

»Du schaffst es nicht einmal bis zum Speisesaal ohne fremde Hilfe.« Sie stemmte die Hände in die Hüften und hob das Kinn.

»Wo bin ich hier?« Er hatte das Gefühl, aus der Zeit gefallen zu sein, aber das kam bei Gehirnerschütterungen ja vor.

»Du bist in der Schneenotrettungsstation Südost, direkt am Müggelsee. Unser befehlshabender Offizier ist Brodie Supreme, ein Aptenodytes forsteri.«

»Ein was?«

»Ein Kaiserpinguin, aber nenn ihn am besten Brodie Supreme, wenn du mit ihm sprichst. Die lateinischen Namen sind immer so förmlich. Ich nenne dich auch nicht homo sapiens. Pachulke ist ein hübscher Vorname, hab ich noch nie gehört vorher.«

»Pachulke ist mein Nachname.«

»Und dein Vorname?«

»Den hab ich vergessen, alle nennen mich Pachulke. Was machst du hier?«

»Ich bin die Ausbilderin für Fitness und Kampfsport.« Sie legte die Hände flach zusammen und verbeugte sich. »Du hast da draußen Frühsport gemacht.«

»Der Abschluss unseres Fitnessprogramms. Stimmt, von hier aus kann man den Sportplatz sehen.«

»Was bedeutet Ardbeg?«, fragte Pachulke.

»So viel wie mächtig, gewaltig, umwerfend. Wie kommst du darauf?«

»Dieser kleine Kerl eben …«

»Du meinst Eudyptula minor 5?«

»Äh …«

»Einer von sieben Zwergpinguinen auf der Station, der fünfte um genau zu sein. Wir nennen ihn alle Chivas. Er ist der Stationsarzt.«

»Er hat mich in den Bauch gepiekt und Ardbeg zu mir gesagt.«

»Das war ein Ausdruck von Bewunderung, eine gut entwickelte Fettschicht ist unter Pinguinen ein Zeichen von Wohlstand, Intelligenz und Charakterstärke. Er wollte damit sagen, dass du durchkommst.«

»Wirklich?« Zum ersten Mal hatte Pachulke nicht den Wunsch, die Schneenotrettungsstation Südost sofort wieder zu verlassen. Zu Pola sagte er: »Und du sprichst diesen Kauderwelsch?«

»Du meinst Poitín. Das ist die Lingua franca. Pinguine unterteilen sich in siebzehn Arten und sechs Gattungen. Wenn die bei einem Notfall blind zusammenarbeiten müssen, brauchen sie eine gemeinsame Sprache.«

»Heißt Jock so viel wie Ja?«

Als sie ihn diesmal anlächelte, wurde es Pachulke flau im Magen. Wahrscheinlich waren das auch die Folgen des Mordversuchs. Aber seinem Kopf ging es im Moment gut.

»Ah, du lernst schnell. Das gefällt mir.« Sie trat vor ihn, breitete die Arme aus und klopfte ihm ein paar Mal kräftig auf die Hüften. »Willkommen, willkommen.« Sie fügte hinzu: »Das ist das Begrüßungsritual unter Pinguinen. Du darfst auch, wenn du möchtest.« Pachulke beugte sich nach vorne, als hätte er einen Hexenschuss und klopfte Pola zweimal matt auf die Hüften.

»Etwas fester darf es schon sein. Wenn wir Pinguine wären, hättest du mir gerade erklärt, dass du mich zum Kotzen findest.«

»Also gut«, sagte Pachulke und schlug ein paar Mal zu, als wollte er sein Gegenüber zerquetschen.

Pola ließ es über sich ergehen, ohne eine Miene zu verziehen. Dann sagte sie: »Das war jetzt ein lüsterner Heiratsantrag, aber heute ist dein erster Tag.« Sie zeigte auf die kleine Flasche. »Thistle Dhu – trink das. Sonst geht dir die Puste aus. Hier sind ein paar Schuhe, die du anziehen kannst. Und dann zeig ich dir die Station.« Sie holte aus einem schmalen Spind ein paar Taucherflossen hervor. »Wer hier als Mensch zu Gast ist, sollte aus Höflichkeitsgründen watscheln. Das geht ganz einfach. Die Taucherflossen sind kurz, es ist nur eine Geste.«

»Also gut, eine Geste«, sagte Pachulke, und zog die Taucherflossen an. Er klopfte auf seine Hosentasche und suchte in der Schublade seines Nachtkästchens. »Wo ist meine Uhr?«

»In der Werkstatt. Sie ist aufs Eis geknallt und stehen geblieben. Keine Sorge, Old Rhosdhu kriegt das wieder hin. Er heißt Rhosdhu, aber er ist schon so lange hier, jetzt heißt er Old Rhosdhu. Gehen wir.«

Sie watschelten durch den Gang. Der Arzt kam vorbei und grüßte. Als er Pachulke sah, sagte er: »Glenlivet, Glenlivet.«

»Gut, gut«, raunte Pola Pachulke zu, und er nahm wahr, dass sie nach Zimt und Pfeffer roch.

»Du riechst Glenlivet«, raunte er zurück. Pola kicherte.

»Das hier ist der Sportbereich«, sagte sie und öffnete eine Tür. Im hinteren Bereich einer großen Halle spielte eine Handvoll Pinguine Basketball, erstaunlich flink watschelten sie hin und her. Es gab Fitnessgeräte, und in einer Vitrine lagen Harpunen und einige Zielscheiben. »Für unsere Sportschützen«, sagte Pola.

Direkt am Eingang stand eine Tischtennisplatte. Ein kleiner und ein großer Pinguin spielten gegeneinander. Gerade sprang der kleine hoch und hämmerte mit seiner Flosse einen Schmetterball unerreichbar in die Ecke. »Kenloch!«, rief er. Der Ball landete vor Pachulkes Füßen, und der große Pinguin kam herbei, hob den Ball auf und schüttelte den Kopf. »Glengoyne Na-Geanna«, hörte Pachulke ihn murmeln.

»Gut gespielt und doch verloren«, übersetzte Pola. Dann sagte sie: »Scapa, das ist Pachulke.« Zu Pachulke sagte sie: »Scapa und Montgomerie gehören zu der Einheit, die dich gefunden haben.«

»Danke, dass Sie mir das Leben gerettet haben«, sagte Pachulke. Auch Montgomerie war jetzt dazugekommen, er reichte Pachulke nicht ganz bis zur Hüfte. Beide Pinguine nickten, verzogen dabei aber keine Miene. Pachulke beugte sich nach vorne und klopfte Scapa ein paarmal mittelkräftig durch, dann tat er das gleiche mit Montgomerie.

»Drumguish, Clan Ben«, sagte Scapa.

Pachulke sah Pola an.

»Drumguish heißt: Da nich für«, sagte Pola.

»Und Clan Ben?«, wollte Pachulke wissen.

»Oh«, sagte Pola und sah an Montgomerie und Scapa vorbei in die Turnhalle, »das ist ein umgangssprachlicher Ausdruck, eine Art Kosename, den man nur verwendet, wenn man jemand ganz besonders mag.«

»Es heißt Bulle, stimmt's?«

»Sehr frei könnte man es auch mit Bulle übersetzen«, sagte Pola und zog dabei den Klettverschluss ihres Overalls auf und zu.

Sie gingen weiter, und Pola öffnete eine andere Tür. »Das ist die Bibliothek«, sagte sie. Ein Pinguin las tief versunken in einem Buch und strich sich eine seiner beiden blonden Tollen aus der Stirn.

»Das ist Highland Park. Er gehört auch zu der Einheit, die dich gefunden hat.« Pola winkte, als Highland Park kurz hochsah. Er verzog keine Miene und deutete auf sein Buch. »Dunbar«, sagte er und zuckte die Schultern.

»Gefällt es ihm nicht?«, flüsterte Pachulke.

»Sehr gut sogar«, erwiderte Pola. »Er sagt: Neruda ist ein wunderbarer Schriftsteller, aber er versteht nichts von Pinguinen. Highland Park heißt Eudyptes chrysolophus 3 und kommt aus Chile. Unter Pinochet musste er fliehen. Er hat in der DDR überlebt.« Pachulke hatte ein Computerterminal erspäht. Pola hielt ihn am Arm fest, und er genoss es, von ihr berührt zu werden.

»Ich möchte gern eine E-Mail an meine Kollegin schreiben«, sagte Pachulke.

»Ist es wichtig?«, fragte Pola. Sie ließ ihn nicht los.

»Nur, dass ich noch lebe.«

»Das hat Zeit. Für dieses Terminal gibt es feste Termine. Bushmill dort chattet gerade mit seiner Familie in Südafrika. Ich bringe dich jetzt zu Brodie Supreme, danach musst du wieder ins Bett.« Sie watschelten zu einer Glastür und Pola trat ein, ohne anzuklopfen.

»Glentauchers«, sagte Brodie Supreme.

»Glentauchers«, sagte Pola.

»Glentauchers«, sagte Pachulke.

Danach redete Pola mit Brodie Supreme, der in seinem auf Taille geschneiderten Overall elegant und wichtig aussah. Schließlich sagte Pola: »Er freut sich, dass es dir besser geht, und wünscht dir alles Gute bei der Suche nach dem Mörder.«

»Ich muss unbedingt sofort mit Lowrie reden«, sagte Pachulke. »Lowrie Geanna, An Cnoc«, sagte Brodie Supreme. Er nickte Pola zu. »Das heißt, wir müssen gehen.« Sie zupfte Pachulke am Ärmel. Dieser folgte nur widerwillig. Draußen fragte er: »Warum geht das nicht? Vielleicht wird bald wieder jemand ermordet.«

»Lowrie hat so etwas nicht das erste Mal gemacht. Wenn Brodie Supreme jetzt nicht bei seiner Linie bleibt ist, verliert er den Respekt seiner Männer. Morgen nach dem Frühstück kannst du mit Lowrie reden.«

Als Pachulke sein Zimmer erreichte, konnte er kaum noch

stehen. Er zog seinen Schlafanzug an, trank die Medizin, legte sich ins Bett und schlief ein.

Im Speisesaal gab es lange Tische und Bänke, alle schnatterten durcheinander. Es war so laut, dass Pachulke und Pola sich nicht unterhalten konnten. Keiner beachtete die beiden, erst als die Küchenpinguine die Teller abgeräumt hatten – es hatte eine Art Labskaus gegeben – , stippte ein Pinguin Pachulke in die Seite und fragte: »Fairlie, An Cnoc?«

Pachulke sah Pola an.

»Er fragt, ob du einen Nachtisch willst?«

Pachulke nickte. »Jock, jock.«

Der Pinguin watschelte zu einer Eistruhe und brachte für Pachulke und Pola zwei Eis am Stiel mit. Pachulke riss das Papier auf und wollte gerade über sein Eis schlecken, da sah er, dass es sich um ein gefrorenes Fischstäbchen handelte. Er sah hilflos zu Pola hinüber, die das Eis mit großem Vergnügen zu essen schien.

»Du kannst es nicht zurückgeben«, sagte sie mit einem Grinsen. »Dafür ist es jetzt zu spät. Du würdest ihn tödlich beleidigen.«

Pachulke verschlang ein Stück Fischstäbchen, hob das Holzstäbchen hoch und sagte zu seinem Nachbarn: »Fairlie Glenlivet.«

»Glenallachie, Clan Ben«, sagte der Pinguin.

»Glenallachie, Frackgesicht«, sagte Pachulke.

Der Pingin beugte sich vor, sodass seine Stirn die von Pachulke berührte, und sagte: »Glenallachie, Clan Ardroch.«

Sehr gut, keinen Tag hier und er prügelte sich. Aber der Pinguin klopfte Pachulke zweimal auf die Hüften und setzte sich gerade hin.

»Er hat dir gesagt, was Frackgesicht heißt. Und es gefällt ihm, dass du dich gleich an den familiären Umgangston gewöhnt hast. Das ist Usher. Der Kommandant der Einheit, die dich gerettet hat.«

Pachulke verbeugte sich im Sitzen, und Usher deutete gleichfalls eine Verbeugung an.

Nach und nach leerte sich der Speisesaal, der hier Messe hieß, und Pachulke und Pola saßen alleine da. Sie holte eine Flasche mit brauner Flüssigkeit aus ihrer Hosentasche und stellte sie vor Pachulke hin. »Deine Ration für die Nacht«, sagte sie.

Pachulke nahm einen Schluck und legte den Kopf nach links und nach rechts, als er spürte, wie die Wärme in seinen Nacken floss. »Was ist das?«

»Uisge beatha nennen es die Pinguine. Wörtlich übersetzt heißt das Wasser des Lebens. Die Menschen nennen es Lebertran.«

»Lebertran? Das soll Lebertran sein«, schrie Pachulke. »Lebertran schmeckt grauenhaft.«

»Tja, man muss eben wissen, wie man ihn zubereitet. Das, was du trinkst, hat 24 Jahre im Fass gelegen und wurde vorher aufwendig destilliert. Erst dann ist der Lebertran mild und wärmt die Seele und den Körper. Wir haben hier eine eigene Brennerei. Willst du sie sehen?«

Pachulke nickte, er wollte jede Minute an der Seite von Pola verbringen. Sie zogen ihre Mäntel an und gingen nach draußen. Der Wind sprang sie an, und sie kämpften gegen ihn an bis zu einem runden Nebengebäude. Aus den Fenstern kam Licht. Als sie hineinspähten, sahen sie drei Pinguine, die Fässer durch die Gegend rollten. Es roch nach Tang und salziger Luft.

Pola starrte in die eisige Nacht. »Die Zeit löst sich auf, wenn man lange genug dorthin schaut«, sagte sie und stellte sich so, dass ihr Kinn neben der Schulter von Pachulke war. »Man stellt seine Gedanken ab, entspannt sich und lässt sich treiben, man überlässt sich dem Nichts. Und auf einmal leuchtet es, und es spricht zu dir, und du verstehst den inneren Sinn.« Sie kuschelte ihren Arm unter den von Pachulke.

Pachulkes Beule gefiel die Kälte überhaupt nicht. Obwohl er sich seine Mütze tief ins Gesicht gezogen hatte, pochte die Stelle, die der Mörder erwischt hatte. Seine Augen tränten vor Kälte.

Er dachte an den Abend, an dem er aus dem Loft von Praumann nach Hause gekommen war. Das Radio übermittelte spät nachts Glückwünsche und Grüße zusammen mit einem Lied. Einem Mann in der Seniorenresidenz Abendrot hatte die Familie zum Achtzigsten gratuliert. Er fragte sich, ob der alte Mann von seinem Geburtstagsgruß etwas mitbekommen hatte. Ihm war der Anfang des Liedes mit der Klarinette immer noch nicht eingefallen. »Was heißt *Ich liebe dich* auf Poitín?«, fragte er.

Pola räusperte sich. »Es gibt zwei Begriffe dafür. Der eine ist Bunnahabhain. Das heißt so viel wie: Lass uns zusammen etwas ausbrüten.«

»Klingt sehr langfristig«, sagte Pachulke.

»Ist es auch«, sagte Pola. »Pinguine leben in lebenslanger Einehe.«

»Und der andere Begriff?«

»Laphroaig. Das heißt: Mit dir will ich das Eismeer zum Kochen bringen.«

»Das ist nicht so langfristig?«

»Das kann auch sehr langfristig sein, muss aber nicht. Wieso fragst du?« Polas Mund war so nah an seinem Ohr, dass er ihren Atem spüren konnte. »Bloß so. Ich interessiere mich für fremde Sprachen«, erwiderte Pachulke.

»Das ist reizend. Interessierst du dich zufällig auch für fremde Zungen, meine zum Beispiel?«, flüsterte sie. Als ihre Zungenspitze die Rundung seines Ohrläppchens entlangfuhr, flutete eine warme Welle über Pachulkes Rücken, die nicht von Uisge beatha herrührte. Er drehte sich um, ihre Lippen berührten sich, und ihm fiel der Liedanfang wieder ein, den er die ganze Zeit gesucht hatte: *When I get bolder, losing my glare, many fears from now.*

Als Pachulke aufwachte, war er nackt. Aber er fror nicht. Er hatte auch keine Kopfschmerzen mehr. Er lag in Polas Arm, und das stockdunkle Zimmer leuchtete von zartorange über mintgrün bis pflaumenviolett, als sie seinen Namen sagte.

»Wie geht's dir?«, fragte er.

»Ardbeg«, sagte sie. Ihre Stimme war dunkel und weich.

»Das war das erste Mal«, sagte Pachulke nach einer Weile.

»Das erste Mal, dass du mit einer Frau geschlafen hast? Ist das dein Ernst?« Pola kitzelte Pachulkes Nacken. »Nein, das erste Mal, das mich jemand geküsst hat, als ich Taucherflossen anhatte.«

Pola kicherte. Sie beugte sich über Pachulkes Rücken und küsste ihn: dreimal kurz, dreimal lang, dreimal noch etwas länger. Pachulke hatte keine Mühe, die Botschaft ihrer Morsesignale zu entziffern, und erst als der Morgen graute, wurden sie müde. Als Pachulke aus dem Fenster sah, war es ihm, als würde die Wolkendecke transparent und der Umriss einer fahlen runden Scheibe wäre zu sehen. Er streichelte Pola. »Da kommt die Sonne«, sagte er.

»Hmm, was?«, sagte sie. »Das ist schön, mein Kleiner, dieser Winter hat unglaublich lang gedauert. Wir haben schon Juni.«

»Es fühlt sich an, als ob es Jahre her gewesen ist«, murmelte Pachulke.

Sie wussten nicht, wie die Flasche mit brauner Flüssigkeit auf Polas Nachttisch gekommen war, aber sie stand da, unübersehbar und größer als alle anderen zusammen.

»Was ich an Pinguinen besonders schätze, ist ihre unglaubliche Diskretion«, sagte Pola. In diesem Moment erklang draußen ein infernalisches Röhren, das in einem langgezogenen Prusten endete.

»Was ist das?«, fragte Pachulke und sah aus dem Fenster.

»Der Eiermann.«

»Der Eiermann«, sagte Pachulke. »Aber das ist doch Kannibalismus.«

»Ist es nicht, wart's nur ab.« Wieder röhrte es draußen, dann robbte eine Gestalt mit Schnauzbart und Schwabbelfalten heran, die einen Schlitten zog. Das Walross stieß ein markerschütterndes Röhren aus und japste ein paarmal.

»Was sagt er?«, fragte Pachulke. Noch so ein Schrei und sein Kopf tat ihm wieder weh.

»Er sagt: Ich bin das Walross.« erklärte Pola. Sie zog sich an.

»Gut zu wissen.«

»Er ist der Eiermann und bringt unsere Wochenration. Zwanzig große Eimer Seehasenrogen.« Einige Pinguine luden die Eimer vom Schlitten und trugen sie in die Küche.

»Ist der Arrest von Lowrie jetzt vorbei?«

»Seit einer Stunde schon.«

»Dann nichts wie los.«

Die Bibliothek war leer, als sich Pachulke, Pola und Lowrie zusammen an einen Tisch setzten. Lowrie trug eine überdimensionierte Brille, die fast wie eine Schweißerbrille aussah. Sein Overall war fleckig, der hätte mal in die Waschmaschine gemusst.

Pachulke fragte: »Hast du den Täter gesehen?«

»Na-geanna.« Lowrie schüttelte den Kopf.

»Er ist stark kurzsichtig«, sagte Pola. »Er ist ein Brillenpinguin.«

»Du konntest ihn nicht einholen?«, fragte sie, und es klang ungläubig.

»Na-geanna.« Wieder schüttelte Lowrie den Kopf.

»Lowrie ist einer der schnellsten Pinguine, die wir hier haben. Wenn es dem Kerl mit der roten Maske gelungen ist, einen Vorsprung herauszulaufen, muss er ein fantastischer Schlittschuhläufer sein.«

»Ist dir noch etwas aufgefallen?«, wollte Pachulke wissen. Er konnte es nicht fassen, dass sein einziger Zeuge ein kurzsichtiger Pinguin war.

Lowrie quäkte ein paar Brocken, von denen Pachulke außer *Nageanna* nichts verstand. »Gesehen hat er nichts«, erklärte Pola. »Aber dem Mörder ist etwas aus dem Auto gefallen, als er weggefahren ist.«

Lowrie wühlte in der Tasche seines Overalls und reichte Pachulke ein zerknittertes Stück Papier. Es war eine Eintrittskarte des Historischen Museums mit dem Tagesdatum vom Sonntag, 11. Juni, 09:11 Uhr. Der Mörder war im Museum gewesen, bevor er Pachulke aufgelauert hatte.

Als Lowrie sich zum Küchendienst verzogen hatte, sagte Pola im Verschwörerton des Vorabends: »Scheinbar haben wir heute Nacht etwas falsch gemacht.«

»Wie meinst du das?« Pachulke zog den Kopf zwischen die Schultern. Schon eine Distanzierung?

»Ach Liebster, nein, nicht was du denkst.« Sie streichelte seine Hand. »Aber das Eismeer kocht nicht, und der Müggelsee auch nicht. Stattdessen bekommen wir einen großen Schneesturm, es hat schon angefangen. Die Straßen sind alle dicht.

Ich fürchte, du musst heute Nacht noch einmal hierbleiben.« Ihr Gesichtsausdruck legte nicht nahe, dass sie diese Möglichkeit schrecklich fand.

Pachulke schüttelte den Kopf. »Er wird wieder töten. Er wollte mich aus dem Weg räumen, um in Ruhe weitermachen zu können. Ich muss zurück.«

Nach dem Mittagessen kam der Arzt und gab Pachulke eine Flasche mit brauner Flüssigkeit. Dann stand Pola neben ihm und hatte seine Schuhe in der Hand. »Die Rettungspatrouille startet in einer Minute. Du kannst mit.«

Sie umarmten sich, Pachulke grub seine Nase tief in die Kuhle zwischen Polas Schultern und Hals. »Es ist die Einheit, die dich gefunden hat«, sagte Pola. »Du hast den Platz von Lowrie.« Sie biss ihn sanft ins Ohr und sagte: »Glenfiddich.«

Pachulke steckte eine Schneeflocke in seine Manteltasche, die er von Polas Kragen gepickt hatte. Auch auf ihr befanden sich zwei Buchstaben. Kommandant Usher reichte Pachulke seinen Helm. Das Gefährt sah aus wie ein untersetzter Zeppelin. Auf dem Dach war eine Luke. Unten befanden sich sechs Räder. Es war quietschgelb. Pachulke stieg ein. Sein Platz war neben dem Bullauge. Über den Müggelsee kroch eine kochende Wand, die Schnee ausspie, Schnee vor sich hertrieb. Es ging los, sie fuhren mit rasender Geschwindigkeit in die Kanalisation hinein. In einer scharfen Linkskurve knallte Pachulke gegen die Wand. Er sah Sternchen und suchte nach etwas, an dem er sich festhalten konnte, vergeblich. Die Situation wurde dadurch nicht besser, dass die Pinguine pausenlos aus vollem Halse sangen.

Irgendwann war es zu Ende. Pachulke klopfte die Pinguine reihum zum Abschied. Usher sagte: »Helter Skelter, An Cnoc.« Die Luke öffnete sich. Darüber stieg eine Leiter in einem runden Schacht empor und über dem Schacht war der Himmel. Pachulke kletterte nach oben und stand vor seinem Haus. Es schneite stark, aber es war noch kein Orkan.

Langsam und vorsichtig stieg er die Treppe zu seiner Wohnung hoch. Als er in seiner Diele stand, lag da die Vorschau für das Matinee-Konzert. Er war sich nicht sicher, ob er geträumt hatte. Aber die Beulen und die Schmerzen waren echt. Echt war auch die Flasche Lebertran, die er vorsichtig auf den Küchentisch stellte. Und die Museumskarte war auch da. Er sah auf die Uhr. Halb vier Uhr nachmittags. Aber bei der Datumsanzeige hatte Old Rhosdhu einen Fehler gemacht. Er hatte zwei Nächte in der Schneenotrettungsstation zugebracht, also war heute Dienstag, der 13. Juni. Seine Uhr behauptete, dass es Mittwoch, der 12. Juni war.

Alles wird gut, hatte Dubinski in seinem Interview gesagt. Aber bis dahin war es ein langer Weg. Pachulke saß in der Küche und knabberte vorsichtig an einer Scheibe Knäckebrot herum, als sein Handy läutete.

»Pachulke, wo warst du?« Zabriskie klang besorgt.

»Ich war, ich bin …«

»Geht es dir gut?«

»Ich bin überfallen worden, auf dem Müggelsee.«

»Was?«

»Der Mörder hat mich dorthin gelockt und hat versucht, mich zu erschlagen. Die Pinguine haben mich gerettet, und … Sag mal, den wievielten haben wir heute?«

»Mittwoch, den 12. Juni. Deswegen rufe ich an. Morgen ist

die Beerdigung von Marie-Johanna Canisius. 11 Uhr, Waldfriedhof Zehlendorf.« Schweigen. »Pachulke, geht's dir gut? Soll ich vorbeikommen? Ich schick dir einen Arzt.«

Pachulke schüttelte den Kopf. Aber Sonntag war doch der Elfte gewesen. Wieso war Mittwoch dann der Zwölfte? »Ich brauch keinen Arzt, ich brauch nur einen Schluck Uisge beatha.«

»Was brauchst du? Kannst du deutlicher sprechen?« Zabriskie klang mütterlich. Er hatte offensichtlich akustische Halluzinationen.

»Ein Sportfotograf«, sagte Pachulke. »Ein Sportfotograf, der mit Dubinski gearbeitet hat. Wir müssen alles über ihn rausfinden. Morgen um 11, Waldfriedhof.«

Er ging ins Schlafzimmer und zog sich aus. Dann trank er den Lebertran auf Ex und legte sich so auf den Bauch, dass er die Nase in seine Armbeuge stecken konnte. Dort roch es nach Zimt und Pfeffer.

CH Kapitel 14

Pachulke überstand die Beerdigung von Marie-Johanna Canisius nur mit allergrößter Kraftanstrengung. Die vielen weinenden Menschen machten ihm zu schaffen. Gerade, als er sich fragte, wie lange es dauern würde, bis er zusammenbrach, bot ihm eine alte Nonne ihren Platz an. So weit war es also mit ihm gekommen. Es gab einige Nonnen in der Trauergemeinde, überhaupt war alles viel christlicher als bei Praumann. Pachulke fragte sich, wie viele der Nonnen wohl zu dem Flüchtlingsnetzwerk gehörten, das ganze Familien zu der Ermordeten geschickt hatte. Ganz vorne sah er Penny Cilin mit einer neuen Frisur und in einem roten Anorak, der teuer aussah. Die würde einen geeigneten Nachfolger für Dr. Canisius finden, bestimmt war er oder sie schon hier im Raum. Es war genauso voll wie bei Prometheus Praumann. Also gab es wohl eine intimere Form der Wertschätzung als die Präsenz in den Schlagzeilen. Mit der Bemerkung *Heute war ich auf der Beerdigung von der Canisius* konnte man abends auf der Party keinen Flirt beginnen.

Stephan Canisius hielt tapfer durch. Er dankte allen für ihr Kommen und hielt eine kurze Rede. Er erwähnte, dass er und seine Frau gemeinsam einige Jahre in Kuba gearbeitet hatten. Marie-Johanna Canisius war voll und ganz in ihrer Arbeit aufgegangen. Zu viel für seinen Geschmack. Jetzt blieb keine Möglichkeit mehr, die Zweisamkeit auf das Alter zu verschieben. Die Nacht war schnell gekommen, der Lebensabend fiel aus.

Im Publikum saßen neben den Nonnen wohl auch einige regelmäßige Patientinnen der Praxis Canisius, die nach der Feier wieder auf den Straßenstrich zurückkehren würden. Pachulke fror zum Steinerweichen, weil er übermüdet war, und es tat ihm weh, sich die jungen Frauen zwei Stunden später am Zubringer eines Industriegebiets in Lichtenberg oder Marienfelde vorzustellen.

Gesang gab es auch. Molli Jones und ein Teil des Anglikanischen Frauenchores standen auf der Empore und sangen voller Inbrunst: »Herr, wir sind nur Erdbeeren im Schrebergarten deiner Weisheit und Güte. Wann wir gepflückt werden, weißt nur du allein. Wir leben mit geschlossenen Augen und missverstehen all das, was wir sehen. Gezuckert und mit süßer Sahne übergossen gehen wir ein ins Paradies, wenn du den Zeitpunkt für gekommen hältst.«

Das war ein sehr eigenwilliger Text, obwohl Pachulke weit davon entfernt war, auf dem aktuellen Stand der theologischen Diskussion solcher Fragen zu sein. Seine Aufgabe war es, den Rüpel zu finden, der die kleinen Erdbeeren vor ihrer Zeit zu Mus prügelte.

Als sich die Tore der Aussegnungshalle öffneten, wartete Pachulke bis zum Schluss. Er schrieb Zabriskie ein *Ja* zurück auf ihre SMS *Bist du da?*. Zusammen mit der Nonne bildete er den

Schluss des Trauerzuges und kam sich dadurch erstaunlicherweise ein klein wenig wichtig vor.

»Sie müssen der Toten sehr nahegestanden haben, wenn Sie in diesem Zustand hierherkommen«, sagte die Nonne und bot Pachulke ihren Arm. Sie war munter und krekel, vermutlich lachte sie gern, wenn sie nicht gerade auf einer Beerdigung war.

»Nicht so nah«, murmelte Pachulke und nahm den Arm mit einer angedeuteten Verbeugung an. Er wollte sich nicht als Polizist zu erkennen geben. Das fanden Trauergäste meist unpassend. »Und Sie, in welchem Verhältnis standen Sie zu der Ermordeten?«

»Wir sind uns vor mehr als vierzig Jahren begegnet«, sagte die Nonne. »JoJo war damals in einem Protestkreis gegen den Vietnamkrieg. Und irgendwann kriegten wir diese Anfragen, sehr geheimnisvoll, ob wir den einen oder anderen jungen Mann aus Kentucky oder Michigan für ein paar Tage im Geiste christlicher Nächstenliebe bei uns beherbergen könnten.« Pachulke nickte, als würde er den ganzen Tag nichts anderes machen, als Deserteure zu verstecken. »Das gab eine große Diskussion damals. Die einen sagten, wer das tut, fällt dem Land in den Rücken, das uns gerettet hat. Die anderen haben gesagt: Wir schützen die Prinzipien, für die dieses Land einst stand.«

»Und, wie haben Sie sich entschieden?«

»Wir haben den jungen Männern geholfen. Und JoJo hat alles perfekt organisiert.«

»Tja, Gottes Wege sind wunderbar«, sagte Pachulke. »Und er braucht kein Visum, wenn er die Erde bereist.«

Die Nonne sah ihn prüfend von der Seite an.

»War denn Prometheus Praumann auch in dieser Gruppe?«, fragte Pachulke schnell.

»Ach der, der hatte nur seine Spötteleien übrig für Menschen, die zu einem Leichnam beten.« Sie zeigte mit dem Kinn auf ein verwittertes Kreuz, an dem ein verwitterter Sohn Gottes hing. »Eine Freundin von JoJo war dabei, sie hieß …« Sie dachte nach. »Sie hieß Julia.«

»Eine Medizinerin?«

»Nein, die hat etwas anderes gemacht. Und Dubinski war eine Zeit lang dabei.«

»Der Sprecher der Revolutionäre?«

»Richard.« Sie schüttelte den Kopf und lachte in sich hinein. »Er war unglaublich.«

»Wie meinen Sie das?«

»Weil er alles auf einmal gemacht hat. Und alles auf einmal geschafft hat. Er war überall zu finden, als die Dinge ins Rollen kamen. Wissen Sie übrigens, dass JoJo ihm die Haare geschnitten hat?«

»Tatsächlich?«

»Diese berüchtigte Helmfrisur, die aussah wie ein Wischmob. Die war von JoJo. Erst hatten nur Dubinski und sein engster Kreis diesen Haarschnitt. Sie wurden durch den Kakao gezogen deswegen. Ein Jahr später lief jeder so rum.«

»Wo waren Sie, als Dubinski ermordet wurde?«

»In Albuquerque, New Mexico. Ich habe in einem Krankenhaus gearbeitet. Die katholische Kirche hat Soldaten betreut, die ihr Pflichtbewusstsein in Südostasien mit schweren psychischen Störungen bezahlt haben. Ich wollte dort etwas tun. Hier wissen zu wenige, wie es dort ist.«

Sie hatten das Grab erreicht und Pachulke stand neben dem Holzkarren, auf dem die Kränze lagen. Einer bestand aus roten Nelken. Die rote Schleife hatte eine spanische Beschriftung. Vom *maximo lider* persönlich? Nein, aber das kubanische Gesundheitsministerium hatte sie nicht vergessen. Daneben ein sehr kleiner Kranz aus Rosen, ein Bukett in kräftigen Farben, fast zu fröhlich, wie ein Brautstrauß. *Die Besten sterben jung. Martha Dubinski.*

Gab es eine Witwe von Richard Dubinski? Das würde dem Museum ähnlich sehen, Dubinski als den Bräutigam der Geschichte zu inszenieren und die Frau an seiner Seite einfach unter den Teppich zu kehren. Bördensen sollte das mal herausfinden. Pachulke pickte eine Schneeflocke vom kubanischen

Kranz und steckte sie in die Tasche. Er ging hinüber zu Zabriskie, die sich auf der anderen Seite der Trauergemeinde platziert hatte. Sie zuckte zusammen, als sie sein Gesicht sah. Pola. Zabriskie. Plink. Pachulke wurde schwindlig. Er stützte sich mit dem Arm an einen Grabstein.

»Hallo, Pachulke. Wer bei dieser Kälte hierherkommt, der ist noch nicht tot. Aber meinst du nicht, dass du professionelle Hilfe brauchst, einen Visagisten oder so etwas?«

»Ist das da drüben Molli Jones?«, fragte Pachulke zurück.

Zabriskie sah eine Frau in einem dunkelgrauen Cape. Daneben stand Desmond Jones, trotz der frühen Tageszeit stark geschminkt.

Zabriskie nickte.

»Gut, dann gehe ich jetzt zu ihr.«

»Soll ich das nicht machen?«, fragte Zabriskie. »Du gehörst ins Bett.«

»Unsinn, mir geht's so gut wie immer«, sagte Pachulke.

»Schaffst du das wirklich? Ich müsste noch unsere Suchaktion vorbereiten.«

»Suchaktion? Was sucht ihr denn? Sag jetzt nicht, du und Dorfner, ihr sucht eine Wohnung?« Zabriskie räusperte sich. »Du bist krank. Plink und ich haben beschlossen, den Landwehrkanal zu durchsuchen.«

Pachulke nickte. »Schaden kann das nicht.«

»Etwas mehr Begeisterung könntest du schon zeigen für diesen Einfall«, knurrte Zabriskie. Sie ging, ehe Pachulke es sich anders überlegte. Er konnte jede Minute zusammenklappen.

Molli Jones wich einen Schritt zurück, als sich Pachulke näherte, aber Desmond raunte ihr etwas zu. Dann sagte er: »Guten Morgen, Herr Kommissar. Was ist denn mit Ihnen passiert?«

»Bin beim Schlittschuhlaufen hingefallen, ist aber nicht so schlimm. Es ist gar nicht leicht, Sie ans Telefon zu bekommen, Ihr Chor ist sehr beschäftigt.«

»Wir sind im Namen des Herrn unterwegs«, sagte Molli Jones.

»Und nicht einmal der Tod Ihrer engsten Freundin konnte Sie dazu bewegen, die Tournee abzubrechen und sofort nach Hause zu kommen?«

»Ist das ein Verhör?«, fragte Molli Jones, aber sie lächelte ihn dabei so an, dass Pachulke das Gefühl hatte, Pola untreu zu werden, wenn er nicht woanders hinsah.

»Ein Beichtgespräch ist es jedenfalls nicht«, sagte er und brachte ein Grinsen zustande, das einen Ork in die Flucht geschlagen hätte. Diese Frau gefiel ihm, und er hatte *Die traurige Witwe* nicht vergessen.

»Mein Verhältnis zu Stephan Canisius ist nicht das allerbeste. Deshalb schien es mir vernünftiger, nur zum offiziellen Teil zu erscheinen. Obwohl ich JoJo länger kenne als jeder andere hier. Zur privaten Trauerfeier bin ich nicht eingeladen.«

»Und das verbittert Sie?«

»Schon lange nicht mehr.« Sie drehte dem Grab den Rücken zu. Desmond und Pachulke folgten ihrem Beispiel.

»Stephan war von Anfang an eifersüchtig. Das wurde besser, als ich mit Desmond zusammen war, weil sich die beiden sehr gut verstanden. Aber ich durfte JoJo nicht zu nahe kommen. Wenn Stephan das Gefühl hatte, dass wir ein höheres Maß an Innigkeit entwickelten als er und JoJo, geriet die Ehe ins Ungleichgewicht. Deshalb war unser Umgang in all den Jahren vergleichsweise förmlich.«

Pachulke nickte. Sie erreichten den Hauptweg und bogen ab.

»Seit wann haben Sie Ihren Laden?«

»Seit vierzig Jahren. Desmond hat damit angefangen, wissen Sie. Er hatte all die Sitars aus Indien in seiner Wohnung gelagert. Und der Verkauf lief schon eine Weile, bevor wir uns dann Geschäftsräume ausgesucht haben.«

»Gehörte Gerhard Hesselinger zu Ihren Kunden?«

»Er war der Erste«, sagte Desmond. »Der Erste, der bei mir eine Sitar gekauft hat.«

»Und bezahlt hat er dich mit Marihuana.« Molli nahm einen tiefen Zug von einem nicht vorhandenen Joint.

»Das war wie die Zigarettenwährung nach dem Krieg«, sagte Desmond und zuckte mit den Achseln. »Sogar meinem Vermieter habe ich was abgegeben, weil ich kein Geld hatte.«

»Das wusste ich gar nicht«, sagte Molli.

»Wo ist Gerhard Hesselinger heute? Er ist Ende der Achtziger verschwunden.«

»Er ist abgetaucht.«

»In den Untergrund?«

»Nein, nur unterhalb des Meeresspiegels.«

»Er lebt am Toten Meer?«

»Nein, das war seine Redewendung. Er wollte weg von der sturmgepeitschten Oberfläche. Er brauchte einen Ort, an dem er sich sicher fühlte.« Desmond Jones gestikulierte so sehr, dass er seiner Frau den Arm entzog, an dem sie sich eingehakt hatte.

»Gerhard war ein Wrack, als er verschwand. Er hat es mit den Drogen einfach zu wüst getrieben. Es gab eine Zeit, da war klar, dass er sterben wollte«, sagte Molli.

»Warum hat er aufgehört zu singen?«, fragte Pachulke.

Molli Jones warf ihm einen eindringlichen Blick zu. »Ich weiß nicht, wie tief Sie sich in die Historie bereits eingearbeitet haben, aber es gab am Tag der Schlacht ums Tegeler Vlies einen Tränengasangriff der Polizei. Inoffiziell, von ein paar hundertfünfzigprozentigen Bullen. Gerhard hat ganz böse etwas abbekommen, und seine Stimmbänder waren hinüber. Sein Manager hat ihm zwar gesagt, er solle einfach härtere Sachen spielen, aber Gerhard war immer schon extrem pingelig, wenn es um seine Stimme ging. Hat mit dem Tonmeister im Studio stundenlang verhandelt, kam früher, um sich einzusingen, hat alle Takes hundertmal durchgehört, wollte immer neue Sachen versuchen.«

»Er hat mich immer wieder gefragt, wie ich seine Stimme finde«, ergänzte Desmond. »Und nach dem Unfall wollte er nicht mehr. Er sagte, er bringt keinen Ton mehr heraus. Aber ich finde seine Sachen danach sogar besser. Früher hat er gesungen, weil er dachte, man muss singen, um dabei zu sein. Aber danach hat er seine Musik gemacht.«

»Ist er tot?«

»Nein«, sagte Desmond. Das Ehepaar Jones sah sich an. »Aber er will seine Ruhe.«

»Wenn ihn der Mörder findet, könnte das bald die ewige Ruhe sein«, sagte Pachulke.

Sie verließen den Friedhof und standen auf dem Bürgersteig.

»Also gut.« Desmond Jones schluckte. »Er wohnt in Frohnau.«

»Er ist Mönch geworden«, erklärte Molli.

»Ein Mönch?«, rief Pachulke.

»Im Buddhistischen Haus«, sagte Molli.

»Er heißt jetzt Urdhva Kukkutasana«, fügte Desmond hinzu. Er winkte einem Taxi, das herunterbremste und beinahe ein geparktes Auto rammte. »Alles Gute, Herr Kommissar. Wenn Sie mal Entspannungsmusik für die Badewanne brauchen, kommen Sie vorbei und suchen sich eine schöne Sitar-CD aus«, sagte Desmond.

Nur wenn ich mir vorher die Pulsadern aufschlitze, dachte Pachulke und fing noch einmal einen Blick von Molli auf, der verriet, dass man sich auch ohne Sitar in der Badewanne entspannen konnte. Dass diese Frau mit den Augen reden konnte, war aufregend. Dass Pachulke sie verstand, war verwirrend.

Bevor er länger darüber nachdenken konnte, bekam er einen so starken Schüttelfrostanfall, dass er sich nur noch auf die Sitzbank des Taxis plumpsen ließ und seine Adresse nannte. Auf dem Handy erreichte er Bördensen. »Martha Dubinski hat Marie-Johanna Canisius einen Kranz geschickt. Kannst du rausfinden, wer das ist? Und wo sie lebt?« Pachulke hatte Mühe, den kurzen letzten Satz im Zusammenhang auszusprechen, so sehr klapperten die Zähne. Aber da war noch etwas, das Bördensen herausfinden musste. Etwas, was wichtig war, bevor er fast erschlagen geworden wäre.

»Sonst noch was?«, fragte Bördensen.

»Mir fällt's nicht ein«, brabbelte Pachulke. »Etwas aus dem Museum.«

»Das kommt schon wieder«, meinte Bördensen.

Pachulke starrte durch die Windschutzscheibe. »Den Wievielten haben wir heute?«, fragte er den Taxifahrer. »Heute ist Donnerstag, der 13. Juni«, sagte der Taxifahrer. »Wollen Sie zu einem Arzt?«

»Nein, es geht. Ich bin schon froh, dass ich nicht mehr in diesem gelben Ungetüm durch die Kanalisation fahren muss.«

»Sehr richtig«, bemerkte der Fahrer.

Pachulke schleppte sich im Zeitlupentempo und mit langen Pausen die Treppe hoch. Dort übergab er sich erst einmal herzhaft, was ihm aber nicht wirklich half. Er kochte sich eine Tasse Kamillentee und trank sie aus. Ein Schritt in die richtige Richtung. Dann ging er unter die Dusche. Er stellte gerade das Wasser ab, als es läutete. Das wird doch nicht schon wieder dieser Mörder sein, dachte Pachulke. Er schlich in die Küche und nahm sich das größte Messer, das er finden konnte. Direkt neben der Tür fragte er: »Wer ist da?«

»Fahrradkurier, eine Sendung für Herrn P. Achulke. Sind Sie das?«

»Können Sie Ihre Zulasung unter der Tür durchschieben. Ich bin ein wenig übervorsichtig, seitdem man versucht hat, mir den Schädel einzuschlagen.«

Schweigen. Dann ein gemurmeltes: »Wenn's der Wahrheitsfindung dient.« Ein Rascheln, Pachulke bückte sich und sah sich den Ausweis an. Er öffnete die Tür, und der Fahrradkurier machte einen Schritt zurück.

»Könnte ich wohl meinen Ausweis zurückhaben?«, fragte er und sein Blick wanderte zwischen Pachulkes hoffnungslos verbeultem Gesicht, seiner Blöße und dem Messer hin und her.

»Bitte«, sagte Pachulke. »Ich bin Polizist«, sagte er.

»Verstehe«, sagte der Fahrradkurier. »Hier mal unterschreiben, bitte.« Pachulke unterschrieb, und der Fahrradkurier gab ihm ein Päckchen.

»Tja, dann viel Spaß beim Kochen noch. Ich zieh mir auch immer was Leichtes an, wenn ich was backe«, sagte der Fahrradkurier. Er lief rückwärts zum Treppenabsatz und ließ Pachulke nicht aus den Augen.

Vielleicht war das ja eine Bombe, dachte Pachulke, als er nackt in der Küche saß und das Päckchen sorgfältig betrachtete. Dann erkannte er das Dienstsiegel der Schneenotrettungsstation Südost, das einen imposanten Pinguin mit ausgebreiteten Flügeln zeigte. Er öffnete die Schachtel. Eine Flasche Uisge beatha, auf deren Etikett eine Nachricht stand: *Glenfiddich, Clan Ben. Pola.*

Öffnungszeiten Donnerstag 9:27 Uhr bis 11:52 Uhr stand auf dem kleinen Metallschild. Zabriskie sah auf die Uhr, die gerade auf funkgesteuerte 11 Uhr 51 umgesprungen war. Sie klopfte an. Es blieb still. Sie öffnete die Tür und sah, dass das Büro leer war. Neben dem Fenster stand ein großer Vogelkäfig. Ein roter Ara kletterte darin herum. Er biss in das Gitter und legte den Kopf schief. Als er Zabriskie sah, hopste er auf seine Stange und rief: »Errr isst zu Tisch. Errr isst zu Tisch.«

»Wann kommt der denn wieder?«, fragte Zabriskie.

»Errr isst zu Tisch«, rief der Papagei wieder. Danach herrschte Schweigen. Bevor auf Zabriskies Uhr die Sprechzeit ganz abgelaufen war, ging sie wieder nach draußen und zog eine Wartenummer mit dem Aufdruck: 11:51:48. Große Polizistinnen erkannte man auch an ihrer überragenden Zeitökonomie. Sie setzte sich wieder zu dem Papagei. Die Wartezeit verbrachte sie damit, ihm den Satz *Errr isst zu dick* beizubringen.

Schließlich öffnete sich die Bürotür und ein Mann in einem karierten Flanellhemd und einer Jeans tappte herein. Er wedelte mit dem Zeigefinger und sagte: »Können Sie nicht lesen? Kommen Sie morgen zwischen 6:21 Uhr und 10:11 wieder.«

Zabriskie legte ihre Wartemarke auf den Schreibtisch, aber der Mann wedelte weiter mit dem Finger. »Die Maschine geht zwei Minuten nach.«

Mit der delikaten Geste eines Pokerspielers, der einen Royal Flush ausbreitet, packte Zabriskie ihren Dienstausweis neben die Wartemarke. Der Mann warf einen langen Blick darauf. Schließlich setzte er sich mit einem großen Ächzen hinter seinen Schreibtisch. Schwarze Hosenträger spannten sich über seinem Bauch. »Also gut, womit kann das Wasserwirtschaftsamt Charlottenburg der Kriminalpolizei helfen?«

»Errr isst zu dick«, sagte der Papagei.

Der Mann mit den schwarzen Hosenträgern fuhr herum.

»Unglaublich, diese dummen Tiere«, sagte Zabriskie. »Es klingt, als wären es Worte, dabei sind es doch nur wahllos geformte Kehllaute.«

Der Mann vom Wasserwirtschaftsamt zog seine Augenbrauen so weit nach unten, dass seine Lider fast nicht mehr zu sehen waren. »Also Frau Zabriskie, was haben Sie auf dem Herzen?«

»Sie haben mit uns zusammen am 31. Mai dankenswerterweise eine weibliche Wasserleiche aus dem Landwehrkanal gezogen. In der Nähe der Lichtensteinbrücke.«

»Ich erinnere mich gut. Zum Glück wimmelt es bei uns nicht von Wasserleichen.«

»Die Frau hatte möglicherweise etwas bei sich, was in einem anderen Mordfall von Bedeutung ist. Wir möchten den Abschnitt zwischen der Herkulesbrücke und dem Stauwehr an der Versuchsanstalt für Wasserbau und Schiffbau mit Tauchern absuchen lassen. Dazu müssen wir den Kanal sperren lassen.«

Der Mann vom Wasserwirtschaftsamt kratzte sich am Kopf und warf dem Papagei einen warnenden Blick zu, der gerade wieder ein kleines »Errr« zum Gespräch beigesteuert hatte.

»Wie lange werden Sie denn brauchen?«

»Wenn wir zwei Taucher kriegen, hoffentlich nicht länger als fünf Tage.«

»Ich denke, weil das ein Mordfall ist, sollte das keine Probleme geben. Ich plane Sie ab Montag, den 17. Juni ein. Dann werden ihre Leute nicht aus Versehen von Ausflugsbooten überfahren.« Er griff in seine Schublade und knallte einen Packen Papier auf den Tisch. Die Wartenummer flog davon. »Wenn Sie mir bitte nur noch dieses kleine Formular ausfüllen.«

»Das alles hier?«, wollte Zabriskie wissen.

»Reine Routinefragen. Wenn Sie wollen«, er knallte einen anderen Packen auf den Tisch, der dreimal so dick war, »können Sie natürlich auch die Handreichung zu Rate ziehen. Dann dauert es nicht so lang.«

»Und Sie gehen in der Zwischenzeit nach Hause?«

»Na klar, ich arbeite seit zwei Jahren Teilzeit. Sie können sich draußen in den Wartebereich setzen und den Antrag und die Handreichung unten beim Pförtner abgeben. Da ist rund um die Uhr jemand da.«

»Rund um die Uhr? Wie lange braucht man denn dazu?«

»Das kann ich Ihnen nicht so einfach sagen. Viele Menschen merken ab einem gewissen Zeitpunkt, dass eine Wasserstraßensperrung ein überflüssiges Statussymbol ist.«

Der Mann stand auf, holte ein großes Tuch aus seinem Schrank und warf es über den Vogelkäfig. Dann komplementierte er Zabriskie aus dem Büro hinaus. »Wenn Sie es bis 17 Uhr schaffen, kann mein Kollege vom Spätdienst es gleich bearbeiten. Sie haben die Fotos doch mitgebracht?«

»Die Fotos?«

»Die Fotos von dem Streckenabschnitt, der gesperrt werden soll.«

»Ach so, die. Nein, äh, ja, die bringt dann später ein Kollege vorbei.«

»Sie dürfen nicht älter als 48 Stunden sein, aber das steht alles hier drin.« Er tippte auf die Handreichung. »Seite 75, um den Dreh.«

Zabriskie setzte sich in die Warteecke, schlug die erste Seite des Antrags auf und las: *Wichtiger Hinweis! Zur Synchronisierung der europäischen Verwaltungssysteme werden in Fachressorts stichprobenartig Ländervergleiche durchgeführt. Für den Bereich Wasserwirtschaftsämter haben sich freundlicherweise die ungarischen Kollegen bereit erklärt, an der Studie mitzuwirken. Um eine möglichst effiziente Auswertung zu garantieren, ist es zwingend erforderlich, den Antrag zweisprachig auszufüllen. Die Broschüre*

DIE WICHTIGSTEN UNGARISCHEN BEGRIFFE AUS DEM FACHGEBIET WASSERSTRASSENVERWALTUNG *können Sie beim Pförtner für eine Schutzgebühr von 3 Euro käuflich erwerben.*

Zabriskie runzelte die Stirn. Dann zog sie ihre Dienstwaffe und sagte zu dem Mann in den großen Jeans. »Lieber wohlgenährter Herr. Wenn ich in zehn Minuten nicht meine Genehmigung habe, dann können Sie für Ihren sprechenden Freund schon mal den Nachruf formulieren, von mir aus gern auch zweisprachig.«

Wenig später verließ sie das Bürger- und Dienstleistungszentrum mit einer *Bewilligung über die Sperrung einer Wasserstraße,* auf der die Tinte noch nicht trocken war. Hatte sie auf der Polizeischule nicht gelernt, dass die Folter in Preußen 1740 abgeschafft worden war? Es schadete nicht, diesen Umstand anderen Menschen schnell und unbürokratisch ins Gedächtnis zu rufen.

EL Kapitel 15

Ungefähr vierundzwanzig Stunden später starrte Zabriskie aus dem Fenster. Die Brandenburger Tundra zog an ihr vorbei. Sie war unterwegs nach Luckenwalde, zu den Eltern von Melanie Schneider. Deren Zahnarzt hatte heute seinen ersten Arbeitstag nach seinem Urlaub. Braun gebrannt und redselig hatte er Zabriskie jede Auskunft erteilt, die sie haben wollte. »Der kleine flotte Käfer war bei mir in Behandlung.« – »Ach was, vermutlich ermordet, das ist schrecklich.« – »Wenigstens muss ich sie mir nicht ansehen, um sie zu identifizieren.«

Er hatte in seiner Kartei gesucht, eine Akte gefunden, ein Röntgenbild mit dem Zahnbefund von Tenbrink verglichen, darauf hingewiesen, dass dieser Befund ausgesprochen stümperhaft war und es nur seinen nahezu supernatürlichen Fähigkeiten zu verdanken sei, dass hier ein Zusammenhang hergestellt werden konnte, und dann hatte er Zabriskie angesehen und gesagt: »Aber die Tote war meine Patientin, daran gibt es überhaupt keinen Zweifel.« Netterweise hatte er ihr das gleich unterschrieben. Es war somit nicht zwingend erforderlich, dass die Eltern ihre Tochter noch einmal sahen. Bei Verkehrstoten, Hochhausspringern, Wasser- und Brandleichen gab es eine Dienstanweisung des Polizeipräsidenten, die Angehörigen sanft, aber bestimmt davon abzuhalten, sich die Toten noch einmal anzusehen.

Zabriskie übte ihren Text: *Schönen guten Tag,* nein, *guten Tag* natürlich. *Guten Tag, ich bin Kriminalkommissarin Zabriskie. Leider habe ich eine traurige Nachricht, was ihre Tochter betrifft.* Das klang nach Betreff. Nach: Der Vorgang Leiche, weiblich. *Leider muss ich Ihnen eine traurige Nachricht zu Ihrer Tochter Melanie überbringen.* Das ging. Aber viele Angehörige fingen schon bei *traurige Nachricht* an zu heulen, vor allem wenn jemand schon monatelang verschwunden war.

Die Mutter von Melanie Schneider weinte nicht, sondern sagte: »Kommen Sie doch bitte herein.«

Zabriskie betrat ein überhitztes Wohnzimmer. Auf dem Sofa saß ein Mann und hatte den Kopf zwischen die Hände gelegt. Er hatte einen Ringelpullover an, in abgesetzten Blautönen.

»Guten Tag«, murmelte Zabriskie. »Nehmen Sie doch Platz. Kann ich Ihnen etwas zu trinken anbieten?«, fragte Frau Schneider.

»Ein großes Glas Wasser, das wäre sehr schön.« Zabriskie zog langsam ihre Jacke aus, und schon hatte sie auf dem Weg in die Küche Frau Schneider mitgenommen.

Herr Schneider blickte kurz auf, dann ging er zum Fenster und ließ den Rollo halb herunter.

»Es ist so hell heute, finden Sie nicht?«

»Wenn Sie das Licht stört, kann es ruhig gedämpft sein«, sagte Zabriskie und versuchte, sich an das Dunkel zu gewöhnen. Frau Schneider kehrte zurück und stellte drei Gläser und einen Krug mit Wasser auf den Tisch. Sie setzte sich. Sie hatte den gleichen Pullover an wie ihr Mann, blaue Ringel. *Hey, hey, my, my, Partnerlook will never die.* Sie tranken, sie schwiegen.

Schließlich sagte Herr Schneider: »Wissen Sie, das ist ganz merkwürdig. Melanie ist vor mehr als drei Jahren einfach von hier weggegangen, ohne ein Wort zu sagen.«

»Es war ein Mittwoch, ganz früh, noch bevor es hell wurde«, fügte Frau Schneider hinzu. »Sie hat versucht leise zu sein, aber ich bin wach geworden.«

»Einen Dreizeiler hat sie uns dagelassen, dafür dass wir ihr den besten Teil unseres Lebens geopfert haben.« Herr Schneider schniefte.

Seine Frau tätschelte ihm die Hand. »Unser Nachbar kam gerade von der Nachtschicht und hat gesehen, wie sie zu einem Mann ins Auto gestiegen ist. Als Anhalter ist sie gefahren.«

»Ich hätte sie doch überall hingebracht, das haben wir immer getan. In die Schule, zur Musikstunde, zum Reiten, zu ihren Freundinnen.«

»Sie ist an diesem Tag gestorben, für uns.«

Zabriskie hatte das Gefühl, dass sich die Decke des Raums auf ihr Genick herabsenkte und sie in den Boden drückte. Ihr fiel beim besten Willen nicht ein, was sie sagen sollte. *Ihre Tochter war sehr lebenslustig und hat sich dadurch finanziert, in goldener Unterwäsche Oralsex auszuüben.* Das war zu direkt. »Hatte sie einen Freund?«, fragte sie.

»Wie bitte?« Herr Schneider schien nicht zu verstehen.

»Einen Kerl, einen Lover, einen Freund?«, sagte Zabriskie.

»Nein, unsere Melanie hat sich nichts aus Männern gemacht«, antwortete Frau Schneider.

»Dafür war sie noch zu jung«, sagte Herr Schneider. »Sie hat alles gehabt, was sie brauchte. Wir haben ihr alles ermöglicht, was mit Geld zu machen war.«

»Das heißt, damals vor drei Jahren hatten Sie zum letzten Mal Kontakt mit ihr?«

Herr und Frau Schneider schüttelten synchron die Köpfe. »Vor vier Monaten hat sie sich gemeldet. Einfach abends angerufen.«

»Wir waren …« Herr Schneiders Gesicht verlor den leeren Ausdruck, die Tränen kamen ihm. »Das hat uns schon sehr gefreut damals. Sehr.«

»Was hat sie gesagt?«, wollte Zabriskie wissen.

»Dass sie studiert, Geschichte studiert. Dass sie Freundinnen gefunden hat, und Arbeit.«

»Und sehr nette Kolleginnen, die ihr geholfen haben, als sie neu in der Stadt war.«

»Sie hat gesagt, sie arbeitet in einer Eventagentur. Wissen Sie, was das ist?«, fragte Herr Schneider. »Das ist, wie so eine Art Theaterstück im privaten Kreis.« Zabriskie hatte schon mal besser gelogen.

»Wie wenn jemand kommt und einem ein Geburtstagsständchen bringt und als Torte verkleidet ist?«, fragte Frau Schneider.

»Ungefähr so.« Zabriskie hielt sich an ihrem Wasserglas fest. »Ach, das ist rührend.« Frau Schneider rückte ein Stück näher an Zabriskie heran.

»Hat sie sich danach öfter gemeldet?« Sie wollte hier raus.

»Regelmäßig, alle zwei Wochen. Bis Ende April.« Beide nickten. »Bei ihrem letzten Gespräch war sie aufgeregt. Sie hat erzählt, sie schreibt an einer Magisterarbeit über Fotografie, stimmt doch, Herbert?«

»Fotografie zwischen …« Er schüttelte den Kopf. »Ich habe mir das aufgeschrieben, weil ich es nicht verstanden habe.« Er ging zu einem kleinen Tisch.

»Sie hatte einen Antiquitätenhändler kennengelernt, der ihr geholfen hat. Ein ganz reizender älterer Herr, nach dem, was Melanie gesagt hat.«

Herr Schneider kam mit einem Zettel zurück. »Hier haben wir's: Fotografien als historische Quelle – Zwischen Retusche und Rekonstruktion.«

»Und sie hat gesagt, dass sie etwas gefunden hat, was ihr beim Studium sehr weiterhelfen wird.« Frau Schneider trank einen Schluck. »Dass sie den Fahrstuhl nach oben nehmen wird und nicht zu Fuß gehen muss. Und der Historiker würde ihr dabei helfen.«

»Sie meinen den Antiquitätenhändler.«

»Der auch«, sagte Frau Schneider. »Beide wollten ihr helfen.«

»Wann war das?« Zabriskie hielt den Atem an.

»Am 27. April.« Herr Schneider hatte einen Blick auf seinen Zettel geworfen. Einige Tage später war Melanie Schneider ermordet worden. »Was war das für ein Historiker, jemand von der Universität?«, fragte Zabriskie.

Frau Schneider schüttelte den Kopf. »Nein, jemand anderes. Sie hat ihn im Museum getroffen. Wahrscheinlich hat er sich auch die Ausstellung angesehen. Und dann haben sie sich eben kennengelernt. Sie war sehr hübsch.«

Herr Schneider blickte starr zu Boden. Ein fremder Mann im Leben seiner toten Tochter, das wollte er nicht hören.

»Können wir sie sehen?«, fragte Frau Schneider.

Zabriskie sah, dass sie Angst vor der Antwort auf diese Frage hatte. »Das ist leider nicht möglich«, sagte sie sanft. »Wir mussten den Sarg versiegeln lassen, wegen der Ansteckungsgefahr. Leider haben wir Sie erst heute ausfindig machen können. Aber bei einer Nachbarin gibt es ein paar aktuelle Fotos Ihrer Tochter. Davon kriegen Sie Abzüge. Und den Sarg bekommen Sie natürlich auch, wenn sie hier beerdigt werden soll.«

»Selbstverständlich«, sagte Herr Schneider. »Sie bekommt das schönste Grab auf dem ganzen Friedhof.« Seine Frau sah ihn an. »Meinst du nicht, dass sie lieber da liegen möchte, wo es ihr gut ging?« Zabriskie stand auf. »Das ist sicherlich etwas, was Sie in Ruhe zu zweit besprechen sollten.«

Auf der Rückfahrt trank Zabriskie eine Dose Bier. Leider hatte sie keinen Empfang auf dem Handy, aber so konnte sie Pachulke persönlich besuchen.

Wegen Hochzeit von meiner Tochter in Vilnius kein Friseur bis 21. Juni. Da sprach viel väterlicher Stolz aus diesem Satz, aber Pachulke hätte sich mit einem neuen Haarschnitt und vor allem einer Rasur gleich gesünder gefühlt. Jetzt stand er vor der verschlossenen Tür seines Friseurs. Wieder zu Hause verglich er die Eintrittskarte vom Sonntag mit dem Datum der Zeitungen, die er gekauft hatte. Alle trugen das Datum vom Freitag, dem 14. Juni. Keine enthielt einen Hinweis darauf, dass sich vor ein paar Tagen ein Zeitrutsch ereignet hatte. Es war zum Verrücktwerden. Aber niemand schien es zu stören. Also beschloss Pachulke, dass alles in Ordnung war. Falls die Eintrittskarte jemals ein Beweisstück vor Gericht werden würde, sollte man sich dort mit den praktischen Konsequenzen der Relativitätstheorie herumschlagen. Er war nur ein kleiner Polizist.

Das wichtigste Thema in der Lokalberichterstattung war die bevorstehende Prozession zum vierzigjährigen Jubiläum der Schlacht ums Tegeler Vlies. Pachulke las ein Interview mit der Grünen Minna, der damaligen Polizeipräsidentin. Minna Schlawotzke war 86 Jahre alt, saß im Rollstuhl und war *ein wenig nervös, wie sie die Bevölkerung begrüßen würde.* Nach der Schlacht hatte sie die Verantwortung für die Tränengasattacke übernommen und war zurückgetreten. Danach hatte sie einen der ersten privaten Wachdienste aufgebaut, der jetzt von ihren Enkeln geleitet wurde. Einer der Enkel, ein vierschrötiger Mann mit leicht verfetteten Wangen und einem Backenbart, stand auf dem Foto hinter dem Rollstuhl.

Eine andere Zeitung druckte eine Liste mit Namen von Personen, die erwartet wurden, dazu eine Angabe über die Wahrscheinlichkeit ihrer Anwesenheit. Ein Zeithistoriker sprach darüber, dass es ein Fehler gewesen war, die Verantwortlichen für den Tränengasangriff so milde zu bestrafen. Dadurch sei der Mörder Dubinskis ermutigt worden, auch wenn man ihm keinen Kontakt zu Polizisten nachweisen konnte.

Mitten in der Lektüre dieses Interviews klingelte es, und Zabriskie kam die Treppen hoch. »Möchtest du ein Gläschen

Uisge beatha?«, fragte Pachulke und stellte sein Geschenk vor Zabriskie hin.

»Wer ist Pola?«, wollte Zabriskie wissen.

»Oh, das ist eine Mitarbeiterin der Schneenotrettungsstation Südost.« Er gab einen kurzen Bericht über seinen Aufenthalt, allerdings ohne das kochende Eismeer zu erwähnen.

»Soso«, sagte Zabriskie. »Was ist das?« Sie zeigte auf die Flasche.

»Lebertran«, seufzte Pachulke und nahm die Flasche auf den Arm.

»Wahnsinn. Du bist offensichtlich schwer verknallt.« Das Gläschen schmeckte ihr dann aber doch so gut, sodass sie zu einem zweiten nicht Nein sagte.

»Warst du in Luckenwalde?«, fragte Pachulke. Er merkte, dass er wieder in der Lage war, die Ermittlungsschritte im Fall Praumann und Canisius in einen logischen Zusammenhang zu bringen. Gestern war sein persönlicher Zeitstrahl in einer gestrichelten Linie verlaufen.

Zabriskie nickte. »Melanie Schneider hat im Museum einen Historiker kennengelernt, der immens wichtige Informationen besaß. Sie war sich sicher, dass sie für ihre Arbeit über Fotos eine glatte Eins bekommen würde.«

»Fotos, immer wieder Fotos«, sagte Pachulke. »Die Dose für die Entwicklung, das fehlende Foto aus Praumanns Sammlung und jetzt die Arbeit von dieser Prostituierten. Was willst du auf dem Grund des Landwehrkanals finden?«

Zabriskie zuckte mit den Schultern. »Keine Ahnung, vielleicht eine CD, einen Schließfachschlüssel. Ich mache das nur, um mir später nicht vorwerfen zu müssen, es nicht getan zu haben.«

Pachulke nickte und zeigte auf die Zeitung. »Hier steht, 100 000 Leute werden von außerhalb kommen, um an der Prozession teilzunehmen. Es wird die zweitgrößte aller Zeiten. Nur die nach Dubinskis Tod war größer.«

»Die Revolution feiert sich selbst.«

»Was denkst du, wie viele Menschen es gibt, die mit dem Ausgang der Revolution nicht zufrieden sind? Zehntausende wahrscheinlich. Und nicht wenige haben nach der Schlacht ums Tegeler Vlies die Stadt verlassen. Sie wussten, dass sie kein Bein auf die Erde bringen. Und der riesige Besucherandrang ist die perfekte Tarnung für einen privaten Rachefeldzug.«

»Du meinst, jemand, den man sonst bestaunen würde wie einen bunten Hund, fällt auf einer Massenprozession gar nicht weiter auf.«

Pachulke nickte. Er zeigte Zabriskie das Museumsticket. »Das ist dem Kerl mit der roten Maske aus dem Auto gefallen. Einer der Pinguine, er heißt Lowrie, hat es gefunden.«

Zabriskie besah sich die Eintrittskarte. »Denkst du, dass Melanie Schneiders Museumsbekanntschaft der Mörder von Praumann und Canisius ist?«

»Das denke ich. Ich halte es nicht für möglich, dass es zwei Mörder gibt, einen für die Schneider, einen für die anderen beiden.«

»Das Treffen mit der Schneider war Monate her, am Sonntag wollte er sich die Sachen noch einmal ansehen. Kann sein, dass er jede Woche ins Museum geht.«

»Das würde bedeuten, dass er schon seit Monaten in der Stadt ist.«

»Und in einem Hotel lebt.«

»Oder in einer möblierten Wohnung. Bist du morgen wieder dabei? Ich will die Operation Landwehrkanal koordinieren.« Zabriskie versuchte optimistisch zu klingen.

»Plink taucht. Wer noch?«

»Stiesel.« Zabriskie kratzte sich am Ellenbogen.

»Soso«, sagte Pachulke.

MO Kapitel 16

In seinem Büro musste Pachulke sich erst einmal durch den Berg Papier wühlen, der sich in seiner Abwesenheit angesammelt hatte. Wie immer wanderte fast alles ins Altpapier. Das Dossier von Bördensen über Martha Dubinski war kurz. Sie war die zwei Jahre ältere Schwester von Richard Dubinski, sonst gab es keine weiteren Geschwister. Beim Attentat auf Richard war sie schwer verletzt worden, kurze Zeit darauf war sie ausgewandert in ein Land nördlich der Grenze. Sie hatte alles getan, um sich vor neugierigen Blicken zu schützen, und seit dem Mord an ihrem Bruder die Stadt nie mehr betreten. Auch jetzt, anlässlich des Jahrestages, hatte die Gästebetreuung des Regierenden Bürgermeisters Und Geliebten Bausenators keinerlei Kontakt zu ihr, obwohl sie die einzige lebende Verwandte von Richard Dubinski war. Der Kranz für Marie-Johanna Canisius stammte von einem Blumengeschäft in Zehlendorf und war per Fax bestellt worden.

Pachulke befühlte seine Beule. Sie schmerzte weniger als am Vortag. Er nahm einen Schluck Lebertran, dann versuchte er sich zu erinnern, wer die Fotos zu den Sportberichten von Dubinski gemacht hatte.

Nach einer Weile wurde ihm klar, dass er den Namen gar nicht wissen konnte, weil es sich um die Initialen MM gehandelt hatte. Er rief im Museum an und wollte mit der Verwaltung sprechen.

»Tut mir leid, heute ist Samstag, die Kollegen sind nicht hier. Kann ich Ihnen weiterhelfen?« Die Stimme am anderen Ende der Leitung klang freundlich und strahlte Zuversicht aus.

»In Raum 20 zu Richard Dubinski, da gibt es drei Zeitungsartikel von ihm.«

»Er hat als Journalist gearbeitet, das ist richtig.«

»Bei den Artikeln sind Fotos dabei, können Sie mir sagen, wer die gemacht hat?«

»Moment, ich ruf die Exponate gerade mal auf. Wir haben das gesamte Museum hier im Rechner. Raum 20, sagten Sie?«

»Genau.«

»Hier sind sie auch schon, drei Artikel von Dubinski aus dem Jahr 1961. Wie war Ihre Frage?« Pachulke hörte im Hintergrund, wie andere Anfragen beantwortet wurden.

»Die Fotos, wer hat die Fotos gemacht?«

»Hier in der Zeitung sehe ich nur Initialen: MM hat die Fotos gemacht. Aber warten Sie mal, da gibt es ein Link zu unserer Personendatei.« Pachulke hörte die Tastatur klicken. »Hier haben wir ihn: Markus Meier, Sportfotograf.«

»Ist das alles, was Sie zu ihm haben?«

»Nein, da steht, dass er 1940 geboren wurde und vor zehn Jahren tödlich verunglückt ist.«

»Markus Meier ist tot?« Pachulke schüttelte den Kopf.

»Sieht so aus, warten Sie mal. Bei einem Autorennen in São Paulo gab es einen schweren Unfall, und ein Löschfahrzeug hat ihn gerammt. Der Eintrag ist ganz neu, von dieser Woche. Ich weiß nicht, wer ihn gemacht hat, aber im Zweifelsfall müssen Sie sich am Montag an Dr. Rimbowski wenden. Der kann Ihnen sicherlich noch mehr dazu sagen.«

»Markus Meier? Sind Sie sicher?« Das klang nach Monika Mustermann.

»Das ist das, was hier steht. Ich bin Archäologe und weiß über Dubinskis Zeit nicht mehr als Sie. Wir machen hier jeder ein paar Wochen die telefonische Besucherbetreuung, damit wir nicht Staub ansetzen. Und wir haben unsere Datenbank. Waren Sie kürzlich im Museum?«

»Letzten Sonntag, am … äh … am 11. Juni.«

»Und Sie haben nach dem Fotografen gefragt?«

»Ja.«

»Sehen Sie, deswegen hat Herr Dr. Rimbowski das gleich nachgetragen. Rufen Sie ihn nächste Woche an, er weiß mehr.«

Als Nächstes suchte Pachulke im Internet nach Markus Meier. Tatsächlich, es gab ein Foto von ihm, bepackt mit Kameras und Zubehör. Markus Meier war tot. In einem Portal für Fotojournalismus fand er spärliche Angaben zu seiner Vita. 1940 geboren, 1998 gestorben. Geburt, Lehre als Fotograf, erste Aufträge. 1961 bis 1962 längere Reisen durch die USA, um eine Reportage über Rodeoreiter zu machen. Wenn er in Kentucky war, wie konnte er dann Hertha fotografieren? Wo kam Meier her? Geboren in Freiburg, Stipendium in Zürich, danach wieder Freiburg. Frankreich, dann wieder Freiburg. Und 1961 ein Abstecher in die Stadt der Mauer? Und dann in die USA? Pachulke war nicht zufrieden mit diesem Zwischenergebnis. Er rief wieder beim Museum an, aber er landete in der Warteschleife und blieb dort so lange, bis er auflegte.

Bei der Beerdigung von Prometheus Praumann, diese vier Journalisten. Das waren alles Politische und Feuilletonisten gewesen. Wie hatten sie noch geheißen? Er suchte nach ihren Namen. Ramer war früher Lokalchef gewesen. In seiner besten Zeit hatte er den Werbespruch ausgegeben: *Andere hören die Flöhe husten, wir zeigen Ihnen die entzündeten Mandeln.*

Sollte er Pachulke doch mal was zu dem Floh MM aushusten. Ramer war natürlich längst im Ruhestand, ein Privatmann. Mit einer Privatadresse sollte man meinen, aber es gab sie nicht. Worüber hatten sie sich unterhalten, bevor sie ein paaroffizielle Sätze über Praumann verloren hatten? Übers Altwerden. Einer wohnte in einem Heim, ganz toll, mit eigenen Möbeln, eigener Wohnung, aber auch mit einem Arzt im Haus, für den Tag X. Und den Tag Z, der unweigerlich folgen würde. War das Ramer gewesen? Pachulke versuchte sich zu erinnern, wer wo gestanden hatte. Da war ein Dicker gewesen, der hatte mit dem einen Schuh auf einer Kranzschleife gestanden. Dann einer im hellen Mantel daneben, einer, der nach Schnaps roch. Rechts neben Pachulke, der Lange, der Wortführer. Das war Ramer. *Und wenn ich auf unsere Dachterrasse gehe, kann ich den Landwehrkanal sehen. Und die Schiffe fahren vorbei.*

Ein kleines Licht leuchtete in Pachulkes Hinterkopf auf. Ein musikalischer Gruß für den Opa. *Seniorenresidenz Abendrot.* Pachulke klopfte wieder auf seine Beule. Alles noch da, nur geschüttelt, nicht gerührt.

Fünf Minuten später hatte er Ramer am Apparat: »Einen Sportfotografen namens Markus Meier? 1961? Na, Sie machen mir Spaß. Fragen Sie mich was Leichteres. Was meinen Sie? Natürlich, die Flöhe und die Mandeln, aber damals war ich noch aktiv, und wir hatten ein glänzend geführtes Archiv. Heute, das müssen Sie schon entschuldigen. Heute kann ich mir gerade noch die Geburtstage meiner Enkelkinder merken. Und ein anderer Fotograf mit MM? Eine hübsche Blonde mit MM fällt mir ein.« Er lachte über seine eigene Bemerkung, aber nicht aufdringlich. Mit seinem Lachen bedankte er sich bei seinem Gegenüber. Der hatte Charme, das war Pachulke schon auf dem Friedhof aufgefallen. Anders als die drei Wichtigtuer. »Wissen Sie was, Herr Kommissar, rufen Sie doch mal unseren alten Sportredakteur an. Wenn es jemand gibt, der sich daran erinnert, dann er. Warten Sie mal, die Nummer habe ich hier irgendwo, der ist natürlich auch schon lange in Rente.« Es raschelte, Schweigen in der Leitung. »Dieter Fleischmann.« Er nannte Namen und Adresse. »Aber ich sage Ihnen gleich, fahrn 'Se lieber hin. Der gute Dieter ist erstens stocktaub geworden, und zweitens tut er sein Hörgerät nur rein, wenn er Besuch hat.«

»Und wie hört er dann die Klingel?«

»Gar nicht, einfach in den Garten gehen und winken. Und zwei Paar Wiener für Rufus mitnehmen, das ist wichtig.«

»Rufus?«

»Keine Sorge, der tut nichts, der will nur spielen.«

»Was spielt er denn so?«

»Rufus ist ein Chirurg, und Sie sind der weltberühmte Tänzer mit Wundbrand am Knie. Rufus steht vor seiner schwierigsten beruflichen Entscheidung: Er muss das rechte Bein amputieren, um ihr Leben zu retten. Solche Sachen spielt er gern.«

Ein Job für Dorfner, dachte Pachulke.

Als der Schwimmkran wieder ein Fahrradgestell aus dem Wasser zog, fluchten Engine Plink und Xenia Yolantha Zabriskie gleichzeitig. Sie standen auf der Lichtensteinbrücke und warteten darauf, dass Kollege Stiesel ein weiteres Mal aus den eisigen Fluten auftauchte, um eine Nichtigkeit ans Ufer zu bugsieren.

»Wenigstens haben wir kein Skelett gefunden«, sagte Zabriskie. Sie war froh, dass sie an die Angoraunterwäsche gedacht hatte. Wenigstens fror sie nicht zum Steinerweichen. Der Wind pfiff über das Wasser hinweg, blieb jedoch in den vielen Lagen ihrer Kleidung hängen.

»Setzen Sie sich ins Auto, wenn Sie möchten. Der Kranführer sieht mich.« Engine Plink trug ihren Neoprenanzug, und die Sauerstoffflasche lehnte neben ihr am Brückengeländer. »Das ist eine gute Idee, vielen Dank.« Zabriskie trottete zu einem Mannschaftswagen, in dem die Standheizung auf vollen Touren lief. Sie nahm auf einer Sitzbank Platz und rieb sich die Hände warm. Kurze Zeit später hörte sie das charakteristische *Klonk,* als Stiesel seine Flasche auf den Boden stellte. Durch das Fenster sah sie, wie Engine Plink mit der Taschenlampe in der Hand auf der anderen Seite des Kanals ins Wasser stieg.

Stiesel stieg in den Wagen. Der Fahrer, der seinen grünen Rollkragenpullover bis zum Kinn hochgezogen hatte, drehte sich um. »Und? Was gefunden?«

»Schlamm, Scheiße, Schlick«, sagte Stiesel. »Ich werde mich jetzt umziehen, wenn Sie nichts dagegen haben, Frau Kommissarin.«

Nein, im Gegenteil, nur zu. Ich bin gespannt wie ein Flitzebogen. Zeig mir, wo du überall deine niedlichen Sommersprossen hast. Auf ihrer Schulter setzte der tätowierte Panther zum Sprung an. Laut und förmlich sagte Zabriskie: »Ich kann gern draußen warten, wenn Sie ein wenig Intimsphäre brauchen.«

»Ist schon in Ordnung«, sagte Stiesel und stieg aus der klatschnassen Badehose. »Denken Sie wirklich, wir werden hier was finden?«, fragte er, während er sich abtrocknete und anzog.

Ja, dich. Und zwar extrem niedlich. »Ich weiß es nicht. Aber wenn ich mir unsere Ausbeute bisher so ansehe, ist das wahrscheinlich eine eklatante Verschwendung von Steuergeldern und eine Zumutung für Sie und Frau Plink.«

»Wir wissen auch nicht, was wir suchen sollen«, sagte Stiesel. »Ein Kleidungsstück, eine Diskette, Schmuck?«

»Da es sich bei *Leiche, weiblich* um Melanie Schneider handelt, suchen wir sehr wahrscheinlich nach einem Foto«, sagte Zabriskie. Oder nach einer Kamera. Oder einem Negativ. Oder einem Zeitungsschnipsel aus dem Jahr 1968. Natürlich wasserdicht verpackt. Sie schenkte Stiesel einen Schluck Tee aus der Thermoskanne ein. Beide sahen nach draußen. Engine Plink legte einen alten Schuh ans Ufer. Er war verklebt mit braunem Schlick. Eine Arbeit zum Verlieben. Eine Arbeit, für die man Polizist geworden war.

»Sie können hier nicht so einfach …«, rief eine Frauenstimme. »Und ob ich das kann …«, sagte eine andere Frau. Dann kam sie auch schon in Pachulkes Büro hereingestöckelt, machte die Tür mit dem Absatz zu, zeigte dabei ihre wohlgeformte Wade, stellte sich neben seinen Schreibtisch und sagte: »Haben Sie in diesem Saftladen etwas zu sagen?«

»Ich bin der Herr, der sagt: Wer sind Sie? Was wollen Sie? Wie kommen Sie dazu, hier reinzuplatzen? Ich sage aber auch: Bitte nehmen Sie doch Platz, was kann ich für Sie tun? Das kommt ganz auf Sie an.«

Ein wenig hatte er seiner Besucherin den Wind aus den Segeln genommen, unter denen sie hier so wirbelig angerauscht war. Sie holte tief Luft, setzte sich auf den schäbigen Stuhl vor Pachulkes Schreibtisch, holte noch einmal tief Luft.

»Also gut. Ich bin Dr. Julia Weise, Rechtsanwältin aus Hamburg. In dieser Eigenschaft war ich die Vermögensverwalterin von Herrn Prometheus Praumann und jetzt kümmere ich mich um seinen Nachlass. Vollmacht habe ich da, wollen Sie sie sehen?«

»Nein, ich glaube Ihnen auch so. Kaffee habe ich da, wollen Sie welchen?«

»Gern. Schwarz und frisch und heiß, bitte. Und dazu einen Salzstreuer, wenn es geht.«

Pachulke griff zum Telefon.

Bis der Kaffee kam, hatte Dr. Julia Weise sechs Telefonate hinter sich gebracht. Einmal telefonierte sie mit zwei Handys gleichzeitig. Pachulke sah fasziniert auf das blaue Handy in der linken Hand. »Nein, Luisa, die Staubsaugerbeutel sind nicht im Küchenschrank, sondern in der Kammer, da wo auch das Bügelbrett steht.«

Und dann blickte er auf das rote in der Rechten. »Sie wissen nicht, was Sie für eine Gelegenheit verpassen. Sie sind ein Niemand. Sie sind so blind, wie man nur sein kann. Sie haben keinen Standpunkt, von dem aus Sie verhandeln, und deswegen wissen Sie auch nicht, wo Sie hinwollen.«

Blau am linken Ohr. »Was sagst du, die Glühbirne in der Kammer ist kaputt? Das weiß ich. Und du solltest sie auswechseln. Wir haben letzte Woche darüber geredet.«

Rot auf der rechten Seite. »Es gibt fünf Prozent für Sie und keinen Deut mehr. Ein Teil für Sie, neunzehn für uns.«

Blau auf dem linken Kanal. »Pass auf, in der ersten Schublade ist eine Taschenlampe. Such die Staubsaugerbeutel, such eine Glühbirne, und dann holst du die Leiter. Was heißt das, du hast Angst, auf eine Leiter zu steigen? Luisa. Darüber haben wir letzte Woche schon gesprochen. Mach, was ich dir sage, und sei ein braves Mädchen. Tataa.«

Rot auf dem rechten Ohr. »Sie sind nicht der Einzige, der einen Roman über einen schmutzigen Mann mit einer obsessiven Ehefrau geschrieben hat und jetzt denkt, das Geld wächst auf den Bäumen. Das kommt als Taschenbuch heraus und dafür gibt es fünf Prozent. Seien Sie ein braver Junge, und machen Sie, was ich sage. Wiederhören.«

Sie hob die Brauen und schenkte Pachulke ein Lächeln. Wieder fügte sich etwas ins Bild. Das musste die Klassefrau sein, für die es nur ganz oder gar nicht gab. Heute war sie schon mit 95 Prozent zufrieden.

Als der Kaffee auf dem Tisch stand, gab seine Besucherin ordentlich Salz dazu.

Pachulke legte den Kopf schief. »Wünschen Sie auch Senf?«

»Nun werden Sie bloß nicht schnippisch.« Sie streckte ihre kleine rote Zunge heraus und bewegte sie schnell hin und her. »Ich hab leider vor einigen Jahrzehnten zu viel vom Tränengas genascht, das uns die Polizei so freigiebig serviert hat. Seitdem sind meine Geschmacksknospen etwas durcheinander geraten. Und deshalb salze ich jetzt meinen Kaffee, damit er süß schmeckt. Senf gern zu Pflaumenkuchen, aber so gemütlich soll es zwischen uns gar nicht werden.«

»Warum melden Sie sich denn erst jetzt, wenn Sie mit Praumanns Vermögen so eng befasst sind?«, fragte Pachulke.

»Ich war bis heute Mittag noch auf Madeira. Zehn Tage wandern ohne diesen Klimbim hier.« Sie deutete auf ihren Hosenanzug, der teuer aussah, wackelte mit den Armen, dass der Schmuck klimperte, und deutete auf ihre Tasche. »Kaum mache ich im Hotel meine Handys an, habe ich einen Sack voller Anrufe.«

Wahrscheinlich wusste sie noch gar nicht, dass auch Marie-Johanna Canisius ermordet worden war. Pachulke sagte: »Auch Ihre Bekannte, Frau Dr. Canisius, ist ermordet worden.«

Sie legte die Hand vor den Mund. »Nein, JoJo ist tot?«

»Hat ihr Mann Sie nicht informiert? Sie waren doch ganz gut befreundet, oder?«

»Lange und gut, viel zu gut für den Geschmack von JoJos Mann.«

»Der Roman eines obsessiven Ehegatten?«, fragte Pachulke.

»Obsessiv ist zu hoch gegriffen, er war eifersüchtig auf JoJos früheres Leben. JoJo war nicht schmutzig, falls Sie das behaupten wollten.«

»Nein, Sie drehen einem das Wort im Mund herum.«

»Kann sein. Und Sie versuchen vertraulich zu sein, obwohl Sie nichts über JoJo wissen.«

»Hatten Sie einen guten Flug?«

»Nein, der Flug war abscheulich. Wir sind durch einen Schneesturm geflogen, mein lieber Mann. Die ganze Zeit war die Papiertüte bei mir auf dem Knie. Ich erspare Ihnen die Details.« Ein bisher nicht sichtbarer Schalk blitzte in ihren Augen auf. »Aber es ist gut, wieder zu Hause zu sein. Dort, wo die Revolution ihren Ausgang genommen hat.« Sie nahm Pachulke ins Visier. »Wo sind die Sachen? Ich will sie sehen, jetzt sofort. Gehen wir?« Sie stand auf.

Pachulke ließ sich nicht aus der Ruhe bringen und griff zum Telefon. »Hallo Dorfner, die Nachlassverwalterin von Herrn Praumann ist hier. Sie will sich die Sachen ansehen. Wir kommen in einer Viertelstunde nach unten.« Er bat Frau Weise, wieder Platz zu nehmen. »Sie haben natürlich recht, dass ich über JoJo kaum etwas weiß. Aber das liegt natürlich auch daran, dass die Leute, die mir etwas erzählen könnten, immer gleich tot sind, bevor ich sie fragen kann. Waren Sie auch Mitglied der Viererbande?«

»Viererbande?« Dr. Weise spielte mit ihrem Handtaschenbügel. »Das ist doch von den Medien viel später erfunden worden.«

»Lassen Sie mich die Frage anders stellen: Haben Sie mit Prometheus Praumann in einer Kommune gelebt?«

»Habe ich.« Sie schob die Unterlippe nach vorne. »Ist das jetzt wieder verdächtig?«

»Nein, aber jemand hat es auf die Bewohner dieser Kommune abgesehen. War Marie-Johanna Canisius auch dabei?«

Die Rechtsanwältin nickte.

»Und wer noch?«

»Was spielt denn das für eine Rolle?«

»Das versuchen wir herauszufinden. Ohne weitere Tote.«

»Mein Bruder hat da noch gewohnt.«

»Gordon?«

»Sie kennen ihn?«

»Nicht persönlich. Mir wurde von ihm berichtet.«

Julia Weise seufzte. »Er hat sich zugrunde gerichtet. Wege zum Ruhm, Wege ins Grab.«

»Aber er lebt.«

»Er ist jedenfalls physisch auf diesem Planeten anwesend. Ob das ein Leben ist, weiß ich nicht.«

»Sehen Sie ihn ab und zu?« Das war dann wohl das Bandenmitglied Nummer vier.

»Selten.«

»Wer hat noch in der Pestalozzistraße gewohnt? Desmond und Molli Jones sagen, dort hätten viele Leute gelebt. Wer noch?«

»Tut mir leid, das ist schon eine ganze Weile her, mir fällt wirklich niemand ein, der da noch gewohnt hätte. Können wir jetzt die Sachen ansehen? Ich hatte einen langen Tag.«

Dorfner hatte sein Bestes gegeben, Bücher weggeräumt, Altpapier hinausgebracht, seine Zahnbürste in die Schreibtischschublade gelegt, aber trotzdem sah es in dem Keller aus, als würde er dort wohnen, was auch beinahe so war.

Frau Dr. Weise ging als Erstes zu dem Sarg und betrachtete ihn. »Den hatten wir auf der Demonstration vor dem Rathaus Schöneberg dabei. Und vor vierzig Jahren hatte er diese Schramme noch nicht.« Sie zeigte auf eine winzige Schramme auf dem Deckel. »Regress«, sagte sie kurz. Dann beugte sie sich über ein paar Bücherkisten und sagte: »Unsachgemäße Lagerung bibliophiler Folianten. Regress.« Sie schüttelte den Kopf und spazierte durch den Keller. Ihre Stöckelschuhe klackerten über den Beton. Sie befühlte die Außenwand. »Es ist feucht hier. Vermutlich hat die Schimmelbildung durch diese ungeeigneten Räumlichkeiten bereits eingesetzt. Regress.« Sie nahm einen der Kataloge aus dem Hause Praumann und blätterte darin. »Sind diese hieroglyphenhaften Kritzeleien von Ihnen, Sie Wicht?«, fragte sie und pflanzte sich vor Dorfner auf.

»Befehl vom Chef, und nur mit Bleistift.« Dorfner deutete auf Pachulke, der sich an einem der Kartons zu schaffen machte. Julia Weise stöckelte hinüber zu Pachulke und tippte ihm auf die Schulter. »Ich hoffe, Ihre Rechtsabteilung ist gut in Form, Herr Pachulke. Das hier«, sie zeigte auf den Keller, »ist ein Schlachtfeld. Nach dem Mord an Prometheus Praumann kam eine Horde übereifriger Polizisten und hat seinen Nachlass gleich mit ermordet. Regress, Regress, Regress.«

»Sie brauchen hier nicht Ihr Plädoyer einüben. Wir haben uns im Rahmen unserer Pflichten und Rechte bewegt. Es wäre nicht möglich gewesen, die Habseligkeiten mit der erforderlichen Genauigkeit in Praumanns vier Wänden zu überprüfen. Weisen Sie uns eine Beschädigung nach, und wir werden einen Weg finden, um das R-Wort aus der Welt zu schaffen. Weil Sie gerade hier sind. Das hier«, er hielt ihr die Entwicklerdose unter die Nase, »ist etwas sehr Privates aus dem Leben des Verstorbenen. So privat, dass wir es in keinem der vollgekritzelten Kataloge finden konnten. Sie haben doch mit ihm gewohnt. Ist das von Ihnen?«

Julia Weise knickte mit dem einen Fuß um und hielt sich an Pachulke fest.

»Nein, das ist nicht von mir. Was ist das überhaupt?«

»Eine Dose, um Filme zu entwickeln. Ist es von Frau Dr. Canisius?«

»Nein.«

»Von Ihrem Bruder?«

»Nein.«

»Von wem dann?«

»Ich weiß es nicht.«

»Wer in Ihrer Kommune oder in Ihrem Freundeskreis hat pausenlos fotografiert?«

Julia Weise starrte auf die Entwicklerdose und biss sich auf die Lippen. »War es ein Martin, ein Michael, ein Mathias, wer?«

»Das reicht jetzt. Die Antwort ist Nein.« Sie schüttelte den Kopf. »Sie versuchen, von Ihrem grob fahrlässigen Umgang mit den Sachen von Herrn Praumann abzulenken, indem Sie ein Verhör inszenieren, das ist absurd. Wie lange werden Sie noch brauchen?«

»Ich denke, morgen Vormittag bin ich fertig«, warf Dorfner vorsichtig ein und blickte sich um wie ein Fliesenleger, der einen Kuhstall zu renovieren hat.

»Sehr schön, Sie fleißiger kleiner Bücherwurm«, sagte Julia Weise. »Dann werden Sie am Montagmorgen auf Staatskosten diese Sachen in das Loft von Herrn Praumann zurückbringen lassen, wo sie Sachen dann auf Staatskosten gereinigt und geordnet werden. Und dann wird ein auf Staatskosten bestellter unabhängiger Gutachter darangehen, den Schaden zu beziffern. Ich hoffe, Sie sind zwei brave Jungs, die tun, was ich Ihnen sage.« Sie ging zur Tür.

Pachulke folgte ihr in den Aufzug. »Ich kann verstehen, dass Sie dieser Tag sehr belastet. Frau Dr. Canisius ist Opfer eines skrupellosen Mörders geworden. Er hat Ihre Freundin auf entsetzliche Weise zugerichtet. Werden Sie denn heute nach Hamburg zurückfahren, oder wo können wir Sie erreichen?«

»Ich bin bis auf Weiteres im *Kempinski.* Morgen will ich zum Grab von JoJo und muss einen Gutachter auftreiben, obwohl Sonntag ist. Falls das eben ein Versuch war, mir Angst einzujagen, war er genauso stümperhaft wie Ihre bisherigen Ermittlungen. Ihr Umpflügen dieser ganzen Sachen da unten erscheint mir planlos, und wenn Sie mir eine persönliche Bemerkung gestatten, ein Besuch bei einem Friseur würde Ihren Gesamteindruck positiv beeinflussen.«

Der Aufzug öffnete sich. »Danke für den Kaffee.«

Dr. Julia Weise war davongestöckelt.

Lieber Gast, wahrscheinlich machen Sie sich keine Vorstellung davon, wie viele Kondome weltweit jeden Tag nach der Benutzung einfach weggeworfen werden. Als ökologisch bewusst geführtes Haus lassen wir Sie entscheiden: Wenn Sie Ihre Kondome nicht noch einmal benutzen wollen, werfen Sie sie einfach im Badezimmer auf den Boden. Sie signalisieren damit: Bitte neue Kondome. Wenn Sie Ihre Kondome noch einmal benutzen möchten, lassen Sie sie bitte auf dem Waschbeckenrand liegen. Wir werden sie auswaschen, neu aufrollen und für Sie einpacken.

LATEX – ROHSTOFF FÜR DIE ZUKUNFT ist eine Initiative der Interessengemeinschaft Plaste und Elaste aus Schkopau.

Während Julia Weise ihr Make-up auffrischte, las sie das kleine Schild in ihrem Badezimmer. Dass sie Kondome gebraucht hätte, war leider schon eine Weile her. Sie presste ihre Lippen auf ein Schminktüchlein, warf dieses in den Müll und ging ins Zimmer. Noch eine Kleinigkeit essen und früh ins Bett. Als sie vom Fenster heruntersah, breitete sich die erleuchtete Stadt vor ihr aus. Hier war sie unterwegs gewesen, Tag und Nacht. Sie hatte gelernt, für die gemeinsamen Ziele einzustehen, sie durchzufechten. Nach einigen Jahren hatte sie begriffen, dass die Ziele der Revolution nicht immer mit ihren eigenen Wünschen in Einklang zu bringen waren. Ihre Lust am Streiten, am Argumentieren halfen ihr im Beruf, bei dem ihr die Lust am Gewinnen gleichfalls nützlich war. Was nicht hieß, dass sie eine schlechte Verliererin war. Nur eine Geschichte konnte sie bis heute nicht wirklich verwinden, auch wenn sie darüber schon sehr oft geredet und nachgedacht hatte.

Das rote Handy lag auf der seidenen Tagesdecke ihres Betts. Als es läutete, sah Julia Weise auf die Uhr. Ihre Stimme hatte den Klang professioneller Reserviertheit, als sie »Hallo« sagte.

»Hallo, Meisterin aller Klassenkämpfe. Hast du heute Abend schon was vor? Wenn du Lust hast, treiben wir es auf der Straße zusammen und keiner wird uns dabei zusehen.« Als sie das Lachen hörte, das darauf folgte, musste sie sich setzen. Die Seide raschelte.

»Max, bist das … bist das wirklich du?«

»Honey Pie, würde jemand anderes es wagen, dich so zu begrüßen?«

»Du lebst?«

»Und wie. Und selbst?«

»Doch, mir geht's gut, ich habe viel zu tun, du wirst nicht glauben, wo ich bin, ich kann von meinem Hotelzimmer den Ku'damm sehen.«

»Das ist ja ein verrückter Zufall. Ich bin ganz in der Nähe.«

»Hier, in der Stadt? Ich dachte, du bist in Afrika.«

»War ich auch. Aber da gab es zu viele Skorpione.« Sie kicherte, und er fuhr fort: »Und zu wenige außergewöhnliche Frauen.«

Sie schwieg eine Weile. »Es ist sehr lange her.«

»Ja, viel zu lange.«

»Woher weißt du, dass ich hier bin?«

»Ich habe das von Promi in der Zeitung gelesen, und deine Kanzlei hat mir gesagt, dass du hier sein wirst. Dann habe ich die Hotels deiner Kategorie abtelefoniert. Das sind nicht so viele.«

Erinnerungen rasten durch ihren Kopf wie Wolken im Zeitraffer. Es war der Himmel gewesen. Und eines Tages war er eingestürzt.

Max fragte noch einmal: »Hast du heute Abend schon was vor?«

»Ich wollte mich früh ins Bett legen. Morgen habe ich einen sehr schweren Tag.«

»Dann lass uns doch einfach einen Schlummertrunk zusammen nehmen. Ich habe eine Flasche Champagner und ein bisschen Gänsestopfleber dabei. Nur das Allernötigste, für besondere Anlässe.«

»Wo bist du?«

»Hier unten auf dem Mittelstreifen. Du kannst mich winken sehen, wenn du ans Fenster kommst.«

Julia Weise trat ans Fenster, und im Licht einer Laterne sah sie seine dunkle Gestalt, die der Hotelfassade zuwinkte. Meine Güte, er hat immer noch diesen alten Parka von damals.

»Gut, abgemacht. Aber nur kurz.«

»Kurz und schmerzlos«, sagte Max.

Julia Weise warf das Handy aufs Bett, sprang in die Höhe und stieß einen Freudenschrei aus. In diesen luxuriösen Räumen konnte man Schlagzeug üben, ohne dass es jemand hörte. Bis Max ihr gegenübersaß, hatte sie vom Zimmerservice zwei Gläser, Besteck und Teller kommen lassen. Dann redeten sie und tranken und sahen auf die Stadt. Schließlich wurde Julia Weise müde vom Champagner und dem langen Tag, zog ihre Pumps aus und legte sich aufs Bett. Sie war benommen von den Erinnerungen, von den beiden Toten. Promis Habseligkeiten, die in diesem Keller wie die Innereien eines riesigen Kadavers ausgebreitet dalagen. Das flaue Gefühl im Flugzeug. Und dieses Kribbeln im Bauch jetzt, das sich ganz anders anfühlte. Max war am Fenster sitzen geblieben. Sie bemerkte ihn erst, als er neben dem Bett stand. Sie erschrak, aber es war ein freudiger Schreck, und das Erstaunen, dass er sich an ihren Beinen zu schaffen machte, war nur ein Echo dieses ersten Schrecks. Er streichelte sie, aber nicht mit den Händen, sondern mit einem kalten glatten Gegenstand.

»Max, was ist das?«

»Weißt du eigentlich noch, wie wir uns kennengelernt haben?«

Auf jede Frage eine Gegenfrage. Wie immer. Als wäre er nie weg gewesen. Der harte Gegenstand glitt über ihre Seidenstrumpfhosen, immer weiter nach oben. »Ist es das, was ich denke, das es ist?«

»Du warst gerade erst siebzehn.«

»Ich weiß, was du meinst.«

»Du hast atemberaubend ausgesehen.«

Sie lächelte, ihre müden Füße entspannten sich.

»Wie hätte ich mit einer anderen tanzen können, als ich dich da stehen sah.«

»Gerhard hatte mich auf die AStA-Party mitgenommen, es war alles so unglaublich aufregend.« Sie riskierte einen Blick. Aber das Zimmer war dunkel, und der Schein der Stadt draußen sorgte nur für tiefe Schummrigkeit.

»Siehst du ihn ab und zu?«

»Vor ein paar Wochen war ich beruflich hier, ganz kurz. Es ist ein Jammer mit ihm.«

»Dann hast du mich angesehen. Quer über die Tanzfläche.«

»Ich habe sofort gewusst, dass wir uns ineinander verlieben

werden.« War das Metall? War der Gegenstand, der die obere Kante ihrer halterlosen Strümpfe erreicht hatte, aus Metall? Die Entspannung kletterte nach oben und erreichte einen Punkt auf der Höhe ihrer Lendenwirbel.

»Ich wollte mit dir tanzen, nur mit dir …«

»Mein Herz hat mir bis zum Hals geschlagen.« Er griff nach ihrer Hand und streichelte ihre Finger.

»Und dann hast du meine Hand gehalten.« Der harte Gegenstand hielt inne. Aber doch nicht gerade jetzt.

»Lass mich nicht fallen, Max, lass mich jetzt nicht fallen.«

Max löste seine Finger von ihren. Ihre Hand lag auf der seidenen Tagesdecke.

»Lass mich nicht fallen, lass mich nicht fallen.«

Seine Hand kam unter ihrem Rock hervor. Plötzlich war ihr kalt.

»Niemand hat dich so geliebt wie ich.«

»Julia, du hast etwas, was mir gehört.«

Sie zappelte mit den Beinen. »Warum holst du es dir dann nicht? Warum hast du mich gehen lassen damals?«

»Das meine ich nicht. Etwas, das dir JoJo gegeben hat.«

»JoJo? Die habe ich seit Ewigkeiten nicht mehr gesehen.«

»Ihr wart vor ein paar Wochen Kaffee trinken zusammen.«

Sie setzte sich auf und öffnete die Augen. »Woher weißt du das?«

»Wo ist es? Bitte gib es mir, es bedeutet mir alles.«

»Max, bitte, ich weiß nicht, wovon du redest.«

Der erste Schlag traf ihren rechten Fuß. Ihren kleinen zierlichen Fuß, auf den er einmal ein Gedicht verfasst hatte, das mit einer Zeile über das obere Ende ihrer Beine geendet hatte. Julia Weise rollte panisch über das Bett. Sie lag auf dem Bauch. Max bekam sie an ihrem Fuß zu packen und zog sie langsam zu sich heran. Ihr Rock schob sich nach oben. Seine Hand umklammerte ihren nackten Oberschenkel.

»Bitte, Julia, gib es mir. Es ist hier. Es muss bei dir sein. Es war nicht bei Promi, es war nicht bei JoJo.«

»Max, warst du … hast du? Nein, Neiiiiiin.« Ihr Kopf schlug auf der Seidendecke hin und her. Ein Schlag traf sie auf der Lendenwirbelsäule. Für einen Moment konnte sie ihren Körper unterhalb dieser Stelle nicht mehr spüren. Dann drehte Max sie um. Er taxierte sie unbarmherzig. »Wo ist es?«

»Max, ganz ruhig, was ist es, das du willst?« Sie zitterte unkontrolliert, verschluckte sich beim Sprechen.

»Ein Erinnerungsstück.«

»Ein Erinnerungsstück. Eine Erinnerung an was? An wen?«

»An den Tag der Schlacht. Richard am Tag der Schlacht.«

»Und das soll ich haben? Hier? Ich war zehn Tage wandern. Ich bin gerade aus Madeira zurück. Wenn ich es hätte, dann wäre es in Hamburg. Dann hätte JoJo es mir mit nach Hamburg gebracht.«

Max deutete auf Julias Gepäck, einen Wanderrucksack und einen eleganten Trolley. An beiden hingen die langen Klebeetiketten mit dem Kürzel der Flughäfen.

»Dort ist genug Platz. Du willst doch nicht behaupten, dass du auch nur das Haus verläßt, ohne es bei dir zu tragen. Willst du mir nicht beim Auspacken helfen? Dann geht es viel schneller. Ich werde es an mich nehmen, und du kannst schlafen, du hast morgen einen schweren Tag.«

Julia schüttelte den Kopf. »Es ist nicht hier. Ich weiß ja nicht mal, wovon du sprichst.« Max schubste sie. Er kam näher, beugte sich über sie und schlug ihr so fest auf den Kopf, dass ihm seine Waffe fast aus der Hand geflogen wäre.

DE Kapitel 17

Als der Gast in Zimmer 909 auch nach der vereinbarten Zeit noch nicht erschienen war, handelte Junior Manager Jürgen Schmidt so, wie er es in der Ausbildung gelernt hatte. Zusammen mit einem Zimmermädchen namens Denise ignorierte er das Schild *Bitte nicht stören* und öffnete die Tür mit seinem Generalschlüssel. Er konnte nicht verhindern, dass sich Denise auf seinen anthrazitfarbenen Dreiteiler übergab, den er am Tag zuvor gekauft hatte. Auch für ihn war der Zustand, in dem er Dr. Julia Weise vorfand, ein Schock. Er drängelte Denise bis ins Nachbarzimmer, das nicht belegt war. Jürgen Schmidt rief die Rezeption, bat um seinen Ersatzanzug, der in seinem Büro hing, einen Arzt für Denise und die Polizei für Frau Dr. Weise. Eine halbe Stunde später stand er einem dicklichen und mürrischen Polizisten gegenüber, der eine Beule an der Stirn hatte und dringend zum Friseur musste.

Am liebsten hätte Pachulke die Leiche von Julia Weise genommen und durchgeschüttelt. Diese neunmalkluge Schnalle. Ob sie auf ihn gehört hätte, wenn er besser ausgesehen hätte? Traf ihn eine Mitschuld an ihrem Tod, weil er durch sein schlampiges Auftreten auf einen Teil seiner Autorität verzichtet hatte? Aber er war nun mal Kriminalpolizist, und für die Beule konnte er so wenig wie für die Hochzeit der Tochter seines Friseurs.

Als Löffelholz ihm in dürren Worten von einem präzise gesetzten Muster von Schlägen berichtete, kam sich Pachulke vor, als würde er sich eine Wiederholung im Fernsehen ansehen. Die Wiederholung eines Albtraums. Wenn der Mörder zu Zeiten der Revolution ein umfassendes soziales Netz unterhalten hatte, konnten sie sich auf weitere Leichen einstellen. Als er den Trolley von Julia Weise sah, gab er ihm einen Tritt, dass er durch das Zimmer flog. Dass die halbe Spurensicherung und der junge Hotelier, der nach Erbrochenem roch, dabei zusahen, war ihm egal. Die Dinge, die Dinge. Wo waren sie denn, diese Dinge, für die unentwegt Leute sterben mussten? In diesem Koffer, im Keller von Dr. Canisius oder im Computer von Prometheus Praumann? Wo? Im Kloster?

Am nächsten Morgen warf Pachulke einen kritischen Blick auf die steile Treppe, die nach oben zum buddhistischen Haus führte. Es war vor mehr als achtzig Jahren errichtet worden. In den Fünfzigerjahren hatten sri-lankische Mönche das völlig heruntergekommene Gebäude übernommen und zu einem Kloster umgebaut. Während des Aufstiegs zählte Pachulke die Stufen, brach damit ab und kam außer Atem oben auf dem Hügel an. Ein Mann saß da im Schneidersitz und mit flach vor der Brust zusammengelegten Händen. Er lächelte leer und hatte die Augen geschlossen.

»Tachchen auch, Pachulke, Kriminalpolizei. Ich suche einen Herr Urdhva Kukkutasana. Sind Sie das zufällig?« Der Mann mit dem blöden Lächeln blieb vollkommen bewegungslos. »War nur 'ne Frage, ich geh zur Rezeption, oder wie das bei Ihnen heißt.«

Vor dem Kloster stand ein weiterer Mönch. Als Pachulke vor ihm stand, verneigte er sich, reichte Pachulke ein Schälchen mit heißer Flüssigkeit und sagte: »Willkommen im Vihara, Upasaka. Nimm das, möge es dir wohl zu Diensten sein.«

Das Schälchen wärmte angenehm. Pachulke schnüffelte an der dampfenden Flüssigkeit und trank. Der buddhistische Lebertran roch gut. Er nickte und reichte die Schüssel zurück. »Lecker.« Sicherheitshalber verbeugte er sich auch. »Ich bin Hauptkommissar Pachulke, Kriminalpolizei, und suche einen Ihrer Mönche, Herrn Urdhva Kukkutasana. Kann ich ihn sprechen?«

»Bhikku Urdhva Kukkutasana ist im Garten bei der Mittagsgymnastik. Zieh deine Schuhe und Strümpfe aus, und folge mir, Upasaka Pachulke.« Sie liefen durch eine lange Halle. Es roch nach Räucherstäbchen, die Kokosläufer kratzten angenehm an den Fußsohlen. Es ging eine Holztreppe hinunter und einen Gang mit vielen Türen entlang, dann standen sie in einem überdachten Garten, in dem Sträucher, Zierbäume und Blüten eine beruhigende Wirkung auf Pachulke ausübten. Auf dem Rasen saßen Männer, aber dort, wo Pachulke ihre Köpfe erwartet hätte, befanden sich die Füße. Jeder hatte sich auf eine unnachahmliche Art und Weise verknotet, der Kopf war unten, die unteren Extremitäten ragten in alle Himmelsrichtungen. Der Mönch, der ihn begleitet hatte, wies auf eine niedrige Eckbank und einen Tisch. »Upasaka Pachulke soll warten bis zum Ende der Sanduhr, dann ist die Mittagsgymnastik zu Ende. Mehr Tee?«

Pachulke nickte, quetschte sich auf die Bank und wartete. Der Mönch brachte eine Kanne und zwei Schälchen. Schließlich ertönte ein Gong, und die menschlichen Knoten lösten sich auf. Der Begrüßungsmönch winkte einen spindeldürren Mann mit langem Bart heran, der, wie all die anderen Mönche, einen einfachen orangefarbenen Umhang trug. Sein Haar reichte hinunter bis über die Knie.

»Sind Sie Herr Urdhva Kukkutasana?«, fragte Pachulke, als sich der Mann neben ihm niederließ. »Nein, ich bin Bhikku Urdhva Kukkutasana, weder Herr noch Knecht.«

»Aber früher waren Sie mal Herr Gerhard Hesselinger, ist das richtig, Bhikku Urdhva Kukkutasana?«

Der Mönch senkte sein Kinn auf die Brust. »Es kann sein, dass ich diesen Namen früher einmal getragen habe, aber es ist zu lange her. Zu viele Atemzüge sind durch meinen Körper hindurchgegangen, zu viele Nächte der Bewusstlosigkeit, zu viel von meiner Erinnerung hat das Gift mir weggefressen. Ich bin Urdhva Kukkutasana. Meine früheren Leben sind lange schon vergangen.«

»Dein heutiges Leben ist in Gefahr. Prometheus Praumann, Marie-Johanna Canisius und deine Schwester sind tot.«

»Meine Schwester? Sie hat die Herzen der Menschen gegen sich aufgebracht. Früher war sie anders. Wer sind die anderen beiden?«

»Frühere Mitbewohner der Kommune in der Pestalozzistraße.«

»Das Leben ist ein Blinzeln der Gottheit. Jeder Tag geht so schnell vorbei, du drehst dich um, und er ist vergangen.«

Pachulke rutschte auf seiner Bank hin und her. Sein rechtes

Bein war eingeschlafen. Er änderte seine Strategie. »Ist ein sehr schöner Garten.«

»Richard hat mich das erste Mal hierhergeführt.«

»Richard, Sie erinnern sich an Richard Dubinski?«

Urdhva Kukkutasana runzelte die Stirn.

»Entschuldigung. Bhikku Urdhva Kukkutasana, du erinnerst dich an Richard?«

»An ihn erinnere ich mich. Das war sein kleines Versteck unter den Wellen. Wenn es ihm zu viel wurde, ging er hierher, bis sich der Sturm gelegt hatte.«

»Und du hast ihn besucht?«

»Einige Freunde haben ihn besucht. Er hat gesagt, dass sie sich diesen Garten ansehen müssten. Richards bester Freund, sein Alter Ego, hat ihn öfter besucht.«

»Und später bist du für immer hierhergekommen.«

»Mein Leben hing an der Spitze einer Nadel. Meine hoch gepriesenen Besitztümer haben mich nur nach unten gezogen. Ich hatte alles, was ich wollte, aber ich hatte vergessen, was es heißt, einen Vogel singen zu hören. Ich war tot, lebendig begraben.«

Der Mann, der früher einmal Gerhard Hesselinger geheißen hatte, räusperte sich. »Eines kann ich dir sagen, Upasaka Pachulke: Du musst frei sein. Du musst deine zerstreuten Ichs zusammenrufen, und dann wirst du frei sein.«

Pachulke lächelte vorsichtig. »Sein Alter Ego, war das Praumann? Versuch dich zu erinnern, du hast mit ihm zusammengewohnt.«

»Praumann?« Er brütete über dem Namen. Dann schüttelte er den Kopf »Nein, Praumann war ein alter Sack. Er ist als alter Sack auf die Welt gekommen.«

»Hat Richard bei euch in der Kommune gewohnt?«

»Nein, er war in einer anderen Kommune. Sie war ...« Der Mönch beobachtete, wie zwei Blütenblätter von einem Zierrosenstrauch fielen, und sah ihnen lange nach.

»Wie heißt die Haltestelle, an der sich die U-Bahn aus Dahlem mit der in den Wedding kreuzt?«

»Spichernstraße.«

»Da in der Nähe hat er gewohnt, in der Pariser Straße war seine Kommune.«

»Und sein bester Freund, der war da auch?«

»Er war da.«

»Wie hat er geheißen?«

Urdhva Kukkutasana legte das Kinn auf die Brust. »Ich habe es vergessen.«

»Was hat er gemacht?«

»Wie heißt es, wenn man einen Kasten hat, und man drückt einen Knopf, und später hat man ein Bild?«

»Richards bester Freund war Fotograf?« Pachulke hörte das Summen einer Fliege. Er hätte sie zu gern gesehen.

»Genau, er hat fotografiert.«

»Was hat er fotografiert?«

»Alles, auf Geburtstagsfeiern, Konzerten, immerzu.«

»Sport auch?« Pachulke wollte Tee. Aber der Begrüßungsmönch hatte sich diskret zurückgezogen.

»Sport auch.«

»Fing sein Name mit M an?«

»Mit M?«

»Mit dem Buchstaben M.«

»Ich erinnere mich nicht mehr. Wir hatten alle Spitznamen.«

»Du warst Gordon, nicht wahr.«

»Stimmt, wer hat dir das gesagt, Upasaka Pachulke? Praumann?«

»Nein, Molli Jones.«

»Molli und Denver. Wie geht's ihnen? Ich habe sie seit vielen Jahren nicht gesehen.«

»Desmond, ihr Mann heißt Desmond. Spielst du noch Sitar?«

»Ich unterrichte die Bhikkus, die ihr Leben diesem Instrument weihen möchten. Aber es ist eine lange und gewundene Straße bis zu der Tür, hinter der die Weisheit der Sitar wohnt.«

»Und was ist aus ihm geworden? Aus Richards bestem Freund?«

»Ich weiß nicht, er war weg eines Tages. Er ist gegangen. Max ist fortgegangen.«

»Max, er hieß Max? War das sein richtiger Name?«

»Ich weiß es nicht.«

»Wie war sein richtiger Name? Martin, Mathias, Martin, Magnus?«

»Ich weiß es nicht mehr. Ich weiß nicht, ob sein richtiger Name mit M anfing.«

»Und Max ist tot, sagst du?«

»Nein, er ist verschwunden, am Tag der Beerdigung von Richard ist er verschwunden. Wir haben uns am Grab umarmt, danach habe ich ihn nie wiedergesehen. Später hat er im Krieg fotografiert, in den vielen Kriegen Afrikas soll er zu Hause gewesen sein.«

Die beiden Männer schwiegen. Dann stand Urdhva Kukkutasana auf. »Ich will jetzt die Schriften studieren. Ich hoffe, Upasaka Pachulke, du findest den Mörder. Jeder soll sein Leben zu Ende leben dürfen.«

Sie gingen den Gang entlang. Vor einer der Türen blieb Urdhva Kukkutasana stehen. »Hier ist meine Behausung, solange ich noch hier bin.« Er öffnete die Tür. Ein kleiner Raum, in dem sich nichts befand als eine dünne Matratze. Keine Bilder, keine Bücher, keine Kleider. Nichts. Aus dem Fenster sah man den Park. Die Wege über den großen Hügel waren mit Schnee bedeckt.

»Vermisst du etwas, Upasaka Pachulke?«

»Meine Behausung sieht anders aus. Ich habe mehr Dinge als du.«

»Ich habe mich, weil ich der geworden bin, der ich sein wollte. Ich habe alles, was ich brauche.«

Am nächsten Vormittag, es war Dienstag, der 18. Juni, hatte sich die publizistische Großwetterlage nachhaltig verschlechtert. Das lag auch an der Hamburger Sozietät von Julia Weise, die es sich nicht hatte nehmen lassen, eine Pressekonferenz anzuberaumen, in der das Versagen der Polizei akribisch zerpflückt und kommentiert wurde.

Zabriskie und Engine Plink war das herzlich egal. Sie standen auf der Lichtensteinbrücke, grimmig entschlossen, im Eisregen. Stiesel schwamm durch die grauen Wasser des Landwehrkanals, dessen Boden in diesem Bereich inzwischen von Kleinteilen praktisch frei sein musste.

Sie freuten sich alle mit zusammengebissenen Zähnen. Zabriskie hatte an einem der Spieße, die an Brückenpfeilern angebracht wurden, um die Tauben daran zu hindern, ihre Notdurft zu verrichten, einen Fitzel Stoff entdeckt. Plink, die gerade eben ins Wasser gesprungen war, tauschte den Taucheranzug mit einem Overall, und in einem improvisierten Labor konnten sie mit sehr großer Wahrscheinlichkeit feststellen, dass es sich um Fasern aus dem Mantel von Melanie Schneider handeln musste. Also war sie auf der Lichtensteinbrücke ermordet oder angegriffen worden. Und jemand hatte sie ins Wasser gewuchtet. Kein Selbstmörder sprang auf einen Brückenpfeiler, wenn er nur einen Meter unter dem Geländer begann. Nicht mal im Vollrausch. Jetzt änderten die Taucher ihre Strategie und beschränkten sich auf einen schmalen Streifen einige Meter kanalauf- und abwärts von der Brücke. Stiesel hatte das Jagdfieber gepackt. Er erklärte sich bereit, Plinks Schicht im Wasser zu übernehmen. Die krabbelte auf der Brücke herum, während Zabriskie den Schnee mit einem Fön vorsichtig abschmolz, in der Hoffnung, Blutspritzer könnten darunter erscheinen.

Die Messe der Schneenotrettungsstation war liebevoll geschmückt worden. An langen Schnüren aufgereiht hingen Heringe, Sprotten und Schollen an den Wänden. Auf dem Tisch stand eine Fischstäbchentorte so groß wie ein Mühlrad. Ein Transparent zog sich quer durch den Raum, auf dem stand: *Aldunie Gwalia Glenlivet Paul Pfund!* In den Ecken standen Blumen aus gelbem und grünem Zellophan, die bis zur Decke reichten.

Paul Pfund, das Walross, saß auf einem Thron, der aus einem Eisblock herausgehauen worden war, und trug ein spitzes Hütchen aus rotem Papier, das mit einer Gummischnur unter seinem Kinn befestigt war. Die Schnurrbarthaare zitterten vor Aufregung, und seine Stoßzähne leuchteten vor Glück. Auch die Pinguine trugen alle Papierhütchen. Sie bildeten eine lange Schlange und überreichten Paul Pfund die Geschenke, die sie schon am Morgen auf dem Geschenktisch aufgetürmt hatten. Pola war die Letzte in der Reihe. Sie schenkte Paul Pfund das Buch: *30 Kilo in 30 Tagen. Zunehmen ohne Stress.* Paul Pfund bedankte sich mit einem langgezogenen Prusten, das in ein Röhren überging. Die Pinguine bildeten einen Chor und sangen das Geburtstagslied. Es war ein infernalisches Quäken, bei der Refrainzeile *Chachachacha* trommelten sich alle auf den Bauch.

Pola stand in der letzten Reihe. Auch sie trommelte sich auf den Bauch, aber auf ihrer Stirn lagen Sorgenfalten. Unübersehbar lag auf dem Geschenktisch noch ein kleines Päckchen. Lowrie war nicht erschienen, er schwänzte den Geburtstag. In der ersten Reihe hatte auch Stationskommandant Brodie Supreme das Päckchen bemerkt. Er wechselte einige Worte mit Usher. Der Leiter von Lowries Pentaguin schüttelte den Kopf und murmelte: »Ye Monks«, bevor er pünktlich in ein lautes »Chachachacha« ausbrach.

Brodie Supreme fixierte Usher und sagte: »Edradour Auchroisk.« Usher wechselte einen Blick mit Pola, die mit den Schultern zuckte, während sie aus Leibeskräften sang.

Der hervorragenden Stimmung und dem ausgeprägten Appetit, mit dem den ganzen Tag die Schollen, Heringe und Sprotten vertilgt wurden, tat dies allerdings keinen Abbruch. Auch Uisge beatha floss in Strömen.

Im Dunkeln sahen die Bäume im Park des Klosters aus wie präparierte Nerven. Durch den Schnee zeigte sich jede Verästelung in plastischer Schärfe. Aber der Mann, der leise durch die Nacht lief, hatte kein Auge für die Bäume. Vor vielen Jahren war er hier gewesen, in einer anderen Zeit. Er sah die lange Front der Fenster.

Urdhva Kukkutasana hatte einen leichten Schlaf, und er erwachte sofort, als er ein leises Knacken am Fenster hörte. Das Fenster war offen. Ein Mann saß rittlings auf dem Fensterbrett. Er kletterte herein und schloss das Fenster. »Hallo Gordon«, sagte er leise.

»Max, bist du das? Da war ein Mann und hat nach dir gefragt?«

»Ein Mann hat nach Max gefragt?«

»Nach einem Freund von Richard hat er gefragt.«

»Aber das sind wir doch beide, nicht wahr, Freunde von Richard?«

»Richard ist tot.« Urdhva Kukkutasana setzte sich auf die Matratze und bot seinem Besucher einen Platz an.

»Wie geht's dir, Gordon?«

»Jeden Tag gehe ich der Freiheit einen kleinen Schritt entgegen.«

»Indem du hier rumsitzt?«

»Das ist nur der Körper. In den Meditationen und Gesängen bin ich woanders. Promi und JoJo und meine Schwester sind tot.«

»Ja, das habe ich auch gehört. Das mit deiner Schwester tut mir leid.«

Urdhva Kukkutasana drehte sich zu Max. Der konnte im Halbschein der Nacht die Rippenbögen sehen, die sich unter dem orangefarbenen Umhang abzeichneten.

»Hat sie dir etwas gegeben, bevor sie starb?«, fragte Max.

»Warum sollte sie mir etwas gegeben haben?«

Max rückte näher an den Mann heran, der einmal Musiker gewesen war.

»Gordon, du hast etwas, das mir gehört. Gib es mir, bitte.«

»Max, ich besitze nur die Sachen, die ich trage, sonst nichts. Die Matratze gehört dem Kloster.«

»In der Matratze eingenäht, nicht wahr, Gordon? Was für ein

alter Trick?« Max fing an, die Matratze abzutasten. Als er Urdhva Kukkutasana berührte, wollte dieser nicht zur Seite rücken.

»Hier ist nichts. Du bist voll mit Wünschen, Wünschen die dich niederdrücken.«

»Dann eben in den Dielen. Hast du es dort in Sicherheit gebracht, weil du weißt, wie wichtig es mir ist?« Er trat mit seinem Absatz fest auf die Holzdielen, ließ es dann aber, weil es zu viel Lärm machte. »Bitte, Gordon, bitte gib es mir.« Max packte den Mönch am Kragen des Umhangs. »Du brauchst es nicht, du hast den Pfad der Erleuchtung gefunden. Aber ich, ich brauche es, ich suche schon so lange danach.«

»Alles, was du brauchst, ist Liebe«, sagte Urdhva Kukkutasana, faltete die Hände vor dem Brustkorb und verbeugte sich. Er sah nicht, dass Max schon ausgeholt hatte. Der Schlag traf seinen Hinterkopf, Urdhva Kukkutasana fiel nach vorne und schlug mit der Stirn gegen die Dielen. Gleich darauf klopfte es an der Tür. »Bhikku Urdhva Kukkutasana, was ist mit dir, geht es dir gut?«, rief eine leise Stimme.

Ein Mönch trat in den Raum und stolperte über den leblosen Körper, der verrenkt auf dem Boden lag. Als er sich wieder aufrichtete, fiel sein Blick hinaus in die Nacht. Dort rannte der Mörder durch den Park. Der Mann rutschte aus, zischte etwas und stand gleich wieder. Er sah auf den Boden, dann blickte er hinter sich, rannte weiter, bis er hinter dem Saum des Hügels im Dunkel verschwunden war.

Der unsterbliche Teil Urdhva Kukkutasanas hatte die Hülle Gerhard Hesselingers abgelegt.

IN

Kapitel 18

Der Fahrer im Polizeimannschaftsbus wollte mit einem dreimaligen Hupen gerade zum Feierabend rufen, als Engine Plink aus dem Wasser hervorschoss und einen kleinen Gegenstand über ihrem Kopf schwenkte. Etwas später beugte sie sich mit Zabriskie über eine stark verrottete Damenhandtasche.

»Und du denkst, die ist von Melanie Schneider?«, fragte Zabriskie. »Sie sieht zwar schlecht aus, aber länger als ein paar Wochen hat sie hier drin nicht gelegen.«

»Wollen wir sie nicht aufmachen?«, fragte Stiesel.

Zabriskie zwinkerte ihm zu. »Eigentlich geht es Männer ja gar nichts an, wenn eine Frau ihre Handtasche öffnet.« Dann machte sie eine einladende Geste. »Bitte schön.«

Stiesel öffnete den Reißverschluss. In einer zähen Pulpe fanden die drei einen Lippenstift, ein unleserlich gewordenes Adressbuch, in dessen roten Einband ein goldenes *M.S.* eingraviert war, und einen Kugelschreiber.

»Das war mal Geld«, sagte Zabriskie, während die Pulpe auf den Untersuchungstisch tropfte.

»Viel Geld«, sagte Engine Plink. Wenn ich den Farbton richtig einschätze, dürften das einmal Hunderteuroscheine gewesen sein.

»Ein Raubmord war es also nicht«, sagte Stiesel.

»Wenn, dann ein unvollendeter«, sagte Zabriskie. »Oder Melanie Schneider hat ihre Handtasche ins Wasser geschmissen, um ihren Mörder zu ärgern, als sie begriff, dass sie sterben würde.«

Pachulke vermied es, das Polizeipräsidium zu betreten. Mit Löffelholz und Tenbrink war er telefonisch in Kontakt. Tenbrink hatte ihm auch mitgeteilt, dass er bei der ermordeten Julia

Weise Vaginalsekret an der Unterwäsche und andere Hinweise auf eine sexuelle Erregung unmittelbar vor ihrer Ermordung festgestellt hatte. Wenn das Ganze jetzt auch noch ein Lustmord war, dachte Pachulke, dann drehen die Journalisten endgültig durch. Er stapfte missmutig an einem Kiosk vorbei und ignorierte die Schlagzeilen der Boulevardblätter mit ihren fetten Lettern. In der Metzgerei bei ihm um die Ecke ließ er sich lange beraten, dann entschied er sich für drei Paar simple Schweinewiener, eins für sich und zwei für den verspielten Rufus.

Dieter Fleischmann wohnte in Lichterfelde-West, in einer Straße, in der zu jedem Haus ein großer Garten gehörte. An vielen Garagentoren hingen Schilder, die vom goldenen Humor der Bewohner zeugten. *Hier wache ich* oder *Vorsicht vor dem bisschen Hund* waren beliebt. Pachulke sah aber auch *Wait a minute, Mr. Postman* oder einfach nur Totenschädel mit gekreuzten Knochen.

Das Anwesen, das er suchte, war ein Eckgrundstück. Pachulke klingelte nicht, sondern öffnete sofort die kleine Gartentür, in Erwartung der Attacke des begnadeten Chirurgen. Alles blieb still. Die Hundehütte stand da, groß und leer. An der Kette hätte man einen Grizzly festbinden können. Pachulke pickte eine Schneeflocke vom Dach der Hütte und steckte sie in seinen Mantel. Er holte die Würste heraus und hielt je ein Paar in einer Hand. Mit abgespreizten Armen drehte er sich langsam im Kreis. Er schritt über den Rasen. Dann sah er die Terrasse mit einem Vogelhäuschen auf einem Birkenholzgestänge und lief darauf zu. Eine Glastür öffnete sich und eine junge Frau trat heraus. »Kann ich Ihnen helfen? Rufus ist heute beim Tierarzt. Er leidet an Appetitlosigkeit.«

Pachulke stopfte die Würste in seine Tasche und wischte seine Hände am Mantel ab. »Ich möchte gern mit Herrn Dieter Fleischmann sprechen.«

»Tut mir leid, mein Großvater hatte vor zwei Tagen einen schweren Schlaganfall. Er ist nicht ansprechbar. Ich bin Helene Fleischmann. Kann ich Ihnen helfen?«

Dieses junge Ding, dachte Pachulke. Dann stellte er sich vor. »Kommen Sie doch rein. Ich lege die Würste so lange in den Kühlschrank.«

Pachulke setzte sich aufs Sofa. Die Frau brachte Tee und Plätzchen. »Sie sehen so nach Tee aus, ich hoffe, das ist in Ordnung.« Sie war schlank, blass und hatte hellblaue Augen.

»Bestens, danke.«

»Großvater hat immer gesagt: Der Tod ist ein alternder Mittelstürmer. Das ganze Spiel über siehst du ihn nicht, und in der letzten Minute schlägt er zu. Milch?«

»Nur schwarz, vielen Dank. Sie kennen sich aus mit Sport?«

»Ein wenig.« Sie deutete auf ein Regal mit Sportbüchern und gebundenen Jahrgängen von Zeitschriften. »Das ist ein kleiner Teil von Großvaters Archiv. Einiges habe ich auch gelesen.«

Pachulke hob die Augenbrauen. »Haben Sie etwas aus der Zeit, als Richard Dubinski für den *Morgenspiegelkurier* geschrieben hat?«

Helene Fleischmann zuckte die Schultern. »Mal sehen. Speziell zu Fußball jetzt?« Sie spazierte das Regal entlang.

»Speziell zur Sportfotografie aus dieser Zeit.«

»Die Bildbände sind hier unten.« Sie bückte sich und legte eine lange blonde Haarsträhne sorgfältig hinter ihr Ohr. »Wie wäre es damit?« Sie legte einen Band auf den Sofatisch, dessen Schutzumschlag kleine Risse hatte. Autos fuhren durch eine Kurve, ein Torwart reckte sich vergeblich nach einem Ball, ein Läufer steuerte mit verzerrtem Gesicht auf die Ziellinie zu. *Faszination Sport 1961*. Pachulke nickte. Sie hatte, ohne zu zögern, das richtige Jahr von Dubinskis Tätigkeit als Sportjournalist gefunden. Er blätterte durch das Buch. Jubel, Tränen, Pokale, alles noch schwarz-weiß. Dann suchte er nach den Bildnachweisen, die wie immer aus einem unübersichtlichen Block mit einem Gewimmel von Zahlen und Namen bestanden. Markus Meier war nicht dabei, aber ein Max Marbach war mit drei Bildern vertreten. Pachulke sah als Erstes ein Bild, das er aus dem Museum kannte. Die Herausgeber des Buches hatten das Kapitel mit »Tränen und Triumphe« überschrieben. Klopfer von Hertha BSC schlug sich die Hände vors Gesicht. Also war der Eintrag in der Datenbank des Museums falsch. Er musste mit diesem Dr. Rimbowski reden.

Das zweite Foto von Marbach zeigte einen Skispinger, es war in Oberhof entstanden. Beim dritten Bild stieß Pachulke einen Fluch aus. Die junge Frau nahm ihren Kopfhörer ab und fragte: »Stimmt etwas nicht?«

»Doch, leider stimmt alles.« Pachulke legte das aufgeschlagene Buch auf den Tisch. Das Bild zeigte die Szene aus einem Eishockeyspiel. Er suchte die Hinweise zu den Fotografen. Natürlich waren keine Fotos abgebildet. Von Fotografen gab es nie Fotos. Max Marbach war 1940 geboren, tatsächlich im selben Jahr wie sein tödlich verunglückter Kollege Markus Meier aus Freiburg. Er hatte hier in der Stadt gelebt, und er war in derselben Stadt geboren wie Dubinski. Pachulke schlug das Buch zu, trank seinen Tee aus und stand auf. »Kann ich das hier für ein paar Tage ausleihen? Sie kriegen eine Quittung. Es geht um einen Mordfall.«

Er war schon am S-Bahnhof Lichterfelde-West, als Pachulke einfiel, dass er die Würste vergessen hatte. Rufus würde sich freuen. Kaum saß er in der S-Bahn, wurde ihm schwarz vor Augen. Er ließ sich auf einen Sitzplatz fallen und sah die Schemen der anderen Fahrgäste. Seine Beule pochte. Chivas hatte ihm zwar erklärt, dass es immer wieder mal wehtun würde, aber nicht, dass es ihm von jetzt auf gleich die Beine weghauen würde. Er fuhr weiter, bis er wieder einigermaßen stehen konnte. Am Anhalter Bahnhof rettete er sich über die Rolltreppe nach oben. Dann übergab er sich zu Füßen der Ruine des alten Bahnhofs.

Zabriskie und Plink waren vom Landwehrkanal gerade unterwegs ins Labor gewesen, als sie der Anruf erreichte. Jetzt untersuchten sie die Kammer des ermordeten Mönchs. Keine Kratzer auf dem Boden, weil der Täter wahrscheinlich Schuhe mit Gummisohlen getragen hatte. Keine Fingerabdrücke am Fenster, weil der Mörder wahrscheinlich Handschuhe benutzt hatte. Keine Zeugen, weil der Mörder nachts gekommen war.

»Er ist über den Garten entkommen.« Der Mönch, der Urdhva Kukkutasana gefunden hatte, ein ehemaliger Vertreter für pharmazeutische Produkte aus Mannheim, deutete auf einen Baum. »Hier ist er ausgerutscht.«

Die beiden Frauen nickten sich zu. »Dann wollen wir uns den Fluchtweg genauer ansehen.« Sie spazierten um das Buddhistische Haus herum, bis sie vor dem Fenster der Kammer standen und folgten den Spuren im Schnee. Leider war da nichts, wofür sich ein Abdruck gelohnt hätte. Gestern Nacht hatte es erst nach dem Mord geschneit. Sie sahen eine breite kurze Schleifspur. Da war der Mörder ausgerutscht. Sie sahen sich um, aber da war nichts. Zerdrückte Grashälmchen vergangener Jahre, grauer Schnee, Kieselsteine. Sie gingen weiter. Die Spuren endeten an einer kleinen Mauer. Auf der anderen Seite war der Bürgersteig der Hennigsdorfer Chaussee. Ausgiebig betrampelt am späten Nachmittag. Als sie oben am Eingang des Klosters standen, wartete dort der Mönch auf sie. »Mir ist etwas eingefallen«, sagte er. »Er hat etwas gesucht.«

»Das ist uns bekannt. Und er ist nicht wählerisch bei seinen Mitteln.« Zabriskie fragte sich, warum man einen Mann erschlägt, dessen persönlicher Besitz aus einem Bündel orangefarbener Altkleider bestand.

»Nein, da draußen, als er hingefallen ist. Er hat sich hingekniet und die Erde angesehen, dann erst ist er weitergerannt.«

»Also noch mal.« Diesmal krochen Plink und Zabriskie über die Erde. Aber außer dem Flaum des Neuschnees, durch den sich die zarte Keilschrift von Vogelspuren zog, war da nichts. Auf einmal stieß Zabriskie einen Schrei aus. Ihr Arm war bis zur Achselhöhle im Schnee verschwunden. Sie zog ihn heraus. »Ein Kaninchenbau.« Plink kam herbeigerobbt. Zabriskie hatte ein paar alte Blätter in der Hand, auf die der Schnee gefallen war. Sie behauchte ihre Hände. »Verflucht noch mal. Ich bin auf einen Stein geknallt. Mit kalten Fingern tut das besonders gut.«

Sie zeigte Plink eine rote Strieme. »Das ist aber ein merkwürdiger Stein. Sieht aus wie eine glatte Kante.«

Die beiden sahen sich an. Zabriskie griff vorsichtig in das Kaninchenloch. Sie schloss die Augen und tastete umher. In ihrer Hand geborgen erschien ein kleiner silbriger Gegenstand, etwas größer als eine Tabakspfeife.

»Ein Minieishockeyschläger«, sagte Plink und beugte sich vor. »Eine Sporttrophäe.« An der Breitseite des Schlägerkopfes klebten Reste einer rostroten Flüssigkeit.

Die Nachricht, dass die Leiche von Urdhva Kukkutasana unten bei Tenbrink lag, machte jeden Genesungsprozess von Pachulke zunichte. Auch das Protestfax des Klostervorstehers, das er auf seinem Schreibtisch fand, war kontraproduktiv. Erst, als er von Zabriskies und Plinks Fund erfuhr, besserte sich sein Zustand minimal. Er holte die Flasche aus seinem Mantel und kippte den Rest Lebertran hinunter. Dann zählte er die Häupter seiner lieben Mitarbeiter. Plink kümmerte sich um die Mordwaffe. Zabriskie war mit Erkältung abgemeldet. Löffelholz wertete die Spuren im Mordfall Weise aus. Stiesel war mit Erkältung abgemeldet. Ein Schelm, wer sich dabei etwas dachte. Nur der gute Bördensen hatte nichts zu tun. Das musste man ändern.

»Ist Ihnen im Keller etwas aufgefallen, was mit Sport zu tun hat? Fußballschuhe, ein Programmheft, ein Schal?«, fragte Pachulke, als Bördensen vor ihm saß.

»Nichts dergleichen, aber ich denke darüber nach.«

»Eishockey wäre besonders interessant.« Er hieb mit einem nichtvorhandenen Eishockeyschläger durch die Luft.

»Suchen Sie in der Einwohnermeldekartei nach einem Max Marbach, geboren 1940. Alle Jahre ab 1961, bis Sie ihn nicht mehr finden. Danach gehen Sie rückwärts.« Bördensen nickte, dass sein Pferdeschwanz wippte, und begab sich auf die Suche.

Als Nächstes ging Pachulke in den Keller. Nach dem überraschenden Hinscheiden von Frau Dr. Weise war Dorfner wieder ganz der Hausherr.

»Haben Sie etwas von einem Max Marbach hier gefunden, eine Widmung, ein Buch, einen Brief?« Dorfner hob die schweren Augen und schüttelte den Kopf.

»Nein, Chef, gar nichts.«

»Fotos zum Thema Eishockey?«

»Auch nicht. Aber ich komme langsam zum Ende. Ich denke, morgen Abend bin ich damit fertig.«

»Sport ganz allgemein? Denken Sie nach. Wahrscheinlich ist der Sportfotograf Max Marbach der Mann, den wir suchen.«

»Nein, nicht bei den Büchern. Ich werde gleich den Computer durchsuchen, Löffelholz hat viel verzeichnet, und Zabriskie war ja mit den Fotos beschäftigt.«

Wieder oben im Büro rief Pachulke im Museum an.

Dr. Rimbowski war am Apparat. »Nein, ich habe nichts an der Datenbank gemacht, nicht in den letzten Wochen.«

»Aber Ihr Kollege hat mir aus der Datenbank vorgelesen. Es ging um Markus Meier, ein Fotograf.«

»Ich werde mal nachsehen.« Es dauerte eine Weile, dann sagte Rimbowski: »Tatsächlich, da gibt es diesen Hinweis. Und er ist falsch, sagen Sie?«

»Ja, der Fotograf heißt Max Marbach, gleiches Geburtsjahr wie Meier. Haben Sie Unterlagen zu Marbach bei sich im Haus?«

»Das werde ich gleich mal prüfen.«

»Wer hat an der Datenbank herumgespielt, wenn Sie es nicht waren?«

Dr. Rimbowski stieß einen Seufzer aus, der so groß war wie der Grand Canyon. »Hören Sie, wenn ich Sie hier ins Vertrauen ziehe, dann betrifft das eine interne Angelegenheit des Museums. Ich sage Ihnen das nur, weil schon so viele Menschen umgebracht worden sind. Wir hatten vor einigen Monaten einen Hackerangriff. Irgendeine digitale Geschichtsguerilla.

Und seitdem bringt jemand unsere Datenbank durcheinander. Immer wieder finden wir frei erfundene Einträge. Und gerade jetzt, vor dem Jahrestag, ist das besonders peinlich, mit all den Gästen. Aber behalten Sie das um Himmels willen für sich. Unser Direktor, Professor Irkutsk, hat das zur Geheimsache hochgestuft.«

Pachulke grunzte ein vertrauliches Ja in den Hörer. Das klang so, als hätte der Mörder das Museum in seine Pläne von Anfang an mit einbezogen. Oder war das nur eine besonders dramatische Ausrede von Dr. Rimbowski, weil er seine eigenen Leute nicht im Griff hatte? Er legte die Beine auf den Tisch. Sie brauchten ein Foto von Marbach. Pachulke rief Ramer noch einmal an. Als dieser erfuhr, dass Fleischmann einen Schlaganfall erlitten hatte, war er sehr betrübt. Seine Laune wurde besser, als Pachulke ihm erklärte, wie wertvoll sein Hinweis gewesen war. Über Marbach wusste Ramer auch nichts, aber er gab Pachulke die Telefonnummer des aktuellen Archivars des *Morgenspiegelkuriers.* Bei der Zeitung erreichte Pachulke den Anrufbeantworter, buchstabierte Marbach und nannte dessen Geburtsjahr. Sollten sie den Typen in der Presse ruhig niedermachen. Wenn Marbach dadurch nervös wurde, dann wollte Pachulke das gern in Kauf nehmen. Aber ob er ohne Waffe überhaupt weitermachte?

Nach dem Mittagessen ging Pachulke zu Löffelholz. Der konnte ihm sagen, dass Julia Weises Mörder die Essutensilien im Bad gewaschen hatte. Als ihm Pachulke von Marbach erzählte, pfiff Löffelholz leise durch die Zähne. »Da war etwas …«

»Zu Marbach?«

»Nein, zu einem der anderen Begriffe, die gerade gefallen sind.«

»Sport, Eishockey, Foto?«

»Das nützt nichts jetzt. Es hängt im Hinterkopf und kommt raus, wenn der Zeitpunkt gekommen ist. Ich werde es vergessen, bis es mir einfällt.«

Das war Tiefsinn, wie nur Löffelholz ihn von sich geben konnte. Wenn er fachlich nicht so gut gewesen wäre, hätte Pachulke ihm für eine dieser Sentenzen schon längst mal den Kopf gewaschen.

Rimbowski rief an und sagte, von Marbach gebe es nichts weiter als die drei Fotos.

Der Zeitungsarchivar rief an und sagte, es gebe etwa hundert Fotos, die Marbach gemacht habe, die meisten zum Thema Eishockey, aber ein Porträt von ihm sei nicht aufzutreiben gewesen.

Pachulke hoffte vergeblich auf einen Anruf von Pola.

Als Pachulke die Eingangshalle des Polizeipräsidiums betrat, saß Bördensen in der Lobby und durchblätterte einige Kopien. »Marbach hat sich in dieser Stadt einen Tag nach der Beerdigung Dubinskis abgemeldet«, sagte Bördensen. »Er kam wohl mit seinem Freund Richard hierher. Die beiden haben zusammengewohnt, einige Jahre später hat Marbach mit den anderen die Kommune in der Pestalozzistraße aufgemacht.«

»Also eine Fünferbande.«

»Sieht so aus. Marbach legte wohl keinen Wert auf öffentlichkeitswirksame Auftritte.«

»Und Frauen wurden damals in der Öffentlichkeit als etwas Besonderes wahrgenommen.«

»Vor allem, wenn sie so aussahen wie Julia Weise.« Bördensen sagte das ohne jeden Unterton.

Pachulke nahm die Kopien. Aus Dorfners Mund hätte der gleiche Wortlaut zotig geklungen. Nicht alles lag im Auge des Betrachters oder im Ohr des Zuhörers. »Und was hat Marbach danach gemacht?«

»Er war viel unterwegs.«

»Als Sportfotograf?« Pachulke dachte an São Paulo.

»Nein, im Ausland hat er nicht mehr fotografiert.«

»Warum?«

»So weit bin ich noch nicht. Als enger Freund Dubinskis ist er beim *Morgenspiegelkurier* lange vor der Revolution abserviert worden. Nach der Schlacht ums Tegeler Vlies hat er vom einen Tag auf den anderen aufgehört zu fotografieren. Na ja, zumindest hat er keine Ausstellung mehr gemacht.«

»Und jetzt?«

»Warten wir auf Interpol und eine Auskunft des Auswärtigen Amtes. Die habe ich heute Morgen angeschrieben.«

Endlich! Pachulke hatte sich auf gut Glück durch das Schneegestöber gekämpft. Die Flocken fielen so dicht, dass man kaum die andere Straßenseite sehen konnte. Aber er hatte lange genug gewartet. Als er sah, dass Licht brannte, betrat er frohen Mutes die Friseurstube. »Guten Morgen, Herr Vokuhila, herzlichen Glückwunsch zur Hochzeit.«

Valdas Vokuhila drehte sich um. Er strahlte vor Glück und Stolz. Sein Oberlippenbart war kohlschwarz und dünn wie eine Linie Kokain. »Es war ein großartiges Fest, Herr Kommissar. Wir haben getanzt, bis die Schuhe kaputt waren.« Er zeigte einige Tanzschritte.

»Und Ihre Frau?« Pachulke setzte sich auf einen freien Platz. Er schaute auf das Foto von einem früheren Kontaktbereichsbeamten, das seit Jahren über diesem Stuhl an der Wand hing, zusammen mit vielen anderen Fotos von vielen anderen Menschen.

»Hat geweint. Und getrunken und getanzt. Und gelacht hat sie natürlich auch. Sie ist sehr zufrieden mit ihrem neuen Schwiegersohn. Wenn sie ein paar Jahre jünger wäre, müsste ich mir Sorgen machen.« Er zwinkerte Pachulke zu und widmete sich wieder dem Kopf von Bertha Sechnak, den zu kennen Herr Vokuhila schon seit Jahren das Vergnügen hatte.

Bertha Sechnak, Richterwitwe und mit ihren 76 Jahren der führende Kopf einer Bürgerinitiative, die alle Dreharbeiten rund um den Lietzensee kategorisch verbieten lassen wollte, rief in den Raum hinein: »Drei Tage haben sie gefeiert, und eine Kapelle hat gespielt.« Wahrscheinlich war das eine Information für Pachulke, weil er ein Neuankömmling war im Kreis der Wie-war-die-Hochzeit?-Kunden. Das gefiel ihm an Friseuren: dass sich Leute miteinander unterhielten, die starr geradeaus schauen mussten, weil ihnen sonst ein Stück Ohrläppchen abgeschnitten wurde.

In der Ecke saß ein Mitarbeiter der Commerzbank-Filiale. Er hatte eine große Eieruhr dabei, also war er wohl ein Day-Trader. Wenn die Uhr durchgelaufen war, rannte er schnell auf die Straße, zückte sein Handy und gab ein paar Zahlen durch. Sein Haarschnitt würde ihn vermutlich Millionen kosten, dabei trug er sie doch schon raspelkurz. Wahrscheinlich ließ er sich die Ohren ausrasieren, um den Luftwiderstand bei seinen Telefonaten zu beseitigen.

An der Ecke hielt ein Bus und entließ seine Fahrgäste ins Schneegestöber. Der Busfahrer schloss die Tür und nahm die Zeitung zur Hand. Zehn Minuten Pause. Gleich darauf stürzte ein Feuerwehrmann in den Frisiersalon. Er schüttelte sich die Flocken von seinem Cape und setzte sich neben Pachulke. Dieser kannte ihn von der Wache in der Suarezstraße. Manchmal an Wochenenden kletterte er ganz allein auf seinem Löschzug herum. Er wollte ihn blitzeblank bekommen. Er war ein Putzteufel. In seiner Brusttasche trug er stets eine Autogrammkarte von Freddie Mercury und dessen Band. Das war sein Talisman, wenn er sich in die Flammen stürzte.

Der Banker kam an die Reihe. Frau Sechnak packte ihr kostbares graues Ensemble unter ein Tuch, einen Hut und einen Schirm. Dann stelle sie sich dem Toben der Elemente. Valdas Vokuhila plauderte über dies und das. »Na, hamse neulich wieder ’n Milliönchen dazuverdient, oder isses futsch?« Der Banker lachte gequält. Es gab Leute, die behaupteten, Herr Vokuhila sei früher Kommunist gewesen. Pachulke sah sich um, ob schon neue Fotos dazugekommen waren, von der Hochzeit vielleicht. Herr Vokuhila sammelte Fotos von Menschen, die er unter der Schere oder dem Rasiermesser gehabt hatte, und staffierte seinen Laden damit aus.

Vokuhila hielt den Spiegel vor den Hinterkopf und schwenkte ihn hin und her. »Ohren glatt wie ein Kinderpopo. Nächste Million wird ein Kinderspiel.« Der Banker zahlte, sprang hinaus auf die Straße und rannte, das Handy am Ohr, zur Bushaltestelle. Pachulke setzte sich. Kreppband für den

Hals. »Das ist nur, um die Blutung zu stoppen«, hatte Vokuhila das erste Mal gesagt, als er noch nicht wusste, dass Pachulke hauptberuflich mit durchgeschnittenen Kehlen zu tun hatte. Der weiße Umhang, Vokuhila pumpte den Stuhl ein wenig nach oben. Schnippschnipp, Schnippschnippschnipp.

»Wie viele Fotos sind das denn hier?«, fragte Pachulke, bevor ihn Vokuhila nach dem Stand der Ermittlungen fragte. Die heutige Zeitung lag im Schaufenster. »Ein paar Hundert werden es schon sein«, sagte der Friseur. »Im Nacken auch kurz?«

»Gern. Ich wollte schon viel früher kommen, aber Sie hatten ja wichtige persönliche Angelegenheiten.«

»Ja, und wissen Sie, was mir klar geworden ist auf dieser Hochzeit?«

Das war eine rhetorische Frage, aber Pachulke fragte gehorsam: »Was denn?«

»Dass auf einem Foto nie nur der zu sehen ist, der fotografiert wird, sondern auch der, der es gemacht hat.«

»Wie meinen Sie das?«

»Nun, hier zum Beispiel ... meine Frau.« Er drehte Pachulkes Kopf leicht nach links. »Fotografiert von mir in Wilna.« Frau Vokuhila trug ein glitzerndes Ballkleid und sah den Betrachter mit einem erstaunlich ernsten Gesicht an. »Sie sagt mir auf diesem Foto Dinge, die eine Frau nur ihrem Mann sagt, mit dem sie mehr als dreißig Jahre verheiratet ist. Und jetzt ...« Pachulkes Kopf wurde sanft nach rechts gedreht. »Meine Frau fotografiert von ihrem Schwiegersohn.« Frau Vokuhila lächelte Pachulke an, als habe sie ihr Leben lang von ihm geträumt. »Sie sagt: Willkommen. Oder?«

»Sie haben recht.« Pachulkes Blick wanderte nach oben. Rechts neben dem Spiegel war eine Fotografie in den milchigen Farben vergangener Farbfilmgenerationen angepinnt. Fünf Leute waren darauf zu sehen. Zwei Frauen und drei Männer. Pachulke sprang auf, der weiße Umhang wehte, und nahm das Bild in die Hand. »Das ist Marie-Johanna Canisius.«

»Sie können nicht einfach hochspringen, Herr Kommissar.

Wenn ich Ihnen ein Ohr abschneide, können Sie deswegen trotzdem nicht malen wie van Gogh. Frau Canisius, Sie kennen sie?« Vokuhila beugte sich über Pachulke, der wieder in seinem Stuhl Platz genommen hatte.

»Sie ist ermordet worden.«

»Ach, du liebes bisschen. So eine reizende Frau.«

»Sie sind alle ermordet worden.« Er hielt das Bild in der Hand. Hinten links stand Gerhard Hesselinger mit einem getrimmten Vollbart, damals schon dürr, neben ihm Marie-Johanna Canisius in blonder Lockenpracht. Praumann stand ganz vorne, wie immer. Er hatte die Hände vor dem Bauch gefaltet und machte ein Hohlkreuz. Neben ihm stand Julia Weise. Sie war wahrscheinlich die schönste Frau, die Pachulke jemals auf einer Fotografie gesehen hatte. Ihre Hüften locker umarmt hielt der dritte Mann. Er war etwa so groß wie Pachulke und hatte einen durchdringen Blick. »Woher haben Sie das Bild?«

»Frau Canisius hat's mir geschenkt, als sie weggezogen ist. Vor mehr als zwanzig Jahren.«

Stimmt, die Pestalozzistraße 57a war hier gleich in der Nähe.

»Sie kam auch hierher?«

»Ja, und Julia Weise auch.«

»Wer ist der Mann, der sie im Arm hält?«

Valdas Vokuhila sah sich das Bild genauer an. »Nein, an den erinnere ich mich nicht. Wahrscheinlich ein Umzugshelfer, sehen Sie sich mal die Muskeln an.«

So, wie der Mann Julia Weise im Arm hielt, hatte er ihr regelmäßig beim Umziehen geholfen. »Wer hat das Foto gemacht?«

Vokuhila kicherte. »Das war Selbstauslöser. Frau Canisius sagte, das müsse in Kommunen so sein, damit es keine Hierarchien gebe. Sie wollten von Anfang an alles ganz anders machen. Das war an dem Tag, als sie in ihre neue Wohnung gezogen sind, ein paar Straßen weiter.«

Pachulke drehte das Foto um. *Bis daß der Tod uns scheidet.* Praumanns Schrift. Und vorne Marbachs Augen.

Zabriskie war immer noch krank oder tollte mit Stiesel durch die Betten, aber Pachulke musste es jemand erzählen. Er ging zu Dorfner. »Tach, Chef, ich denke, morgen Abend werde ich dann fertig damit sein. Es sind nur noch ein paar Kleinigkeiten.«

»Ich habe ein Foto von Marbach gefunden.«

»Oh, schön, Löffelholz hat auch etwas für Sie, hat er gesagt. Er ist bei Plink im Labor.«

Plink war allein. Sie kam mit dem silbrigen Eishockeyschläger auf Pachulke zu und klopfte sich damit in die hohle Hand. »Das war nicht billig, als es mal gemacht wurde. Dafür zahlen Sie heute eine Stange Geld.«

»Gibt es eine Widmung?«

»Absolut nichts. Auch keine Gravur des Herstellers.«

»Das Blut von Hesselinger war die einzige organische Spur«, sagt Tenbrink.

»Und er hat recht. Kein Kratzer. Der Mörder hat sein Spielzeug immer schön sauber gemacht.« Sie legte die kleine Sporttrophäe, die etlichen Menschen das Leben gekostet hatte, auf eine Arbeitsplatte.

»Und jetzt?«

»Wir warten auf Löffelholz, der bringt gleich Kaffee mit.«

Löffelholz kam, bot Pachulke seinen Kaffee an und zauberte wie ein Taschenspieler einen Bierdeckel hinter dem Ohr des Hauptkommissars hervor. Pachulke sah den Namen einer Biermarke, die es seit Jahrzehnten nicht mehr gab. Er drehte den Deckel um. *Bert's schmuckes Sportlerstübchen.* Dazu eine Adresse in Charlottenburg.

»Das ist aus der Bierdeckelsammlung von Praumann. Die hat größtenteils Stiesel bearbeitet, aber der hat sich im Landwehrkanal wohl völlig verausgabt.«

Pachulke überhörte das. Zabriskie lebte ihr Leben. Sie war krank. Ende der Diskussion.

Löffelholz fuhr fort: »Bördensen sagt, das war früher ein beliebter Treffpunkt für Studenten. Wörtlich hat er gesagt: ›'ne linke Kaschemme‹.«

»Und heute?«

»Ist ein Waschsalon drin.«

»Egal, wir fahren da hin.«

»Aber wir können da jetzt nicht hin. Wir haben Schneesturm.«

»Dann rufen wir dort an.«

»Hab ich schon. Die haben heute geschlossen, wegen Schneesturms. Sagt der Anrufbeantworter.«

AW Kapitel 19

Bert's Karaokeclub, Waschsalon und Sportsbar. Eine große Leuchtreklame überragte den Flachbau in dem Niemandsland zwischen Charlottenburger Schloss und den Moabiter Kriminalgerichten. Die rote Farbe blätterte an manchen Stellen, die Fenster waren mit altertümlichen Werbemalereien zugenietet. Pachulke drückte die Klingel. Als der Türsteher ihn windschief ansah, zeigte Pachulke seinen Dienstausweis.

Links war der Waschsalon. Wenn man sich rechts hielt, kam man in den sportlichen Bereich. Es gab Kickertische, Darts und Billiard, außerdem viele Bildschirme, auf denen man andere Sportarten spielen konnte, von Springreiten über Baseball bis Eishockey. Im mittleren Bereich gab es ein einfaches Podest, umgeben von breiten Zuschauerrängen, auf deren dritter Etage man beinahe die Decke mit den Händen berühren konnte. Der Zuschauerandrang war mäßig. Auf der Bühne intonierte ein Mann mit Koteletten »My Bonnie Lies over the Ocean«. Spärlicher Beifall belohnte ihn. Er war nichtschlecht, aber die Tische waren fast leer. Über allem lag der Dunst schnell getrunkener Biere und von zu viel Weichspüler. Zwischen dem Gesang des Mannes, der als Tony abmoderiert wurde, dem Gedudel der Spielautomaten und dem Gewinsel der Waschmaschinen im

Schleudergang, verschafften sich immer wieder Lautsprecherdurchsagen ihren Weg. »Maschine acht, noch zwei Minuten. Trockner fünf, noch zwei Minuten.« Dann stupste ein Kickerspieler einen der Zuschauer an, die den Spieltisch umringten, und sagte: »Spiel du für mich weiter.« Oder jemand kletterte von der Zuschauertribüne und ging in den Waschsalon. Pachulke griff sich einen der Kellner: »Ich will euren Chef sprechen, bin von der Mordkommission.«

»Rocco ist im Waschsalon.«

Vor Maschine Nummer 13 kniete ein Kerl im schulterlosen T-Shirt mit dem Aufdruck *Ihfel & Knihfel* und fummelte mit bloßen Händen in den Eingeweiden des Geräts herum.

»Sind Sie Rocco?«

»Bin ich«, sagte der Mann. »Such dir 'ne andere Maschine. Ich krieg dieses verdammte Flusensieb nicht auf.«

»Ich wasche zu Hause. Pachulke, Mordkommission, hat's hier mal einen Bert Roth gegeben?«

Rocco stand auf, wischte sich die Hände sauber und musterte Pachulke von oben bis unten. »Was wollen Sie denn von meinem Großvater?«

»Das war früher doch mal *Bert's schmuckes Sportlerstübchen,* oder?«

»War es. Wieso, ist jemand dran krepiert?«

»Kann man so sehen, mein Junge.«

»Ich bin nicht Ihr Junge, schwall mich nicht voll, ich hab zu tun. Opa ist hinten. Gradeaus, durch die Tür, auf der *Privat* steht. Er is manchmal ein bisschen mürrisch, aber das sind Sie ja auch.«

Pachulke ging an der Bühne vorbei. Jemand sang »Mr. Moonlight«, das Mikro übersteuerte. Auf der anderen Seite der Tür war es still. Pachulke brauchte einen Moment, um sich an die bescheidenen Lichtverhältnisse zu gewöhnen. Links und rechts lange Regale. Darin standen sie, die Pokale. In allen Größen, für alle Sportarten. Pachulke lief weiter, es wurde heller. Jetzt gelangte er zu einem improvisierten Büro. Ein Schreibtisch aus dunklem Holz, links eine schicke neue Telefonanlage, über dem Schreibtisch an der Wand ein Tennisschläger, vergoldet und in Originalgröße.

Hinter dem Schreibtisch saß ein hässlicher Mann, voller Runzeln. Er rauchte eine Zigarre und sah durch Pachulke hindurch. Die Zigarre roch wie ein Stückchen Hering, das einem vor sechs Monaten hinter den Kühlschrank gefallen ist. »Guten Morgen, Herr Roth«, sagte Pachulke.

»Schnauze, du Schleimer«, schnarrte der alte Mann. »Was ist gut an diesem Morgen, los sag's mir?«

»Der Schneesturm ist vorbei.«

»Papperlapapp. Und das reicht dir? Ihr jungen Leute seid alle so bescheiden. Was hast du mir zu bieten?«

»Ich bin Hauptkommissar Pachulke von der Mordkommission.«

»Na und, meinste vielleicht, ich mach mir deswegen ins Hemd. Komm, zeig mal, was du drauf hast. 25. Mai 1968, MSV gegen Bayern. Hör ich was von dir, du Rotzlöffel?«

»Drei zu drei«, sagte Pachulke und näherte sich langsam dem Schreibtisch.

»Blindes Huhn legt auch mal 'n Ei. Das war Glück.« Bert Roth spie in einen Spucknapf. »Eintracht gegen den FC, gleiches Datum, was sagste nun, Schlaumeier.«

Pachulke stand vor dem Schreibtisch. »Eintracht Braunschweig hat gegen Köln eins zu zwei zu Hause verloren, Großvater. Weil Eintracht Frankfurt auf Schalke einen Punkt geholt hat.«

Bert Roth paffte seine Zigarre. »*Auf* Schalke, du Streber, *auf* Schalke, pah.« Er nahm ein Streichholz und pulte sich den Dreck unter den Fingernägeln hervor. »Das ist deine letzte Chance. Bremen gegen Neunkirchen?« Er schleuderte es heraus.

»Zwei zu eins, 1:0 Bernd Schmitt, 2:0 Max Lorenz, 2:1 Jürgen Pontes. Wollen Sie auch noch wissen, wer an diesem Tag Deutscher Meister geworden ist?«

»Das interessiert doch keine Sau«, brüllte Bert Roth.

»Aber das hier interessiert mich«, brüllte Pachulke zurück. »Und das hier auch.« Er warf den Bierdeckel auf den Tisch und den Eishockeyschläger gleich hinterher. Roth fing an zu schnüffeln, er drehte die Dinge hin und her, roch an ihnen, schmatzte. »Was willst du hören, Polizist? Dubinski kam hierher, als das noch eine Bierpinte wie tausend andere in der Stadt war. Und seine Freunde waren dabei. Hintenraus war der Bolzplatz. Spielen, Bier trinken, anderen beim Spielen zusehen. Es war ein Traum. In diesem Gemäuer wurden mehr Revolutionen geplant, als in der Geschichte der Menschheit jemals stattgefunden haben. Ich erzähl dir hier keine Anekdoten. Komm, setz dich, ich hab keinen Stuhl, hier auf den Tisch.«

Pachulke kam sich vor wie eine sehr üppig ausgefallene kleine Meerjungfrau.

»Wir haben ein tolerantes Haus geführt, Maoisten spielten gegen Stalinisten, der SDS gegen die SPD, die verschiedenen Kommunen und Gruppierungen gegeneinander. Erst schrieben sie sich ihre Siegerurkunden selbst auf die Bierdeckel. Aber hierzulande braucht ja jeder Linksradikale einen Wisch, auf dem ein Stempel ist, damit er sich wichtig vorkommt, und sie wollten es von mir. Bitte, hab ich gesagt, gib dem Affen Zucker, könnt ihr auch Pokale bei mir kaufen.«

»Und das hier?« Pachulke zeigte auf den Eishockeyschläger.

»Das hier war eine Spezialanfertigung für Dubinski.«

»Der hatte also Geld?«

»Der hatte auch kein Geld. Aber dafür was in der Birne. Den hab ich in die Mangel genommen, zwei Stunden lang, nicht so wie unser kleines Kinderquiz eben. Der wollte es wissen, der wusste es. Man kann nicht immer und überall der Erste sein. Zum Schluss hab ich die Trophäe für ihn gemacht. Er wusste mehr über Fußball, als hundert von deiner Sorte sich in ihrem Leben zusammenschnorren können.«

»Warum haben Sie den Eishockeyschläger nicht gekennzeichnet?«

»Weil jeder gewusst hätte, dass Dubinski mich abgezockt

hat, wenn er mit so einem Stück ankommt.« Er sah sich seine Skulptur an. »Sehen Sie sich das an, nicht ein Kratzer in all den Jahren.« Er spie wieder aus. »Irgend so ein gehirnamputiertes Stück Dreck hat es aus seiner Halterung gerissen. Haben Sie das kaputt gemacht?« Roth wurde wieder laut.

»Nein, das war Max Marbach. Und er hat nicht nur das kaputt gemacht, sondern auch die Hirnschalen von fünf Menschen.« Pachulke nahm den Schläger und hielt ihn Roth vor die Nase. »Damit hat er sie erschlagen.«

Roth sackte in sich zusammen wie ein Furzsack. »Und jetzt geben Sie mir die Schuld daran?«

»Nein, aber wir wollten wissen, warum dieses einmalige Stück zur Mordwaffe wurde. Und Sie haben uns dabei einen großen Schritt weitergeholfen. Einen schönen Sonntag, Großvater Roth.«

Die Mappen mit den Aufzeichnungen der kleinen Hure gingen in Flammen auf. Nie hätte der Mörder gedacht, dass es so beruhigend sein würde, einem Feuer zuzusehen. Und die Festplatte gleich hinterher. Sicher ist sicher. Er klaubte die spärlichen Reste des Lattenrosts *Munch* zusammen und schmiss sie ins Feuer. In den letzten Tagen hatte er sein gesamtes Mobiliar verschürt. Nichts brennt so schön wie billiges Weichholz aus Norwegen. Wieso unnötig Spuren hinterlassen. Die Dinge hatten ihn gedemütigt, dadurch, dass er sie besessen hatte. So war er nicht, so würde er nie sein. Er ging in die Küche und holte das kleine Schneidebrettchen. *Troll* brannte wie Zunder, der Schuhschrank *Rekdal* passte gut dazu. Ein schönes Feuer hatte er da gehabt. Er schleppte das letzte Teil des Ohrensessels *Haakon*, auch in Rot oder Gelb erhältlich, herbei. Die Funken stoben, die Flammen schlugen aus der Luke. Irgendwo da unten glühte jetzt die Festplatte von dem dummen Ding, das alles durcheinanderbringen wollte. Der Stuhl *Amundsen* und die Kommode *Hamsun* würden auch noch drankommen. Das Bett *Ibsen* würde fast drei Tage vorhalten. Zum Schluss würde er in der Badewanne schlafen. Er wusste nicht mehr, wo er suchen sollte, am wichtigsten war es, einen klaren Kopf zu behalten.

Am Montag Morgen gab Frau Kellinghusen die Klassenarbeit zurück. Die Aufgabenstellung *Richard Dubinski und seine Bedeutung für mein Leben* hatte Quetzalcoatl Schmidt zum Anlass genommen, über die Entwicklung der Murmelkultur in den letzten vierzig Jahren einige Anmerkungen zu Papier zu bringen. Er bekam eine Vier minus, *Das Thema beachten!* stand unten auf seinem Blatt. Eugen Willmann hatte für seinen Bericht über einen Besuch im Winterfeldtpalais eine Zwei bekommen. *Wegen der Schrift leider nicht mehr Sehr gut.* Frau Kellinghusen war und blieb eine alte Pingelliese. Danuta Thede hatte wie immer eine Eins. Ihr Traktat *Die Revolution unter besonderer Berücksichtigung der Behandlung von Adduktorenverletzungen* hatte vorbehaltlose Zustimmung gefunden. Danach bekam jedes der Kinder einen Pfannkuchen.

»Weil übermorgen die Prozession ist, dürfen wir heute schon ein wenig feiern«, sagte Frau Kellinghusen, als sie den Deckel vom Karton mit den Pfannkuchen hob. Alle waren guter Laune, nur Natascha Nepper nicht. Jan Bäblich hatte ihr seinen angebissenen Pfannkuchen ins Haar geschmiert, weil er keine Vanillecreme mochte.

Frau Kellinghusen hatte zwischenzeitlich mit dem Schuldirektor über den Zwischenfall im Historischen Museum gesprochen. Sie hatte ihm das Versprechen abgerungen, förmlich zu protestieren, aber natürlich erst nach dem 26. Juni.

Zabriskie und Pachulke saßen im Büro und hatten das unbestimmte Gefühl, dass Marbach ohne seine Trophäe erst einmal nicht zuschlagen würde.

»Marbach ist hinter dem Foto her, das in Praumanns Sammlung nicht aufzufinden war«, sagte Pachulke zum x-ten Mal.

»Und wo ist es?«, entgegnete Zabriskie.

»Spielen wir's doch noch mal durch«, sagte Pachulke. »Als Letztes wurde Gerhard Hesselinger alias Gordon ermordet.«

»Weil Marbach dachte, Gordons Schwester hätte das Foto ihrem Bruder übergeben.« Das wussten sie bereits, aber Zabriskie spielte mit.

»Julia Weise wurde ermordet, weil Marbach glaubte, sie hätte es von der Canisius bekommen.« Pachulke konnte diese Erbfolge mit tödlichem Ausgang bald singen.

»Und Marbach hat Canisius erschlagen, weil er dachte, Praumann hätte es ihr anvertraut.«

»Praumann hatte es aber gar nicht, weil er es seiner Geliebten Melanie Schneider vorgeführt hatte.«

»Und die hat das ihren Eltern und Eleonore Rittberger erzählt, weil sie sich schon auf eine Eins gefreut hatte. Leider hat Marbach das auch irgendwie spitzgekriegt.«

Schweigen. Hier endete die so luzide vorgetragene Argumentationskette.

»Aber wenn das Bild bei Melanie Schneider war, warum hat er dann die anderen umgebracht?«

»Weil sie es auch nicht hatte. Es war nicht in ihrer Wohnung, es war nicht in ihren Kleidern, es lag nicht auf dem Grund des Kanals.« Zabriskie gab diese Erkenntnis mit letzter Kraft zum Besten.

»Der letzte Tag im Leben von Melanie Schneider, wie sah der aus?«

»Hätte sie Max Marbach das Bild ausgehändigt, wenn er sie darum gebeten hätte?«

»Niemals, sie wollte damit ja Karriere machen.«

»Aber er hätte es aus ihr rausgeprügelt.«

»Mit Sicherheit.« Zabriskie ballte die Faust.

»Also hatte sie es nicht dabei, als sie ihn traf.«

»Es war nicht bei ihr, denn Marbach hat die Wohnung durchsucht.«

»Es war auch nicht bei Eleonore Rittberger, denn sie lebt noch.«

»Es war auch nicht bei Granny Smith.« Pachulke hatte noch einmal mit ihr telefoniert.

»Hat Melanie Schneider an dem Tag gearbeitet?«

»Ja, hat sie. Und sie hat ihre Monatsendausschüttung erhalten. Es war der 30. April.«

»Stimmt, das war die Euro-Pulpe in dem Handtäschchen.«

»Wir versetzen uns in die Gefühlswelt von Melanie Schneider alias Golden Delicious.« Pachulkes Stimme bekam einen hypnotisierenden Unterton.

»Stell dir vor, es war ein harter Tag. Du hast rangeklotzt wie ein Hund. Eigentlich solltest du nach Hause gehen und dich ausschlafen, weil du müde wie ein Holzscheit bist.« Zabriskie griff den Unterton auf.

»Eigentlich sollte da jemand sein, der auf dich wartet und mit dir ein paar Dinge macht, nach denen du dich besser fühlst. Aber da ist keiner. Du weißt, wenn du nach Hause kommst, ist da niemand, für den du das Geld verdienst, dem du schöne Sachen kaufen kannst.« Es wurde von Minute zu Minute plausibler.

»Also«, sagte Zabriskie, und ihre Stimme bekam etwas Dozierendes, »du kaufst dir selbst etwas. Du belohnst dich für deine Schufterei, indem du dir selbst etwas schenkst.«

»Edle Ohrringe Ende März«, sagte Pachulke.

»Sündhaft teure Unterwäsche Ende April.«

»Sie war einkaufen, bevor sie sich mit Marbach getroffen hat«, rief Pachulke. Er sprang auf und sein Bürostuhl rauschte nach hinten gegen die Wand.

»Und sie hat so viel einkassiert, dass es für diese Sachen und ein Pfund Pulpe gereicht hat.«

Der *KAufrausch DEr WEltrevolution* lag am Wittenbergplatz. Pachulke und Zabriskie wären gern hineingerannt, aber das ging nicht. »Burn-out«, flüsterte Zabriskie. Eine Frau, bepackt mit Einkaufstaschen, war vor dem Haupteingang zusammengebrochen, mitten im Getümmel. Die Sicherheitskräfte schoben die Schaulustigen und Passanten beiseite. Die Frau rauchte aus den Ohren und der Nase. Aber sie hatte wohl noch einmal Glück gehabt. Ein Mann in schwarzer Lederjacke drängelte sich durch die Menschenmenge, gab der Frau einen Schluck zu trinken und legte ihr eines der gestreiften Kissen unter den Kopf, um die sie sich oben in der Textilienabteilung des KaDe-We gerade noch geprügelt hatte. »Warum brennst du, Konsumentin?«, fragte er.

Er hatte eine dicke Brille und einen dichten schwarzen Vollbart. Die Frau schluchzte: »Ach je, die ganzen Schnäppchen, die Treuepunkte, die Kundenkarten, die Verkaufsflächen, die Kataloge, es ist mir einfach zu viel geworden.« In diesem Moment kam der Krankenwagen.

»Hat diese Frau am 30. April hier eingekauft und etwas vergessen?« Pachulke hielt der Leiterin der Abteilung *Luxury & Lingerie* das Phantombild von Melanie Schneider unter die Nase. Die Frau musste erst ihre Brille aufsetzen, danach sah sie Pachulke ungläubig an. »Wir dachten schon, deswegen kommt niemand mehr.«

»Hat sie hier eingekauft an diesem Tag?«, fragte Zabriskie.

»Ja, ich war selbst hier. Sie wollte Unterwäsche, etwas besonders Schönes sollte es sein. Sie hat ewig ausprobiert, und dann hat sie auch etwas gekauft. Etwa in der Art.« Sie zeigte auf eine Schaufensterpuppe, die edle, schwarze Wäsche zur Schau stellte.

BH und Slip kosteten an die 300 Euro. »Und sie hat auch etwas vergessen.«

»Ja, so einen Ordner, den man an der Uni hat.«

Pachulke und Zabriskie kribbelten die Kopfhäute.

»Und wo ist diese Mappe, bitte schön?« Zabriskie versuchte entspannt zu klingen.

»Die hat mein Kollege zum Fundbüro gebracht. Oder nein, warten Sie mal.«

Sie sah in den Fächern unter ihrem Tresen nach. »Hier.«

Pachulke und Zabriskie öffneten die Mappe. Sie sahen das Bild und trauten ihren Augen nicht. Zabriskie drehte es um und las die Widmung: *From me to you. R.*

Urban Kalch, der Polizeipräsident, saß wie immer hinter seinem Schreibtisch, als Pachulke vorgelassen wurde. Kalch war ein kleines Männchen, offenbar wollte er die Kleinheit dadurch unterstreichen, dass er sich einen Schreibtisch von der Größe eines Kanus in sein Büro hatte stellen lassen. Das Möbelstück hatte für Kalch allerdings den Vorteil, dass ein Besucher, der ihm etwas überreichen wollte, lang und umständlich um den Tisch herum und dann wieder zurücklaufen musste, um in einem der Besuchersessel Platz zu nehmen.

Kalch betrachtete das Bild ausführlich. Im Schein seiner Schreibtischlampe blinkte seine Nickelbrille, und seine Glatze glänzte. Durch das große Fenster hinter ihm blickte Pachulke auf das Panorama einer frühen Nacht. Kalch hatte einen Blick auf das neue Bowlingcenter, um den ihn viele im Haus beneideten.

»Und?«, sagte Kalch nach einer Weile und reichte Pachulke das Foto zurück. Diese Operation gelang nur, weil Kalch auf seinem Fußschemel stand, der vor seinem Schreibtischstuhl platziert war, und Pachulke sich in seiner ganzen Länge über den Tisch nach vorn beugte. Als Pachulke wieder saß und seine Lendenwirbel zählte, ergänzte der Polizeipräsident: »Ich bevorzuge die Stones. Jedenfalls ihre Musik aus dieser Epoche.«

Pachulke räusperte sich. »Aber der fünfte Beatle auf dem Foto ist Richard Dubinski.«

»Und?«, fragte Kalch wieder. »Gibt es jemand aus dieser Zeit, der nicht mit Dubinski fotografiert worden ist? Es gibt Fotos von Dubinski mit Muhammad Ali, Fidel Castro, Sartre, Hannah Arendt.«

»Sehen Sie nicht die Zeitung? Das ist der *Morgenspiegelkurier* vom 26. Juni.«

Kalch winkte kurz, und Pachulke reichte das Bild wieder über den Schreibtisch. Kalch beugte sich vor, als wollte er an dem Fotopapier riechen. »Sind Sie sicher?«, fragte er.

»Absolut, sonst wäre ich in dieser Angelegenheit nicht bei Ihnen erschienen.«

»Das heißt …«, sagte Kalch schließlich.

»Das heißt, Richard Dubinski war am 26. Juni nicht in der Stadt. Er führte nicht durch geniale Schachzüge die Schlacht ums Tegeler Vlies zum Sieg, sondern war auf dem Abschlusskonzert der Blitztournee in Hamburg. Das Foto ist vermutlich in der Künstlergarderobe der Ernst-Merck-Halle entstanden.«

Kalch nickte stumm und reichte das Bild an Pachulke zurück. In der Bewegung stockte er kurz, als würde er es sich anders überlegen, aber Pachulke hatte schon sanft zugegriffen und das Bild an sich genommen.

»Das bedeutet …«, setzte Kalch an. »Das bedeutet, dass wegen dieses Bildes fünf Menschen ermordet wurden.«

»Und was wollen Sie jetzt von mir?«, fragte Kalch und richtete sich kerzengerade auf, was nicht weiter auffiel. »Ich kann die Schlacht ums Tegeler Vlies schlecht rückwirkend annullieren lassen. Meinen Sie, das Museum hätte Interesse an dem Bild?«

»Ich kenne jemand, der sehr wahrscheinlich Interesse an dem Bild hat, und ein legitimer Erbe Dubinskis ist, jetzt, nachdem Praumann nicht mehr lebt.«

»So, und wen?«

»Dubinskis Schwester lebt in der Nähe von Århus. Sie hat einen Kranz für die Beerdigung von Marie-Johanna Canisius geschickt. Das ist die Ärztin, die ermordet wurde.«

»Das heißt, Sie wollen nach Århus fahren.«

»Martha Dubinski soll das Foto bekommen. Sie ist«, sprach Pachulke schnell weiter, »darüber hinaus eine wichtige Zeugin, die befragt werden muss. Es wäre gut, wenn man sie warnen würde. Möglicherweise denkt der Mörder, dass sie das Foto hat.« Als er das ausgesprochen hatte, wurde ihm klar, dass er gerade einer neuen, tödlichen Option für Marbach begegnet war.

»Und, äh, die Feierlichkeiten morgen. Soll man, darf man Dubinski immer noch …? Ich meine, wenn er gar nicht da war. Wenn er der gehobenen Unterhaltungsmusik gefrönt hat, anstatt seiner Pflicht als Revolutionsführer zu genügen.«

»Die Feiern morgen können wir eh nicht mehr abblasen, es sei denn, Sie wollen eine Massenhysterie riskieren.«

»Nein, Massenhysterie ist gar nicht gut. Und nagende Selbstzweifel auch nicht. Sicherheit und Ordnung sind unser Metier.« Kalch war aufgestanden und spazierte hinter seinem Schreibtisch auf und ab. Sein Kopf auf der anderen Seite der Tischplatte war ein gelblicher Ballon, der durch einen unsichtbaren Motor hin und her bewegt wurde. »Doch, Pachulke, das ist eine gute Idee. Machense mal, fahrnse nach Århus zu dieser Nichte.«

»Schwester.«

»Zu dieser Schwester. Aber denken Sie daran. Gute Ideen finden im Zweifel ohne Wissen des Vorgesetzten ihre Umsetzung. Wenn man uns morgen deswegen in der Luft zerreißt, dann ist das auf Ihrem Mist gewachsen, nicht auf meinem.«

»Selbstverständlich«, murmelte Pachulke. Verantwortung ist ein glühender Ball, dachte er. Und das Spiel, das Kalch und viele andere spielten, bestand darin, diesen Ball möglichst nur kurz zu berühren. Sonst verbrannte man sich die Finger.

ON Kapitel 20

Um zwei Uhr nachts erreichte Pachulke die Grenze. Als er mit eckigen Schritten zu dem kleinen Rasthäuschen stakte, umhüllten ihn die Schneeflocken. Sie waren kleiner als zu Hause, das Papier war ein wenig heller, aber auch hier fanden sich immer zwei Buchstaben, manchmal war ein Å dabei, hin und wieder ein Ø, gelegentlich auch ein Æ.

An seinem Handgelenk hing eine Schlinge aus gewickeltem Eisendraht, die die Dokumentenmappe mit dem Foto sicherte. Nach dem Essen lernte Pachulke, wie man mit einer Hand pinkelt und sich mit einer Hand die Hände wäscht. Kurz darauf lernte er, wie man mit einer Hand einen Einfüllstutzen in die

Tankfüllung bugsiert und unter dem wachen Blick von drei Dorfalkoholikern mit einer Hand sein Portemonnaie aus der Tasche holt und bezahlt.

Als er Århus erreichte, hatte er das Gefühl, in seinem Fahrersitz festgebacken zu sein. Jemand würde kommen müssen, um ihn mit der Spitzhacke daraus zu befreien. Schließlich gelang es ihm doch irgendwie auszusteigen, und vorsichtig watschelte er zu einer Imbissbude, die mit einem sehr großen Schild darüber Auskunft gab, dass man dort *Ristede Pølser* essen konnte. Pachulke bestellte zwei Hotdogs, dazu Kaffee. Zum Nachtisch aß er einen frischen *Jordbærkage* und fragte nach dem Weg. Der Verkäufer kratzte sich am Kopf. Er sprach weder Deutsch noch Englisch, aber er holte Stift und Papier und machte eine Skizze. Pachulke verließ Århus in nördlicher Richtung, und nach einer halben Stunde kam er in das Dorf. Langsam steuerte er seinen Wagen zu der Adresse.

In der Dämmerung sah er bald darauf ein zweistöckiges Gebäude aus Backstein. Laut Aussage von Canisius lebte Dubinskis Schwester allein. Pachulke ließ den Wagen am Straßenrand ausrollen und stellte den Motor ab. Langsam lief er zu dem Haus hinüber und betrachtete es von oben bis unten.

Roter Backstein, das Dach mit Reet gedeckt. Es stand in einem 45-Grad-Winkel zur Straße. Das und der Holzkran an der Giebelseite zeigten Pachulke, dass es ein altes Haus war.

Das Licht brannte. So früh am Morgen? Manche Menschen schliefen gern bei Licht ein. Oder war der Täter auch diesmal schneller gewesen? Egal, dachte Pachulke, dann läuten wir jetzt einfach mal.

Im Haus erklang ein tiefer Gong. Dann wurde es wieder still. Pachulke überlegte, was er jetzt machen konnte. Er hätte anrufen sollen, allerdings wäre sein Besuch dann keine Überraschung mehr gewesen. Julia Weise hatte geleugnet, dass es einen fünften Mitbewohner in der WG gegeben hatte. Ihre Lüge hatte sie mit dem Leben bezahlt.

Sich Zugang zum Haus verschaffen, von einer Streife erwischt werden, kein Wort außer *Pølser* und *Kage* in der fremden Sprache von sich geben, einen internationalen Zwischenfall provozieren, den Polizeipräsidenten gegen sich aufbringen, von der Presse zerrissen werden und sich dann unter vierhundert freien Stellen einen Job als Info Grande suchen, der ihm aufgrund seiner Dienstjahre mittlerweile zustand, das konnte Pachulke. Oder warten. Oder noch einmal läuten. Bevor er sich zu Letzterem durchringen konnte, öffnete sich eines der oberen Fenster.

»Guten Morgen«, rief eine helle Stimme zu ihm herunter. Pachulke sah einen dunklen Haarschopf und ein munteres Gesicht mit vielen kleinen Falten.

»Habe ich Sie geweckt? Sind Sie Martha Dubinski?« Warum redete sie deutsch mit ihm? »Nein, ich stehe immer um fünf Uhr auf. Ja, seit meiner Geburt. Sie kommen von weit her.« Es war eine Feststellung. »Pachulke ist mein Name, Kriminalhauptkommissar. Wir ermitteln im Mordfall Marie-Johanna Canisius.«

»Das ist schön, dass sich wenigstens einer um die Ärmste kümmert. Bisher offenbar nicht sehr erfolgreich. Ich dachte schon, dass früher oder später jemand hier aufkreuzt deswegen.« Sie sprach nahezu akzentfrei, nur hin und wieder verrutschte ein Sch zu einem S oder ein Artikel passte nicht. »Warten Sie einen Moment, ich komme runter und mache Ihnen auf«, sagte die Schwester des toten Revolutionsführers.

Kurz darauf stand sie in der Eingangstür. »Treten Sie ein«, sagte sie. Sie ging voran, und Pachulke konnte es unter ihrem hellen Leinenkleid knacken und klackern hören. Ihm fiel ein Bild ein. Dubinski im offenen Wagen an einem Vormittag im November, winkend, lächelnd, neben ihm eine Frau, gleichfalls winkend. Am Straßenrand eine unüberschaubare Menschenmenge, die den beiden zujubelte, Dubinskis Namen rief, Fotos von ihm hochhielt. Dann war der Wagen ins Stocken geraten. Kurz darauf ein Aufschrei, der wie ein rasendes Echo in der Menschenmenge hin und her tobte. Ein Mann war vor das

Auto gesprungen. Er zückte eine Maschinenpistole und feuerte ein ganzes Magazin auf Dubinski und seine Schwester ab. Dubinski starb noch an Ort und Stelle. Seiner Schwester hatte der Attentäter »die Beine zerschossen«, diese Formulierung machte damals die Runde. Die Polizei musste den Mörder mit hundert Mann vor der Wut der Menge schützen. Es war ein ehemaliger Fallschirmspringer, kriegstraumatisiert und unzurechnungsfähig, wie sein Anwalt bereits am frühen Nachmittag des gleichen Tages nicht müde wurde zu betonen. Auch das wurde eine feste Formel, »kriegstraumatisiert und unzurechnungsfähig«.

Jedem, der mehr wissen wollte, der wagte, über eine andere als die offizielle Version nachzudenken, wurde diese Formel entgegengehalten wie einem Vampir das silberne Kreuz. Trotzdem blieb da dieses Misstrauen, die Frage nach dem Warum und etwaigen Hintermännern. Wie konnte jemand in Springerstiefeln, Springerhemd, Springersocken und einem Springmesser so nahe an die Absperrung gelangen und dann diese auch noch überspringen? Was bedeuteten die Springkrautsamen und die Sprünglischokolade, die der Täter in seiner Wohnung hortete? Zum Prozess kam es nie, denn der Fallschirmspringer beging in seiner Zelle Selbstmord, ehe es so weit war. In einem streng bewachten Hochsicherheitstrakt, als sein Anwalt wegen Mumps gerade keine Sprecherlaubnis hatte.

»Was ist, wollen Sie da draußen Wurzeln schlagen?« Die Stimme von Martha Dubinski riss Pachulke aus seinen Erinnerungen, und er trat ein. Sie standen am Fuß einer Treppe, deren breite und flache Stufen in den oberen Teil des Hauses führten.

»Wenn Sie mir bitte folgen wollen«, sagte Martha Dubinski und lief nach oben. Auf dem Weg in die Küche durchquerten sie ein Zimmer. Aufgebockt auf einer Platte lag da ein halbfertiges Puzzle. Es zeigte die Luftaufnahme einer Wüste. Alles war Sand.

»In dieser Einsamkeit ist Puzzlelegen manchmal sehr angenehm«, sagte Martha Dubinski. In der Küche setzte sie Teewasser auf. »Bitte nehmen Sie Platz. Sie trinken doch gern eine Tasse Tee mit mir, oder? Und fragen Sie ruhig, was Sie fragen möchten.«

»Ihr … äh … Fortbewegungsapparat?«

»Eines meiner Patente. Nach dem Attentat wurde ich vierzehn Mal operiert. Irgendwann hatte ich die Schnauze voll. Musste es eben ohne gehen. Ich habe umgesattelt von Vergleichenden Literaturwissenschaften auf Ingenieurwissenschaften. War die einzige Frau in meinem ersten Semester. Und der einzige Krüppel, der einzige behinderte Mitmensch, wenn Sie wissen, was ich meine. Und dann habe ich mich darauf spezialisiert, wie man als Mensch ohne Beine selbstbestimmt leben kann. Meine Prothesen sind ein Systembaukasten. Kann man für jede Rumpfgröße, jedes Alter, mit Oberschenkeln, ohne Oberschenkel bauen. Gesteuert wird es, indem man lernt, bewusst einen Impuls an noch lebende Nervenenden zu schicken. Dadurch wird der Gelenkmechanismus ausgelöst. So ähnlich, wie wenn Sie Ihrem rechten Fuß befehlen, nicht in einen Haufen Hundescheiße zu treten, also meist sehr präzise.« Sie stellte Oliven, eingelegten Fisch und Brot auf den Tisch.

Pachulke nahm einen Schluck Tee. Weil er in Ruhe essen wollte, nahm er einen kleinen Schlüssel aus seinem Portemonnaie und befreite sein Handgelenk. Er öffnete die Tasche, reichte ihr das Foto und sagte: »Kann es sein, dass Ihnen das gehört, jetzt, wo die Mitglieder der Viererbande tot sind?«

»Was denn, Julia auch?« Martha Dubinski schüttelte den Kopf, nahm das Foto und betrachtete es schweigend. Sie schwieg so lange, dass Pachulke anfing zu essen. Die Nacht steckte ihm in den Knochen.

»Du meine Güte«, sagte sie schließlich. »Und dafür mussten vier Menschen sterben?«

»Fünf«, sagte Pachulke und wischte sich einen Rest mit der Serviette aus dem Mundwinkel. »Praumanns Freundin, Lieblingshure, Schülerin … wie auch immer, gehört auch dazu. Eine Geschichtsstudentin, die die ganze Sache ins Laufen gebracht hat. Sie ist dem Geheimnis auf die Spur gekommen. Jemand will um jeden Preis verhindern, dass es ans Licht kommt. Sie wurde als Erste ermordet.«

»Geheimnis. Dass ich nicht lache.« Martha Dubinski schnob durch die Nase. »Das wusste wirklich jeder damals, dass Richard nicht dabei war.«

»Wie bitte?«

»Selbstverständlich.«

»Aber im *Morgenspiegelkurier* steht eine Reportage, die beschreibt, wie Dubinski auf das Polizeiauto klettert und das Tegeler Vlies schwenkt.«

»Ich weiß, ich kannte den Journalisten recht gut, der das verzapft hat. Ich habe ihn ein paar Tage später angerufen und gefragt, was das soll. Er hat gesagt: ›Ich weiß doch, dass er nicht da war. Aber wir brauchten ihn dort einfach. Das hätte niemand anders sein können als er.‹«

»Warum?«

»Weil bestimmte Leute ihn mehr gehasst haben als jeden anderen und der *Morgenspiegelkurier* bei diesen Leuten auf dem Frühstückstisch lag und die Welt erklärte. In dieser Welt wurde das Böse durch meinen Bruder personifiziert. Sagen Sie einem Katholiken, dass der Teufel möglicherweise nicht existiert, und die ganze Chose fliegt auf.«

»Aber in den Zeitzeugenberichten, in den Erinnerungsbüchern taucht Richard Dubinski doch auch auf.« Martha Dubinski trank einen Schluck Tee. Dann sagte sie leise: »Natürlich. Wir brauchten ihn doch genauso.«

Pachulke starrte sie mit offenem Mund an.

Martha Dubinski sagte: »Als die Schlacht geschlagen war, bin ich JoJo, also MarieJohanna Canisius, an unserem Sanitätsplatz im Bürgerpark begegnet. Sie hat sich pausenlos um die Tränengasverletzten gekümmert, obwohl sie selbst einiges abbekommen hatte. Sie war mitten in der Arbeit, wusch Augen aus, kochte Tee, legte Verbände an. Der Platz war voll, Wartezimmer und Behandlungszimmer. Sie hat mich gefragt: ›Wo war Richard heute?‹ Und ich habe gesagt: ›Der war bei John und den anderen im Konzert in Hamburg.‹« Da saßen die Leute herum und haben das gehört. Und mindestens drei von denen haben in den Interviews danach erzählt, dass Richard ihnen persönlich Mut zugesprochen hat, dass er in der Schlacht dabei war, dass er unermüdlich war, dass er überall war.«

»Warum war Ihr Bruder in Hamburg an diesem Tag?«

Martha Dubinski blickte ihn an. »Wissen Sie, dass Richard ursprünglich Sportjournalist werden wollte?«

»Das haben wir herausgefunden«, sagte Pachulke. Es sollte ermunternd klingen, aber er hörte sich genervt an. Die Müdigkeit bekam ihn am Wickel. Er rieb sich die Augen.

»Dann wissen Sie auch, dass er ab dem Sommer 1962 für ein halbes Jahr Volontär bei der *Times* in London war.«

Pachulke war mit einem Mal wach. Er erinnerte sich an einen Zeitungsartikel, den Bördensen aus der Stabi mitgebracht hatte. Dubinski hatte einen Deutschen interviewt, der in England Torwart war.

»Nein, dass er länger in England war, wussten wir nicht. Entschuldigung, ich bin die ganze Nacht durchgefahren.«

»Schon gut. Richard war seit Anfang August in London. Das war mit einem Stipendium des British Council verbunden. Zur Demokratieförderung.«

»Schreiben konnte er ja.«

»Und er wusste mehr über Fußball als jeder andere Mensch auf diesem Planeten.«

Pachulke dachte an den Mann in *Bert's Karaoke-Bar,* und Martha Dubinski hob die Augenbrauen.

»Sie glauben mir nicht? Sie haben mit diesem Irren geredet, wie heißt er doch gleich?«

»Bert Roth.«

»Tennis-Bert. Dass der noch lebt.«

»Tennis-Bert?«

»Er hat mal mit Tennis-Pokalen angefangen. Nach seiner Zeit als revolutionärer Gastwirt. Richard wusste es besser als Tennis-Bert. Er hat eine Wette gegen ihn gewonnen und dafür musste Bert Roth …«

»… die Eishockeytrophäe für Marbach anfertigen. Richard selbst hatte das Geld nicht, um sie Max zu schenken.«

»Sie wissen wirklich eine ganze Menge. Max war ein hervorragender Spieler. Antrittsschnell, mit Übersicht und einem unglaublich harten Schuss.«

»Ich weiß. Er hat versucht, mich zu erschlagen.«

Martha Dubinski zuckte zusammen.

»Sie meinen, Marie-Johanna wurde mit diesem Ding erschlagen?«

»Alle wurden damit erschlagen. Alle fünf.«

Martha Dubinski schüttelte den Kopf. »Das ist grauenhaft.

Ich weiß noch, wie Richard nach Hause kam und mir die Trophäe gezeigt hat, kurz bevor er nach England ging. Max hätte Kapitän der Universitätsmannschaft sein sollen, bei den Deutschen Studentenmeisterschaften. Aber irgendjemand hat ihn denunziert, und es kam heraus, dass er früher in der FDJ gewesen war, im Westen. Also hat man ihn wegen Unwürdigkeit suspendiert.«

»Aber die KPD ist doch schon Jahre vorher verboten worden.«

»Aber das war erst ein Jahr nach dem Mauerbau. Da musste man an irgendwem sein Mütchen kühlen. Man war nicht irgendwo, sondern in der Frontstadt. Als Richard das hörte, ging er sofort zu Tennis-Bert und hat ihn herausgefordert. Eine Woche, bevor er nach England fuhr, hatte Max Geburtstag. Er hat sich unglaublich gefreut über seine Auszeichnung, auch wenn sie nur symbolisch war.«

Pachulke erinnerte sich an den jungen Mann auf dem Foto bei Valdas Vokuhila, der Julia Weise im Arm hielt. Jetzt verstand er, warum sein Friseur ihn für einen Möbelpacker gehalten hatte. Eishockey-Muskelberge.

»Und in England?« Pachulke deutete auf das Foto.

»In England hatte Richard einen schweren Stand. Er hatte einen schrecklichen Akzent, obwohl er korrekt sprach. Am 1. September ist die ganze Sportredaktion mit Hitlerbärtchen erschienen. Richard hat überlegt, ob er wieder nach Hause fahren soll. Aber er hat sich eine Glatze rasieren lassen, in einem benghalischen Laden Klamotten gefunden und kam mit Brille und als Gandhi in die Redaktion. Damit hat er's rausgerissen, und er durfte endlich eigene Artikel verfassen. Er war überall, Arsenal, Tottenham, auch bei unterklassigen Vereinen, Crystal Palace, immer unterwegs in London. Sein Lieblingsverein war der fC Liverpool. Als im September Liverpool ein Heimspiel hatte, fuhr er hin und durfte den Bericht machen. Er ist natürlich nicht auf die Pressetribüne, sondern auf einen Stehplatz. Er musste sich einiges anhören, sobald er den Mund aufmachte. Aber die Engländer waren nicht blöd, die konnten zwischen Deutschen und Nazis unterscheiden. Nach dem Spiel ging er mit ein paar Leuten ein Bier trinken. Oder auch zwei. Und danach haben sie ihn eingeladen, die beste Band Liverpools anzuhören.« Martha Dubinski nahm einen Schluck Tee. »Also gingen sie zusammen in die Höhle.«

»Die Höhle?«, fragte Pachulke.

»*The Cavern,* so hieß der Club. Und die hier«, sie tippte auf das Foto, »waren dort die Hausband. Richard hat später gesagt, dass dieses Konzert der glücklichste Moment seines Lebens war. Er war nicht begeistert, er war in Ekstase. Danach fuhr er so oft es ging nach Liverpool. Eines Abends ist er nach der Show noch an die Bar und hat den anderen Richard angesprochen, den Schlagzeuger.«

»Ich dachte, der hieß …«

»Natürlich, aber sein Geburtsname war Richard.«

From me to you. R.

»Mein Bruder wollte die Band unbedingt kennenlernen, um jeden Preis. Aber vor den anderen hatte er Bammel. Die traten dauernd so auf, als seien sie auf Streit aus. Viril-juvenil-aggressiv, Sie verstehen. Der Schlagzeuger war viel weniger wüst, zumindest wirkte er entspannter. Also hat sich mein Bruder nach der Show an die Theke zu ihm gestellt und gefragt, ob er ihm ein Bier spendieren darf. Er durfte. Dann haben sie angefangen, über Fußball zu reden. Und dann hat Richard etwas gesagt, und Richard hat ihn korrigiert.«

»Ihr Bruder hat Ringo korrigiert?«

»Das ist wohl die halbe Freude bei solchen Gesprächen, dass man eine Kleinigkeit korrigieren kann. Den Namen der Schwiegermutter aus der ersten Ehe von einem Torschützen im Pokalendspiel aus dem Jahr 1953. Ringo sagte: *Du hast recht.* Bei der nächsten Ungereimtheit wurde er wieder korrigiert. Dann fing er an, meinem Bruder Fragen zu stellen. Erst über Liverpool, dann über den englischen Fußball. Richard wusste alles. Können Sie sich das vorstellen?« Sie schüttelte den Kopf und goss Tee nach. »Und er hätte so einen Abend auch in Brasilien verbringen können, wenn er die Sprache gesprochen hätte. Oder in Italien. Er war verrückt, was Fußball betraf.«

Sie seufzte tief und blickte auf das Bild.

»Ringo hat dann die anderen drei herangewunken und gesagt: *Schaut mal, hier ist ein kleiner Deutscher, der alles über Fußball weiß.* Er hat Bier bestellt, für alle, auch für Richard.

Und dann haben Paul und George Fragen gestellt, Paul war, glaube ich, Fan von Everton.«

»Und John?«

»John hat nichts gesagt. Stand daneben, sagte kein Wort, trank kein Bier. Nach einer Weile mischte er sich ein: *Weißt du auch, wie viele Liverpooler durch Bombenangriffe ermordet wurden, du Klugscheißer?* Mein Bruder wusste es nicht. John hat gesagt: *Du weißt gar nichts, Klugscheißer,* und ist gegangen. Mein Bruder wäre am liebsten im Boden versunken. Er wusste es wirklich nicht. Für ihn war das neu. In den Fünfzigerjahren gab es bei uns ja nur Menschen, die alles verloren und nichts gewusst hatten. George und Paul war das peinlich. Sie blieben, sprachen ein paar Brocken Deutsch. Mein Bruder hatte in einer billigen Absteige ein Zimmer gebucht, weil Liverpool am nächsten Tag ein Heimspiel gegen Bolton hatte, aber George lud ihn ein, bei ihm zu übernachten. Und am nächsten Tag haben ihm Paul und George die Stadt gezeigt. Die Gräber der

Kinder, die in den gleichen Jahren geboren waren wie sie, die Bombenschäden, die noch nicht alle beseitigt waren. Sie waren in der Stadtbibliothek und zeigten ihm Zeitungsausschnitte aus den Kriegsjahren, die Gedenktafeln in den Kirchen. Und Richard hat geschrieben und geschrieben.«

»Ganz schön schlau für eine synkopierte musikalische Vereinigung«, entfuhr es Pachulke.

Martha Dubinski wurde rot. »Sie haben Kunst studiert. Ihre Stadt war von größter Bedeutung für sie. Und dumm war wirklich keiner aus der Band.«

»Entschuldigung, in meinem Leben heißen die Fabulösen Vier Mozart, Verdi, Puccini und Rossini.«

»Sie waren denen in ihren besten Momenten zumindest ebenbürtig.« In Martha Dubinskis Gesicht erschienen Lachfältchen, als sie das sagte.

»Touché.« Pachulke wollte hören, wie die Geschichte weiterging. »Woher wissen Sie das alles?« Und schlafen wollte er auch.

»Richard hat Tagebuch geführt. Er hat diesen Zeitraum minutiös zu Papier gebracht. Ich habe es in all den Jahren immer wieder gelesen, weil es schön ist zu wissen, dass er damals glücklich war.« Sie räusperte sich. »Nach ihrem Schnellkurs in Stadtgeschichte trafen sie sich mit John und Ringo. John war besser gelaunt als am Vorabend. Zwei Tage zuvor war ›Love Me Do‹ rausgekommen. Ein Fest für die vier. John fragte Richard über seine Familie aus, wollte wissen, was unsere Eltern im Krieg gemacht hatten. Ich glaube, die Antworten waren ihm egal. Es gefiel ihm, dass Richard nicht eine Ausrede nach der anderen auf den Tisch des Hauses gepackt hat. In Hamburg hatten sie einiges in dieser Richtung erlebt.«

»Und dann?«

»Am Abend war mein Bruder beim Spiel, danach im Konzert. Dann sind die vier nach Hamburg, sie hatten noch einen alten Vertrag, den sie erfüllen mussten. Sie waren in Deutschland, Richard war in England. Anfang Januar kam er zurück, und die Jungs gingen auf Tournee. Und dann machten sie alle ihre Revolution.« Sie kicherte, aber es klang hohl und alt, als säße sie in einem Brunnen.

Pachulke war nach dem deftigen Frühstück jetzt wieder bei Kräften. »Was war am Tag der Schlacht?«

»Die Schlacht hatte ein paar Tage Vorlauf.«

»Richtig, erst die Besetzung, die Blockade vor dem Rathaus.«

»Es begann am 22. Juni. Diesen Geburtstag von Max haben wir zu siebt in einem Zwei-Mann-Zelt gebührend besungen. Es war alles ganz friedlich, wir blockierten, der Senat konferierte, die Polizei marschierte auf und ab, ließ uns aber in Ruhe. Und am 25. ging Richard am Abend in die Wohnung. Er wollte frische Wäsche holen, Nasentropfen für Promi, der hatte Heuschnupfen. Und als er nach Hause kam, war da der Brief aus dem Büro von Brian Epstein. Ein Ticket und eine Zeile: *Hallo Klugscheißer Kraut, ich hoffe, wir sehen uns nach der Show.* Unterschrieben hatte John.«

»Und dann?«

»Richard ist zu uns zurückgekommen. Den Brief brachte er mit. Wahrscheinlich hat er bereits in diesem Moment entschieden, dass er fährt. Aber er wollte das erst mit uns besprechen.«

»Er wollte die Erlaubnis haben, zu fahren?«

»Wenn Sie so wollen.«

»Und wie hat die revolutionäre Moral an diesem Abend entschieden?«

»Fast alle haben gesagt, dass er unbedingt fahren soll.«

»Fast alle?«

»Max fand es nicht in Ordnung, er wollte, dass Richard bleibt. Aber Julia hat gesagt: Auf einen kommt es bei 20 000 nicht wirklich an. Du triffst sie, besäufst dich und bist zurück, wenn der schreitende Bote des Senats uns die Kunde bringt, dass alle unsere Forderungen erfüllt werden. Und am Morgen des 26. Juni, es war ein Sonntag, ist Richard gefahren.«

»Mit schlechtem Gewissen?«

»Nein, überglücklich. Er hat diese Jungs mehr geliebt als

alles andere, Fußball ausgenommen. Mehr als die Revolution jedenfalls.«

»Aber er war der Revolutionsführer.«

»Er hat irgendwann angefangen, sich mit Politik zu beschäftigen, das stimmt. Und er konnte gut reden, das stimmt auch. Und so unglaublich schnell denken.« Sie ächzte leise. »Was sagt es uns über die Verfasstheit eines Gemeinwesens, wenn ein Junge, der unsterblich werden möchte, indem er über Schalke gegen Dortmund schreibt, über Nacht zum wichtigsten politischen Akteur des Landes wird? Das war doch nicht unser Fehler, dass 99 Prozent der Leute die Dinge gut fanden, so wie sie waren. Jedenfalls ...« Sie strich mit ihrem Zeigefinger über die Tischdecke, die aussah wie ein Gemälde von Mondrian. »Er hat auch diese Arbeit übernommen, weil grad kein anderer da war, der sie machen wollte. Aber wirklich geliebt hat er das nicht. Nicht so wie Promi oder Julia.«

»Oder Max?«, fragte Pachulke.

Martha Dubinski blickte zur Decke. »Bei Max war das anders. Der wollte genauso unbedingt Fotograf werden wie Richard Journalist. Aber der hat sehr viel von Prinzipien erzählt. Wenn er eine Büroklammer krumm gebogen hat, hätte er am liebsten eine Quittung dafür gehabt, dass er damit dem großen Ganzen dient.«

»Wenn Ihr Bruder in Hamburg war«, fragte Pachulke, »wer hat denn dann die Schlacht geschlagen? Wer hatte die entscheidende Idee?«

»Das war Max«, sagte Martha Dubinski. »Aber man konnte ihn darauf nicht ansprechen. Er hat es abgestritten. Wenn man darauf insistierte, ist er aufgestanden und gegangen. Er wollte es nicht gewesen sein. *Das war Richard und sonst niemand,* hat er immer gesagt.«

»Und wie ist ihm diese Idee gekommen?«

»Max hat als Fahrer in einer Großbäckerei gearbeitet. Er hat Schnittbrot in die Lieferwagen gepackt und es dann ausgefahren. Die Bäckerei war in Schöneberg, ein paar Straßen weiter.

Am Sonntag Mittag, Richard war wahrscheinlich gerade in Hamburg eingetroffen, kam der schreitende Bote des Senats. Allerdings mit der Aufforderung, sofort den Platz zu räumen und das Rathaus wieder freizugeben. Und dann ist Max eingefallen, dass am Sonntag die nicht verkauften Sachen von Freitag und vom Samstag alle in der Bäckerei lagerten. Die wurden dann am Sonntag zu zweierlei Teigmasse verarbeitet, salzig und süß, und neu verbacken. Montags gab es dann in den Schulen und Gefängnissen, auch bei den Alliierten, gebrauchte Brötchen und gebrauchten Kuchen, so hieß das. Kann man sich heute nicht mehr vorstellen, war aber so. Schließlich musste jedes Salzkorn erst mal hergeschafft werden. Max hatte einen großen Stein im Brett beim Lageristen, weil er kostenlos auf der Hochzeit von dessen Tochter fotografiert hatte. Der Lagerist war ein alter Eishockeyspieler mit einem steifen Bein. Max hat sich rübergeschlichen und gefragt, ob sie uns helfen. Und ob sie uns halfen. Wir haben eine richtige Ameisenstraße aufgebaut, immer schön durch die Hinterhöfe und an den Polizeisperren vorbei, und haben die Dinger säckeweise zum Rathaus geschafft. Dann haben wir die frohe Kunde und den Schlachtplan per Mundpropaganda weitergegeben.«

»Und die Munition?«

Martha Dubinski lächelte. »Die haben wir natürlich auch verteilt. Nach einer Stunde waren wir alle bis an die Zähne bewaffnet. Mittlerweile hatte die Polizei einen doppelten Ring geschlossen. Die Berittenen waren auch da, die Pferde waren unruhig, wir dachten, dass gleich eines durchgeht und in die Menge rast. Aber sie hielten sie unter Kontrolle. Die wollten uns in den Bürgerpark im Süden vom Rathaus abdrängen, die Kommandozentrale war in der Badenschen Straße nördlich vom Rathaus. Auf einem VW-Bus stand die Polizeipräsidentin, die Grüne Minna, und hat ihren Truppen den Räumungsbefehl gegeben.«

»Und dann?«

»Max hat sich allein zur Rathaustreppe durchgeschlagen.

Dann ist er so nah wie möglich an Minna Schlawotzke ran. Er war noch immer ein ganzes Stück von ihr entfernt, aber für Max war sie in Wurfweite. Die Schlawotzke war seelenruhig und hat über Megafon ihre Anweisungen gegeben. Gleichzeitig kamen alle zehn Minuten die Aufforderungen, den Platz zu räumen. Trotzdem waren wir sehr zuversichtlich. Fast alle sind geblieben. Um kurz nach zwei war es so weit. Max stieg auf einen Blumenkübel aus Beton. Die Leute, die sich den Polizisten entgegengestellt hatten, setzten sich auf den Boden. Max schrie: *Ich bin ein Pfannkuchen,* und schleuderte den ersten altbackenen Pfannkuchen auf die Polizeipräsidentin.« Martha Dubinski schüttelte den Kopf, sie schien gerade noch einmal vor das Schöneberger Rathaus zurückgekehrt zu sein. »Es war ein Wurf für die Geschichtsbücher. Der Pfannkuchen traf die Grüne Minna genau ins linke Auge. Er platze auf, und die Marmelade hat ihr das Gesicht verschmiert. Alle anderen in der Einsatzleitung, die oben auf dem VW-Bus standen, waren entsetzt und dachten, die Polizeipräsidentin sei schwer verletzt. War sie aber nicht. Nur so erschrocken, dass sie das Megafon fallen ließ. Sie konnte keine Anweisungen mehr geben. In diesem Moment nahmen wir alle unsere Pfannkuchen. *Wir sind alle Pfannkuchen,* haben wir gebrüllt und unsere erste Salve auf die Polizisten geschleudert.« Sie kicherte. »Viele konnten überhaupt nicht werfen, ich habe zwei Pfannkuchen an den Kopf gekriegt. Aber«, und jetzt klang sie sehr korrekt und sachlich, »die meisten haben ihr Ziel gefunden. Als Erstes gingen die Pferde durch. Niemand wurde verletzt, aber sie jagten die Martin-Luther-Straße hoch und mussten erst mal beruhigt werden. Dann bekamen die Polizisten in der Kette ihr Fett weg. Und ihren Zucker und ihre Glasur und ihre Marmelade. Viele standen da und hatten vollgekleckerte Uniformen und Helme. Alle klebten von der Marmelade. In diesem Moment mussten wir lachen. Ich glaube, das war der entscheidende Augenblick. Sie hätten uns auch mit Pflaumenmus am Kinn in den Park prügeln können. Aber als wir sie auslachten, hatten sie verloren. Es war unglaublich. Promi und ein paar andere zogen am Spalier entlang und sammelten die Knüppel ein. *Messer, Gabel, Scher und Licht sind für kleine Kinder nicht,* sang er dazu, und es war wie Hypnose. Er hat die Knüppel einfach in ein Zelt gepackt, und keiner hat sich dafür interessiert. Und dann kam die zweite Salve. Wieder brüllten wir unseren Schlachtruf. Der Himmel verdunkelte sich, und ein Regen von Pfannkuchen ging auf die Polizisten nieder. Haben Sie schon mal einen Pfannkuchen an den Kopf gekriegt?«

»Nein, in letzter Zeit nur einen silbernen Eishockeyschläger.«

»Oh, entschuldigen Sie, Sie sind Polizist.«

»Nett, dass Sie daran denken.«

»Aber, das war, Sie verstehen …«

»Ich verstehe sehr gut. Das war damals eben eine ganz andere Zeit.«

»Ich bin so froh, dass Sie mir das nicht übelnehmen. Ein altbackener Pfannkuchen ist ganz schön schwer mit dem ganzen Fett. Es tut mehr weh als ein rohes Ei, aber weniger als ein Tennisball.«

»Eine maßvolle Waffe.«

»Finde ich auch. Am 26. Juni hat sie ihren Zweck erfüllt.«

»Und Max?«

»Max hat sich vorgepirscht in Richtung Polizeipräsident. In Richtung VW-Käfer.«

»In dem Käfer war das Tegeler Vlies?«

»Genau. Das Lammfell, das sich Karl-Heinz Tegeler ein paar Tage vorher gekauft hatte.«

Pachulke nickte und erinnerte sich dunkel an seinen Einführungslehrgang zur Polizeigeschichte.

»Also, Karl-Heinz Tegeler saß auf seinem nagelneuen Lammfell und wusste nicht: Was tun? Eigentlich sollte er die Einsatzleitung bewachen, andererseits hätte er gern ein paar von uns vermöbelt. Er ist dann einfach mal ausgestiegen, um zu sehen, was gerade so geht. In diesem Moment stürmte Max nach vorne, schubste Tegeler zur Seite und riss das Vlies an sich.

Dann stieg er auf das Dach von Tegelers Auto und schwenkte das Vlies und schrie wieder: *Wir sind alle Pfannkuchen!* Ohrenbetäubender Jubel hat ihm geantwortet, und dann sind die Polizisten einfach abgezogen, ihren Pferden hinterher. Die letzten Pfannkuchen haben wir selbst gegessen.«

»Es hat Ihnen Spaß gemacht, stimmt's?« Pachulke konnte die rückhaltlose Begeisterung nicht teilen.

»Es hat irrsinnig Spaß gemacht.« Martha Dubinski nickte.

»Und das Tränengas?«

»Das haben einige Polizisten auf eigene Faust wahllos in die Menge geschossen, da stand die Polizeipräsidentin schon unter der Dusche. Die sind dann von ihren Kollegen einkassiert worden. Aber schlechte Verlierer gibt es leider immer. Die Polizei war übrigens auch nicht unbeteiligt an der Mythenbildung. Einer hat sich hinterher mit dem Zeigefinger die Marmelade von der Backe gewischt und zu mir gesagt: *Euer Dubinski, das ist wirklich ein Teufelskerl.*« Sie machte eine Pause und sagte: »Jetzt wissen Sie, wie alles anfing.«

»Nur das Ende kennen wir noch nicht«, sagte Pachulke.

»Das Ende ist traurig, nur traurig. Sehen Sie, dass man sich nach vierzig Jahren auseinanderlebt, dass man sich nicht mehr jeden Morgen im Bad begegnen will, das ist doch normal. Aber einen nach dem anderen abzumurksen, einfach so, wegen dem hier, wegen diesem Foto?«

»Warum war das Bild nicht bei Ihnen? Wenn Ringo es an Richard geschickt hat.«

»Weil Richard es Max geschenkt hat.«

»War Max sein bester Freund?«

»Das kann man so sagen. Sein ältester Freund auf jeden Fall. Sie haben sich fast jeden Tag gesehen, und es gab eine Phase, da hat sich Richard mit unseren Eltern nicht so gut verstanden und ein paar Monate bei Max gelebt. Frau Grawert hat einfach ein Klappbett aufgestellt und fertig.«

»Kann ich das Foto noch einmal sehen?«, fragte Pachulke. Er wurde unruhig, gleich würde er zurückfahren. Martha Dubinski gab ihm das Bild, das immer noch auf dem Stuhl neben ihr lag.

Paul saß ganz links auf einem Stuhl und hielt den *Morgenspiegelkurier,* den Richard Dubinski mitgebracht hatte, verkehrt herum. Er hatte den Mund weit aufgerissen, als hätte er eine Sensation entdeckt. Über den Rand der Zeitung traf sein Blick die Kamera, und der Schalk blitzte auf. George lag der Länge nach auf einem breiten schmuddeligen Sofa und hatte gerade einen Joint gedreht. Er reichte ihn nach vorne zu John, der die Hand nach hinten ausstreckte, ohne hinzusehen. Über die Schulter von John blickten Georges Augen in die Kamera. Die Bewegung war eingefroren. Mit der anderen Hand machte John hinter dem Kopf von Dubinski das Victoryzeichen. Auch John sah in die Kamera. Die Lider gesenkt, fixierte er den besten Schlagzeuger Liverpools und wirkte wie so oft distanzierter und ironischer als die anderen. Alle vier waren verschwitzt und trugen noch ihre Bühnenkleidung. Dubinski lächelte wie ein kleines Kind und hatte die Hände flach auf die Oberschenkel gelegt. Er war seiner Schwester wie aus dem Gesicht geschnitten in diesem Augenblick.

Pachulke kannte ihn nur in Momenten höchster Anspannung, wenn er untergehakt in einer Reihe mit anderen Genossen gerade eine Polizeisperre durchbrach, wenn er Journalisten Rede und Antwort stand, die ihm das Mikrofon lieber in den Rachen gerammt hätten, als es ihm vor den Mund zu halten. Pachulke zog eine kleine Plastiktüte aus seiner Hosentasche hervor. »Da Sie doch so gern puzzlen, wollte ich mal fragen, ob ich Sie damit behelligen kann?«

»Was ist das?« Martha Dubinski hielt die Tüte gegen das Licht.

»Das sind Schneeflocken, die ich gesammelt habe, das ist so ein Zeitvertreib. Ich sammle diese Schneeflocken und versuche, sie dann zusammenzusetzen. Hier habe ich mir wohl ein besonders kniffliges Sortiment zusammengestellt. Würden Sie es einfach mal versuchen?«

Martha Dubinski legte das Tütchen mit den Schneeflocken in die Schublade ihres Küchentisches. »Ich werde es mir mal ansehen, aber versprechen kann ich nichts.«

Hinter der Grenze nahm der Verkehr zu. Für Pachulke war es eine merkwürdige Vorstellung, dass der Mann, dessen Bildnis Tausende morgen wieder durch die Straßen tragen würden, einmal ein Dreikäsehoch gewesen war. Der nachts Angst gehabt hatte und ein Lieblingsstofftier besaß. Er dachte an seine erste Übernachtung bei einem Freund. Das war in der zweiten Klasse gewesen. Der Freund hatte Rainer geheißen. Sie machten zusammen Hausaufgaben und durften dann bei Rainer übernachten, weil seine Eltern eingeladen waren. Es war sehr aufregend gewesen, am nächsten Tag hockten sie mit rot unterlaufenen Augen in der Klasse. Es gab Orte in Pachulkes Leben, an die er sich ein ganzes Leben erinnern würde, auch wenn sie sich verändert hatten oder gar nicht mehr existierten. Rainer war im Jahr darauf weggezogen, nach Recklinghausen, das damals so weit weg war wie Neuseeland. Er hatte Rainers Mutter gemocht. Für einen Moment hatte sie eine Rolle in Pachulkes Leben gespielt. Jetzt fiel ihm auch noch ein, dass sie in einem Etagenbett geschlafen hatten.

Frau Grawert hat einfach ein Klappbett aufgestellt und fertig. Pachulke riss das Steuer so hart herum, dass die Bremsen des Lasters links neben ihm aufquietschten. Gleich darauf erklang das wütende Nebelhorn seiner Hupe. Pachulke fand sich auf dem Standstreifen wieder, sein rechter Außenspiegel schrammte am Brückengeländer entlang. Tief unter ihm zog sich der Nord-Ostsee-Kanal. Grawert, wieso hieß die Mutter von Max Marbach Frau Grawert? Er war drauf und dran, mitten auf der Brücke anzuhalten, da sah er das Schild für den Rastplatz. Er setzte den Blinker und ließ das Auto auf den Parkplatz rollen. Hell erleuchtet glitt von Westen her ein schneeweißes Passagierschiff heran. Er wählte die Nummer von Martha Dubinski. Es tutete, dann erklang eine kehlige und unverständliche Stimme.

»Frau Dubinski, sind Sie das? Pachulke hier.«

»Guten Abend, Herr Kommissar, ich grüße Sie. Was kann ich für Sie tun?«

»Die Mutter von Max hieß Grawert. Wissen Sie das genau?«

»Das war ihr Mädchenname. Sie hat ihn wieder angenommen, als die Ehe in die Brüche gegangen war. Aber Max und seine Schwester haben den Namen des Vaters behalten. Der hieß Marbach.«

»Hieß er mit Vornamen zufällig Otto?«

»Das ist richtig. Wie kommen Sie darauf?«

»Weil Max Marbach der Mörder ist. Er hat den Nachnamen seiner Mutter und den Vornamen seines Vaters angenommen. Er arbeitet im Historischen Museum.«

»Max ist der Mörder?« Es rauschte in der Leitung. Pachulke hörte, wie Martha Dubinski weinte. »Was ist das für ein Elend. Bitte entschuldigen Sie, aber dass Max die anderen … Julia. Er war mit Julia zusammen. Sie haben alle zusammengelebt, jahrelang.« Sie schien sich ein bisschen beruhigt zu haben, aber ihre Stimme war winzig klein, sehr weit weg, wie von einem anderen Planeten. »Ein Glück, dass Richard das nicht mehr erleben muss. Und heute nennt er sich Otto Grawert. Warum?«

»Ich melde mich wieder.«

Als Pachulke Zabriskie telefonisch nicht erreichte, schickte er ihr eine SMS. *Max Marbach = Otto Grawert, Museumswärter = Mörder. Sofort festnehmen.*

Dann startete er den Wagen wieder und fuhr, so schnell er konnte. Aber er hatte keine Chance. Die Autobahn war dicht. Der Elbtunnel war wegen einer Massenkarambolage gesperrt. Er quälte sich durch die fremde Stadt Hamburg, bis er bei einem großen Kreisverkehr am Ostrand wieder auf die Autobahn fand.

Kurz darauf erreichte ihn eine SMS von Zabriskie, die er für eine Rast nutzte. *Der Vogel ist ausgeflogen, er hat sein gesamtes Mobiliar verbrannt. Die Großfahndung läuft.*

Danach ging das Getümmel auf zwei Spuren weiter. Der

Morgen graute schon, als er mit schmerzenden Knien und tränenden Augen den Stadtring erreichte. Er wollte sich im Büro aufs Ohr legen, aber dann entschied er sich, ins Museum zu fahren.

Im Foyer stellten Hostessen die Stühle für den Empfang auf, der im Anschluss an die Prozession stattfand. Pachulke spazierte nach oben in den Raum 20. Er ging zum großen Foto in der Mitte des Raums. Der Mann, der auf dem Auto stand, hatte keinen Stein in der Hand, sondern einen Pfannkuchen. Und es war kein irgendwer, sondern der Mann des Tages, Max Marbach. Er war auf das Auto geklettert, um sich einen Überblick von diesem 26. Juni zu verschaffen. Und er sah, dass es gut war.

»Guten Morgen, Herr Kommissar.« Die Stimme war so leise, dass Pachulke glaubte, sich verhört zu haben. Langsam drehte er sich um. »Ich hoffe, Sie hatten eine gute Rückfahrt nach dem Besuch bei Richards Schwester. Ist sie immer noch so geschwätzig wie früher?«

Marbach hatte die Pistole genau auf Pachulkes Bauch gerichtet, aber Pachulke verspürte fast so etwas wie grimmige Freude, den Mann, den sie einen Monat gejagt hatten, endlich zu sehen. Blöderweise hatte er Zabriskie nicht gesimst, dass er ins Museum wollte.

»Wissen Sie, was Glück ist, Herr Kommissar. Glück ist, wenn man eine handwarme Pistole hat und der andere nicht.«

»Warum haben Sie ihre vier besten Freunde ermordet?«

»Ich habe Sie nicht ermordet. Alles, was ich wollte, war mein Leben zu leben.«

»Und das konnten Sie nicht ohne dieses Foto?«

»Es gehörte mir, Praumann hat es mir weggenommen. Ich habe mein Leben geopfert für den Tag, an dem dieses Bild entstanden ist. Und diesen Verlust habe ich versucht zu korrigieren.«

»Und dafür mussten Sie Gerhard Hesselinger, einen todkranken Mann, ermorden, der nichts besaß als seine Kleider?«

»Das war ein Folgefehler.«

»Ein Folgefehler.« Pachulke gab sich alle Mühe, nicht wütend zu werden. Gegen die gespenstische Ruhe seines Gegenübers hatte er sonst keine Chance.

»Wenn ich gewusst hätte, dass er das Foto nicht hat, wäre nichts passiert. Glauben Sie bloß nicht, mir macht das Spaß. Aber in der damaligen Situation erschien es mir objektiv notwendig. Und stellen Sie sich mal vor, das Foto wäre wirklich dort gewesen und dann in falsche Hände geraten. Hätte ich dieses Risiko eingehen sollen? Jeder Mensch hat das Recht zu irren, ich auch.«

»Und der Mord an Dr. Canisius?« Pachulke überlegte, wie er in den Besitz der Waffe gelangen könnte. Er musste näher an Marbach ran.

»Sie sollen damit aufhören, mich als Mörder zu bezeichnen. Ich bin kein Mörder. JoJo war eine Komplizin von Praumann.«

»Julia Weise haben Sie schlimmer zugerichtet als alle anderen. Und vorher haben Sie sie auch noch scharfgemacht.«

»Dazu brauchte es bei Julia nicht viel. Ihr Tod ist ein Missverständnis. Ich habe dieses Foto von ihr bei Johanna gesehen. Und als mein Bild nicht aufzufinden war, habe ich Julia verdächtigt. Immerhin war sie die Nachlassverwalterin von Praumann. Meine Vermutung war in gewisser Weise folgerichtig.«

»Aber Sie können doch nicht einfach jemand umbringen, nur weil Ihnen etwas folgerichtig erscheint.« Pachulke machte zwei winzige Schritte auf Marbach zu. Sein Handy brummte leise. Er hatte eine SMS erhalten. Im selben Moment ging das Oberlicht an. Und noch etwas geschah. Die Videoschleife mit Dubinski setzte sich selbst in Gang. Deshalb durfte man hier nicht telefonieren.

»Und Golden Delicious. Warum haben Sie die ermordet? Sie wusste nichts von Ihrer Abmachung mit Praumann. Sie hatte ihr Leben erst begonnen.«

Marbach fuhr sich mit der Zunge über die Unterlippe. »Sie war zur falschen Zeit am falschen Ort.«

»Das sind Mordopfer immer.« Pachulke bewegte sich wieder

einige Millimeter, diesmal aber seitwärts. Immer nur reden, immer vergnügt.

»Es sind keine Mordopfer. Sie verdrehen die Tatsachen. Es sind Elemente einer Zweck-Mittel-Relation. Sie versuchen, alles ins Pathetische zu ziehen.«

Er musste Marbach einfach reden lassen und selbst pausenlos reden. In dem Moment, in dem Marbach entschied, dass alles gesagt war, würde er schießen.

»Wie fühlen Sie sich eigentlich heute an Ihrem großen Tag? Eine halbe Million Menschen feiert Ihren Sieg. Das muss doch runtergehen wie Öl, oder?« Pachulke hatte seine Taktik geändert. Er drehte sich langsam zur Seite, und zu seiner großen Freude drehte sich Marbach mit, um weiterhin genau auf Pachulkes Herz zielen zu können.

»Das ist Richards Sieg. Ihm zum Gedächtnis kommen die Leute heute zusammen.«

»Was glauben Sie, würde Richard dazu sagen, dass Sie JoJo ermordet haben?«

»Ich *habe* sie nicht ermordet.« Marbachs Gesicht verzerrte sich zum ersten Mal. Pachulke nutzte die Situation zu einer kleinen Drehung.

»Und was Richard angeht, aber in gewisser Weise war er zu weich. Die historischen Zusammenhänge dürfen nicht aus dem Lot geraten.«

»Sie hätten sich doch als legitimer Erbe von Dubinski präsentieren können, anstatt dauernd Menschen zu ermorden.« Geschafft, Pachulke stand da, wo er wollte, Marbach hob die Pistole. »Wenn Sie das noch einmal sagen, ist dieses Gespräch zu Ende.«

»Bitte entschuldigen Sie, Herr Marbach, Sie machen das ja alles nur für Dubinski.«

Marbach nickte unwillkürlich.

»Ich möchte Ihnen etwas vorschlagen. Da Sie aus guten Gründen nicht öffentlich als Dubinski agieren werden, können Sie mir aber doch beweisen, wie gut Sie seine politischen Ziele verstehen, wie wichtig Ihr Beitrag für den Fortbestand seiner Ideen ist.« Pachulke blickte kurz nach hinten. So wie er jetzt stand, konnte Marbach nicht anders, als das Video mit Dubinski zu sehen.

»Was ist das für ein Vorschlag?«

»Sie arbeiten seit Jahren hier, Sie kennen dieses Video in meinem Rücken. Und keiner stand Richard näher als Sie. Wenn der Film das nächste Mal anfängt, brauchen Sie ihn nur einmal von vorn bis hinten synchron mitsprechen. Wenn Sie das schaffen, dann würde ich Ihre sehr persönlichen Entscheidungen der letzten Wochen respektieren. Das würde Sie doch beruhigen, oder?«

Wieder nickte Marbach. »Wenn's weiter nichts ist. Richards großen Auftritt kenn ich aus dem Effeff.«

Pachulke sah den Bildschirm aus den Augenwinkeln. Am Ende des Films lächelte Dubinski kurz, aber so weit war es noch nicht.

»Bereit?«, fragte er Marbach.

»Bereit.« Marbach nickte.

Der Bildschirm wurde schwarz.

Pachulke zählte langsam: »Drei, zwei, eins, los!«

»Sie sagen, Sie wollen eine Revolution«, sagte Marbach. Das war der Satz der Journalistin gewesen. »Sie wissen doch, wir wollen alle die Welt verändern. Und uns wollen Sie erzählen, es handle sich um einen evolutionären Prozess. Das sagte ich doch bereits.«

Pachulke lauschte und sammelte sich zum Angriff. Marbach kannte nicht nur den Text, er kannte auch alle Pausen, die Betonungen, die Wackler, die es bei Liveinterviews gibt. Jetzt hob er die Stimme: »Ich weiß nicht, warum immer nur wir uns von der Gewalt distanzieren müssen. Wer hier in dieser Stadt einmal in einen Polizeikessel geraten ist, für den hat das Wort Staatsgewalt für den Rest seines Lebens eine andere Bedeutung bekommen.«

Vorsichtig bewegte sich Pachulke auf Marbach zu. Ganz kleine Schritte, ganz nebenbei.

»Die Leute, die Geld sammeln, um irgendwelche Hasspropaganda zu finanzieren, können jedenfalls nicht mit unserer Unterstützung rechnen.«

Jetzt war Marbach zu Dubinski geworden. Er übernahm seine Körperhaltung, die freie Hand zuckte, um eine Geste nachzuäffen, er war Dubinski, und heute war der 26. Juni. Der größte Tag seines Lebens.

»Was für eine Prognose leiten Sie daraus für die politische Entwicklung der nächsten Monate ab?« Marbach traf den Ton des Fragers haargenau.

»Alles wird gut.«

Pachulke machte einen Hechtsprung nach vorne, Pachulke rutschte aus. Marbach riss die Pistole hoch und schoss dreimal.

Etwas zischelte, der Hauptkommissar spürte einen Lufthauch über seinem Kopf, während er auf Marbachs Schuhe blickte. Dann riss ein Metallpfeil Marbach von den Füßen, drückte ihn quer durch den Raum und nagelte ihn mit dem Kopf an die Wand. Der Pfeil hatte seine Stirn durchbohrt. Marbach zuckte konvulsivisch wie ein Aal, den die Hausfrau auf ihrem Spülstein aus der Papiertüte befreit hat. Dann schoss ihm Blut aus Mund und Nasenlöchern.

Pachulke hob den Kopf. Warum war er nicht tot? Er sah sich um. Die Glasvitrine des Charlottenburger Spannbettlakens war zersplittert, der Fernseher mit der Endlosschleife war in die Brüche gegangen. Das dritte Einschussloch konnte er nicht sehen. Pachulke stand auf. Marbach hing an der Wand mit den Zeitungsartikeln.

Von dem Pfeil in Marbachs Kopf lief eine dünne Schnur durch den Raum. Pachulke folgte ihr. Auf dem Fahrersitz des VW-Käfer fand er Lowrie, den Brillenpinguin. Er hatte die Harpune auf seinem Schoß und in seinem kleinen Kopf das dritte Einschussloch.

Ein kleines Rinnsal Blut lief über Lowries Schnabel, die Augen waren offen, aber er sah nichts mehr.

Wie in aller Welt kam der hierher? Auf dem Beifahrersitz

lag eine kleine Karte. *Otto Grawert Historisches Museum.* Das war Marbachs Namensschild. Lowrie musste noch einmal zu der Stelle am Müggelsee gegangen sein, wo er die Eintrittskarte gefunden hatte. Und Marbach hatte dort auch seinen Dienstausweis verloren. Wahrscheinlich hatte er die Eintrittskarte gar nicht selbst benutzt, er hatte sie einfach eingesteckt. Lowrie hatte sich eine Harpune besorgt und war hier hochgekommen. Dieser kleine Idiot. Aber Pachulke verdankte ihm sein Leben.

Als er sich bückte, um Lowrie auf die Erde zu legen, spürte er das Handy in seiner Hüftbeuge. Da war noch diese SMS für ihn.

Lieber Herr Kommissar, nochmals vielen Dank für das Foto. Ich habe es in der Küche aufgehängt. Dass MarieJohanna und die anderen sterben mussten, ist grauenhaft. Wenn ich früher erzählt hätte, was ich wusste, wäre das wahrscheinlich alles nie passiert. Aber mir war nicht klar, dass es ein Geheimnis war. Es bedeutet mir unendlich viel, dieses Foto bei mir zu wissen. Passen Sie auf sich auf, Max Marbach kann sehr rücksichtslos sein. Ihre Martha Dubinski PS: DE.RS.CH.NE.EV.ON.GE.ST.ER.NI.ST.DI.EL.AW.IN.EV.ON.MO.RG.EN

Pachulke las das Postskriptum zweimal. Was er sah, gefiel ihm nicht. Aber es ergab einen Sinn. Alles war an seinem Platz.

Kleines Glossar gängiger Redewendungen aus dem Poitín

Aldunie Gwalia Glenlivet Alles Gute zum Geburtstag
An Cnoc Bekräftigungsformel, wörtlich »fürwahr«, aber wesentlichdrastischer in der Konnotation.
Ardbeg mächtig, gewaltig, umwerfend
Bunnahabhain Lass uns zusammen etwas ausbrüten.
Clan Ardroch Frackgesicht
Clan Ben Bulle Cragganmore Sieht nach Gehirnerschütterung aus, er kommt mit auf dieStation.
Dunbar Neruda ist ein wunderbarer Schriftsteller, aber er versteht nichts von Pinguinen.
Drumguish Da nich für
Edradour Auchroisk Extratouren werden mit Ausschluß bestraft.
Fairlie Fischstäbchen
Garnheath Geduld
Glenallachie Guten Appetit
Glenfiddich Pass gut auf dich auf!
Glengoyne Na-Geanna Gut gespielt und doch verloren.
Glenlivet gut
Glenlochy besser
Glenmorangie Guten Morgen
Glentauchers Guten Tag
Helter Skelter Die Stoßdämpfer müssen wir wirklich mal machen lassen.
Jock Ja Kenloch Meisterschuss
Lagavulin Das sieht nicht gut aus. Er ist unterkühlt.
Laphroaig Mit dir will ich das Eismeer zum Kochen bringen.
Loch einzige Präposition, kann vor- und nachgestellt werden.
Malt Mittag
Na-Geanna Nein
Na-Geanna, An Cnoc Auf gar keinen Fall!
Slieve na gCloc Bücken, anfassen, aufnehmen!
Speyside Loch in Sicherheit
Thistle Dhu Trink das
Wright and Greig Warum passiert immer mir so eine Scheiße, warum gehe ich auf eine Routinepatrouille und komme mit 120 Kilo unterdem Arm nach Hause?
Uisge beatha Lebertran
Ye Monks Verschwunden

Rob Alef

Rob Alef, 1965 in Nürnberg geboren, ist freier Rechtshistoriker und schreibt Satirisches für das Magazin *Eulenspiegel* und *die tageszeitung*. Lebenserfahrungen sowie ein gewisses Unbehagen an der Jurisprudenz – so sagt er über sich selbst – haben ihn dazu bewogen, seinen ursprünglichen Beruf als Volljurist aufzugeben und statt dessen freiberuflich zu arbeiten und obendrein Krimis zu schreiben: »›Aufklärung‹ heißt das missing link, als Überführung des Verbrechers ebenso wie als Versuch, sich aus der selbstverschuldeten Unmündigkeit zu befreien.« Rob Alef ist in Berlin-Schöneberg polizeilich gemeldet, wo er schläft, kocht und Figuren ersinnt, die manchmal sterben müssen.

Bibliografie

Kriminalromane: *Bang Bang stirbt* (2005); *Das magische Jahr* (2008); *Kleine Biester* (2011)

Ausführliche Informationen zum Autor und zu seinen Büchern finden sich auf Rob Alefs Homepage: *www.robalef.de*

Mitra Devi *Filmriss*

Zürich, drei Tage vor Heiligabend. Die neunjährigen Zwillinge Lukas und Lorena werden aus ihrem Elternhaus entführt. Verzweifelt wenden sich die Eltern an die Zürcher Privatdetektivin Nora Tabani. Sie und ihr Partner Jan Berger ermitteln auf Hochtouren. Warum lügt die Mutter der Zwillinge? Hat der leibliche Vater seine Kinder entführen lassen? Und was hat der seltsame junge Mann mit der Erinnerungslücke mit dem Fall zu tun? Da geschieht in einem Kinosaal ein Mord. Die Lage spitzt sich zu.

Christopher G. Moore *Der Untreue-Index*

Privatdetektiv Calvino begibt sich mitten hinein in den politischen Feuersturm, als er in Bangkok einen Fall von Medikamenten-Piraterie untersucht. Ein 19-jähriges Thaimädchen und ein prominenter Rechtsanwalt werden am selben Abend tot aufgefunden. Calvino stößt auf ein einflussreiches politisches Netz, das mit aller Macht seine wirtschaftlichen Interessen gewahrt wissen will.

Petra Ivanov *Tiefe Narben*

Bauarbeiten fördern die Leiche einer Frau zutage. Die Rippen wurden mit einer Gartenschere durchtrennt, der Schädel mit einem spitzen Gegenstand aufgebrochen – dasselbe Muster wie beim »Metzger«. Aber der sitzt im Gefängnis. Ein Nachahmungstäter? Da verschwindet eine weitere Frau. Kriminalpolizist Bruno Cavalli kann nur noch Staatsanwältin Regina Flint vertrauen, denn der Täter scheint über Insiderwissen zu verfügen.

Jörg Juretzka *Sense*

Eigentlich hätte das Aufspüren des vermissten Zockerkönigs Sascha eine fette Belohnung einbringen sollen. Doch als Privatdetektiv Kristof Kryszinski am nächsten Morgen völlig verkatert aus dem Bett steigt, liegt dieser Sascha in seiner Küche – mausetot. Natürlich kann die Polizei mit Kryszinskis Aussage, er könne sich an nichts erinnern, wenig anfangen. Der Detektiv unter Mordverdacht macht sich auf die Suche nach dem Täter und zieht eine Spur der Verwüstung quer durchs Ruhrgebiet …

Óscar Urra *Harlekin sticht*

Ein Serienmörder zieht seine Spuren durch Madrid. Auf den leblosen Körpern seiner Opfer hinterlässt er eine Spielkarte – den Joker. Die Polizei wendet sich an den spielsüchtigen Detektiv Julio Cabria, der beim Pokern wie auch auf der Straße schon so manches Mal mit einem blauen Auge davongekommen ist. Doch obwohl er sich bestens auskennt in dieser Welt aus illegalen Spielhöllen – je mehr Cabria in diesem teuflisch verwickelten Fall die Fäden zu entflechten versucht, desto enger scheinen sie sich um seinen eigenen Hals zu wickeln.

Garry Disher *Rostmond*

Zwei schwere Verbrechen halten Hal Challis und Ellen Destry in Atem: Der Inspector und seine Kollegin müssen den brutalen Überfall auf einen Kaplan und den Mord an einer jungen Frau untersuchen. Dass Hal und Ellen seit Neuestem ein Liebespaar sind, macht die Sache nicht gerade einfacher – und verstößt obendrein gegen das Polizeireglement.

Im Rotbuch Verlag erschienen

Rob Alef

Kleine Biester

Kriminalroman

352 Seiten, broschiert

ISBN 978-3-86789-136-3, € 14,95

Wir wollen doch nur dein Bestes …

In Berlin verschwinden Kinder von Spielplätzen. Genauer: Sie stürzen in riesige Krater, die sich urplötzlich dort auftun. Hysterie macht sich breit. Was die Kinder verbindet, ist ihre Schulsituation: Der Wechsel aufs Gymnasium stand kurz bevor. Kommissar Pachulke ermittelt im Kreis der Eltern …

Ein Krimi aus dem eisigen Milieu der Super-Mamis, wo das Leistungsprinzip noch Geltung besitzt und wo Schulmassaker und PISA-Schock eng beieinander liegen.